やめるときも、すこやかなるときも

窪　美澄

集英社文庫

やめるときも、　すこやかなるときも

1

目を開けて、まず視界に入ってきたのは白い背中と、右の肩胛骨《けんこうこつ》の下にふたつ並んだ小さなほくろだった。

その背中には見覚えがない。毛布をめくると目の前にいる女の後ろ姿全体が明らかになる。裾にだけゆるくパーマをかけた髪の毛は顔のほうに流れ、その隙間から耳の縁が飛び出している。白いブラジャー、白いショーツ。その色とデザインから自分はひどく若い女とベッドの中にいるのではないか、と疑念が浮かぶ。

自分の吐く息が酒臭く、口のなかがねばつく。酔いはまだ消えていない。

振り返ってベッドの下を見ると、黒いスーツにワイシャツが脱いだまま山のようになっている。そのそばに女が着ていたであろう安っぽい薄紫の布のかたまり。ヌードベージュのストッキングが布の上に丸めて置かれている。

ええと。仰向けになって僕は額に手をあてて考える。昨夜は友人の結婚式の二次会パーティーに出席した。そこまでは記憶がはっきりしている。酒を浴びるようにのんでそれから……。それからどうしたっけ？　家に帰った記憶も、女を連れ帰った記憶もない。僕はもう一度横を見る。女の体は呼吸とともにかすかに上下している。僕も彼女も下着を身につけているということはこの女と何もしていない、はず。横を向き、片手で頭を支えて、女の体をしばらくの間眺める。下着は高価なものではないような気がした。二十代でもないような。親指とひとさし指を広げて女の足の付け根から膝の裏まで、そして、膝の裏からかかとまでの長さを測る。指の動きはしゃくとり虫のようだ。寝た女にそうする癖が僕にはある。この女とは寝てはいないが。小柄な女だ、と思う。今度作ろうとしている子ども用の椅子がぴったりなのでは。そう考えた途端、今日中にやらなければならないことを思い出す。ベッドサイドの丸テーブルにある時計をつかむ。日曜日、午前七時。どんなに深酒をしたってこの時間には目が覚めてしまう。起き上がって頭を振る。こめかみが重い。さてこの女をどうしようか、と思う。

「ねぇ」

そう言って何度か背中を揺らしてはみたものの、深く眠っている女が目を覚ます気配はない。カーテンの隙間から差し込む細い光が女の肩のあたりを照らしている。仰向けにしてみようか、と一瞬思ったが、なぜだか顔は見ないほうがいいような気がした。起きてしまったらやっかいなことになるかも、とも思った。起こすことをあきらめて彼女の肩に毛布をかけ、僕はトランクス一枚でそっとベッドを抜け出し浴室に向かった。

シャワーを浴びドライヤーで髪を乾かしてから寝室に向かい、開いたままのドアから女を見た。さっきと同じ体勢のまま眠っている。寝室はいかにもたくさんの酒をのんだ人間の吐く息で満ちていた。僕は自分の気配を消すように寝室のクローゼットを開け、服をつかむと、それをリビングで着た。着替え終わると、胃のあたりにもやもやしたものを感じた。キッチンの冷蔵庫からスポーツドリンクを出し一気にのんだ。トイレに行き便器に向かってしゃがみこんで口を開け、ひとさし指を喉の奥につっこむ。無理矢理に吐いた。それを二回くり返し、最後にもう一度吐いた。深酒をしたときはいつもこうしている。吐けば酒の成分は自分のどこかから消えて、お昼を迎える頃にはなんとかいつもと同じように仕事ができるはず。

洗面所で口をゆすいで寝室を見た。女はまだ眠っている。僕はかすかな物音にも目を覚ましてしまうタイプだから、子どものような深い眠りがうらやましくもあった。僕はもう一度近づき女の体を揺らしたが、女はただ規則的な呼吸音をくり返すだけで目を覚まさない。僕は一度深く息を吐いてリビングに向かい、ダイニングテーブルの上にあるメモ用紙とボールペンを手に取る。

「鍵はポストの中に入れておいてください」

そう書いたメモ用紙をちぎり寝室に入り、ベッドの下、女が着ていた薄紫の布のかたまりの上に合い鍵とともにそっと置いた。

ウインドブレイカーのジッパーをいちばん上まで上げてマウンテンバイクに乗り、仕事場に向かう。自宅のマンションから走って十五分。住宅街を抜け土手にあるサイクリングロードを走る。頬を撫《な》でていく風はもうすっかり冬の鋭さをたたえている。時折ウォーキングやジョギングをしている人とすれ違う。近くにある高校の、名前入りジャージを着た男子生徒たちが前方からやってくる。やる気なさげにちんたらと走っている。彼らとすれ違ったとき、十代男子が放つ特有の汗臭さが鼻をつく。伐《き》ったばかりの木のにおいに似ている。ダンコウバイ、ダケカンバ、バーチ……。なんの香りに近いだろうと考えながらペダルに力をこめる。

サイクリングロードを下りた土手沿い、小さな工場が並ぶその一角に工房はある。僕の師匠である哲《てつ》先生から譲り受けたものだ。戦前からある二階建ての郵便局、どういう経緯があったのかわからないが哲先生が譲り受けたその建物を、哲先生が引退したあと使わせてもらっている。ところどころ、ひびの入った灰色のコンクリートでできた二階建て。一階を工房に、二階を事務所兼ギャラリーとして使っている。一階は小学校の教室の半分くらいの広さはあるだろうか。広くはないが自分一人で作業をするには十分だ。工房の北側、木材置き場になっているトタン屋根の下にマウンテンバイクを停《と》める。手が冷たい。手袋が必要な季節になっていることに僕はたじろぐ。工房の引き戸を開けると作りかけの椅子が目に入る。カフェを経営する知人から依頼されたスツールが十脚。その納期が迫っている。

一階の工房には大きな作業テーブルが四つ均等な間隔で並べられ、その上にスライド丸ノコ、ホゾ穴を開けるための角ノミ機、ダボ穴加工機といった家具を作るための電動工具が置かれている。作りつけの壁の棚には鉋《かんな》やノミ、ノコギリなどの刃物類。作業中に出るほこりや木くずを吸うサイクロン式集塵機《しゅうじんき》の銀色のダクトが天井をうねるように走る。ほとんど哲先生が使っていたときのまま、僕はこの工房で家具を作っている。

入口にいちばん近いテーブルの上、途中までカットしておいたホワイトバーチの木材が目に入る。その白さに、昨夜記憶もないまま家に連れ帰ってしまった女の背中を思い出した。どうかやっかいなことになりませんようにと僕は願うような気持ちで、さっそく作業を始める。

二時間ほど作業に集中すると、デニムの後ろポケットに入れていた携帯が震えて、午前十時になったことを知らせた。

午前十時と午後三時に休憩を入れるのは哲先生に弟子入りしたときからの習慣だ。二時間作業をしたら必ず休憩を入れること。哲先生はくり返し僕にそう言った。頭と手と指の集中力を過信するなよ。そう言ってどんなに仕事がたてこんでいるときでも哲先生は必ず十五分の休憩をとった。二階に上がり階段脇にあるキッチンで湯を沸かす。豆をひいてネルのフィルターでコーヒーを淹《い》れた。一口のんで右の肩を回す。次に左の肩も。

気分の悪さは軽くなってはいるものの、こめかみの奥に酔いの芯みたいなものが残っている。食欲はない。昼は近くにあるパン屋でサンドイッチを買うか蕎麦屋《そばや》に行くか、その二択しかないが、今日は食べられる気がしなかった。その代わり少しだけ仮眠をとろうと決めて、マグカップのコーヒーをのみ干した。

さらに昼まで作業を続けた。朝よりはだいぶましになったがまだいつもの調子とは言えない。二階に上がり僕は部屋の真ん中にある布張りのソファに横になった。眠ろうと目をつぶると昨夜の記憶がぷつぷつと湧き上がってくる。

結婚式の二次会、立食パーティー。新婦が大学時代の同級生だった。十年ぶりくらいに会う彼女は白いドレスに身をつつんで僕の姿を見つけるとかすかに微笑《ほほえ》んだ。僕も口角をかすかにあげるくらいの微笑みを返す。学生時代から長くつきあっていたあいつと結婚するのだとばかり思っていたが、隣にいる新郎はまったく知らない男だった。三十二歳にもなればそれぞれにそれぞれの事情があるものだ。パーティーに出席している人間誰もが臑《すね》に傷のひとつやふたつ抱えているはず。僕は新婦と一度だけ寝たことがある。全裸を見たことがある人間がドレスに身を包み新生活が始まる喜びに満ちた表情を見せているというのはなんだか複雑な気持ちになるものだな、と僕は思った。娘を嫁に出すような気持ちってこんな感じだろうか。

司会が簡単に二人のなれそめをマイクで語っている。大学を卒業して勤めたハウスメーカーで彼女は新郎に出会った。そして数年の交際後、結婚。新郎は僕から見ればいけすかない野郎だ。顔だってそれなりにいいし背も高い。タキシードも妙に似合ってる。

結婚式や同窓会に呼ばれても滅多に顔を出すことはなかったが、なぜだかそのパーティーには出席することになってしまった。妙子《たえこ》から何度も電話がかかってきたからだ。妙子も同級生で、大学時代に仲の良かったグループのいわば母親のような存在だった。実際皆に、おかん、と呼ばれていた。妙子はその年齢の割には世話焼きなところがあったし年齢に見合わない落ち着きをまとっていた。僕は妙子と寝たことはない。

妙子の誘いに結婚パーティーには出るつもりはない、と答えると、

「あんた、家具作ってるなら営業するチャンスだよ。ハウスメーカーに勤めてるやつもいるし、設計事務所やってるやつもいる。自営ならそういうとこ、まめに顔出さなくちゃ」

妙子は携帯から耳を離さなければならないくらいの大声でまくしたてた。

確かに妙子の言うとおり、同級生のネットワークを使わない手はない。当面、仕事の注文は来ていたがそれが途絶える可能性だって大いにある。今のうちに将来に備えて種を蒔《ま》いておくべきだ、とも思った。建築を学んだ同級生の多くは住宅やインテリアに関する仕事についているのだから。けれど卒業後はいつの間にか皆と疎遠になっていた。

パーティー会場に入ると僕を見つけた誰かが、

「お、壱晴《いちはる》」

「壱晴、久しぶり」

と声をかけてくれたがすぐにはそれが誰だかわからない者も多かった。皆、十年の歳月が顔に浮き出ている。すでに頭の薄くなりかけている男もいたし、整形でもしたんじゃないのかと思うくらい顔が変わっている女もいた。同級生は十人くらい来ていただろうか。そのうちの半分は結婚していてすでに二人が離婚していた。子どもがいるやつは三人。僕は彼らに今年の個展で作った小冊子を渡した。急ごしらえのそれはただ家具の写真を並べ、カラーコピーして綴《と》じただけのものだ。

「この家具、壱晴が作ってんのか」

「一人で？」

「この椅子いいじゃん」

皆はそれぞれに感想を口にした。

「まぁ……、なにか必要なときには声かけてよ」

小冊子を渡したものの、渡しただけでなんだか照れくさくなってしまい腰の引けた感じでそう言う僕を見かねたのか、パーティー会場の隅にいたはずの妙子が皆のいる場所にのしのしと近づいてきて言った。

「ほら、これなんかいいでしょう。あんたのとこで使ってあげなよ」

小冊子のあるページを開いて妙子がまくしたてる。さすがにハウスメーカーで営業をやっているだけのことはある。独立して設計事務所を開いている男に向かって妙子が家具のプレゼンを始める。

「繊細なんだよ、壱晴の作る家具は。この背のラインとかすっごくきれいでしょう。これは私も一脚だけ持ってるけど、いい買い物したと思ってるよ。なんていうか部屋のグレードが上がったみたいな気になるしさ。値段はそれなりにするかもしれないけど、壊れたって壱晴が修理してくれるんだから一生使えるし。……まぁ壱晴の人間としてのだらしなさは、みんなが知ってるとおり学生時代となんにも変わってないみたいだけど」

妙子がそう言うと皆、あー（納得）、という顔で僕を見た。今日の新婦と寝たことがあるという事実もここにいる皆は知っている。しかし妙子はパーティー会場に入ったときから僕が女たちを盗み見ていることにどうして気づいたのか。

「まぁ、よろしく、な」

まくしたてる妙子の勢いに押され僕は弱々しくそう言って、同級生たちのグループから離れたのだった。

新郎と新婦が座っている横で何かの余興が繰り広げられ何かの拍子にどっ、と笑いが起きていた。僕は結婚式とかパーティーの余興が大嫌いなので会場の中心から外れ、壁際に並べられた椅子に座りほんの少しだけネクタイをゆるめた。脇のテーブルの上にあった水割のグラスに口をつけその半分ほどを一気にのんでため息をついていると、バラ色のミニドレスに身を包んだ妙子がシャンパングラスを手に近づいてきた。学生時代よりもさらに体格に貫禄のついた妙子はとても自分と同い年には見えない。たっぷりとした黒い髪をアップにしているとどこか場末のスナックのママのようにも見えてくる。妙子はすでにかなり酔っ払っているようだった。僕の隣の椅子にどしり、と腰を下ろす。

「もっとがつがつ いかなくちゃ」

妙子は手にしたシャンパンをあおって言った。

「ちゃんと食べられてんの？　一人でさぁ」

その口調からすでに僕にからむ様子が窺《うかが》えた。思い出した。妙子の酒癖が悪いということを。

「まぁまぁだよ……あ、ありがとな今日、誘ってくれて。誘われないと来ないからさ、こういうの」

僕の言葉に妙子は何も答えず、近づいてきたウエイターのトレイから奪うように新しいシャンパングラスを手にとった。人ごみの向こうからまた笑い声が起きる。マイクで誰かの歌声が聞こえてくるが、自分の作った家具を載せた小冊子を同級生に渡す、というミッションを終えた僕はもう一刻も早くこの会場から出て行きたい気持ちになっていた。目の前に見知らぬ女たちが立っている。僕は彼女たちのグラスを持つ左手をすかさずチェックする。既婚者はやっかいだ。未婚で、まじめそうでなくて、ちょっと遊んでいる感じの……。

「あんた相変わらずなの。あれ」妙子が前を向いたまま、いきなり口を開いた。

「何が？」僕はしらを切る。

「女癖ってことなら直ってないよ」

さっきから僕にちらちらと視線を送ってくる女がいる。年齢は自分と同じくらいか、それよりもちょっと上だろう、という気がした。ドレスや靴はほかの女より高価なものに見えた。彼女を連れ出してどこかのバーでのみ直してそれから。

「そうじゃなくてさぁ」

妙子が怒ったような声で言った。その話はしたくない。

「妙子、男、できたか」

僕は無理に話を変えた。

「それどころじゃねえよ」

妙子がドスの利いた声で言った。妙子にも大学時代につきあっている男がいたが卒業間近にそいつが下級生と浮気をして、それを知った妙子はその男をサンドバッグのように殴ったのだった。製図室のあった三号棟の裏で。馬乗りになり男を殴り続ける妙子を皆が発見し、なんとか引きはがそうとしたが、妙子の怪力の前では無力だった。男は妙子の下から身をよじるように逃れ、目のまわりを腫らし口の横から血を流して、泣きながらどこかに駆けだして行った。今日はそいつは来ていないようだった。新婦が気を利かして招待者名簿から外したのか。

「まぁ、今度ゆっくり会おうよ」

「あんたの今度は、いつになるかわからないからなぁ」

妙子の言葉を聞きながら僕はさりげなくまわりに目をやる。さっき目をつけた女はいつの間にかどこかに消えてしまったようだ。右側から強い視線を感じた。薄紫のシフォンのドレスを着た女だ。僕のほうを見ている。僕よりも若いくらいか。僕は立ち上がり、女に近づいた。その瞬間、妙子の軽い舌打ちが聞こえた。

それから二人で会場を抜け出しどこかの地下のバーでのんだことは覚えている。酒には強いはずなのに女につきあって甘いカクテルをのんでいるうちに記憶がなくなった。気づけばその女が隣に寝ていた。ドレスは僕が脱がせたのか、それとも彼女が自分で脱いだのか。顔もよく覚えていない。もし女がまだ家にいたらやっかいなことになる、と僕は思いながら、十分ほど仮眠をしてソファから立ち上がり午後の作業を始めた。

スーパーマーケットに寄り、夕食の買い物をして家に帰った。

鍵付きのポストを開けると中に鍵が入っている。エレベーターに乗って三階で降り、部屋に女がいたらどうしようと思いながら、玄関のドアを開けた。女の靴がないことに安心しながら部屋に入る。食材の入った白いビニール袋を冷蔵庫の前に置いて寝室に入った。女の服もない。ベッドも整えられている。僕の脱ぎ捨てたスーツもない。クローゼットを開けると僕のスーツとズボンが右端にかけられていた。どこからか、かすかにジャスミンのような香りがする。僕は鼻をくんくんと鳴らしながら寝室を歩き回り、香りがする場所を探した。ベッドに顔を近づけると同じ香りがする。女のつけていた香水だろうか。高校生がつけるような香りだ。僕は布団をめくりシーツと枕カバーを乱暴に剝がして洗濯機に放り込んだ。とにかくここに女はいない。そのことに安堵《あんど》しながらキッチンに戻り、小さな土鍋に水を張り、昆布《こんぶ》を入れて火にかけた。

振り返るとダイニングテーブルに小さな紙片が置いてあるのが目に入った。僕は近づいてそれを手にとる。メモ帳をやぶったのだろうか、紙の左端は乱雑な線を描いている。黒いボールペン。筆圧はかなり強い。

昨日はご迷惑をかけて申し訳ありませんでした。名前。携帯番号。

僕は紙片を即座に丸めてゴミ箱に入れた。名前にも目をやらなかった。ご迷惑？　なんのことだろうと思ったが、まぁ、いいか、と思いながらキッチンに戻り、一人用の鍋の準備を終えた。

夕食を食べ終え食器を片付けると、玄関脇の四畳半ほどの部屋で家具の図面を引いた。

来年の春には個展を開くつもりでいた。そのための新しい椅子をいくつか作る予定だ。今年の春にも初めての個展を開いたが、そこで展示されていた椅子が、とあるインテリア雑誌に取りあげられて以来、仕事は途切れずに来ていた。けれどその椅子は哲先生がデザインしたものだ。僕が今作っている椅子は哲先生がデザインしたものが三分の二、三分の一が自分のデザインだった。哲先生の椅子のほうが評判ははるかにいいのだ。

哲先生のデザインした家具を作り続けることに抵抗はないし、それを僕に任せてくれた哲先生にありがたい、という気持ちもある。けれど個展や工房にやってくるお客さんたちが目を輝かせて哲先生の椅子をほめ、選ぶとき、僕の心はまだなんの抵抗もなくそれを認めることができない。

いつかは自分のデザインした椅子をまっ先に誰かに選んでほしい。それが僕の一番の願いだ。そんなことを考えながら図面に向かっていると携帯が鳴った。

「元気にしているの？」

母さんだった。僕は片手で携帯を持ちながら曖昧に相槌《あいづち》をうち頭の中では図面のことを考えていた。介護しているじいちゃんの話。犬のサトルがいよいよ呆《ぼ》けてきた話。隣の家に二人目の子どもが生まれたこと。僕の家よりも都心にあるじいちゃんの家で暮らす母さんの話はとりとめがない。僕の相槌などかまわずに話したいことだけを話していく。

「で、いい人はできたの？」

母さんがいちばん僕に聞きたいことだろうと思う。三十歳になって哲先生のもとから独立した頃から、僕の結婚がいちばんの気がかりなのだ。けれど、結婚という言葉を母さんはなかなか口にしない。

「なかなかねぇ……」

僕の答えも決まり文句のようなものだ。あなたももう三十二なのだから早く身をかためなさい。子どもだって早いほうがいいのだから。いつまでも一人でいるもんじゃない。母さんの言葉は止まらない。出会いがないのなら母さん誰かにあたってみようか。そんなことまで言う。僕はもう相槌をうたずに手を休め、壁のカレンダーを見た。もうすぐ十二月。三十一個ある数字のひとつに僕の視線が止まる。今年もまたその日がやってくるのかと思う。

その数字を見ながら結婚などするものかと僕は思う。一人で生きていくことに決めたのだ。十八歳のあの日から。母さんが最近結婚の話をやたらにするようになったのもその日の出来事と無関係ではないだろう。けれど結婚の話をされるたび、もうすっかり忘れてしまったんでしょう、と言われているような気になる。もう過去のことなんでしょう、と。

「ちょっとちょっと壱晴、話を聞いてる？」

黙ったままの僕に業を煮やしたように母さんが畳みかける。

「聞いてる聞いてる。今、少し仕事たてこんでいてさ。そのうちそっちに帰るから。じいちゃんの顔も見たいし」

「またそんなこと言って夏から帰って来てないじゃない。調子いいんだから」

母さんは怒ったようにそう言って、それでも寒くなってきたから風邪《かぜ》ひかないようにするのよ、とくり返し、電話を切った。

僕はふーっとため息をついて右肩をぐるりと大きく回した。深呼吸するとまたどこからかジャスミンのような香りがした。自分ひとりだけなのにこの部屋に誰かがいるようで、その息苦しさに耐えきれず、僕は仕事部屋の窓を開けてもう一度深呼吸をした。

月曜日の午後、僕は椅子の背を作ろうとしていた。背の部分のゆるやかなカーブを出すために、刷毛《はけ》で接着剤を塗り板を重ねる。板を置く雌型、上から押さえつける雄型がずれないように注意する。そして一番下にある締め具から延びたボルトにさらに上の締め具を差し込み、そのボルトをナットで締めつける。集中して一気にやってしまおう、そう思った。締め具のナットを指で締め、締め込めるところまで締めたらスパナでさらに締める。なるべく均等になるように力を調節しながら。だいたいいいだろう、と思ったときに肩を叩《たた》かれた。

振り返ると一人の女が立っていた。最初に目に入ったのは紺色のローファーだった。視線を上げていく。細くてまっすぐな足。紺色のプリーツスカート。スカートと同じ色のジャケット。襟元からのぞく白いシャツ。顎のあたりでいきなり鋏《はさみ》でぱつんと切ったような髪型。もしかしたらしていないのかも、と思うほど化粧は薄い。まるで高校生のような雰囲気だ。眉毛が八の字になって悲しげな顔をしている。

「はい？」誰だろうと思って聞き返すと、

「わたくし今日の三時にお約束していた文進堂《ぶんしんどう》の本橋《もとはし》と申します」

そう言って体を折り曲げるように深いお辞儀をした。すっかり忘れていた。

「あっ、すみません。気がつかなくて……。どうぞ二階へ」

僕に続いて彼女が二階に上がってくる。

「今、コーヒーを淹れますので」

僕はそう言って彼女に椅子をすすめた。小さなコンロで湯を沸かす。彼女は椅子に座らずに部屋の奥を眺めている。そこは自分の作品を置いたギャラリーのようなスペースになっているが、その作品を見て彼女が何を考えているのか、その表情からは読み取ることができない。僕はコーヒーを入れたマグカップをふたつ持ちテーブルに向かった。

今年の春の個展では大学時代の後輩にハガキや小冊子の作成を頼んだ。この前のパーティーで配ったものだ。来年の春の個展ではもっときちんとしたパンフレットを作ろうと思い、大学時代の友人経由で制作会社を紹介してもらった。その担当者との最初の打ち合わせが今日だったことをすっかり忘れていたのだ。

僕がテーブルにマグカップを置くと、彼女は重そうな鞄《かばん》から名刺入れを取り出した。

「文進堂で営業を担当しております本橋桜子《さくらこ》です」再び頭を下げる。

「すみません。今日の打ち合わせのことつい忘れていて。須藤《すどう》です」

そう言いながら僕も名刺を渡した。本橋さんが僕の顔をじっと見る。その視線の強さに僕の顔に何かついているのか？　と思ったほどだ。本橋さんも僕の視線に気づいたのか、慌てて視線を逸《そ》らした。本橋さんはなぜだか一瞬泣きそうな顔になったが、その表情を打ち消すかのように咳《せき》を二回した。僕の向かい側に座り、鞄の中からたくさんの資料のようなものを取り出す。

「営業と言っても小さな会社ですから、パンフレットの制作進行もわたくしが担当いたします」本橋さんは自分が手がけたというパンフレットを開きながら、どういう段取りで作っていくのかを流暢《りゅうちょう》に説明してくれた。十六ページのパンフレット。そこに掲載する家具を選んでおくこと。作品が決まったらスタジオに運び込んで撮影すること。作品の説明や値段などのキャプションをどうつけるか。印刷のスケジュール、納期など。

高校生みたい、という最初の印象はすぐに消しとんだ。仕事を一人できちんと切り盛りして責任を持って進めていく大人だ。本橋さんの説明はわかりやすかったし、僕の質問にも言葉につまることなく答えてくれた。

本格的なパンフレットだ。金もかかる。最後に本橋さんは見積書を取り出し、「だいたい、これくらいのお値段になりますが……」と、おずおずとその数字を見せた。貯金を切り崩せばなんとかなるかもしれない、という金額だった。安くはない。けれど、きちんとしたものを作りたかった。

「ええ、だいたいそれくらいで、ぜひ」僕が言うと初めて本橋さんが笑顔を見せた。

「コーヒーどうぞ召し上がってください。もう冷めてしまったかも。淹れ直しましょうか」

僕が立ち上がろうとすると、いえいえ、と本橋さんは手で制しマグカップに口をつけた。ふせた瞼《まぶた》を縁取る睫毛《まつげ》が濃い。皮膚の薄い瞼にうっすらと細い血管が浮かんでいるのが見えた。やはり本橋さんは僕よりもずいぶん年下なのではないかという気がした。

「あの……」マグカップの縁を親指でそっと拭って本橋さんが口を開いた。

「はい？」

「……お、覚えていませんか？」消え入りそうな声だった。

「えっ……」

僕の顔を見て本橋さんはさっきみたいな泣きそうな顔をしている。いつかどこかでひっかけたとか、そういう……。

「あの……パーティー、です。土曜日、結婚パーティーでお会いしています」

「この前の？」

「そうです。そのあとパーティー会場を出てご一緒して、それから」

ご一緒……。けれど、僕のベッドに寝ていたのは髪の長い女ではなかったか。ろくに見もせずに丸めたメモ用紙に本橋、という文字があっただろうか。

「ご迷惑をおかけしてすみませんでしたっ」

本橋さんは立ち上がり深々と頭を下げた。

「私、お酒に強くないのにあの日調子にのってたくさんのんで……道ばたで吐いたことはなんとなく覚えているんです。それを須藤さんが介抱してくださって」

それでそのまま僕の部屋に……。いくら思い出そうとしても本橋さんの顔は記憶にない。僕もひどく酔っていたせいか。白い背中と肩胛骨の下のほくろのことはよく覚えているのに。

「あっ髪……髪型が」思わず本橋さんの頭を指さしてしまった。

「昨日、切ったばかりなんです」そう言って本橋さんはまた泣きそうな顔になった。

「そ、そうでしたか。僕もあの日はずいぶん酒をのんでしまったみたいであんまり記憶がないんです……」

「そうですよね。私、吐いたりわめいたりしたみたいなんですけれど……本当にすみませんでした。いろいろ気を遣っていただいて」

そう言われてみてもやっぱり記憶がないのだった。目の前にいる本橋さんと同じベッドに寝ていたというのに。黙っている僕を見ていよいよ本橋さんの顔は泣きそうになっている。その顔を見ているだけで、なんだか本橋さんに責められているような気持ちになる。それでも本橋さんは無理矢理笑顔を作り、泣き笑いのような顔で、

「パンフレットのほうは責任を持って私が担当させていただきますので。……これからもどうぞよろしくお願いいたします」

頭を深々と下げた。僕もつられるように頭を下げると本橋さんは重そうな鞄を提げて、立ち上がった。階段を下りて行く本橋さんの後ろに僕も続いた。ジャケットを着た本橋さんは後ろから見るとやっぱり高校生のようだ。入口のところで本橋さんはふたたび頭を下げ帰って行った。一度同じベッドで寝たことのある女とこんなふうに仕事で再会する確率を考えながら、僕は本橋さんの小さくなっていく背中を見た。僕は本橋さんとセックスしたわけではない。このあと僕は本橋さんとセックスすることがあるだろうか。自分の下半身のだらしなさを思えばそれはゼロではないかもしれない、と思った途端、なんだか自分は思っている以上に長い人生を生きてきて、体も心もどんよりとしたねずみ色にすっかり染まってしまったような、そんな気持ちになった。

本橋さんが帰ったあとマグカップを片付けようと二階に上がると、ジャスミンのよう

な香りがする。この香りには覚えがある。本橋さんと会っていたときには感じなかったのに、彼女がいなくなるとこの香りがするのはなんでなんだ。僕は窓を開け、キッチンのシンクで二つのマグカップを洗った。

スポンジに洗剤を垂らしながら、本橋さんが部屋に泊まった朝、彼女の足の付け根から膝の裏まで、そして膝の裏からかかとまで指で長さを測ったことを思い出した。椅子のデザインを考えるとき、僕は今まで寝たことのある女性を思い浮かべる。臀部《でんぶ》のふくらみ、足のライン、背中の曲線。

もし本橋さんをイメージしながら椅子を作るのなら素材は無垢《むく》の木だろう、という気がした。地面に生えている木を伐って板にした継ぎ目のない木材。できるだけ金具を使わず木を削って丸や四角の凹と凸を作り、それをつなぎ合わせる。リラックスできる椅子がいい。長時間座っていても疲れないような。イメージが浮かび、まとまりそうになる。洗い終わったマグカップを水切りかごに置くと、僕はテーブルの端に置いてあった大きめのメモ帳にそのアイデアを書き付けた。

その店に行くとカウンターに哲先生が腰かけていた。僕は何も言わずにその隣に座る。派手なアロハシャツのようなものを着た柳葉《やなぎば》君は僕の顔を見てにやっと笑うと、瓶ビールと冷えたグラスを黙って出してくれた。工房の最寄り駅、小さなスナックやバーがひしめく路地の裏にある小さな店。僕と同じ時期に哲先生のところに弟子入りしていた柳葉君の店だ。柳葉君は僕より二歳年下だが、弟子入りした時期は柳葉君のほうが先になるので、僕にとっては先輩にあたる。家具職人としての腕も僕より上だったのに、長男だったため、亡くなった父親のねじ工場を継がなくてはならなくなり、あっさりと家具職人をやめた。哲先生が引退したのとほとんど同じタイミングで。

「もう、柳葉君でいいよ。先輩でもなんでもないんだから」

工房をやめるとき柳葉君はそう言った。それまでは柳葉先輩と呼んでいた。

けれどねじ工場は柳葉君が後を継いでからすぐにつぶれ、今は母親が遺したこのスナックを経営している。家具作りはもういいんだ、才能もないし、金にもならないし。それが柳葉君の口癖だった。スナック経営と家具職人、どっちが儲《もう》かるのかわからないが、もうすぐ二人目の子どもが生まれる柳葉君はそれなりに幸せそうには見える。その顔を見るたび、工房でまたいっしょに仕事やろうよ、という言葉を僕はのみ込んでしまう。

「どうだ」哲先生は前を向いたまま水割の入ったグラスに口をつけた。

「まぁまぁ、す」そう言って僕はグラスにビールを注ぎ、それを一気にのんだ。

「そうか。まぁまぁならいいや」哲先生は太い指で小皿に入ったピーナッツをつまみ口のなかに放り込んだ。無骨な指。仕事をしてきた大人の指だ。哲先生のもとで修業をしていたときはその指をいつも見ていた。

僕よりも頭ひとつ小さく、いつも同じ茶色のニットキャップをかぶっている。ニットキャップからはみ出した髪の毛は口ひげと同じように白い。背中はこの前見たときより丸くなっているような気がする。

大学の建築学科に進んだものの、僕は大きなビルや住宅の設計とか、都市計画や土木にかかわる仕事に興味が持てなくなっていた。もっと自分に近いもの、人の体に近いもの、自分の手で作れるサイズのもの。そういうものに携わる仕事がしたかった。ゼネコンやハウスメーカーに内定をもらっていく同級生たちを横目に見ながら、僕は就職活動もせずにぶらぶらとしていた。見かねた先輩が自分の勤めている設計事務所にアルバイトに来るように言ってはくれたものの、細々とした作業をしながらこれを一生やっていく、とは到底思えなかった。哲先生の家具に出会ったのはそんなときだ。事務所のそば、偶然通りかかった西新宿のギャラリーで僕は哲先生の作品に出会った。

展示されていたのはほとんどが椅子だった。哲先生の個展は一週間ほど開催されていたが、僕は昼休み、仕事の終わり、と空いている時間を見つけては、ほぼ毎日そこに通った。展示されている椅子を見て、これを作っている人はどんなに洗練された人なのだろうと想像した。展示されている椅子の男性にも顔を覚えられ、作者は最終日に来るからと教えてもらった。個展の最終日、ギャラリーの男性に許可をもらい、展示されている椅子の中で一番好きな椅子に座らせてもらった。小ぶりで女性的なデザイン。椅子の前に置かれたプレートには帆船の帆が膨らむ様子をイメージして作られたと記されていた。しばらくの間僕はその椅子に座った。黙ったまま椅子に座っている僕をギャラリーの人は放っておいてくれた。真夏の時期だった。夕暮れの時間に近かった。ギャラリーの窓から西日が差し込んで僕は目を細めた。その椅子に座っているとなぜだかいろんな記憶が蘇《よみがえ》った。

目を射る鋭い西日。首筋を流れる汗。夏休み。二人で食べた棒アイス。隣にいた誰か。何かを思い出しそうになって僕は必死で記憶に蓋をした。

「ずいぶん気に入ってくれたみたいだな」

ふいに後ろから肩を叩かれた。その手は分厚くて温かかった。熱いくらいだった。振り返ると僕の想像していた人とはずいぶん違う人が立っていた。家具職人という人種を初めて見たが、作品のイメージとはかけ離れた大工の棟梁《とうりよう》のような人だった。

「あの、弟子にしていただけないでしょうか?」

僕はその人に向かってそう言っていた。口をついて出た言葉にいちばん驚いていたのは僕自身だった。その人はしばらくの間黙って僕の顔を見ていた。

「食えるようになるには時間がかかるぞ。それでもいいのかよ」

その人は僕の突然の申し出に戸惑った様子も見せずに答えた。そしてズボンの後ろポケットから皺《しわ》の寄った名刺を差し出し、

「一度、工房に来いよ。それから決めな」そう言った。

僕も唐突だったが哲先生も唐突だった。後から聞いた話だが、哲先生のもとには何人も弟子志願者が来ていたらしい。弟子にしてほしい、と言われれば断らない人だった。なぜなら、ほとんどの弟子が三カ月も持たなかったからだ。弟子の間は給料も安いし仕事もきつい。最初から家具作りについて学べるわけではない。工房の掃除、お茶の準備などの下働き。そういうことをこなすだけの日々に、いつの間にか弟子たちは姿を消してしまう。最終的に残ったのは柳葉君と僕だけだった。僕は自分一人だけがぎりぎり食べていければよかったし、家族を作る気もなかった。それよりも哲先生のそばにいて哲先生のする仕事を見ていたかった。その技術を身につけたかった。まじめだったわけではない。時々は偶然に出会った女と寝た。そうやって息抜きをしながら僕は工房に通った。八年経《た》って三十になって、ひととおりのことができるようになったとき僕は哲先生に言った。独立したい、と。

「工房も道具も全部おまえにやるからさ。好きにやれよ」

「俺もそろそろ潮時だ。目も、手も、昔みたいには動かねぇからよ」

哲先生はあっさりと僕の独立を認め、家具作りの一切をやめてしまった。

今でもふと思う。僕の言葉が哲先生の引退を決めてしまったのではないかと。独立はすんなり認めてもらった。その代わり条件があった。哲先生のデザインした家具を作り続けること。その注文が来たら断らずに受けてくれと。修理も請け負うこと。家具は一生物だから。そう哲先生は言った。そして今も僕はあの工房で家具を作り続けている。自分のデザインした家具よりも多くの注文がやってくる哲先生の家具を。

「来年、個展やるんだろ」哲先生が柳葉君に空になったグラスを掲げて言った。

「はい……」

「おまえの家具、楽しみにしてるから」

口数の少ない哲先生の言葉が肩にのしかかってくるような気がした。修業中、頭ごなしに怒鳴られたことは数え切れないくらいある。けれど、怒られたり、指導されているときの言葉ではなく、哲先生が何気なくつぶやいた一言が、家具職人として至らない僕の欠点を指摘していることも多かった。

「早く一人前になれ」

柳葉君が持ってきた水割を一口のんで、哲先生は濡《ぬ》れた口元を指で拭った。哲先生の目が壁のほうを向く。ヤニに汚れ黄ばんだカレンダーがかかっている。もうすぐ十二月。あの日。その数字。

「もう、今年も終わりか……はええなぁ」あくびをしながら哲先生が言う。

いつの間にか目の前に立っていた柳葉君が僕を見る。哲先生が僕を今日、ここに呼んだわけもわかってる。僕の体に起きる十二月の変調。哲先生も柳葉君も知っていることだ。それを二人が心配していることも。大学時代の友人たちだって知っている。もしかしたら今年はそれが起こらないかもしれない、と思いながら僕は生きてきた。けれど、それは僕の期待に反して毎年起こった。その変調が僕の体に起きても一人でできる仕事なら、それを続けていけるかもしれない。言葉少なにできる仕事なら、誰にも迷惑をかけないかもしれない。だから僕は家具職人になったのかもしれなかった。その数日をやり過ごしてしまえば、僕はそれ以外の日をなんとか生きていける。木を切り、削って、磨いて、組み立て、家具にして。集中して作業をしているときは忘れられる。けれど、忘れるな、と言うように必ずその日はやってくる。

柳葉君の店を一人出たあと僕は違う店に向かった。時折足を向けるバーだった。女の人が一人でのみに来ることも多い立ち飲みの気軽な感じのバー。店長が僕の顔を見て目だけで笑う。店長と親しいわけではない。自分が何をしている人間なのかとかそういう話をしたこともない。けれど店長はこの店に僕が何をしに来るのか知っている。僕が立つカウンターの端に一人の女の人がいる。僕よりは歳《とし》は上なのかもしれない。正直なことを言えば誰でもよかった。僕は声をかける。この店では初めて見る顔だ。適当な話をしてお酒をいっしょにのむ。女だって誰かに声をかけられるのを待っていたのかもしれない。お酒がすすむたび女の笑い声が大きくなる。彼女は饒《じょう》舌《ぜっ》だ。タイミングを見計らって店を出る。

「私の家でのみなおさない？」

彼女は僕の腕につかまりながらそう言う。まっすぐに歩けないほど彼女は酔っている。駅のそばの小さな蜂の巣のようなワンルームマンション。もつれあいながら照明のついていない部屋に入り、そのまま二人でベッドに倒れ込む。服を脱がせ彼女と寝る。予想外に大きな声をあげる彼女の口を手のひらで塞ぎながら。セックスがしたいだけか、と聞かれればそうかもしれないと僕は答えるだろう。僕はその日がやってくることをできるだけ忘れたいから、ふいに出会った女の人と寝るのかもしれなかった。

翌朝目を覚ますと左腕に彼女の小さな頭があった。痺《しび》れている腕を彼女の頭の下からそっと抜いて僕は起き上がる。見知らぬ部屋。見知らぬ女。そんな体験を重ねることにもう罪悪感すら抱かない。物音を立てないように僕はそっとベッドの下に脱ぎ捨てた服を着る。キッチンに行って蛇口からコップに水を注ぎ、それをのむ。

今年は大丈夫かもしれない。何事もなくその日が無事に過ぎ去ってくれることを祈るような気持ちでいる。名前も知らない女の部屋のキッチンで。

その時期にはできるだけ人には会わない。人に会うような用事を入れない。毎年そうしていた。それが最初に起こったのは大学に入った年のことだった。製図室で同級生や先輩と鍋をしているときそれは起こった。僕だってまわりの人間だって驚いた。最初は単なる風邪だと思った。耳鼻咽喉科《いんこうか》を受診すると喉や声帯には異常はなく、精神的なものかもしれないと言われた。心療内科か精神科を受診するように言われたが、僕はその言葉を無視した。そんな必要はないと思ったからだ。けれどそれは翌年も同じ時期に起こった。同じ病院を受診したが、やはりどこにも異常はなかった。妙子に強引に連れて行かれた心療内科で医師は僕の体に起こる症状を「記念日反応」だと言った。記念日？僕にとってあの日が記念日であるはずがない。けれどある特定の時期に起こる身体症状をそう呼ぶのだと医師は言った。いつかは治るかもしれないと曖昧なことを言われ、その症状を抱えながら今まで生きてきた。

哲先生には弟子入りするときにその症状のことを正直に伝えた。

「手が動きゃいいんだよ。家具職人なんだから。作業ができるんなら、なにも問題はないだろ」

哲先生はそう言ってくれた。声が出ない時期、哲先生や柳葉君に伝えたいことがあるときには紙にペンで文字を書いた。一年間のうち一週間程度のことだ。過ぎ去ってしまえば元の自分に戻れる。今年その日にアポイントを入れたのは、それが起こらないかもしれないほうに賭けたからだ。朝起きて洗面所で顔を洗い歯を磨いてから、僕は鏡の前で声を出した。大丈夫。今年こそは起こらない。そう願った。

パンフレットの打ち合わせのために本橋さんが訪れたのはあれから二週間が経った日

のことだった。写真点数の確認やパンフレットに入れる作品の選定など、掲載する準備を進めるために本橋さんは工房にやってきた。

今日の本橋さんは茶色のダッフルコートを着てその下に黒いジャンパースカートのようなものを着ていた。胸元に花を模《かたど》った七宝《しっぽう》焼きのブローチをつけている。いつも制服のような服装をしている人だと本橋さんを見て思った。この前よりもきちんと化粧をして、つるんとしたゆで卵のような肌に赤みの強い口紅がよく映えている。

工房の二階の半分は自分の作品を置いたギャラリーのようなスペースになっている。本橋さんはこの前のように深々とお辞儀をして挨拶をしたあとに、ギャラリーのほうに視線を向けた。

「あの……作品を見せていただいてもいいでしょうか」

「もちろんです」まだ声が出ることに安心しながら、僕は本橋さんをギャラリーのスペースに案内した。

「どうぞ、気に入ったものがあれば座ってみてください」

僕がそう言うと本橋さんはギャラリーのなかをぐるりとひとまわりし、ひとつの椅子の前で足をとめた。哲先生のデザインした椅子だ。いちばん人気のある椅子。本橋さんは椅子の背に指をそっと滑らせたあとにゆっくりとその椅子に座った。浅く腰かけたり、深く腰かけてみたり、まるで新しい靴に足を慣らすように座り心地を試している。深く腰かけたほうがいいと思ったのか本橋さんは椅子の背に背中をつけるようにして座り、背筋を伸ばしてまっすぐに前を見た。本橋さんにその椅子は似合っている。僕はそう思った。

「あの、知識がなくて申し訳ないのですが、こういう手作りの椅子はずいぶん高いんですよね？」

そう尋ねる本橋さんに僕が値段を答えると、

「そうですか……」となぜだか申し訳なさそうにつぶやいた。

「あぁ、でも一生使えるものですから。修理をしながらならいつまでも使えるんです。ここで買っていただいたものは僕がずっと修理をしますから」

手作り家具の値段の高さに驚かれたときいつも口にしていることを僕は言った。言い訳めいた言葉だと思うけれど本当のことだから仕方がない。量販店で売っている大量生産の家具ではないのだから。

「……一生使うものを選ぶというのは勇気が必要ですね」

本橋さんは椅子から立ち上がりテーブルに近づきながら言った。

「一生、とそれほど気負わなくてもいいんじゃないですか。結婚と同じようなものですよ。相手が違うと思ったら、替えたって。家具だって、使ってみて自分に合わないと思ったら、誰かに譲っても、中古品として出してもいいわけですし……。捨てられてしまうのは、作者としては悲しいことですが。買ってくれた方じゃなくても、ほかの誰かが喜んで使ってくれるならそれで家具職人はうれしいものですよ」

「結婚と同じ、ですか……」本橋さんは神妙な顔をしてテーブルに戻り、床に置いた鞄から資料の束を取り出した。

「合わないと思ったら替えてもいいんですかね……」本橋さんの手にしていたクリアファイルから紙の束が音を立てて落ちていく。

「いや、その、一般的な意味として……ですけれど」

背中に嫌な汗をかき始めたのを感じる。

「結婚って、その人と一生添い遂げるつもりでするものなのじゃないのかなと……」

僕はあわてて紙の束を集める本橋さんの前にマグカップを置いた。

「あぁ、本橋さん、もうすぐ結婚されるとか?」本橋さんの指に婚約指輪や結婚指輪もないことを知っていて僕はあえて聞いた。この人に家具選びを結婚にたとえたのが間違いだったと後悔しながら。

「いえ、まったくそんな予定はありません!」

本橋さんはなぜだか慌ててマグカップを手にしたが、取っ手が熱かったのか一度手にしたカップをテーブルに戻した。本橋さんの頬が赤く染まっている。

「結婚以前に、私は恋愛そのものに向いていないのかもしれません。いろいろと考えすぎてしまって、ふられてばかりいますから。……須藤さんは結婚を考えたことはないのですか？」

「僕は結婚しません」

「結婚なさらないのですか？」

「ええ」

きっぱりとそう言うと本橋さんは少し落胆したような顔をした。考えていることがすぐに顔に出る人だ。

「深い意味ではなくて、家具職人というのは不安定な」仕事ですから。そう言おうとした自分の声が出ていないことに僕は最初気がつかなかった。「？」という疑問符を顔に浮かべて本橋さんが僕の顔を見ている。仕事ですから。喉に力をこめてそう言っているつもりなのにそれは音になっていなかった。ただ息が漏れているだけだ。咳払いを何度かするがやはり音にはなっていない。僕はそばにあったメモ帳を引っ張ってそこに文字を書き付け、本橋さんに見せた。

〈すみません。声が出なくなってしまいました〉

「えええええええ」と本橋さんが声をあげながら立ち上がった。本橋さんが座っていた椅子が後ろにひっくり返り大きな音を立てた。

「大丈夫ですか！」そう言いながら本橋さんが僕に近づいてくる。僕は手で本橋さんを制してメモを書いた。

〈この時期、こうなることが多いんです。大丈夫です〉

「風邪でしょうか？」本橋さんの問いに僕は首を振った。なぜだか本橋さんは僕の背中を擦《さす》っている。小さな本橋さんの手のひらは熱いくらいだった。その熱がシャツの上を上下するのを感じていた。

〈打ち合わせはできます。音はちゃんと聞こえていますから〉

「く、薬とか、病院とか行かないといけないんじゃないですか！」

〈大丈夫です！〉と大きく書いたメモを見せたが、本橋さんは今にも泣きそうな顔をしている。

僕は十二月のある日が近づいてくると声が出なくなる。

十八歳の翌年から毎年欠かさずそれは起こる。今年もやっぱりだめだったか。そう考えると落胆はあっという間に全身に広がり、指の先がなんだかやけに冷たくなっているような気がした。

〈打ち合わせしましょう〉

そう書いて見せたものの本橋さんは僕のそばを離れず、真剣な顔で背中を擦り続けている。そんなことをしても声が出るようになるわけではないのに。けれど、その本橋さんの顔を見て僕は思っていた。それが起こる日に僕は誰かにそばにいてほしかったんじゃないだろうか、と。だからわざとこの日に本橋さんとの約束を入れたんじゃないか、なんて。本橋さんが動くたびにジャスミンの香りがする。木の香りだけが満ちたこの工房のなかで、それだけがはっきりと「生」を伴った香りのような気がした。

2

金曜の夜、帰宅ラッシュの電車は一週間分の疲労が蓄積されたたくさんの人たちを乗せて東に向かう。思いきり腕を伸ばしてもつり革につかまることができず、私は足を踏んばって電車の揺れに耐えていた。ほこりっぽい車内に鼻がむずむずする。

一昨日《おととい》、昨日と接待が続いた。今日はなんとか早い時間に帰れたが昨夜は最終電車に間に合わずタクシーで家に帰った。営業という仕事柄、仕方がないこととはいえ、接待でお酒をのむことは何度経験しても苦手だ。おつかれさまでしたぁ、と声を張り上げ遠ざかっていくタクシーを見送り自分の顔から笑みが消えて行く瞬間も嫌いだ。頰のあたりは作り笑顔を終始保っているせいで筋肉痛みたいに疲れてしまう。どろどろに疲れ果てて化粧も落とさずに寝てしまい、今朝はシャワーだけを浴びて慌ただしく出勤した。今日は湯船にゆっくり浸かりたい。右肩に食いこむ鞄の重さを感じながら心の底からそう思った。

駅から家まで歩いて十分。おろしたばかりのハイヒールを履いて歩き回ったつま先の痛みはもう限界だった。街灯が見えるたびその下で靴を脱ぎ足の指をめいっぱい広げてから自宅に向かった。

玄関の引き戸を開けようとすると、錆《さ》びた郵便受けの下に紺色の大きなベビーカーが畳まれずに置いてある。あー、と思いながらちょっと重たい気持ちになる。

紐《ひも》でしばった新聞紙の束をよけながら居間に続く廊下を進むと母さんの猫なで声が聞こえてきた。襖《ふすま》を開けると、あ、お姉ちゃんお帰り、と妹の桃子《ももこ》が顔を上げた。妹の子ども、つまり私の姪にあたる花音《かのん》は母さんに抱かれ口に入れた小さな拳《こぶし》をよだれまみれにしている。

「まぁ、ばぶーちゃん、かわいいでちゅねぇぇ」

「ただいま」俯《うつむ》いたままそう言うと、

「おねーちゃん、めちゃくちゃ顔死んでね？」と桃子が笑う。

「ほら、桜子、早く手を洗ってうがいして。ばぶーちゃんに病気でもうつったら大変」

母さんはまるで私を病原菌かなにかのように言い、しっ、しっ、と野良犬を追い払うように手を振った。ぎしぎしと床が鳴る狭い洗面所で、手を洗い、うがいをした。蛍光灯の白い光に照らされた自分の顔は、確かに桃子が指摘するように目の下のくまが目立つ。

台所のテーブルの上にあるラップのかけられた皿を電子レンジでチンした。いつもなら私の帰宅時間には父さんも母さんも寝ているから居間の炬燵《こたつ》に足を突っ込み一人で食事をするのが常だが、今日は台所で食べることにした。炬燵の三方に、父さん、花音を抱いた母さん、桃子がいて、テレビの前しか空いていないし、花音が料理の皿に手を出したら危ない。そう思って足元を小さな電気ストーブで温めながら煮崩れた肉じゃがをただ黙って口に運んだ。

テレビの真っ正面に座る父さんはほとんど喋《しゃべ》らないが、母さんに抱かれた花音がよだれまみれの手を伸ばしても表情を変えずにその手をガーゼで拭ったりしてやっている。桃子は発泡酒を手にしていて、時折テレビのなかの誰かが言ったことに手を叩いて笑う。母さんは相変わらず、ばぶーちゃんばぶーちゃんと奇妙な呼び名で花音を呼び、白い赤ちゃんせんべいを小さく千切《ちぎ》って口に入れてやっていた。私はそれをちらちらと見ながら温め直して味の濃くなった味噌汁《みそしる》をのんだ。

花音を見ていると赤んぼうというのはすごいものだと思う。花音が来るとこの家に光量の強い照明が灯《とも》ったような気がする。桃子と花音が家にいないとき父さんも母さんも笑顔を見せることなどないし、そもそも二人が会話を交わすことがない。それが今はどうだ。孫を前にして二人は溶けかかった生クリームみたいにでろでろだ。桃子の妊娠がわかったときあんなに怒鳴りちらした父さんだが、孫が生まれてその怒りも帳消しになったようだ。生まれてしまえば万事オッケーってことなのか。

七歳下の桃子の妊娠がわかったのは今年の元旦のことだった。

初詣に行くと晴れ着を着て出かけた桃子は緊張で顔の強ばった一人の男を伴って家に

帰ってきた。妊娠している、結婚するつもりでいる、と、言い出したのは男ではなく桃子のほうだった。桃子はもう簡単には妊娠を中断できない週数になっていた。家族の誰もそのことには気がついていなかった。それを聞いた父さんはこめかみに血管を浮き上がらせながら怒り狂ったけれど、すったもんだのあげく最終的には桃子の突然の妊娠と結婚を認めたのだった。

今どきは授かり婚と言うらしいが、今年の春、目立ち始めたおなかをふわりと隠すようなウエディングドレスを着て桃子は結婚式をあげた。結婚を機に桃子はそれまで勤めていた子ども服のブティックの店員をやめ、この自宅から五分と離れていないマンションで新しい生活を始めた。宅配便の配達をしている旦那の帰りが遅いからと週に三回はこの家に花音を連れて夕食を食べに来る。桃子たちがやってくることを父さんも母さんもどこか待っている節がある。桃子たちが家に来た日はすぐわかる。夕食のおかずが一品多かったりするからだ。

夜だけではない。昼間も、母さんのパートがない日は花音を預けて美容院だ、ネイルサロンだ、と出かけることも多いらしい。シッターのように桃子に使われていても母さんは不満など言わない。

家にいる間、桃子と父さんとの折り合いは私以上に悪かったが、花音が生まれてからはまるでそんなことなどなかったかのように和やかだ。花音は接着剤のように父さんと母さん、そして桃子をくっつけてしまった。私だって姪が可愛《かわい》くないわけではないが、仕事で疲れて帰ってくると花音をあやす気力すら残っていない。

「おねーちゃん、金曜の夜だっつーのに、デートとか合コンとかないわけぇ」

襟ぐりのゆるいカラフルなトレーナーを着た桃子は、だらしなく横座りをして私を見上げながら言う。

「ごちそうさま」

桃子の言葉には答えず私は食べ終わった食器を重ねて立ち上がった。

スムーズにこの家から出て行った（逃げ出した）桃子を見ていると私のなかに納得のいかない気持ちが湧く。妹に先に結婚されたこと、多少順番は違ったが、結婚、妊娠、出産と女の人生ゲームの駒を順調に進めていること、桃子が夕食を食べにくるたび、その食費のほとんどを出しているのは私だとそう思ってしまうこと。もやもやがひとかたまりになってみぞおちのあたりが灰色に染まっていく気がする。

食後も炬燵の団らんに加わる気はなく、私は早くお風呂につかって布団に入りたかった。階段を上がり二階の自室の襖を開ける。鴨居《かもい》には明日の夜、結婚パーティーで着る薄紫色のドレスがクリーニング屋のビニールをかけられたまま下がっている。明日は美容院の予約を入れてある、化粧もしないといけない、ネイルも塗らないといけないかな。その手間を考えるのもだるかった。考えがネガティブなほうに転がりがちなのは疲れのせいだろう。私はそう考えて、パジャマと下着を簞笥《たんす》の引き出しから出し一階の浴室に向かった。

居間からは桃子と母さんの笑い声、花音が言葉にならない声を上げているのが聞こえてくる。洗面所で服を脱ぎ髪をまとめて湯船につかった。ぐふぅぅーとおなかの底から声が出た。見上げると天井の隅に黴《かび》の点々が見える。父さんと母さんが結婚して私が生まれて二歳のときに買ったこの中古住宅の築年数は、四十年をゆうに超えているだろう。私は今三十二歳。四十歳なんてきっとあっという間にやってくるのだろうな、と思うと、年齢を重ねるたびに加速していくそのスピードが怖くなる。浴槽から出てクレンジングオイルの容器をとり三回プッシュして顔に広げた。目のまわりを丁寧に擦《こす》る。浴室の鏡をふと見るとパンダみたいに目のまわりだけが黒い自分が映っている。桃子のように可愛く生まれたかった。桃子のようにもてたかった。子どもの頃から幾度となくそう思ってはきたけれど、こんな年齢になってもそんなことを嘆いている自分が惨めだ。鏡のなかのパンダみたいな顔を見ながらなんかいいことないかなぁ、と心のなかでつぶやいた。

結婚パーティーは代官山《だいかんやま》駅から歩いて二分くらいの場所で行われた。新郎の沢井《さわい》さんは会社の先輩である旗本《はたもと》さんが請け負った仕事先の人で私も何度かのんだことがあるが、それほど親しいというわけでもない。けれどいつかののみの席で、彼氏いないんですよと愚痴《ぐち》をこぼしたら、独身ばっかだよ俺の同級生よかったら来なよ紹介してあげるよ、と半ば強引に誘ってくれたのだった。それほど親しくもない人の結婚パーティーなどに行きたくはないが、仕事先の人の誘いだから強くは断れなかった。

今日だって家でゆっくり寝ていたかった。それでも着慣れないドレスを着て電車に揺られて、わざわざ休みの日にやってきたのだ。独身ばっかだよ俺の同級生という言葉につられて。

新婦はきれいな人だった。いや今までの人生で目にしたどの新婦だってきれいだった。桃子だって。この日のためにエステに通い、肌を磨き上げ、自分をいちばん美しく見せるドレスを選んだのだろう。きれいに見えて当たり前か。正直うらやましいです。そう自分の気持ちを認めてしまうとなんだか余計に寂しくなった。

私が結婚という出来事にいちばん近づいたのは三年前のことだ。私だけがそう思っていたのかもしれないが。男の人とつきあえばすぐに結婚できると思っていた当時の私を殴りたい。仕事で出会ったデザイナーの男の人だった。私より四歳年上の広瀬《ひろせ》さん。広瀬さんとは一年近くつきあった。顔も服装も地味な穏やかな人だった。仕事の納期もきちんと守ってくれるし、派手な遊びをしているという噂《うわさ》も聞かなかった。私が初めてこの人とならセックスしてもいいと思った相手だ。初めてちゃんとつきあった男の人だ。しかも広瀬さんのほうから今度のみにいかない？　と誘ってきたのだ。三十直前にそういう相手にめぐりあったことに私は有頂天になっていた。もしかして結婚するかも。私はそう信じていた。

何度もデートを重ね広瀬さんの仕事場兼自宅にも何度も行ったし、仕事で遅くなるから友人の家に泊まる、と学生のような嘘《うそ》をついて泊まったことだってある。けれど、私と同じように彼も奥手だったのだろうか、半年近く広瀬さんは私の体に触れてこなかった。それでも、半年を過ぎて初めてキスをして広瀬さんのベッドでいっしょに眠るようになった。実際のところ挿入寸前までいったのだ。けれど、死ぬほど痛くてぎゃあぎゃあとわめく私を上から見つめて広瀬さんは言った。

「ねぇ……もしかして初めて、なの？」

二十九歳の処女というものを目の前にして男の人がどういう反応をするのか私には予想もつかなかったが、広瀬さんがその事実をうれしがっていないということは表情を見ていてわかった。広瀬さんはその夜、私に背を向けて寝てしまった。それ以来何度も同じベッドで眠ったのに広瀬さんは私に触れようとはしなかった。あのときの痛みを想像すると私は恐怖にかられた。もしかして処女膜というものは年齢を重ねるごとに強靭《きょうじん》になっていくものだろうか。老化か？　それとも自分の体に不備が？　私はこっそりと婦人科を受診した。けれどどこにも問題はない、と言われた。あの夜以来、広瀬さんがなんだかそっけない態度をとることに気づいていながら、私はそれに気づかぬふりをして広瀬さんに連絡をし会う時間を作った。仕事が忙しいと聞けば、手作りのおかずをタッパーに詰め自宅に届けたりもした。あとで食べるね、と広瀬さんはそれだけ言って私の持っていったタッパーを無言で冷蔵庫にしまった。

「広瀬さんて彼女いるらしいね。同業者の。若いデザイナーだって」

ある日会社でそんな噂を聞いて耳を疑った。がつんと頭を殴られた気がした。寝耳に水だ。あんな素朴な顔をして二股かけてたのか。いったいどういうつもりだ。その噂を聞いた夜、私は逆上して広瀬さんの家に向かった。広瀬さんの家のドアを開けるまではその彼女のことを問いただし、二股かけていることを責めるつもりでいた。けれどなぜだか私は広瀬さんの顔を見た途端、玄関で靴を脱ぎフローリングの床の上で土下座をしていた。

「あの、別れてもいいんで。私と一度だけ……」

セックスしてください、とはどうしても言えなかった。けれど広瀬さんを逃したら、自分にはそんな機会は二度と訪れないような気がしたのだ。一生処女のまま死んでいくのはいやだ。

「処女だけもらっていただけないでしょうか?」

セックスという言葉がどうしても口にできずそんな言い方になった。

広瀬さんはあっけにとられた顔で私を見ていた。

「いや、そんな、そもそも物じゃないし……物扱いしたらよくないでしょ」

明らかに恐れをなした表情で言った。

「もっと大事にしないといけないいんじゃない」

いや大事にしすぎてたから、もうこんな歳になっちゃったんですよね。そもそも大事にされなくちゃいけないのは私のほうですよね。大事にされてたら二股とかかけられないですよね。私たちってつきあってたんじゃないですかね。そう言いたいのを必死で我慢して私は頭を下げたままでいた。バブーシュというやつだっけ。モロッコかどこかの。白い革の室内履きが見えた。ふと横を見ると玄関のスリッパ立てに見たことのない革に銀色のスパンコールで縫い付けられたスマイルマーク。こんなものを履く女の人はさぞかし可愛いんだろう。

「あの、あの、……私ではなんでだめなんですかね」

どうせふられるのならその理由を聞きたかった。広瀬さんはしばらくの間黙っていた。手のひらと膝からフローリングの冷たさと硬さが伝わってくる。

「……なんか、重くて……」

「えっ」

「……結婚とか僕はまだぜんぜんする気はないのに。なんかそういう雰囲気でぐいぐい来るでしょ。僕が生まれて初めての相手というのも、重い、です……」

私はそんなにも結婚してくれという雰囲気で広瀬さんに迫っていただろうか。処女だから重いというのか。もし私が処女じゃなかったら広瀬さんは違う彼女を作ったりしなかったのだろうか。処女じゃなかったら私は広瀬さんと結婚できたのだろうか。純潔を守るなんてことに価値を置いて生きてきたわけじゃない。気がついたらセックスの機会が私に訪れなかっただけだ。頭のなかは決壊したダムみたいになっていたが言葉がうまく出てこない。ぱらぱらっとフローリングの床に落ちたものが自分の涙だと気づくまでに時間がかかった。泣いている私を見ても広瀬さんは何も言わない。重い、です。その言葉だけが自分の真ん中に突き刺さっていた。

それから今まで男の人とつきあったことはない。

私は処女のまま三十を迎え、そしてすぐに三十二になった。

気がつけば、結婚パーティーの会場で私は何杯ものシャンパングラスを空にしていた。旗本さんは遠くのほうで私の知らない誰かと大声で喋っている。同級生を紹介してくれるといった新郎の沢井さんは次々に繰り広げられる余興をにこにこしながら見ている。誰が沢井さんの独身の友だちなのかも沢井さんが紹介してくれなければわからない。そんなことにも気づかないまま浮かれた気分でここに来たのだった。和気藹々《わきあいあい》と会話を交わす人たちのなかで私は一人ぼっちだった。来なければよかったかな、そう思いながら、私はまた新しいグラスを手にした。それを二口、三口と口にした。会話もせずにのんでばかりいるから私はすっかり酔っていた。慣れないピンヒールと酔いで体がぐらりと揺れた瞬間、背中に強い衝撃を感じた。後ろにいた誰かとぶつかったせいでグラスに残っていたシャンパンが私のドレスの胸のあたりを濡らした。振り返るとひどく痩せた背の高い男の人が立っていた。

「あ、ごめんなさい。濡れたでしょう?」

「あ、大丈夫です」

私はバッグを開けてハンカチで胸元を拭った。どうせ安物だもの。時代遅れのこんなドレス。だめになったって。

「あの、おわびに。よかったらこれからのみにいきませんか?」

うわっ。軽っ。それが第一印象だった。だけどうれしかったのだ。一人ぼっちでこのパーティーにいた私を、その人が誘ってくれたことが。私を選んでくれたことが。


その人に連れて行かれたのは雑居ビルの地下にあるバーだった。照明を極端に落とした店内、誰もいないカウンターに私とその人は横並びに座った。私はその時点でかなり酔っていた。時折体が横に揺れてしまう。私たちはフルーツを使ったカクテルをのんだ。正直お酒には強くないし詳しくもない。甘いカクテルがアルコール度数が高いものだなんて思いもしなかった。次第に目の焦点が合わなくなる。

「新郎、新婦、どちらかのご友人ですか？」

その人はネクタイをゆるめながら言った。その仕草が妙に色っぽい。こういう場所に来ることも女の人を誘うことも慣れているような気がした。

「いえ、あの、新郎の方にお仕事でお世話になっていて……」

ふうん、と興味なさげな返事をして、その人はお酒のおかわりを頼んだ。あまり私の顔を見ようとはしない。その代わり私は店の入口のほうを見ているふりをして、その人の横顔を盗み見た。ちょっと伸びた髪の毛を見ると、ごく普通のサラリーマンではないような気がした。鼻筋はすっと通っていて端整な顔立ちと言ってもよかった。どことなく女性的な印象を受けるが、グラスをつかむ手の甲は筋張っていてそこだけが妙に男を感じさせた。ところどころ手の甲や手首にかすり傷のようなものも見えるが猫でも飼っているのだろうか。名前は？　何をしている人なんですか？　聞きたいことは山ほどあったがいつか広瀬さんに言われた、ぐいぐい来るでしょ、重い、という言葉が私の口を閉じさせていた。私もこうして男の人に誘われることに慣れているのだ、ということにしておきたかった。だが口が滑った。カクテルの酔いのせいだ。何を話したのかはまったく記憶にない。けれど私の言うことをその人が聞いてくれたこと、私の言葉に頷《うなず》いてくれたことだけは覚えてる。気がついたときには私は地上にいて、街灯のそばでひどく吐き、わめき、その人は黙ったまま背中を擦ってくれた。どこに向かっているのかもわからないまま私はその人と二人でタクシーに乗り、酔いのせいでひどく眩《まぶ》しく見える見慣れない町の風景に目を細めていた。あら、もしかしてこのままこの人の家に行ってしまうのかな。そうしたら処女も捨てられるのかな。それならそれでもいいか。私はタクシーの窓に頭をもたせかけ断続的に訪れる浅い眠りをむさぼりながら、もうどうにでもなれ、と思っていた。

翌朝目を開けると私の目の前に白いクローゼットの扉が見えた。はっ、と頭を上げると白い壁紙、白い天井が見えた。頭がひどく痛む。ここはホテルかどこかだろうかと思ったが、部屋の隅には小さな本棚もあるしチェストのようなものも見える。誰かが生活をしている部屋だ。自分の息がひどく酒くさい。カーテンは閉められているが隙間から漏れ出る光にもうお昼に近い時間のような気がした。自分の隣には人ひとり寝ていたようなスペースが空いている。シーツに手のひらを置いてみたが温かみはない。そうだ。昨日結婚パーティーでそれから男の人とバーでのんで、それから。道で激しく吐いたことだけは覚えている。ぶるっと寒気を覚えて自分が下着だけを身につけていることに気づく。ブラジャーもショーツもそのままだ。ふいにショーツに目をやる。股の間に違和感も痛みもない。ということは私はまだ処女のままだ。酔いにまかせたまま、名前も知らない男の人とベッドにいたのに何もなかった。そのことにかすかに落胆している自分に気づく。意識のないうちに処女など捨ててしまいたかった。毛布を体に巻き付けたままベッドを出た。水をのみたかった。寝室を出てキッチンに向かい、水切りかごに入っているコップに蛇口の水を注いで一気にのんだ。体はまだふらふらする。トイレで用を足しながら昨日の男の人はどこに行ってしまったんだろうかと思う。手を洗い、私は再び寒気を感じて寝室に戻った。ベッドの脇、昨日着ていた薄紫のドレスが脱いだ形のまま山になっている。その上にメモ用紙と鍵が見えた。メモ用紙に置かれた鍵のせいでドレスの真ん中が沈んでいる。メモを読む。

「鍵はポストの中に入れておいてください」

私はこめかみを指で押さえ、もう一度下着のままベッドに潜り込んだ。何か香りがする。ウッディ系の香水だろうか、と思った。何度か鼻を膨らませて香りを確かめた。香水ではない。木の香りだ。檜《ひのき》のような木の香りがこのベッドからする。

結局私は昨日と変わらぬ私のまま、名前はおろかどんな人かも知らない男の人のベッドの中にいる。酔っていたとはいえ下着姿になっても手を出されなかった自分がひどく惨めだった。大人なのに何やってるんだろ。じわり、と目の端に涙が浮かんで、私は慌ててそれを指で拭った。

「ばかやろ。電話の一本もしないで。なにやってんだ」

「酔っ払っちゃって、それで、友だちの家に泊ま」

そう言いかけた瞬間父さんに頰を張られた。

「歳くってたってなぁ。嫁入り前の娘なんだぞ。調子のってふらふらしてんじゃねえぞ」

父さんの後ろで母さんが泣きそうな顔をしている。父さんが私や桃子に荒い言葉を吐いたり時には手を上げるときも、母さんはいつも同じ顔をしている。私や桃子を守ってはくれない。わかってはいるけれどそういう母さんを見るのはいやだった。父さんの借金返してたらさぁ、こんな歳になっちゃったんじゃない。母さんだけじゃない、私だって後始末したんじゃない。大学だって自分のお金で行ったんじゃない。今だって私が生活費渡してなきゃ父さんも母さんも満足に生活できやしないじゃない。言葉が渦を巻いて喉元までせり上がってきたが私は黙っていた。もう父さんにぶたれたくなかった。

階段を勢いよく駆け上がって部屋の襖を開けた。敷いたままだった布団にコートを着たまま、私はうつぶせに倒れ込んだ。両腕を頭の上に伸ばし子どものように足をばたばたさせた。昨日美容院できれいにセットしてもらった髪の毛はほつれてぐしゃぐしゃになっていた。それを黒いゴムで簡単にまとめて電車に乗って帰ってきたのだ。思えば広瀬さんとつきあっていたときから伸ばし始めた髪の毛だった。広瀬さんが長い髪の毛が好きだと言ったからだ。もう切ってしまってもいいか。なんだか髪の毛だけでもいいからすっきりさっぱりしたかった。夕方あたり美容院は空いているだろうか。そう思いながら私は携帯を手にしていた。

「え、ずいぶん短くしちゃうんだね。いいの？」

「はい。もう、ばっさりいっちゃってください」

昨日と今日二日続けて店に来たことには触れずに、顔見知りの美容師は少しずつ私の髪の毛に鋏を入れた。そのたびに、これくらい？　もっと？　と確認しながら切ってくれたが、私が顎のあたりの髪の毛を指で挟んで、これくらいで、と言うと、わかった、というように頷き、あとは何も言わずに仕上げてくれた。しゃくっ、しゃくっと、鋏の音がするたび髪の束が白いケープの上を滑り落ちていく。

私は差し出された雑誌も読まずに鏡のなかの自分の顔を見つめた。

さっき父さんに張られた左の頬は少し赤みを帯びている。父さんが私や母さんや桃子に手を上げるようになったのは父さんの会社が倒産した頃からだ。おじいちゃんの代から引き継いだ印刷会社。父さんは二代目だった。私が子どもの頃には羽振りが良かったようだが不景気とともに経営は悪化し、決定的にだめになったのは私が高校を卒業する間近のことだった。父さんはしばらくの間お酒におぼれ、敷きっぱなしの布団の上で寝たり起きたりの日々を過ごしていた。高額ではなかったが、父さんが印刷会社を続けるために借りていたお金を返す必要があった。家族四人の生活費も必要だった。大学は奨学金で通った。バイト、バイト、バイト、バイトの日々。私が働かなければ私の家族の生活はすぐに立ちゆかなくなってしまう。私は働き続けた。大学の同級生たちが合コンやサークル活動に精を出しているとき、私は深夜のファミレスでいくら片付けても減らない汚れた皿と格闘していた。私が大学二年になる頃には父さんも警備員の仕事を始めたが、幾度も職場は変わった。今は近くの私立高校で清掃の仕事をしているがたいした稼ぎになるわけではない。なんで私が家の借金を、と思わないことはなかったが、昼も夜もパートで働いている母さんを見ていると母さんだけを働かせておくわけにはいかないと思った。父さんの会社がだめになったとき桃子はまだ小学生だったが、私や母さんの代わりに家事を請け負ってくれた。

高校のときだって大学のときだって好きな人がいなかったわけじゃないが、告白すると断られた。男性からはあまり好かれない。つまり自分はもてないのだ。そんなことはわかっていた。けれど男女交際よりも私にはやる必要のあることがあったから、それについて深く考えることもなかったしもてるための努力をしたこともなかった。

大学を出たら出版社で働きたかった。けれど会社にも私は求められていなかった。就職活動は全敗で、卒業ぎりぎりに大学の先輩のつてを頼って今の会社に就職した。企業の会社案内やパンフレットからチラシまで、印刷と名のつくものなら何でも請け負う制作会社だ。仕事にやりがいがないわけではない。責任のある仕事だって任せてもらえるようになった。けれど会社と自宅だけを往復する毎日に私は少し、疲れてる。カットをしてもらいながら私はうとうと眠ってしまいそうになる。

「うん、こんな感じかな」

美容師の言葉に顔を上げると、鏡のなかに老けた小学生みたいな女が映っていた。ボブといえば聞こえがいいが、私の場合はおかっぱと呼ぶのがふさわしい。鏡のなかの自分を見ていたくなくて携帯をチェックした。着信もメールもLINEもなし。今朝、私はあの男の人の家に自分の名前と携帯番号を書いて置いてきたのだけれど、きっとあのメモなんて今頃くしゃくしゃにされてゴミ箱に捨てられてるはずだ。私は下着姿で寝ていても手を出してもらえない女なのだ。そりゃそうだ。会社員になってから出た合コンでも誰も私を選ばなかった。このまま誰にも選ばれず一人老いていくのか。そう考えてふと思う。誰にも選ばれずに？　なぜ、男の人から選ばれることを待ってるんだろ。なんでそこは受け身なんだろ。私が選んだっていいはずなのに。だけど私に選ばれても拒否するか。ですよね。私は一人納得して髪の毛を切り終わった美容師が白いケープを取ってくれるのをじっと待っていた。

「あら、またずいぶん思いきって」

月曜日、隣のデスクの旗本さんが私の短くなった髪の毛をじろじろと見て言った。

「いいんです」何がいいのかわからないまま私は午後に向かう仕事先の資料をまとめながら旗本さんの顔も見ずに答えていた。

「土曜日、急にいなくなっちゃったじゃん。誰かとぬけがけとか？」

旗本さんがにやにやしながら私の肘をつついた。

「いや、ぜんっぜん、そんなんじゃないです」口調が荒くなる。

「俺も途中から酔っ払ってわけわかんなくなってさぁ、気がついたら本橋いないし。沢井さんも紹介したい人がいたのに、つってパーティー終わったあと本橋のこと捜してたぞ」

「そうですか……」

旗本さんは話を続けたいようだったが、手元の携帯が鳴り会話は中断された。土曜日のことはできることなら忘れたかった。名前も知らない人と誘われるままにバーに行って酔いつぶれ、その人の部屋にまで行き、指一本触れられなかったこと。なかったことにしてしまおうあの日のことは全部。私はそう思いながら目の前のパソコンに猛スピードで文字を打ち込み続けた。

お昼前の会議が長引き、昼食もとれないまま、私は会社を飛び出した。午後一番に向かうのは家具職人さんの工房で、会社からは少し距離がある。渋谷で地下鉄から私鉄に乗り換えた。運良く席に座れたので私は午前中に作った見積書をもう一度チェックした。家具職人さんの須藤さんという名前と工房の住所だけは知らされていたが、どんな人なのかは聞いていない。家具職人さんというからには、きっと年齢のいったおじいさんなのだろう。

最寄り駅をチェックしてどきっとした。昨日、私が酔っ払って泊まったあの男の人のマンションから帰るときに、その駅から電車に乗ったのだ。しみのついたドレスをトレンチコートで隠すようにして、ぼさぼさのひっつめ髪の二日酔いで家に帰った惨めな思いが蘇《よみがえ》る。

電車はいつの間にか多摩川《たまがわ》を渡り、憂鬱な気持ちのまま私は電車を降りた。携帯で地図を見ながら工房を目指す。駅から徒歩十五分と聞いていたので今日はヒールの低いローファーを履いてきた。駅から続く住宅街を抜け川に近づく道に入ると、小さな工場のようなものがいくつか並んでいるのが見える。何を作っているのかはわからないが金属を切るような耳障りな音がどこからか聞こえてきた。ここから川沿いに進めばつくはず。私は土手に上がり、サイクリングロードの上を歩いた。ベビーカーを押した若い母親や、保育園児だろうか、同じピンク色の帽子をかぶった子どもたちが互いに手をつなぎゆっくりと歩いてくる。ふと先に目をやるとコンクリートでできた二階建ての建物が見えてきた。元郵便局で建物に〒のマークがついているからと上司は言っていた。さらに近づいてみると確かに一階の入口あたりに〒のマークの跡がある。あぁ、あれか、と思い、私はサイクリングロードを下りて建物に近づいた。

入口の引き戸は開いたままだ。なかをのぞくと大きなテーブルが並び、何に使うのかまったく見当のつかない機械や工具が置かれているのが目に入った。窓から差し込む光が空中に舞うほこりを浮かび上がらせていた。入口そばにはスツールらしい椅子が何脚か重ねられている。いちばん奥のテーブルで一人の男の人がスパナを手に作業をしているのが見えた。男の人はねじのようなものをスパナで締め、少し遠ざかったり、中腰になり視線を下げて全体を見、またスパナでねじを締める。それをくり返していた。紺色のウインドブレイカーにデニムにスニーカー。後ろ姿しか見えないがその華奢《きやしや》な背中はあまりに幼く頼りなく見えた。お弟子さんだろうか。

「すみません……」と声をかけたが気づいていないようだ。

「すみません」と少し大きな声をかけたが、男の人は作業をやめようとはしない。よほど集中しているのだろうか。私は仕方なく入口から入り男の人の肩を叩いた。

男の人が振り返った瞬間、心のなかでぎゃあああああと悲鳴が聞こえ、ほんの一瞬だが目をぎゅっとつぶってしまった。そうしたって目の前のその人が消えてしまうわけじゃないのに。

なんだってこんなとこで。振り返ったその顔はもう二度と見たくないと思っていた人の顔だった。ここで働いている人なのか。男の人は私の顔を見ているが私が誰だか気づいていないようだった。そんなのあまりに悲しすぎる。それでも私の頭のなかはくるくると考えがめぐり、それならさっさと仕事を済ませてしまおうと思った。この人はきっと家具職人さんのお弟子さんか何かなのだろうから、この人と直接話すことはもうないだろう。

男の人は階段のほうに腕を伸ばして二階に上がるように言った。二階の半分はギャラリーのようなスペースなのか、木でできた椅子や家具が並べられていた。この建物に入ったときから感じていたことだが、この場所は木の香りに満ちている。そういえばこの男の人のベッドも木の香りがした。何かがテーブルに置かれた音がしたので振り返るとコーヒーを満たしたマグカップがふたつ置かれている。私は慌てて鞄から名刺入れを取り出した。

「文進堂で営業を担当しております本橋桜子です」名刺を渡しながら頭を下げると、

「すみません。今日の打ち合わせのことつい忘れていて。須藤です」と、男の人が名刺を渡してくれた。えっ、この人が。テーブルに置かれたマグカップはふたつ。ということはこの人はお弟子さんではなくて……。須藤さんが忘れているのは今日の打ち合わせのことだけじゃなくて……。須藤さんの名刺を受け取りながら私は泣き笑いのような顔になっていたと思う。須藤さんは私の顔すら覚えていない。私はどれだけ印象が薄い女なのか。

すすめられた椅子に座り、仕事の説明を始めたが頭のなかはそれどころじゃなかった。

わざと忘れたふりをしているのかと思ったほどだ。打ち合わせの最中に「あーっ、あのときの！」と言われることを秘《ひそ》かに期待していたがそれも無駄だった。ひととおりの打ち合わせを終えて、須藤さんにすすめられるまま冷め切ったコーヒーをのんだ。冷めているけどずいぶんとおいしいコーヒーだと思った。こんなにおいしいコーヒーを淹れられる人の記憶の片隅にもいられない人間なんだなぁ私は、と思ったらふいに言葉が口をついて出た。

「あの……」

「はい？」

「……お、覚えていませんか？」

「えっ……」

私は俯きながら一昨日の土曜日のことを須藤さんに説明した。結婚パーティーで会ったこと。二人でいっしょにパーティー会場を出てそれから……。下着姿で寝ていたのに何もしてくれませんでしたよね！　とは言えなかった。

須藤さんの顔には「困惑」という文字が書いてあるようだった。何を言っているのかこの女はと思っているのだろう。言わなければよかったと思ったがもう遅い。

「ご迷惑をおかけしてすみませんでしたっ」と私は深々と頭を下げた。須藤さんが介抱してくださって。そう言いながら声が小さくなりしどろもどろになる。

顔を上げると須藤さんがぎょっとした表情で私を見つめている。

私は須藤さんの部屋に残したメモに名前まで書いたのに、目の前の須藤さんはその名前と今ここにいる文進堂の本橋がうまく合致していないみたいだった。須藤さんの視線が私の顔をさまよっているのがわかる。たぶん今、須藤さんの頭のなかではたくさんの女の人の顔がトランプをシャッフルするみたいにまぜこぜになって浮かんでは消えているのだろう。背中に嫌な汗をかいているのがわかった。しばらくの間黙っていた須藤さんが突然目を見開いて私の頭を指さした。

「あっ髪……髪型が」

髪型が変わったとはいえあれだけ長い時間いっしょにいた人間のことを忘れるものだろうか。しかも同じベッドにいたのに。いったい自分はどれだけ人の印象に残らない顔をしているんだろう。そう思ったら泣きたくなってきた。けれど自分のことを覚えてない人の前で泣くなんて馬鹿みたいだ。馬鹿らしすぎる。私はなんとか気持ちを立て直して、「これからもどうぞよろしくお願いいたします」と頭を下げた。仕事とはいえ須藤さんとこれから何度も会うのはしんどいなぁ、と思いながら。

木曜日の夜は大学時代の同級生たちとのんだ。

女ともだちばかり私を入れて三人。学生時代に親しい友人はいなかったが、彼女たちとは就職活動をしているときに親しくなった。結婚直前までいったのに相手に浮気され、結婚を急遽《きゅうきょ》とりやめにした美恵子《みえこ》。大学時代に一年間だけ彼氏がいたが、それ以来ずっと一人の聡美《さとみ》。そして現在、彼氏なし三十二歳処女の私。美恵子は制作会社でタウン誌の編集を、聡美は中規模の広告代理店で私と同じ営業の仕事をしている。どちらも私が落ちた会社だ。

三人で集まるのは決まって、チェーンの居酒屋だった。どんなに酔っていても、会計はきっちり三等分にした。

美恵子も聡美も私よりずっときれいなのに、結婚には縁がないようだった。私と二人は女性としてのスペックが違いすぎるが、この二人に会うと、この二人ですら縁遠いのだから自分なんて縁がなくて当然だとなぜだか安心することができた。

いつかの酒の席でのみ過ぎた私は、自分はまだ処女である、と思わず言ってしまったことがある。まじかよ、と二人は目を丸くしたが自分が処女であるという事実をこの二人に共有してもらったことで、私の心のどこかは軽くなったような気がした。この前の結婚パーティーの夜のこと、男の人に誘われて部屋まで行ったのに何もなかったこと、その人と仕事で偶然再会したことを話したらこの二人はきっとおもしろがってくれるような気がしたが、それを全部話してしまうにはまだ酔いが足りない。

「坂崎《さかざき》の子どもさぁ」

聡美が中ジョッキをのどを鳴らしてのんだあとに言った。

「なんかアトピーで大変なんだって。いろんな病院転々として……。治療方法でお姑《しゅうとめ》さんともめまくってさぁ、毎日電話で口論だって」

坂崎も私たちの同級生の一人だった。一昨年結婚して昨年子どもを産んだはず。私はそれほど親しくはないが、聡美は今でも坂崎の家に遊びに行ったりなんだかんだと交流があるらしい。

「結婚して、妊娠して、子ども生まれても何が起こるかわかんないね」

聡美はため息をつきながらそう言い枝豆を口に入れた。妊娠、出産と言われても私にはあまりに遠い出来事のような気がした。結婚そのものがまだあまりに遠すぎる。まずは彼氏だ。そう思ってもなんのあてもないのだ。

「ま、結婚できるだけいいか。誰かいい男いないかなぁ」

酔いで目がとろんとなった聡美が私に向かって言った。こうして集まっても最後は必ずこの話になる。

「私に聞かないでよ」

「だって、桜子、この前、結婚パーティーで誰か紹介してもらえるかもって、すっごいうれしそうに言ってたじゃん。あれ、どうなったの？」

「あ、あれは、さぁ……」私は口ごもってしまう。

「髪の毛もばっさり切っちゃってさ、なんかあったの？」美恵子が首を傾けこちらを向くと、シャンプーなのか香水なのか甘い香りがふわんと漂う。

「い、いや、なにもないよ」

「嘘だ！」すっかり酔いのまわった聡美が私の腕をつかんだ。

「桜子の顔に嘘って書いてある！」酔った聡美はしつこくなる。美恵子と聡美がきらきらした目で私を見つめている。ううむ、と私は迷ったが、自分一人の秘密にしておくのも気が重かった。

私はハイボールを注文し、それをゆっくりとのみ一息ついてから、先週末から起こったことを話した。

「家具、職人……」

話を聞き終えた聡美はビールで濡れたくちびるを紙ナプキンで拭ってそうつぶやいた。

「軽い、家具職人……」

美恵子はそれだけ言い、残った料理を均等に三人の皿に取り分けている。

「その人とこれから何度も仕事で会わなくちゃいけないんだよね。だから、もうそれがストレスでストレスで」「その人、いい男なの？」

私の言葉をぶった切るように聡美が言葉を重ねる。

いい男？　顔だけ見ればいい男だろう、とは思う。けれど結婚パーティーで私を誘って、酔いつぶれた私を自分の部屋に連れ込むような人だ。それくらいのことはなんとも思っていないんだろう。そんなことをする須藤さんはいい男なのか？

うう一ん、と唸《うな》ったまま黙った私を二人が見つめている。

「でもさ、一度はいっしょにベッドにまで入った仲だよ？　桜子さえその気になれば、セックスの一度や二度できるんじゃない？」

「ちょっと声が大きい！」セックス、という言葉に驚いて私は聡美を手で制した。

「いよいよ桜子も処女喪失かぁ」美恵子はにやにやと私の顔を見て笑っている。

「いや、でもさ」そう言いかけた私の言葉を二人が待っている。

「ここまで来たら、それだけで終わるのも嫌なんだよね」

「……重っ」聡美が叫ぶように言う。

「だって、たぶん、その人、二人が言うように私さえその気になればしてくれるかもしれないけど……」私はハイボールを一口のんだ。

「私もうここまで来たら、結婚するつもりの人とそうしたい……私、結婚したい」

酔った勢いで言ったことではなかった。自分が処女であることに付加価値をつけたいわけでもない。けれどこの年齢になるまで自分が抱えてきたものを、簡単になしにするのは嫌だった。

「私、セックスしたいわけじゃなくて、やっぱりちゃんと結婚したいんだよ！」

自然に声が大きくなっていた。生まれて初めてセックスという言葉を音にしたような気がした。酔いのせいか。酔いのせいだろう。選手宣誓みたいに私は声を張り上げていた。

「お、おう……」二人は私の勢いに押されたのかそれしか返事をしてくれなかった。けれど声に出してみて私は初めて自分の望みに気づいたような気がした。結婚すれば家を出られる。妹に変な劣等感を抱かなくてもすむ。処女だから、もてないから、と自分を卑下することもなくなる。結婚というカードを手にすれば、自分はもっと前向きに生きられるはずだ。そのカードを手にしたかった。じゃあ誰と？

たとえば須藤さんはどうだろう？　考えてみれば自分に今いちばん近い男の人じゃないか？　これから何度も会えるというチャンスもある。少しずつ心を通わせていけばいいんじゃないか。そう思った瞬間、大きな獲物を前にしたハイエナみたいに奮い立つような気持ちになっていた。私が須藤さんに選ばれるんじゃない。私が須藤さんを選ぶんだ。自分から結婚を申し込めばいい。頭のなかの妄想がどんどん膨らんでいく。

「で、誰と結婚するの？　桜子は」あきれたような顔のまま聡美が聞いた。

「私、須藤さんと結婚する」

二人はぽかんとした顔で私を見つめている。

私は家具職人の妻になる。その夜、私は心のどこかでそう決めてしまったのだ。須藤さんのことなど何ひとつ知らないのに。

会社での仕事の合間、私は須藤壱晴という名前をネットで検索していた。

フェイスブックもツイッターもインスタグラムもやってはいないようだったが、春に開いたらしい個展の記事が見つかった。個展を開いたギャラリーのHPを辿《たど》ると、そこに須藤さんが作った家具の写真や略歴が掲載されていた。年齢は私と同じ三十二歳。大学の建築学科を出て設計事務所でアルバイトをしたあと家具作家の佐藤《さとう》哲に師事。三十歳のときに独立。ちょっとピントのぼけた横顔の須藤さんの写真も載っている。私には家具の善し悪しなんてまるでわからないが、これを作った人が見知らぬ女（私）をのみに誘い自分の部屋に連れ込むような軽薄な人だとは思えなかった。繊細だ、と私は思った。こういう家具を作る人と結婚したらどんな生活が待っているのか、私の妄想は暴走した。

家具職人というのが儲かる仕事かどうかなんてまるでわからないけれど、自分の夫が家具職人である、というのはちょっといい感じなんじゃないか、と私は思った。普通のサラリーマンよりも私にとってずっとイメージはいい。家具職人が儲からない仕事であっても私は結婚後も仕事を続ける気でいたし、この前私が泊まったあのマンションをそのまま新居にすればいい。次に須藤さんの工房に行くのは一週間後だ。私はドラッグストアで新商品のシャンプーやトリートメント、シートマスクを大量に買い、毎晩髪と肌のケアに長い時間を費やした。男の人から自分がどう見られるかということを今まであまり意識しないできたけれど、須藤さんには好印象を持ってもらいたかった。もてない私のことだ。いくら私が結婚したいと言ってもすぐにNO！と答えをつきつけられるのではあまりにもショックだ。幸い、須藤さんの個展のパンフレットが出来上がるまでには少なくとも三カ月はかかる。その間に私のことを好意的に見てくれるようになればいいのだ。

一週間は瞬く間に過ぎ須藤さんの工房に行く日がやってきた。

私は丁寧に化粧をし、服を選んだ。とはいっても服を新調する予算はなかったので手持ちの服から比較的ましなものを選び、胸元にお気に入りのブローチをつけた。この前来たときはなんでこんなに歩かせるんだろうとうんざりした工房までの道も、今日は足取りが軽い。川のほうから吹いてくる冷たい風も私の熱くなった頭を冷ますのにちょうどよかった。

須藤さんは私の姿を見つけると笑顔を見せた。須藤さんの笑顔を初めて見たような気がした。こんなふうに笑うんだ。その笑顔を見て、なぜだか私は泣きたいような気持ちになっていた。須藤さんはこの前と同じように工房の二階に私を案内した。ネットで何度も見た家具だが、やはり実物を目の前にすると印象が違う。この前来たときにはろくに見もしなかった家具を私はじっくりと見た。作品を見せていただいてもいいでしょう

か、と聞くと、

「どうぞ、気に入ったものがあれば座ってみてください」

　須藤さんはそう答えてくれた。作品をぐるりと見て歩き、デザインがいちばんきれいな椅子に腰かけてみた。デザインだけじゃなくて座ってみると驚くほど座り心地がいい。くわしいことはわからないが、人間の体のことがよくわかっていないとこんなふうな椅子は作れないんじゃないかと思った。いったいいくらくらいするものなのだろう。

「あの、知識がなくて申し訳ないのですが、こういう手作りの椅子はずいぶん高いんですよね？」

　須藤さんが口にした金額は私が想像していた値段の五倍は高かった。ひとつくらい買ってもいいかな？　と思っていた夢はすぐに砕けた。ローンでも買えるのかな。考えをめぐらせていると須藤さんが口を開いた。

「あぁ、でも一生使えるものですから。修理をしながらならいつまでも使えるんです。ここで買っていただいたものは僕がずっと修理をしますから」

「……一生使うものを選ぶというのは勇気が必要ですね」

「一生、とそれほど気負わなくてもいいんじゃないですか。結婚と同じようなものですよ。相手が違うと思ったら、替えたって」

　須藤さんが椅子選びを結婚にたとえて話を始めたので私はぎょっとした。この前美恵子と聡美に酔っ払って言い放った「私、須藤さんと結婚する」という言葉が今ブーメランのように返ってきて突き刺さったような気がした。

え、気に入らなかったら相手を替えてもいい？　結婚てそんなに軽いものか？　私は一度結婚したらずっと死ぬまでいっしょにいたいと思うけれど。

「結婚と同じ、ですか……」私は打ち合わせ用のテーブルに近づいて椅子に座り鞄から資料を取り出した。

「合わないと思ったら替えてもいいんですかね……」

私の手にしていたクリアファイルから紙の束が音を立てて落ちていく。

「いや、その、一般的な意味として……ですけれど」

なんとなく須藤さんの声がおびえているような気がした。

「結婚って、その人と一生添い遂げるつもりでするものなのじゃないのかなと……」

私は床に散らばった紙の束を集めながら言った。広瀬さんから言われた自分がぐいぐい来る感じとはもしかしたらこれか、と思ったが、放ってしまった言葉は口のなかに戻せない。

「あぁ、本橋さん、もうすぐ結婚されるとか？」

「いえ、まったくそんな予定はありません！」

なんで私が結婚することになるのか。先に結婚にたとえたのは須藤さんのほうじゃないか。須藤さんが出してくれたマグカップを手にしたが取っ手が熱くて一度手にしたカップをテーブルに戻した。興奮なのか、怒りなのか、自分の顔が赤くなっているのがわかる。まだ三回（一回目は須藤さんの記憶からすっぽり抜け落ちてはいるが）しか会ったことのない相手と心のどこかで結婚を秘かに決めていたのにもう全面的に拒否されたような気分になった。心がどんどんブルーになっていく。ブルーから濃紺、黒へと染まっていくような気分だった。

「結婚以前に、私は恋愛そのものに向いていないのかもしれません。いろいろと考えすぎてしまって、ふられてばかりいますから。……須藤さんは結婚を考えたことはないのですか？」

「僕は結婚しません」きっぱりとした返事だった。

「結婚なさらないのですか？」

「ええ」

私は須藤さんと結婚するつもりでいるんですが。結婚したいと思っているのですが。黙っている私を見て困ったのか須藤さんが慌てて言葉をつなぐ。

「深い意味ではなくて、家具職人というのは不安定な」

そこまで言って須藤さんは黙ってしまった。また男の人を怒らせてしまったのか、怖がらせてしまったのか、と私の胸に失望が広がる。あせりすぎ！　がっつきすぎ！　と自分に突っ込んでみたもののもう遅い。須藤さんの顔を見た。口をぱくぱくさせている。え？　と私は思った。もしかして何か言いたいのに言葉にできないのだろうか。須藤さんはテーブルの上にあったメモ帳に何かを書き付け私に見せた。

〈すみません。声が出なくなってしまいました〉

「ええええええええ」私が驚きのあまり立ち上がると、座っていた椅子が後ろにひっくり返り大きな音を立てた。

「大丈夫ですか！」私が須藤さんに近づくと、須藤さんはまた何かをメモ帳に書いて私に差しだした。

〈この時期、こうなることが多いんです。大丈夫です〉

「風邪でしょうか？」そう言いながら私は須藤さんの背中を擦っていた。見た目以上に華奢な背中だ。喉が炎症か何かを起こしているのだろうか。

〈打ち合わせはできます。音はちゃんと聞こえていますから〉

須藤さんが自分の耳を指さす。慌てている私に反してなぜだか須藤さんは冷静に見えた。まるでそんな症状に慣れてるみたいに。まさか私と話したくないから演技してるんじゃないよね？　卑屈でいじわるな私は一瞬そう思ったが、須藤さんが口を動かしても口からはただ息が漏れていくだけだ。ほんとうにこの人喋れないんだ。そんな人を生まれて初めて目の前にして私の心は半ばパニックになっていた。

「く、薬とか、病院とか行かないといけないんじゃないですか！」私が叫ぶように言うと、〈大丈夫です！〉須藤さんは今まで以上に大きな文字でそう書いて私に見せた。その文字の大きさと強さがまるで見せかけのものみたいな気がした。

〈打ち合わせしましょう〉

そう書いて見せてくれたもののやっぱり救急車とか呼んだほうがいいんじゃないだろうか。私は混乱したまま須藤さんの背中を擦り続けた。やめるときも、すこやかなるときも。なぜだかそのとき友人の結婚式で何度も耳にした誓いの言葉が私の耳をかすめた。やめるときも、すこやかなるときも。須藤さんがやめるときも私は支えていくつもりです。なぜ、そのときそんなふうに思ったのかわからない。さっき見た須藤さんの子どもみたいな笑顔があまりにも寂しそうに見えたからだろうか。須藤さんの背中を擦りながら、この人は暗くてぐらぐらと滾《たぎ》ったものを、たった一人で抱えているんじゃないかという予感があった。

「須藤さん、私と結婚しませんか？」

そう言ってしまいたい衝動を私は必死になって我慢していた。

けれど私はそのときまだ、一人の人間を支えていくことの大変さなんてぜんぜんわかっていなかった。

3

〈打ち合わせしましょう〉

そう書いたメモを見せたはずなのに本橋さんは僕の背中を擦り続けていた。

〈大丈夫です！〉

僕は振り返りさっき書いたメモをもう一度、本橋さんの顔の前に突き出すようにして見せる。その距離が近すぎたのか本橋さんが少し寄り目になっている。

「く、薬とか……」

僕は首を振る。この時期に声が出なくなること。時期が過ぎれば声は戻るということ。それを今メモに書いて説明するのは難しい。それを仕事相手である本橋さんに話していったいどうなるという気持ちもあった。とにかく今は本橋さんに落ち着いてほしかった。

僕は腕を伸ばして椅子をすすめ本橋さんに座るように促した。それなのに本橋さんは椅子には座らずに、キッチンのほうに早足で歩いていく。何をするつもりだろう、と目で追うと、水切りかごに入っていたコップに水道の蛇口から勢いよく水を注いでいる。そのコップを手にこちらに歩き出す。慌てているせいなのか、なみなみとコップに満たされた水は今にもこぼれそうだ。本橋さんもそれに気づいたのかシンクに戻り、コップ

の水を少し流した。本橋さんは再び僕に近づき、

「のんでください！」とコップを差しだした。

水をのんでどうなるわけではないのだけれど、僕は素直に従いコップを受け取って水を一口のんだ。水の冷たさが口のなかに広がり食道を滑り落ちていくのがわかる。

「落ち着きましたか？」

今落ち着きが必要なのは僕より本橋さんのほうだと思うが、僕は曖昧な笑みを浮かべて頭を下げた。メモ帳をめくり、もう一度、〈打ち合わせしましょう〉というページを見せた。

「……そっ、そうですね。そのために私も来たんですから……でも、本当に大丈夫ですか？」

そう言いながら本橋さんはしぶしぶといった様子で椅子に座った。僕は本橋さんの言葉に頷きその真向かいに座る。声が出ないという事実を大ごとにしてほしくなかった。そんなことは起こってもいないという感じで本橋さんのいつもの調子を取り戻してほしかった。

椅子に座った本橋さんは背筋を伸ばし一回深呼吸をしたあと、さっき床に落として散らばった紙の束を一枚一枚机の上に並べた。本橋さんの会社にお願いしている個展のパンフレット。その説明を本橋さんが始める。それをどんな構成にするのか、本橋さんが

描いたラフを元に本橋さんが話を進めていった。この前の打ち合わせのように流暢ではなく、本橋さんは時折説明の途中で不安げに僕の顔を見るので、その都度僕は頷いた。工房の二階、窓から入る冬の日差しが次第に弱くなり床に長く伸びていく。この空間に本橋さんの声だけが響いていることがなんだか不思議な気がした。本橋さんも一人で喋っているという状況に慣れないのか、時々話の途中で、

「ここまで問題ないでしょうか?」と少し怖々とした表情で確認をとる。僕は頷き、〈何も問題ありません〉とメモに書いた。

「では、次までに掲載する家具の種類と点数を決めておいていただけますか? 携帯でかまわないので仮に写真を撮っておいていただけると助かります」

〈わかりました〉

メモを見せ、冷めたコーヒーの入ったふたつのマグカップを手に僕は立ち上がった。本橋さんの視線を背中に感じながら僕はキッチンに向かい、お湯を沸かした。改めて咳払いをしてみたがそれも音にはならない。初めて声が出なくなってからもう十年以上経つ。毎年そうなることに僕の体も心も慣れてはいるが、今年はそれが起こらないかもしれない、というかすかな希望は毎年打ち砕かれる。そしてもしかしたら僕の声はこのまま音にならないかもしれないという恐れと僕は一週間程度、闘わなくてはならない。ネルのフィルターにコーヒーの粉を入れなるべくゆっくりお湯を注ぐ。揺らいでいるこ

の場所の空気を落ち着かせるように。

新しいマグカップにコーヒーを注ぎ本橋さんの前に置いた。

「あの……」本橋さんはそう言いかけて口を閉じた。

マグカップには口をつけず資料の束を整え、クリアファイルにしまい始める。

「須藤さんはすごく落ち着かれていますね。私はまだ動揺しています……」

僕はボールペンを取ってメモに何か書こうとしたが、何を書いていいのかわからず指が止まった。

「その……声が出なくなるというのはよくあることなんですか。その、須藤さんにとって」

そこまで言って本橋さんはなぜだか顔を赤らめた。

「……生まれつきの体のご事情とかだったらごめんなさい。私、すごく失礼なことを言ってますよね」

〈一時的なものです。ご心配かけてすみません。コーヒーを熱いうちに〉

メモ帳の上にゆっくりと文字を書く僕の手に本橋さんの視線を感じる。メモを見せると、はい、となぜだか先生に叱られたような声で本橋さんは言い、熱そうにマグカップを手にとった。コーヒーをのんで本橋さんに落ち着いてもらいたかった。それが誰であれ、声が出なくなるという僕の症状に出くわしてしまった人に対して僕は申し訳ない気持ちになる。

「いろいろと、お困りのことがあるのではないですか?」

ペンを手にしたまま僕は動けない。

「あの……何かあったら、私の携帯に電話をかけていただくか……あっ、でも、それじゃだめですね。あの、メールで」

本橋さんは鞄から名刺入れを出し、この前くれたはずの名刺を一枚取り出した。それを裏に返しそこにボールペンでアルファベットと数字を書き始めた。

「これは私の個人用のアドレスです。もし何かお困りのことがあったら、遠慮なさらずに連絡してください」

そう言いながら名刺を僕に差し出す。僕はそれを受け取ったあとに、

〈ありがとうございます〉と書いたメモを本橋さんに見せた。

コーヒーをのみ終わっても本橋さんはしばらくの間椅子に座っていた。オレンジ色の革のスケジュール帳を開いたままなにかをじっと真剣に考えている。

「次の打ち合わせはだいたい二週間後でいいかな、と思っていたのです。まだスケジュールも余裕がありますし……ただ」

本橋さんは僕を見ずにテーブルの端を見つめている。僕は窓から入るやわらかな光が、本橋さんの頭や肩の輪郭を縁取るのを見ていた。窓の外は薄い水色と灰色を混ぜた空が

広がり、クリームパンをちぎったような雲の塊が風にあおられて、左から右へゆっくりと移動している。雲の白さから、あの日、ベッドで見た本橋さんの裸の背中を思い浮かべた。肩胛骨の下にほくろのある女の人と目の前にいる本橋さんがどうしても結びつかなかった。

「私は心配なんです。須藤さんにとっては余計なお世話かもしれませんが……」

僕は本橋さんの言葉を待った。

「一週間後の同じ時間、須藤さんの声がちゃんと出るようになったか確認しにこちらに来ます」

来てもいいでしょうか、とは言わなかった。本橋さんは断言するように言った。僕はメモ帳とボールペンを手にしたまま、何と返事をしようか考えをめぐらせていた。〈ありがとうございます〉と書いたページを本橋さんに見せたほうがいいのか迷いながら。本橋さんは僕の返事を待たずに机の上のクリアファイルやスケジュール帳を鞄にしまった。コートを腕にかけて立ち上がり、僕に向かって深く一度頭を下げると、まるで小動物が逃げ出すように階段を下りていく。階段の上に突っ立ったまま、その背中を僕はいつまでも見ていた。

僕の声が出なくなったのは大学一年、十九歳のときだ。

建築学科のある東京の大学をいくつか受けて行きたかった大学には見事に落ち、滑り止めの大学に通っていた。高校の三年間は父の転勤先である松江《まつえ》で暮らしていた。僕が東京で暮らし始めてからも父の松江での勤務はまだ続いていたので、両親だけが松江に残った。大学進学がきっかけではあったけれど、松江から遠く離れて暮らすということに父さんも母さんもどこかほっとしたような顔を見せた。

入学前から建築学科は課題が多くて遊ぶ暇もバイトをする時間もないと聞いてはいたけれど、毎日の生活の忙しさは予想以上だった。山のように課題が出たし、それを仕上げるために大学の製図室にいなければならない時間も多かった。それでもその生活に不満を感じたことはない。勉強や課題に没頭しなければならないという状況は、その当時の僕にとって有り難かった。僕は大学のそばにアパートを借りて住んでいたのだが、部屋に一人でいると頭のなかはひとつの出来事の記憶に傾いていきそうになった。たった一年前の出来事なのに僕にはそれがもういつか見た夢のような、遠い過去のような気がしていた。

製図室は、学年の縦割りで一年生から四年生までが五人ほどのグループになって、割り当てられたフロアの一角を使っていた。夜中までの作業や徹夜に備えて電気ポットやオーブントースターがあるグループは珍しくなかったし、なかには寝袋や布団、炬燵を持ち込んでいるグループもいた。

製図室は二十四時間使えたから、そこに行けば誰かがいて何かしらの作業をしていた。作業の合間に会話をすることもあったが、喋ることよりも目の前の作業を仕上げるほうが誰にとっても大事だったから皆、俯いて（時には提出日を気にして冷や汗をかきながら）、自分の作業に集中していた。他人の目を気にすることなく何かに熱中している誰かの気配がそばにあることがその頃の日々の心の支えでもあった。アパートにいる時間よりも製図室にいる時間のほうが長かった。とりたてて製図室でする必要のない課題も製図室で仕上げた。風呂と着替えだけはアパートですませ、それ以外の時間のほとんどを大学内で過ごしていた。僕はもうその頃、グループの誰よりも製図室の主《ぬし》のような存在になっていた。とりわけ十二月はそうだった。

母さんからは一度、「こっちに帰ってこないの？」という遠慮がちな連絡があったが、僕は大学が忙しいから、と断った。母さんは僕を責めるようなことは言わずあなたがそれでいいんなら、と電話を切った。誰に何を言われても、僕はもう二度と松江に戻る気はなかった。もちろん夏休みにも帰らなかったし冬休みに帰るつもりもなかった。

十二月のある金曜の夜、四年生の先輩が製図室で鍋パーティーをやろう、と言い出した。パーティーといっても派手なものではない。製図室には卒業生たちが残したガスコンロやホットプレートやたこやき器などがあって、皆の課題が終わったあとに、材料を持ち寄り酒をのんで朝まで喋る、ただそれだけのことだった。

僕が大学に入学した頃には、すでに居酒屋でのむにも身分証明書を見せて未成年ではないということを証明する必要があった。製図室ならそんなことを気にしないですむ。僕は大学に入るまで飲酒の経験はほとんどなかったが、このグループ主催のパーティーでいくらかはのむようになっていた。

鍋に入れる材料や酒を持ち寄り作業テーブルの隅で鍋を始めた。肉や野菜を適当に切り（まな板と包丁だって製図室にはあった）鍋に放り込んだ。課題の多さへの不満や教授の悪口や誰と誰がくっついたとか別れたとか、酒の勢いもあって皆の口は滑らかだった。僕は子どもの頃から口数がそれほど多いほうではないが、それでも皆の話に相槌を打ち時にはつっこみ、煮えすぎた肉や野菜を口にしていた。皆といれば時間はするすると過ぎて行く。そのことにひどくほっとしている自分がいた。

「おまえ、彼女とかいないの？」

僕の向かいに座っていた四年生の先輩がふいに聞いた。

「いませんよ」

僕はそう答えたつもりだったが先輩は不思議そうに僕の顔を見ていた。なんだろう、まわりの騒がしさのせいで聞き取れなかったのだろうか、と僕は思い、もう一度大きな声で言った。

「いません」

先輩が僕の顔をじっと見ている。

「なぁ……おまえ……」

先輩の声で皆が僕のほうを見た。ざわめきが一瞬で静けさに変わった。

「なんか言ってみ？　自分の名前でもなんでもいいから」

「須藤壱晴」と僕は声を張って言った。皆がしん、となった。鍋がたてるぐつぐつという音だけが寒々しい製図室の一角に響いていた。

「もう一回」

「須藤壱晴」

口を動かしているのに自分で出しているつもりの声は自分でも聞こえない。

「酔っ払って俺の耳がおかしくなったのかと思ったけど、おまえ、やっぱ、声が出てないよ」

わざと咳払いをしたり強い酒をのんでみたりしたが事態は変わらなかった。

「風邪とかで喉がいかれてんのかもなぁ。明日、病院行ってこいよ。製図室で誰かが風邪引くとあっという間にみんなにうつるからさぁ」

そう言われたものの熱もなかったし喉の痛みもなかった。皆はそうだそうだ病院に行ったほうがいい、と心配する声を出したが、それも一瞬のことで、再び目の前の鍋と馬鹿話に集中し始めたのだった。僕もまわりも、それがそれほど大きな出来事だとは思っていなかった。声が出なくなるなんて生まれて初めてのことだったけれどそれはそのときだけのことで、その症状がそのあとも続くなんて思ってもいなかった。

翌朝、二日酔いで痛むこめかみをおさえながら僕は布団の中で声を出してみた。

「須藤壱晴」

けれどやはりそれは音にはなっていない。僕も昨夜の先輩のように耳がおかしくなったのかと思ったがキッチンにある冷蔵庫のモーター音は聞こえる。試しに枕元の携帯で音楽を流してみた。それははっきりと聞こえるのだ。やはりおかしいのは僕の耳ではなくて声だ。喉か、声帯か、どこかに異常があるのだろうと思った。僕はぬくまった布団から抜け出しキッチンに向かった。吊り戸棚に確かうがい薬があったはずだ。それは戸棚の奥にひっくり返っていた。カエルのイラストのついたうがい薬を数滴コップの水にたらし、その水を口に含んでうがいをしてみた。そのあとで、あー、と声を出したがやっぱりそれは音になっていない。

「須藤壱晴」ともう一度声を出してみたけれど無駄だった。声が出なくなってしまった、ということを僕は改めて確認した。声が出なくなったら何科に行けばいいのかわからなかったが、風邪とか、喉になにかのウイルスが悪さをしているとか、そんなことだろうと思ったから、僕はまず近くの耳鼻咽喉科に行ってみることにした。

病院の受付で「今日はどんな症状ですか?」と聞かれてやっと気がついた。

声が出ないのだから会話ができないのだ。黙っている僕を受付のスタッフが怪訝《けげん》そうな顔で見ている。僕は待合室のソファに置いたリュックから小さいメモ帳とボールペンを出し受付のカウンターで〈声が出なくなってしまいました〉と書いて見せた。受付の年配の女性は患者のそんな症状にも慣れたものなのか、わかりました、と小さな声で答え、僕の問診票に何かを書きつけた。

「喉にも声帯にもなんの異常もない。もう一度声を出してみて」

喉を丹念に調べた中年の男性医師はそう言った。

「あー」と腹に力をこめて発声したものの、やはりその声は音になっていない。

「心因性のものかもしれないね。最近、大きなストレスを感じたり、何か大きな出来事とかあったりした？」

僕は黙ったまま思い当たりません、という意味で首を横に振った。

「……喉にも声帯にも異常がないのなら、この病院でできる治療というのはないんだよ。もし、このままの症状が続くようなら、早めに一度、心療内科とか精神科を訪ねたほうがいいかもしれないね」

医師が口にする心療内科、精神科という言葉に僕はびびった。僕はノイローゼでもうつ病でもない。心療内科も精神科も心の秘密が暴かれてしまう場所、という気がした。そう言われたときから僕はもうその言葉を聞かなかったことにした。

病院で会計を済ませ僕はアパートに向かった。その日があの日の一年後だった。

スーパーマーケットで自炊のための買い物をした。スーパーでは会話などしなくても済んでしまう。大きな課題が終わったところだったから週末に製図室に行く用事もない。土日はなんの約束もなかったから部屋にこもって一人で食事を作ってそれを食べ、過ごすつもりだった。声が出なくなっても人に会わなければ何も困った事は起こらない。僕はそう信じこもうとした。

スーパーマーケットの脇に小さな花屋があった。花を買ったほうがいいような気がした。自分一人で花屋に入ったことなどない。何を選んだらいいのかもわからなかった。店先にはいくつかのカラフルな花をまとめた小さなブーケが売られていた。値段もそれほど高くない。どれにしようかと迷っていると店の奥からおばさんが一人出てきた。

「彼女にプレゼント？　選びましょうか」と僕に声をかけてくれる。

声が出ない僕は曖昧に頷いた。おばさんは黄色い花を何種類かまとめたものを選んでくれた。僕はお金を払い、頭を下げて店を出た。

花瓶がないことに気づいたのは部屋に戻ったあとだった。仕方なく普段使っているガラスのコップに僕は花を生けた。花の香りは僕の一年前の記憶を掘り起こしてしまう。咲き誇っている花の香り。あの出来事があったあと、あの場所にはいつまでも花が供えられていた。僕は決してそこに近づかなかった。もう一年が経ったのかという思いと、自分がもう一年歳を重ねてしまったという思いがねじれて、いつまでも消化しきれないもののように僕の胃のあたりを重くしていた。思い出そうとしても記憶は切れ切れの断片のままだ。一年前の記憶を小さな箱のようなものにしまって、僕はその箱を深い地中に隠してしまったのかもしれなかった。声が出ないという症状がなにかの警告のような気もした。忘れるな、忘れてはいけない。そう誰かに言われているのかもしれなかった。今なら泣けるだろうか、とふいに思ったけれど涙は出なかった。僕はあの日もあの日以降も一回も泣いていなかった。

月曜からの学校は講義を聴いているだけで良かったから、僕の声が出なくなっても大きな問題にはならなかった。その週には課題を皆の前でプレゼンする必要もない。僕は小さなメモ帳に〈風邪をこじらせて声が出なくなってしまいました〉と書き、必要があれば先生や先輩、まわりの友だちに見せた。大丈夫？　病院行ったの？　と皆が心配してくれたが曖昧に笑顔を返しただけだった。もし一週間、それよりも長く声が出ないようなら違う病院に行くつもりだった。心療内科や精神科ではない、この前行ったのとは別の耳鼻咽喉科か内科に。このまま声が出なくなったら。そのときはそのときで考える。自分の声が出ないという症状を僕は大げさに考えたくなかったし、医師が言ったように自分に起こった大きな出来事に関連づけて考えたくはなかった。

小さなメモ帳を常に持ち歩く日々が過ぎてまた金曜の夜がやってきた。僕はその日アパートで本を読んでいた。机に置いた携帯が鳴った。母さんからだった。

「もしもし壱晴?」

「あぁ……」

「……うん、わかった」

「こっちは無事に済んだから」

「なんだか声が嗄《か》れてない? もう少し大きな声で話してくれる? よく聞こえないのよ」

そのとき初めて自分の声が出ていることに気づいた。咳払いを何度かしてから、

「聞こえる?」と母さんに聞いた。

「うん、聞こえるけど、風邪気味なの?」

「いや、喉が少しおかしいだけだから」

「そう? 悪い風邪が流行《はや》ってるみたいだから気をつけてよ」

それから母さんは記憶にも残らないようなたわいもない話を続けたが、それを聞き流しながら胸をなで下ろしていた。声が出るようになった。なんでもない日々がまた戻ってきてくれたことがうれしかった。やっぱり喉の調子のせいだ。あの医者はヤブだ。僕はそう決めつけたのだった。

二年生になると製図室のメンバーは新たにシャッフルされた。

そこで一緒になったのが妙子だ。最初会ったとき、その貫禄《かんろく》と図々しい物言いに四年生だとばかり思っていた。妙子は同級生にはもちろんのこと先輩にもため口をきいていた。けれどそれがなんとなく許されているのは妙子がまめまめしく製図室を掃除し、皆が散らかした教科書やカッターや定規なんかを誰もいない時間に一人で片付けているせいだった。いつの間にか妙子にはおかん、というあだ名がついていた。

製図室のグループで居酒屋にのみに行くときに素早く一の位まで割り算するのは妙子だったし、誰かが酔いつぶれてしまったら律儀《りちぎ》に家まで送り、終電を逃してしまった者がいれば男であれ女であれ大学のそばにある自分のアパートに泊めた。朝起きると旅館の朝食みたいなのが出てくるんだよ、と噂がたった。赤だしの味噌汁にだし巻き卵に納豆にあじの開きとかさぁ。妙子が朝食を作るのは誰かのためではなくて自分が朝からおいしいものをおなかいっぱい食べたいという理由だったのだが。

当時妙子には好意を寄せている三年生の男がいて、酔いつぶれたその男を泊めたときにも同じ朝食を出した。朝食を食べながら妙子が告白をしようと勇気をふりしぼっているとき、男は妙子が炊いた飯を三杯おかわりした。

「私、あなたのことが好」

「おかん、お代わり」

妙子の告白はその言葉でかき消された。妙子はやっぱりおかんなんだよなぁ。そう言いながら炊きたての白飯をわしわし食う男を見て、この恋は終わった、と妙子は泣いた。妙子はそんな話を皆におもしろおかしく話して聞かせた。そんなところが妙子が皆に好かれている理由でもあった。

なぜだか僕と妙子は気が合った。僕は妙子を恋愛対象として見たことはないし、妙子にもあんたみたいな薄口醤油《しょうゆ》みたいな顔は嫌いだ、と面と向かって言われたことがある。恋仲になることは絶対にないという安心感があったから、僕らは相手を男とも女とも思わず、ただ仲の良い友人関係を築くことができた。妙子も僕もお互いのアパートに泊まったこともあるがもちろん何も起こらなかった。妙子の部屋で目を覚ますと噂どおりの旅館のような和風朝食が用意されていて僕はそれを喜んで食べたが、もし自分に好意があると感じている相手にこんな豪華な食事を出されたらちょっとひいてしまうかもしれないな、とも思った。

夏休みには妙子と二人で同じハウスメーカーの設計室でバイトし、二人で東北に旅行に行ったこともある。妙子も僕もお金に余裕がなかったので安い旅館の同じ部屋に寝たが、それでも何も起こらなかった。まるで犬が互いのおなかを見せあうような関係性だけが二人の間にはあった。

二年生の十二月。再び僕の声は出なくなった。

一年生のときは単なる偶然なのだ、と思い込もうとしていた僕にとって、去年と同じ時期に再び声が出なくなるという事実は、あの出来事とまったく無関係ではないのだ、と自分に知らしめるのに十分だった。これから毎年それは起こるだろう、という気がした。

声が出なくなったのは課題のプレゼンの最中で、パワーポイントで作った資料を皆に見せながら説明をしているときだった。突然僕の声は途切れた。声が出なくなったという出来事に対する皆の反応も一年前と変わらなかった。プレゼンを見ていた同級生たちはざわつき、教授は大丈夫か？　と僕の顔をのぞき込んだ。僕は手元にあった資料の裏に、

〈すみません。風邪で喉の調子が悪くて〉と書いて教授に見せた。

「早めに病院に行ってこい」

教授は一年前の先輩と同じことを言い、そのあと僕には話をさせず作品に対する講評だけを伝えた。

この症状が去年と同じものであるなら一週間程度で治まるはず。メモ帳とペンを持ち歩き〈風邪で声が出ないんです〉と見せれば、日常生活は滞りなく過ぎていくだろうという気がした。もう病院に行く気はなくなっていた。同じことを言われるのはもうたくさんだ。必要な講義にだけ出て、去年と同じようになるべく人に会わず製図室にも行かずにアパートにこもっていた。そんな僕を病院に無理矢理引っ張って行ったのが妙子だ

った。

「あんた、このまま声が出なくなったらどうすんだよ」そう言って僕の腕をとり、妙子は僕が去年受診した耳鼻咽喉科に連れて行った。受付で、

「この人声が出なくなっちゃって」と説明をし、僕に断りもせずいっしょに診察室に入ってきた。

医師は一年分歳を重ねた顔で、

「去年の同じ時期、同じ症状が出ているね。喉にはやはり問題はない」とカルテを見ながら、去年と同じ表情で言った。

「僕は心療内科か精神科で診察を受けることをすすめる」

去年と同じことを言われた。僕は医師の前の椅子に座り、妙子は診察室の入口近くに立っていた。僕が診察室を出ようと振り返ると妙子がほらね、という顔で僕を見た。医師にそう言われても僕はその手の病院に行くつもりはなかった。そもそもそんな病院を探す気もなかった。けれど妙子は耳鼻咽喉科を出てすぐ携帯で心療内科に電話をかけ、その日の午後に受診できるように予約を入れた。

〈僕は行かない〉

テーブルの上に出したメモ帳にそう書いて僕は妙子に見せた。午後の診察まではまだ時間がある。僕と妙子はハンバーガーショップで簡単な昼食をとっていた。

「あんた、何言ってんの？　そのままでいいわけないでしょ」

妙子はフライドポテトを先端から口に入れながら言った。

〈行きたくない〉

「子どもか」

妙子はストロベリーシェイクを音を立てて吸った。

「今どき、心療内科に行ったことのあるやつなんてちっとも珍しくないよ。私だって、受験のとき勉強し過ぎてさぁ、ストレスで眠れなくなって、病院で薬もらってのんでたことあるんだから。今だってそう。ちょっと課題が重なると、すぐに食べられなくなったり、眠れなくなったりする。そういうとき薬のんでんだよ。建築学科にだっていっぱいいるよ。壱晴が知らないだけで」

僕は黙って妙子の顔を見た。長い髪の毛を頭頂部でおだんごにまとめ首にぐるぐるとマフラーを巻いたままの妙子は妙な貫禄に満ちている。セーターを着た腕や肩はむっちりとしてとても自分と同じ年齢には思えない。何が起きても動じないように見える妙子にそんな部分があるなんてちっとも知らなかった。僕は黙ったまま香りも味もしないコーヒー色のぬるい液体をすすった。

「私がこういう話をしても、変に驚いたり深刻な顔をしすぎないのは壱晴のいいところだ」

妙子はそう言いハンバーガーの包み紙を両手でくしゃりとつぶした。

「私が時々通ってる病院だよ。いい先生だから。もし怖いなら、さっきみたいに私も診察室にいっしょに行こうか」

僕は首を振った。

〈ひとりで大丈夫〉と書き、

〈だと思う〉と僕は付け足した。

「……まぁ、それがいいよね。ただ、病院まではいっしょに行くよ。あんた一人なら、絶対に行かないだろうから」

そう言って妙子は二人分のトレイを持って立ち上がり、すばやくゴミを分別してゴミ箱に捨てた。連行されるような気分になりながら僕も立ち上がり、妙子と二人ハンバーガーショップを出た。

妙子が時々通っているという心療内科は大学からさらに都心に向かった駅のすぐそば、大手予備校や専門学校が並ぶ通りの雑居ビルの中にあった。年季の入った古いエレベーターは今にも止まりそうなゆっくりとしたスピードで最上階を目指す。音がして扉が開くともうそこが病院の中だった。エレベーターの近くに受付があり、がらんとした待合室には一人の中年女性が女性誌を手にして座っていた。妙子が僕の名前と予約をしていることを受付の女性に告げ、僕は彼女から渡された問診票に記入し終わったときに名前を呼ばれた。隣に座っている妙子の顔を見ると妙子は頷き、立ち上がった僕の尻を手のひらで叩いた。

四畳半ほどの広さの診察室にいたのはかなり高齢の男性医師だった。僕のじいちゃんと同じくらいじゃないかと思ったほどだ。窓際に事務机が置かれ、その窓にはカーテンもブラインドもなかった。冬の日暮れは早く、もう空は夜に近い色に染まっていた。医師は部屋に入った僕に椅子をすすめ、ちょっと待ってくださいね、と言いながら、僕が書いた問診票を時間をかけて読んだ。

「その症状が出る前ね、眠れなくなったり、食欲がなくなったりしますか？」

僕は首を振った。声が出なくなるかもしれないと不安になることはあっても体に前兆らしきものを感じたことはない。それとも僕が気づかないだけなのだろうか？

「去年もこの時期に同じことがあったんだね」

僕は頷く。医師が僕の顔を見た。僕は目を逸らし、窓の外を見た。通りを挟んだビルの中が丸見えだ。ホワイトボードに何かを書き付けているワイシャツ姿の男の人が見えた。予備校の講師だろうか。彼の前でたくさんの学生らしき人間がノートをとっている。その下のフロアでは窓際に置かれたデスクの前で、椅子に座ったまま大きく伸びをしている女の人が見えた。誰もが退屈そうに見えた。その退屈な日常に埋没していく人たちがとても幸せそうに見えた。その幸せが続いていくことを誰も疑っていないような気がした。

「この時期になにがあったんだろうね」

医師はカルテに何かを書き付けながらそう言った。医師は手を止め、しばらく机の上にあるカレンダーを見つめた。僕もカレンダーに目をやった。十二月。あの日から僕は目を逸らす。どこか遠くから電車が走る音がかすかに聞こえてくる。ずいぶんと長い間医師は黙っていた。沈黙が長く続いて医師が口を開いた。

「あなたのような症状のことを、記念日反応と呼ぶんです」

記念日という言葉の明るい響きをひどくちぐはぐに感じた。記念日というのは誕生日とか結婚記念日とか、そういう明るい日のことを言うんじゃないか。僕の顔を見つめていた医師は僕の戸惑った表情に気づいたのか、さらに言葉を続けた。

「記念日という言い方はちょっと混乱しますよね。私もこの言葉には違和感を覚えるけれど、つまりあなたにとって何らかのトラウマになるような出来事がこの時期にあったんだろうね」

僕は黙っていた。あの出来事と僕が声を失う時期になんらかの関係があるということ。それを誰かに、たとえば、専門の医師に指摘されることが怖かった。

「君にはそれが何かわかっているだろうと私は思います」

医師は僕の顔に視線を長くとどめたまま言葉を続けた。

「去年のように君の声は日にちを置けばまた出るようになるでしょう。けれど、来年もそれは起こります。……たぶん」

　記念日に？　僕は心のなかで医師に皮肉をつぶやいた。

「今の君に必要なのは薬ではありません。どちらかといえばカウンセリングでしょう。この病院でカウンセリングを受けてもいい……。時間も費用もかかるけれど、そうやって段階を踏んで、最終的には、その出来事が起こった場所にもう一回行ってみるという方法もある。そうすることで声が出るようになるきっかけがつかめるかもしれない。けれど一人で行ってはいけない。必ず信頼できる誰かとそこに行く。出来事を思い出して整理する。そうすれば」

　僕は医師の言葉の途中で椅子から立ち上がった。そんな僕を見ても医師は慌てなかった。そんなことができるわけがない。僕はもう二度とその場所に行かないと決めたのだ。

「声が出なくなる症状が一週間以上続いたら、もう一度受診してください。カウンセリングが必要だと思ったときも。眠れなくなったり、食欲がなくなったり、意味もなく気分が塞いだり、そういう症状を改善する薬はいくらだって出すことはできます。だけどそれは対症療法で根本的な解決じゃない。いつか君は声が出ないということに正面から向き合わないといけないときが来る」

　もう医師の言葉を聞いていたくなかった。医師の言葉は不気味な予言のように聞こえた。自分が考えていた通りのことを言われただけだ。いつかその出来事に向き合うこと。それができないから僕は。

「ちょっとあんた大丈夫？」

診察室から出て来た僕を見て妙子が声をあげた。自分の表情はわからないけれどひどく混乱した顔をしているのだろうと僕は思った。

〈大丈夫〉

声が出なくなってからもう幾度となく見せているメモ帳のページを僕は妙子に見せた。妙子だけでなく大学の教授や友人や先輩にもそのページを見せ続けているからそのページは汚れ、端がめくれあがってきていた。受付で支払いを済ませ、僕と妙子は来たときと同じエレベーターに乗り地上に下りた。妙子は黙って僕についてくる。腹は減っていないが無性に酒がのみたかった。酔いたかった。酔いつぶれたかった。

〈どこかで少しのんで帰らないか？〉

妙子はそのメモを見て一瞬ぎょっとした顔をした。

「声が出ないのに酒なんかのんでいいのかなぁ……」

と妙子はつぶやいたがしばらく考えたあと、まぁ、いっか、と小さな声で返事をした。土地勘はなかったが二人で飲み屋がありそうな通りを目指して歩きだす。駅裏の歓楽街、赤い提灯《ちょうちん》が下げられた焼き鳥屋を見つけカウンターに僕と妙子は並んで座った。入口にはドアや戸のようなものは見当たらず風をよけるために厚手のビニールみたいなものが下げられている。時折常連らしき客がビニールをめくって店に入ってきて、焼き鳥を焼いている大将を見るとおっ、と片手を上げ、二、三本の焼き鳥とともにジョッキに入ったビールや酎ハイを一杯のみ、さっと帰ってしまう、そんな店だった。

腹が空いているのか妙子は壁に貼り付けられ煙草《たばこ》の煙で黄ばんだメニューを片っ端から頼み、僕が何をのむかも聞かずにレモン酎ハイを二杯頼んだ。妙子はすぐにテーブルの上に出されたもろきゅうを囓《かじ》っている。

「ほんとにのんでいいのかなぁ……」

妙子はそう言ったが僕はもうジョッキ半分くらいをのんでしまっていた。酔いは足から立ち上るようにやってきて鼻先のあたりをふわふわと漂っていた。

「さっきなんて言われたの？」

僕は目の前の壁に貼られたメニューをじっと見た。

「薬とかはのまなくてもいいって？」

僕は頷く。

そっかあ、と言いながら妙子は目の前にやってきた焼き鳥をさっそく口に運んだ。

「……声が出なくなった原因が壱晴にはあるってことだよね？」

妙子は僕の顔を見ずに焼き鳥を咀嚼《そしやく》し、レモン酎ハイでのみ下した。

「それを誰かに話したりはしたくないんだね？」

酔いのせいで頭が重く頷くのもだるくなってきた。僕はデニムの後ろポケットに入れていたメモ帳を取り出しテーブルの上に置いたがペンがどこにも見当たらない。リュックの底をのぞいてみたがそこにもなかった。どこかに落としてしまったのか。

「誰かに……」

妙子がそこまで言って口を閉じた。焼き鳥を焼く煙が僕と妙子の体を燻《いぶ》すように流れてくる。煙が目にしみるのか妙子は瞼をひとさし指でごしごしとこすった。その出来事が起こった場所にもう一回行ってみる、信頼できる誰かと。医師はそう言った。それが妙子でもいいような気がしたが、僕はその体験を誰とも共有したくはなかった。自分だけがひどい体験をしているわけではない。世の中にはもっと悲惨なことや目をそむけたくなる出来事が山ほどある。僕がした体験を特別なものだと思いたくはなかった。だから何も起こらなかったかのように僕はほかの生徒と同じように受験をし、大学に通った。好きな勉強をして友人関係にも恵まれている。経済的にひどく困窮しているわけでもない。たいしたことではないのだ。そう思い続けてここまで来た。それなのにまるでそんな僕を罰するかのように、声は出なくなった。まるで、忘れるな、と言っているかのように。

「私はなんでも聞くからさ。話すことで楽になるならなんでも話しなよ」

妙子はそう言うと思っていた。だから僕は妙子に甘えて病院にまでついて来てもらったんだろう。僕はその甘さが自分にあることにも妙子が僕を甘やかすことにも耐えられなかった。僕は妙子にペンで何かを書く動作を見せた。なに？　ペン？　と言いながら、妙子はトートバッグの中から布製の筆箱を取り出しボールペンを僕に差しだした。

〈僕、少し、そのあたりを散歩してから帰る〉

「え、一人で大丈夫？」

僕がまた、〈大丈夫〉というページを見せると妙子の手にしていた串から焼き鳥のたれがぽたりと一滴落ちた。妙子は慌てておしぼりでそのページを拭いたが水分で紙がよれてしまった。それでも妙子が力まかせに拭くものだからそのページに穴が空いた。

「壱晴の大丈夫を破いてしまった」

そう言いながら妙子は笑った。

「帰りに電車に飛びこんだりしないでよ」

冗談めかして妙子は言ったがそれが妙子のいちばん心配していることなのだろうとも思った。〈絶対にしない〉僕はメモ帳の新しいページに大きな文字で書き妙子に見せた。

妙子と駅で別れ、僕は違う店でまたのむつもりでいた。電車に飛びこむつもりなどもちろんなかったけれどめちゃくちゃに酒に酔いたかった。クラブでもバーでも居酒屋でもなんでもよかった。今日医師に言われたことを忘れたかった。妙子と別れたあと二軒目までは覚えていた。目を覚ますとホテルの一室に僕はいて隣には見知らぬ女が寝ていた。僕の腕に女の睫から剝がれたつけまつげが貼り付いていた。どうしてこんなことになったのかわからなかった。僕はその夜まで童貞だったし、女の人をナンパしてホテルに連れ込むようなことは経験したことがなかった。裸の女の人の（ずいぶん僕より年齢は上のようだった）柔らかくて白い体が僕の体に密着していて、僕の肌に触れた部分が汗ばんでいた。生きているものに触れていた。頭は酒のせいでひどく痛んだけれど、セックスのせいではなく体のどこかが確実に軽くなっているような気がした。声を出してみる。やはり声は出ないが声が出なくてもこんなことができるのか、と僕は不思議な気持ちになっていた。何とか体を起こすとページのなくなったメモ帳の表紙だけが床に落ちているのが見えた。ページはすべて引き千切られていた。ゴミ箱をのぞいてみたがそこにメモの紙片は入っていない。僕がそうしたのか女の人がそうしたのかわからなかったが、大丈夫、と書いたページも、妙子とのやりとりももうそこには存在しなかった。僕はその夜になにか大事なものをあの古ぼけたホテルの一室でなくしてしまったのかもしれなかった。

声は去年と同じように一週間ほどで僕に戻ってきた。

声が出るようになればあと一年は問題なく過ごすことができる。

けれど、十二月が近づいてくるたびに僕は落ち着かなくなった。

そんなとき僕は女の人と寝た。お酒をたくさんのんで一回だけセックスする。そのあと連絡が来ても二度と会うことはなかった。最初は飲み屋で会う人が多かった。そのうち大学の同級生とも先輩とも後輩とも、そういう機会さえあれば僕は不特定多数の誰かと寝た。僕のその行動に最初に気づいたのは妙子だった。

「あんた最近ずいぶん……」

学食のテーブルで妙子は僕を問い詰めた。妙子の親しい友人と寝たことがばれたからだ。妙子に彼女とつきあう気があるのか、と聞かれ僕は黙って首を横に振った。

「声が出るならちゃんと喋れよ。おまえ、さかりのついた犬か。馬鹿！」

そう言って妙子は白いプラスチックトレイで僕の頭を殴り、学食の出入口に向かって大股で歩いていった。妙子は三カ月ほど口をきいてくれなかったが、それでも僕との友人関係を断ち切らずにいてくれた。声の出ないときにプレゼンが重なると「須藤君、風邪で声が出ないみたいなんですよね」と教授に伝えてくれたのも妙子だった。

三年になっても四年になっても事態は変わらなかった。時期が来ると声が出なくなる。僕はいつしか女癖の悪い軽い男になっていたし、その評判は卒業しても変わらなかった。それでも十二月になると声の出なくなる男、と噂をされるよりはよかった。学生の間は風邪をこじらせて、とか、喘息《ぜんそく》で、とか、それなりの理由をつけて僕はその状況を乗り切ったが、卒業後どこかの会社に勤めて仕事をするのは無理だろうと思っていた。もちろん大きなビルや家の建築、都市計画や土木の仕事に興味が持てなくなっていたという理由もある。けれどそのほかのどんな仕事であっても、一時的なものであるとはいえ話のできなくなる人間を雇う会社があるとは思えなかった。病院に行って長期的にカウンセリングを受けるという選択もしなかった。

大学を卒業して同級生たちがぽつぽつと結婚し始めた頃、僕は家具職人の弟子として哲先生のもとで働いていた。哲先生には弟子入りするときに僕の状況を正直に話した。

「手が動きゃいいんだよ。家具職人なんだから。作業ができるんなら、なにも問題はないだろ」哲先生はそう言って僕を雇ってくれた。声の出なくなる時期、僕をかばってくれたのは哲先生であり柳葉君だった。僕が出なくてはならない電話に代わりに出、工房で家具を注文してくれるお客さんの対応をしてくれた。大学のときは妙子が、家具職人になってからは哲先生と柳葉君が僕をかばい助けてくれたのだ。心のなかで強く抵抗しながらも僕はそれに甘えた。僕が独り立ちしたいと言ったとき、十二月に声が出なくなることを心配してくれたのも哲先生だった。

「壱晴、そうなったら、柳葉の店に来い」

哲先生は携帯を持っていないし、自宅に電話をしてもどこにいるのか出ないことも多い。それでも柳葉君の店には毎晩のように顔を出していたから、店に行けば哲先生に会うことができる。独立して一年目、去年の十二月、声の出なくなった僕は柳葉君の店に向かった。

「声が出るまで俺がいてやるから」そう言って哲先生は工房に毎日来てくれるようになった。どうしても出なくてはならない電話には哲先生が出てくれたし、家具を納品する必要があるときには哲先生が出向いてくれた。そうは言っても声が出なくなる時期はなるべく人に会わなくていいようにスケジュールを組んでいたので、とりたてて用事がない日も多かった。そんなとき哲先生は工房の一階で僕の仕事をチェックした。

「ここの組み方が甘いぞ」

「もっと細かいやすりで丁寧に時間かけて磨け」

製作途中の家具を見ては哲先生は僕に細やかなアドバイスをくれた。僕は哲先生の言葉に頷き言葉どおりに家具を仕上げた。家具だけではない。それを作る道具、たとえば刃物の管理にも哲先生は目を光らせた。家具職人にとって刃物はなくてはならない道具だ。その手入れを怠っていると修業時代には哲先生から怒声が飛ぶこともあった。壁際に収納された刃物をじっと見つめられると自分自身が試されているような気持ちにもなった。時には調子の悪い機械類を修理してくれることもあった。そんな哲先生を見ていると哲先生はまだ家具が作りたいのではないかと僕は思った。引退するには早すぎたんじゃないだろうか、と僕も柳葉君も思っていた。

それ以外の時間は二階のギャラリーに置いてある布張りのソファで哲先生は横になっ

ていた。僕一人の工房なのだからそれほどたくさんの仕事があるわけでもない。むしろ暇な時間のほうが多かったはずだ。それでも声が出るようになるまで工房に通ってくれた。ソファで毛布をかぶり深く眠っている哲先生はなんだか家具職人をやめてからひどく歳をとってしまったようにも見えた。一年前いっしょに働いていたときよりも、目の下のくまはより色濃く眉間や口のまわりの皺はより深くなっていた。その顔は僕が二十五歳のときに死んでしまった父の病床の顔に似ているような気がして僕は怖くなった。深く眠ってしまったとき哲先生は寝言のようなことをつぶやくこともあった。はっきりとした言葉は聞き取れなかったがその口調はまるで誰かに何かの許しを請うようにも聞こえた。

独立したあともつっかえ棒のように僕を支えてくれる哲先生に甘えて仕事を続けた。哲先生にとって僕は不肖の弟子と言っていいだろう。声が出るようになると哲先生は、

「また何かあったら連絡しろよ」

そう言って工房を後にした。工房から出て行く哲先生に、

「家具作りましょうよ。哲先生、まだ現役ですよ」と言葉をかけたい気持ちを押しとどめてその丸くなった背中を僕はただ見ていることしかできなかった。

「そろそろそういう時期かなとは思ってたけど」

僕が店に入っていくと、カウンター裏のシンクで氷を割っていた柳葉君が僕の顔を見てそう言った。カウンターのいつもの席に哲先生が座っている。早い時間だからかほかに客の姿は見当たらなかった。

「ビールでいいよね」

僕は頷き哲先生の隣に腰かけた。哲先生の前にはいつもと同じ水割のグラスがあった。哲先生は小皿に入ったピーナッツをつまみ音を立てて噛《か》んだ。

「明日からまた出勤だ」

そう言って左の手のひらで一度、自分の顔を撫でた。僕はメモ帳を出し、〈いつもすみません〉と書いて見せたが哲先生は何も言わないまま右手で僕の背中を二度叩いた。わかってるから。そう言うように。

店のドアが音を立てて開いて中年女性二人と男性二人のグループが騒がしく入ってきた。カラオケセットのあるソファ席に座ったその人たちに柳葉君は慌ててビニール袋に入ったおしぼりを持って行く。男性が四人分のジョッキのビールを注文するとすぐにカラオケのイントロが流れ出した。僕の知らない演歌か何か。すでに酔っているのか皆声が大きい。

「俺が……」

口を開いた哲先生の言葉がカラオケの音でかき消される。僕は哲先生に顔を寄せ言葉を聞き取ろうとした。

「もし俺が死んだらさ。おまえの面倒誰が見んのかな」

時々そんなこと考えんだよ。そう言って哲先生は水割をごくりとのんだ。

「柳葉にはもう家族がいるだろ。子どもだって二人もこさえたんだ。この店もある。夫婦二人で働けばなんとかなんだろ。だけどおまえはさ」

グループの笑い声が大きくなった。一人の男が立ち上がって歌をがなっている。柳葉君が曲に合わせて叩くタンバリンも耳障りだった。その騒音のなかから僕は哲先生の言葉だけを拾おうとした。

「適当におまえが遊んでることも俺は知ってる。だけどそんなの若いうちだけだぞ。いつまでもやってられる遊びじゃねえんだぞそんなの」

僕は目の前にあるビールのグラスについている水滴を指でぬぐった。家具作りについて怒鳴られたことはあるが僕の生き方のようなものに哲先生が口を挟んだことはない。なぜ哲先生が急にそんなことを話し始めたのか、僕の体はかすかに緊張していた。

「三十過ぎたら四十なんてあっという間だ。俺を見ろよ。年金暮らしの独居老人だ。仕事やめたら誰もがただの老人になっちまう。おまえ……特におまえみたいのは」

誰かがそばにいたほうがいいんだ。たぶん哲先生はそう言ったのだと思うが、カラオケがあまりにうるさすぎた。哲先生も僕が聞こえないと思ったのか僕の耳に口を寄せて叫ぶように言った。

「おまえに何があったか俺は知らねぇけどよ。おまえが一人で抱えてるものとか、おまえ一人で抱えきれてないだろうがよ。だからおまえ」

カラオケのエンディングが聞こえてきたかと思ったらもう次の曲の始まりが流れてきた。この騒ぎにまぎれて、酔いにまかせて、哲先生は僕に話をしているような気がしてきた。あの静かな工房で二人きりではしらふで言えないようなことを。

「作ってるもん見たらさ、なんだかそれ作ってるやつのことはなんとなくわかるような気がするんだよ、俺はな。えらそうなこと言うようだけど」そう言いながら哲先生はカウンターに戻って来た柳葉君に空のグラスを掲げ水割のお代わりを頼んだ。

「おまえの作るもんはなんだか人を緊張させせんだよ……」

その言葉が胸にこたえた。僕は何かを書くつもりはないのにメモ帳の新しいページをめくっていた。

「もっと頭をゆるめろ。誰かにもっと支えてもらえ。声が出なくなるのはな、おまえが誰かに強制的に支えてもらうためかもしんねぇぞ……」

柳葉君が新しい水割のグラスを哲先生の前に置き、うるさくてごめんね、と僕と哲先生のほうに体を屈《かが》めるようにして言った。グループのなかの一人の男がビール！　と叫び、柳葉君はただ今！　と返事をしてカウンターから出て行った。

「おまえ、結婚しろ」

一瞬迷ったが〈僕は結婚しません〉、そうメモ帳に書いて哲先生に見せた。哲先生はちらりと目をやったがまるで見なかったかのようにそっぽを向いた。

「素直そうに見えて頑固なんだ。そういうところがよぉ」

哲先生はぶつぶつと口のなかでつぶやきまだ何か言いたそうだったが、その言葉をのみ込むように水割のグラスに口をつけた。それから哲先生は何も言わなかった。僕もただ、ビールをのみ続けた。哲先生には妻も子どももいない。近くに妹さんが住んでいることは聞いていたし工房に来たこともあるが、哲先生と日常生活でそれほど交流があるというわけでもないらしい。なぜ哲先生が独身を通しているのかなんて聞いたこともなかったが、なぜ自分がしたこともない結婚を僕にすすめるのかも、そのときの僕にはよくわかっていなかった。それよりも、哲先生に言われたおまえの作るものは人を緊張させる、という言葉が、見えない棘《とげ》のように僕の心に刺さっていた。僕が作りたいものはそういうものじゃないはずだ。そんなこと頭ではわかっているのにそれをどうやって形にしたら良いのか、僕が心のどこかでずっと考えていたことが哲先生の言葉ではっきりと輪郭を持ってしまったような気がした。そしてそれは、哲先生からも、誰からも答えはもらえず、自分で見つけていくしかないということを、僕はその夜改めて知らされたのだった。

ふと隣を見ると哲先生はカウンターに突っ伏して眠っていた。右手は水割のグラスをつかんだままだ。哲先生がこんなに酔うのも久しぶりに見た。僕は哲先生の右手をグラスから離しその手のひらをおしぼりで拭いた。起こしたほうがいいだろうか、と迷ったけれどもうしばらくはこのままでいいだろう、と思っていた。哲先生の右手を見た。人を緊張させない家具を作ってきた手だ。ふいに僕は思った。この手はたくさんの女の人の体に触れたことがあるのだろうかと。哲先生の作る家具は女性に人気がある。女の人のことを知らなければあんな座り心地のいい椅子なんか作れやしないだろう。僕が不特定多数の女の人と寝るようになったのは最初は声が出なくなったストレスから始まったことだった。けれど途中から僕は寝た女の人の体のサイズを指で測り、その形を記憶するようになった。おしりの出っ張り、太ももの丸み、膝の裏からかかとまでの長さ。知れば知るほど不思議だった。体という言葉一つではとてもくくれないほどそれぞれが皆違った。カウンターの上で僕は女の人の体を測るように、指をしゃくとり虫のように動かした。足の付け根から膝の裏まで二つ分。それがあの人のサイズだった。あの人？と僕の頭のなかに大きな「？」が浮かぶ。なんで今本橋さんのことを思い出したんだろう。僕は結婚しません、とさっき哲先生に伝えたように本橋さんに言ったとき、ひどくがっかりした顔をしていた。その顔を思い浮かべると自分の口の端が上がっていくような気がした。考えていることや思っていることがすぐ顔に出る人だ。くるくると変わる本橋さんの表情を思い出すと、なぜだか心のどこかにあたたかなものが灯る。自分が微笑んでいることに気づき、僕は慌てて表情を戻した。声が出ない時期にそんな顔をしてはだめなんだ。笑ってはいけない。楽しいと思ってはいけない。僕は頭のどこかでわかっている。声が出なくなるのは自分で自分に罰を与えるためでもあるんだと。でもその罰がいつか消えたとき僕は僕の椅子を作れるんじゃないだろうか。能天気なカラオケを背中で聞きながら僕はそんなことを考えていた。

4

突然声が出なくなる、という人の気持ちを考え続けていた。

いや人ではなく、須藤さんのことを考えていた。

電車は橋にさしかかったところで、車両全体が奏でる音が幾分か高くなった。

川の向こうには、オレンジ色の飴玉《あめだま》のような太陽が今まさに沈んでいくところだ。まぶしくて目を細めていると、どこからか、ふぇーん、と赤んぼうがぐずるような声が聞こえた。車内を見回すと、優先席に座っている自分よりはるかに年齢の若く見える母親が抱っこした赤んぼうの体を揺すっている。赤んぼうの月齢はわからないが花音よりも小さいような気がした。夕方とはいっても都心に向かう電車はまだそれほど混んではいなくて、赤んぼうのぐずる声にいらいらとした表情を剝《む》き出しにする人もいない。それなのに母親は赤んぼうをあやすことに必死だ。小さなフェルトのぬいぐるみのようなものを目の前で揺すったり、赤んぼうの頭をすっぽり覆っていたフードを取って、頭髪のまだうすい後頭部のあたりを撫でたりしている。おなかが空いているのか、眠いのか、それともおむつが濡れて気持ちが悪いのか、赤んぼうが何に対して不満を抱えているのかはわからないが、泣く、という行為で自分の気持ちをあらわしているのは確かだ。

〈この時期、こうなることが多いんです。大丈夫です〉

さっき工房で須藤さんはメモ帳に書いて私に見せた。

この時期、ということは、須藤さんの言うように一時的なものなのだろう。けれど声が出ない間、自分の感情を言葉であらわすことができなくなる、というのはずいぶんと気持ちが塞ぐことなのではないだろうか。

声が出なくなる、ということを自分の生活にあてはめて考えてみる。

声が出なくなれば私はすぐに仕事ができなくなる。営業職という仕事にとってあまりに大きすぎるダメージだ。一時的なものだとしても声が急に出なくなったり、いつ声が出るようになるかわからない社員を、うちのような余裕のない会社が雇い続けてくれるかどうかもわからない。私が仕事を失えば私の家族はすぐに経済的に困窮してしまう。話さなくてもいい仕事、声が出なくてもできる仕事、たとえば、小説家とか、イラストレーターなら声が出なくてもできるかもしれない。でも自分には文章や絵の才能などまったくない。須藤さんだって不便なことは多いはずだ。家具を作るだけでなく、あの工房でたった一人ですべてを請け負って仕事をしているなら、家具の注文が来たり、今日のような打ち合わせだってあるはず。いったい声が出ない間須藤さんはどうやって仕事をしているのだろう。もしかして須藤さんには声を失っている間、面倒をみてくれる誰かがいるのだろうか。僕は結婚しません。須藤さんはそう言った。けれど彼女はいません、と言ったわけではない。須藤さんの彼女。いるのかいないのかわからない。けれどいるのかもしれない。

「本橋、なんか疲れた顔してんな？　体調悪いの？　風邪かなんか？」

会社に戻り椅子に重い鞄を置くと、隣の席に座っていた旗本さんが私の顔を見上げて言った。

「あ、大丈夫です」

そう言いながら須藤さんがメモ帳に書いた〈大丈夫です！〉という文字が浮かんだ。あの人は何度大丈夫です、と書いて、何人に、どんな人たちにそれを見せたのだろう。

「あの家具職人のパンフ順調？　なんか頑固な親父《おやじ》っぽいけど、家具職人て」

そう言いながら旗本さんは両腕を思いきり天井に向けて伸びをしたあと、デスクの上にある金色の缶コーヒーに口をつけた。

「いやいや、そんなことないですよ。順調です。若い男性の方で」

「本橋より？」

「いえ、同じくらいだと思います。たぶん」

「へえっ。本橋くらいの年齢で職人っていうのもなんだかこだわり強そうだなぁ」

今日の打ち合わせについていろいろ突っ込まれたらどうしようとも思ったが、旗本さんはあまり興味のない様子ですぐに目の前のパソコンに視線を向けた。

「その人急に喋れなくなっちゃって、びっくりしましたもうー」などと軽口を叩きたい気分でもなかったので、その旗本さんの興味の薄れ方がありがたくもあった。

　社内での打ち合わせをひとつ終え、会社の外でデザイナーと打ち合わせをして、そのまま家に帰った。時間はもう午後九時を過ぎていた。父さんも母さんも食事を終えそれぞれの部屋にいるのか、居間にも台所にも灯《あか》りはついておらず暖房の暖かみもない。台所のテーブルの上にはラップのかかったいくつかの皿があったが、さっきのデザイナーとの打ち合わせでメープルシロップのたっぷりかかったパンケーキを変な時間に食べてしまい、おなかはあまり空いていなかった。私は洗面所で手を洗いうがいをしてから、脱いだコートと鞄を持って二階に上がった。コートをハンガーにかけ電気ストーブをつける。私の部屋にはエアコンがない。暖房器具といえばこの電気ストーブとホットカーペットがあるだけだが両方同時に使うとブレーカーが落ちてしまうことがしばしばあるので、ホットカーペットはほとんど使っていなかった。この時期になるとさすがに寒い。金色の光を照射するストーブの前で手を擦り合わせて暖をとった。

　部屋のまんなかにある丸いローテーブルの上のパソコンを立ち上げ、検索窓に「声が出ない」と打ち込んでみる。サイトやページが表示され私はそれを上から順番に読んだ。声が出ない原因として、風邪、声の出し過ぎ、声帯炎、喉頭炎、咽頭炎、喘息など、さまざまな理由が書かれている。今日の須藤さんの様子では風邪を引いている感じではなかった。家具を一人で作っているのだから声の出し過ぎ、ということもないだろう。後ろのほうにストレス、心的外傷とある。体が原因というよりはこっちの理由ではないのか。

言葉を換えてもう一度検索してみた。ストレスや心的外傷などにより声を発することができなくなると書いてある。このことだろうか。ストレスとは仕事のストレスなのだろうか。心的外傷……。須藤さんがなんらかの心の傷を抱えているということだろうか。

そのとき、ふいに階段の下で皿の割れる音がした。

私は立ち上がり部屋を出て階下の様子を窺った。父さんが何か大声で話している声が聞こえる。またなにか固いものが床に落ちる音がした。私は階段を下りた。父さんの声は台所のほうからした。襖を開けると父さんが発泡酒を片手に何かを叫んでいる。母さんは床に蹲《うずくま》り父さんに背中を向けて、床に散らばったものを布巾でかき集めている。父さんはだいぶのんでいるのか、何を叫んでいるのか不明だ。おまえが。俺のやっている仕事が。みんなで俺を馬鹿にしやがって。言葉は時折聞き取れるがろれつが回っていない。父さんがまたテーブルの上にあるものを床に落とした。私の分の夕食。ラップがきちんとかけられていたわけではないから皿からこぼれた煮物の汁が床に広がる。母さんはただ黙って父さんの巻き起こす嵐に耐えている。酔いでふらつく父さんの片足が上がった。母さんが蹴られる。そう思った私は父さんと母さんの間に入り、そうするつもりはなかったのに父さんの体をぐい、と押していた。父さんはよろけ背中がシンクにぶつかり鈍い音をたてた。

「もう、いい加減にしてよ！」

思わず声が出た。その瞬間父さんの分厚い手で後頭部をはたかれた。強い力ではないが暴力をふるわれたという思いで、心のどこかが熱くなる。

「お酒のんで母さんにあたっていい加減にしてよ！」

今度は気づくより先に父さんの肩のあたりを押していた。

「私が稼いだお金でお酒のんでくだ巻いて母さんに怒鳴って。そんなことしたって父さんの生活は何も変わらないんだよ」

そんなこと言いたくはなかった。そんな気持ちを言葉にはしたくなかった。

ぱちん、と音がして父さんに頬を張られた。

「仕事して金出してるからって、えらそうにすんなよ」

そう言い残して父さんは台所を出、きしむ音をたてる廊下を抜け、玄関わきの自分の部屋に入って行った。台所の蛍光灯はもう寿命が近いのか、じじ、と音を立てている。母さんは黙ったままさっきと同じ姿勢で割れた皿の欠片《かけら》を拾い、もう食べられなくなってしまった自分の作ったおかずを集めている。ただ黙っている母さんにも無性に腹が立っていた。母さんは父さんに絶対に言い返したりはしない。ぶたれればぶたれたまま目を見開いて立ちつくしている。そういう人だ。母さんは父さんの悪口を私や桃子の前では口にするが本人に面と向かって言ったことはない。

父さんの会社がだめになって母さんと二人で必死に働いて生活を立て直しているとき、父さんはただ酒をのみ家のなかでくだを巻いていた。そんな父さんを見たくはなかった。高校の終わりか大学に入った頃だろうか、母さんに言ったことがある。もう離婚して私と桃子と三人で暮らそうよ。そういう提案を私は何度かした。けれど母さんは一度も首を縦に振らなかった。父さんと母さんとの間には愛情があるようには思えないのに、母さんは決して父さんを一人にしようとはしなかった。そんな父さんと母さんを見て、この二人に愛情の交流のようなものがあるのだろうか、と私はいつも思っていた。こんな状態になっても二人が一緒にいる意味ってなんだろう。父さんと母さんは恋愛結婚をした。そして私が生まれ、桃子が生まれた。愛情から始まった家族がもうすでに形を成していなくて骨組みすらあやしくなっても、夫婦は互いを見捨てないものなのだろうか。それが私にはわからなかった。母さんはまだ床にはいつくばって散らばったものを片付けようとしている。

「母さん、私やるからいいよ」

「大丈夫よ……桜子はもうお風呂に入りなさい。仕事で疲れてるでしょう。ずいぶん疲れた顔してるもの」

母さんは私を見上げてかすかに笑いながら言った。わかるかわからないかくらいの微笑み。照明に照らされた母さんの顔に深い皺が刻まれている。母さんはずいぶんと歳をとった。そしてそれを加速させたのは父さんだと思うと、父さんへの怒りが私のなかで悪いウイルスみたいに増殖していった。

父さんがまだ今のようではなく印刷会社の二代目として羽振りも良かった頃、私が毎年楽しみにしていたのは年に二回の社員旅行だった。その頃父さんの会社で働いている人も四、五人はいただろうか。家族のある人は家族連れで参加する大がかりな旅行だった。夏は海へ。冬は温泉に。それほど遠くではないがマイクロバスを借りて大人数で出かけた。覚えているのはひなびたどこかの温泉ではなく夏に行く海水浴だった。千葉のどこか。九十九里《くじゆうくり》とかそのあたり。

母さんは従業員の人たちから奥さん奥さんと呼ばれ、私ですらお嬢さんと呼ばれていた。私は小学校の三年生、桃子はまだ二歳くらいだっただろうか。カラフルなパラソルの下では水着姿の母さんが眠ってしまった桃子を抱いて、波打ち際で遊ぶ私と父さんを見ていた。私は学校で着ているスクール水着ではなく、この旅行のために買ったひまわり柄のワンピースの水着を着ていた。足の付け根の部分にひらひらとした白いレースのようなものがついている。私はこのひらひらが媚《こび》を売っているような気がしてあまり好きにはなれなかった。

学校のプールの授業で二十五メートルくらいは余裕で泳げるようになっていたが、足のつかない海で泳ぐことは怖かった。目の前にはどこまでも海が続き、その海が知らない国のどこかにつながっているのかと思うと、めまいを感じるような恐怖心を覚えた。もし泳いでいるうちに大きな波が来て流されてしまったら、父さんとも母さんとも桃子ともはなればなれになってしまう。

父さんは怖がる私に海の家で大きな浮き輪を借りてきてくれて、

「ほら、桜子、ばんざい」と言うと、腕から体に通してくれた。

父さんは私の浮き輪を後ろから押して沖のほうまで泳いで進んでいく。やってくる波に乗ると体が上下するのがおもしろかった。その波を乗り越えると自分の体はさっきよりも岸から遠いところにあった。振り返ると母さんと桃子がいるパラソルが見えた。もうずいぶんと小さく見える。つま先を伸ばしてみても、もう海の底にはつかない。自分の足の下にどれくらいの深さの海があるのかと思うとやっぱり私は怖いのだった。父さんはつかんでいた私の浮き輪から手を離し、とぷり、と海に潜っていった。毛だらけの父さんの臑は海面から消え妙に白い足の裏もすぐに見えなくなった。水中の父さんの体はしばらくの間私からも見えていたが、一瞬で姿を消した。ただ、深緑色の透明度の低い海水だけがあった。父さんがこの場所から消えてしまったような気持ちになった。

「父さん！　父さん！」

私は叫んだが父さんの姿はどこにも見えない。

「父さん！」私の声は次第に大きくなっていった。そのときふいに足首をつかまれた。海底にひきずりこまれてしまう、と私は思った。

「父さん！」声の限りにそう叫んだとき、父さんがざばりと海面に顔を出した。

「なんだ桜子、臆病者だなぁ」

父さんは笑いながらそう言って顔を手のひらでざっとぬぐった。それからは浮き輪をしたまま、父さんの腕に私はずっとしがみついていた。

「もう帰ろう、もう帰ろうよ」と言う私のことはかまわずに、父さんは私に腕をつかまれたまま片手で泳ぎ、さらに沖を目指す。もうまわりに誰もいないくらい沖に出た。父さんは私がつかんでいた手を離し仰向けで海に浮かんだ。

「海はいいなぁ」

父さんが子どものように言うのがおかしかった。

「海の仕事がしたかったなぁ」

父さんは仰向けのままさらに言った。

「海の仕事って何？　泳ぐこと？」

私の言葉に父さんは笑った。

「違う違う。大きな船に乗って外国に行くのさ。いろんな国に」

そんな話を父さんから聞いたのは初めてだった。父さんは小さいとはいえ印刷会社の社長で、社員さんもいる。今している仕事は父さんがしたかった仕事ではなくて、もしかしたら「海の仕事」が父さんの子どもの頃からの夢だったのかもしれない、と私が考えたのは、そのときからもっと時間が経ったあとだった。父さんは浮き輪で浮かんでいる私のまわりをぐるぐると横泳ぎで回りながら、

「桜子はなんでも好きなことをしろよ。女の子だからって関係ない。好きな仕事して、一人前の人間になれ。結婚なんかしなくてもいい」とそう言った。

好きな仕事と言っても、その頃の自分に具体的な夢があったわけではない。学校の成績も特に良かったわけではないし、得意なものがあるわけでもなかった。それよりも結婚なんかしなくてもいいという父さんの言葉のほうが自分の心に残った。大人になったら皆、結婚はしなくちゃいけないものなのかと思っていたからだ。

「結婚しなくてもいいの?」

「女の人だって仕事をして一人で生きていけるなら別にしなくてもいいんだよ」

それならば父さんの会社を手伝い、私や桃子の面倒を一人でみている母さんのやっていることは仕事ではないのだろうか。一人で生きていけないから父さんと結婚したのだろうか。結婚とか家族とかいうものが、浮き輪で海に浮かぶ私の頭のなかでごちゃまぜ

になっていた。結婚をしなくてもいい、ということは家族を作らなくてもいい、ということで、それはつまり子どもを産まなくてもいい、ということだろうか。一人で生きていく。ふいに父さんが口にしたその言葉は足のつかない海のなか、浮き輪ひとつで浮いていることと同じくらい心許《こころもと》ない気がした。

今思い返せばあの頃の父さんには確固たる未来とそれを形にする自信があったのだろうと思う。私や桃子を大学に行かせて好きな勉強を思いきりさせること。その学費を余裕を持って自分が支払うこと。そういう未来に父さんは疑問を抱いていなかった。その何年後かに自分の会社の未来がなくなることなど、そのときはちっとも思っていなかったのだろう。

夕暮れの海岸で社員の人やその家族の人たちとみんなで西瓜《すいか》割りをした。タオルで目隠しをされ、木の棒を持ったままぐるぐると回される。もっと右、もっと前、そこそこ、なんて声を聞きながら、今自分がどこを歩いているのか、西瓜との距離がどれくらいなのかわからなくなる。声に従って思いきり棒を振り下ろしたものの、ぽすっ、という音がしただけで西瓜は割れなかった。子どもたち、そして大人たちと、皆が順番に西瓜を割ろうとして、最後に豪快に割ったのは父さんだった。けれど社長である父さんにみんなが気を遣っているような居心地の悪さを私はどこかに感じていた。ビニールシートの上で割られた西瓜は包丁でまっすぐに切ったようにはいかず、乱雑な割れ目を夏の夕暮れにさらしていた。父さんはその西瓜をさらに包丁で小さく切って皆に渡した。私もそのひとかけらを口にした。冷えていない西瓜はなんだか生臭いものだ、と思いながら、私は黒い種をできるだけ遠くの砂浜に飛ばした。

夜には見たことのないような広さの畳の部屋で宴会が開かれた。子どもたちの前には瓶入りのオレンジジュースがあり、何本お代わりしてもその日は怒られなかった。それをいちいち大人がビールをのむようなガラスの小さなコップでのむことがうれしかった。大人たちはビールや日本酒やウイスキーを豪快にのんでいた。今日は無礼講だから。父さんがそう言って乾杯の声が終わらないうちにグラスを空にした。上座にいる父さんに社員の人たちが代わる代わるお酌に行く。殿様みたいだなぁ、と思いながら、次第に真っ赤になっていく父さんの顔を見た。子どもたちは午後九時にはそれぞれの部屋に行き、眠るように言われた。母さんに連れられ二つ並べて敷かれた布団のひとつに入ってからも、宴会のざわめきが廊下の奥から聞こえてくる。私と桃子と母さんは同じ布団で寝た。母さんと桃子の寝息が聞こえるようになっても、開け放った窓からは波の音が途切れずに聞こえ、それが私を余計に眠れなくした。それでも真夏の太陽を浴び、泳いだ疲れで、私はいつの間にか深い眠りについていた。

翌朝一番に目を覚ましたのは私だった。トイレに行きたくて布団から出た。部屋の入口近くにあるトイレで用を足して戻るといっしょに寝ていた母さんの姿がない。私の布団には桃子だけが親指を口に入れてすやすやと眠っていた。奥の布団を見ると同じひとつの布団に父さんと母さんが寝ていた。ぴたっとくっつくように父さんの腕のなかで母さんが寝息をたてている。乱れたタオルケットから父さんの足と母さんの足が重なり合っているのが見えた。旅館の名前入りの浴衣《ゆかた》の裾から二人のむきだしの足が伸びている。昨日海で見た毛だらけの父さんの臑と白くむちっとした母さんの足が。セックスの意味などもちろんその頃の私にはわからなかったが、世の中に私の知らない男と女の世界がある、ということはぼんやりと意識していたと思う。けれどそれは、映画やドラマや漫画のなかの出来事なのだと思っていた。それが自分のすぐそばに、いちばん身近な大人である父さんと母さんとの間にある、ということをはっきりと私は認識した。嫌悪感を抱くより先に驚きがあった。ふだんの生活のなかに、家族のなかに、セックスというぼんやりとしたものが存在すること。そのことに当時の私はおののきに近いような感情を持った。

私の家族の歴史のなかで、あの頃がしあわせの絶頂だったのかもしれないと思うことがある。私が中学三年になった頃からだろうか、父さんの印刷会社に勤めていた人たちが少しずついなくなった。誰かを雇うという経済的な余裕が父さんの会社から消えつつあった。さらに世の中の不景気が会社の業績不振に拍車をかけていた。毎月のようにやってくるはずの仕事が父さんの会社に回ってこなくなった。

高校の受験先を決めなければいけない時期に、

「桜子は勉強できるんだから都立に行けるわね」

と母さんは言った。母さんには珍しく断言するような口調だった。正確に言えば都立に行けるわね、ではなく、都立高校に行くことしか私の選択肢はなかった。父さんの顔色は日に日に悪くなり口数が少なくなっていった。夕食の食卓にいないことも多かった。あとから母さんに聞かされた話だが、父さんはお金を借りるために親類縁者に頭を下げ続けていたらしい。それでも会社が持ち直すことはなかった。「お金」という言葉が、父さんと母さんとの会話でよく登場するようになったのもこの頃のことだ。「お金」という言葉の響きは悲しくて、寂しい。今でも私はそう思う。父さんと母さんが声をひそめるように口にする「お金」という言葉を耳にするたび、私はもう印刷会社のお嬢さんではなく、自分ひとりでお金を稼いで自分の力で生きていかなければならないのだ、と思い知らされた。それはいつか海で父さんが言ったような、仕事ができる女の人は一人でも生きていけるんだから、といった生き方とも違うものだ、と私は感じていた。

父さんの会社が倒産する、ということがわかった夜、母さんは、

「みんなで働けばいいのよ。食べていけるのならなんだってするんだから」と言った。

そう言う母さんの頰を父さんは手のひらではたいた。父さんが母さんに手を上げるのを見たのはそのときが初めてだった。自分が育った家のなかに暴力が存在することを私

は初めて知った。最初は恐ろしさに体が震えた。声を出すこともできなかった。父さんに言い返すこともできなかった。時には父さんに向かっていったが、そうすると自分が叩かれる。みじめさに涙がにじんだ。自分は暴力をふるわれる程度の人間なんだ、とそう考えるようになった。夏の海でいきなり姿を消して私を驚かせた父さんはもうどこにもいないのだと知った。

「お金」が介在して父さんと母さんの愛情や関係性は変質してしまったようだった。金の切れ目が縁の切れ目なら、お酒をのんで暴力をふるう父さんなど切り離してしまえばいいと思った。けれど母さんはそうしなかった。以前より回数が減ったとはいえ、今も時々お酒をのんで暴れる父さんとひとつ屋根の下に母さんはいる。そして、私も。父さんと母さんと私はそれでも家族なのだろうか。母さんに今月の生活費、とお金を渡すとき、私は恥ずかしくてついぶっきらぼうな言い方になってしまう。母さんの口座に振り込むから、そう言っても母さんは首を縦に振らなかった。桜子が稼いでくれる大事なお金なんだから。そう言いながらうやうやしく母さんはお金を受け取った。そして私はふいに思うのだ。父さんよりも母さんのほうがもしかしたらやさしい顔をした悪人なんじゃないかと。

お風呂から上がり自分の部屋に戻ってパソコンの前に座った。

タオルで濡れた髪を拭きながら鞄の中から携帯を出した。

いくつかメールが来ていたがそこに須藤さんの名前はない。パソコンにも須藤さんからのメールは来ていない。迷惑メールに分類されているのかも、とそちらも見てみたが、やっぱりない。それならば私のほうから、と、つっかえつっかえメールを書いてみたもののの、どうしても送信することはできなかった。「大丈夫ですか？」と聞けば「大丈夫です」という素っ気ない返事が返ってくるような気がした。「ぜんぜん大丈夫じゃないです」「助けてください」とでも書いてくれれば、どんなに楽だろう。こっちから歩み寄れるきっかけができるのに。

夕方から強くなってきた風が窓を揺らしている。私は立ち上がりカーテンを閉めた。今日は随分と気温が低い。窓のそばに立つと、外の寒さがガラス窓を通して体に伝わってくる。この古い家はすきま風がひどいけれど、須藤さんはあのマンションにいるのなら寒い思いなどしていないだろう。心のどこかで須藤さんが寂しい思いをしていてくれればいい、と自分が思っているような気がした。好意がある相手なのにどうしてそんな風に思ってしまうのだろう。あの結婚パーティーの夜のように簡単に女の人に声をかけて自分の部屋に引っ張り込むような人だ。声が出なくたってそれくらいのことはする人かもしれない。いや、するだろう。なのに、それがわかっているのに、どうして私の意識は須藤さんから離れないのだろう。

私は処女だけれど人を好きになったことがないわけではない。

けれど須藤さんに対する気持ちは、いつもの、人を好きになる気持ちとは少し違うのだ。なんだか放っておけないという思いはもちろんある。親鳥が雛《ひな》を守るような気持ちになる一方で、柔らかな産毛を力尽くでむしってやりたいような気持ちにもなっている。相反する感情が私のなかで揺れている。

さっき調べたサイトの心的外傷、という言葉が浮かぶ。

三十年以上も生きていれば誰にだってそうした傷のひとつやふたつあるだろう。なぜだか私はそれを知りたいのではなく、暴きたい、とさえ思う。好きであるはずなのに私の心に浮かんだり沈んだりする、この残酷な気持ちはなんだろう。女の人に軽い人だからか。私のようなレベルの低い女にまで声をかけるような人だからだろうか。そんな人が私のことなど本気で好きになってくれるだろうか。そうじゃない可能性が高いからこそ私は確かめてみたかった。須藤さんという男の人に近づいて、私のことを好きになってくれるかどうかを。

私はもう大人なのに、男の人、という漠然とした輪郭を持った存在のことをなんだかよくわかっていない。会社が立ちゆかなくなって会社をつぶして母さんに手を上げるようになった父さんは、そのよくわからない存在の代表格だ。父さんのことがわからない。そして須藤さんのこともよくわからない。私はわからないから知りたいのだろうか。私は須藤さんのことをもっと知りたいのだ。それと同時に……私のことを須藤さんに知ってもらいたかった。誰かを好きになって自分のことを知ってほしい、と思ったのは、生まれて初めてのことだった。元彼の広瀬さんに対してだってそんなことを思ったことはない。むしろ私の家のことなど知ってほしくはなかった。どちらかと言えば隠しておきたいことだった。私の背景はなしにして目の前の私とだけつきあってほしかった。

もう一度携帯とパソコンのメールを確認した。やはり来ていない。

メールが来ないように、須藤さんからはこれ以上私に近づいて来ないだろう、という気がした。ただの、仕事上のつきあいの人になってしまいたくはなかった。それならば私から近づいていくしかないだろう。だって私は須藤さんのことをもっと知りたいのだから。私のことを知ってほしいのだから。風がまた私の部屋の窓ガラスを揺らした。この風の音を須藤さんもどこかで聞いているのだろうか。

須藤さんの声が出るようになったかどうかを確かめるため、来週あの工房に行くことになっている。それまでに須藤さんからのメールは来ないだろう、という気がした。負け戦、という言葉がふいに頭に浮かぶ。須藤さんから好かれる可能性は限りなくゼロに近いだろう。けれど、腕相撲の最後の最後に底力で勝ってしまうことがあるように、私は須藤さんに興味を持ってもらいたかった。私の育った家のこと、家族のこと、父さんのこと、母さんのこと、桃子のこと。それを知ったうえで、私のことを好きと思ってほしかった。そう思った瞬間、「……なんか、重くて……」と広瀬さんに言われた言葉が頭のなかでリフレインする。けれどもう遅い。私のなかの暴走列車はもうとっくに走り出してしまっていたのだから。

硬質な冬の空が頭の上に高く広がっていた。この前須藤さんの声が出なくなったとき、一週間後に来ますと言ったものの、年末のこの時期、須藤さんの工房を訪ねる時間を作ることは難しかった。午前中は三倍速で仕事を片付け、昼ご飯も食べずに会社を飛び出した。次のアポは午後三時。都心に戻らないといけないが、小一時間でも須藤さんの顔を見ておきたかった。

今日のことを考えると昨夜はなかなか眠ることができなかった。結局、須藤さんからのメールは来なかった。ぐいぐい来る女だと思われていやしないかと思うと（いやすでに思われているだろう）恐怖に近い気持ちが生まれた。それでも今朝はなんとか早起きをしてシャワーを浴び、念入りに化粧をしてきた。とはいえ、たいした技術のない私にはいつもは塗らない口紅をリップブラシで丁寧に塗る程度のことなのだが。

サイクリングロードをてくてくと歩いていくと須藤さんの工房が見えてくる。私は土手を下りて工房に向かう道を歩いた。工房に近づくときゅいーんと何かの工具を使う音が聞こえてきた。須藤さんが動かしているのだろう。木を切るような激しい大きな音だ。

工房の引き戸は開いたままになっていた。私は呼吸を整え、「あのう」と声を出した。入口からは死角になっている所から工具の音が響きわたっている。音の大きさで私の声に気づかないのかと思い、もう一度大きな声を出した。けれど、反応はない。工房の中に入った。工房のいちばん右側にあるテーブルの上に置かれた工具の前に一人のおじいさんが立っていた。ニットキャップをかぶったおじいさんの手元では電動ノコギリのようなものが高速回転しているのが見える。この人は誰だろうと思うのと同時に、工具を使っている途中で声をかけたら危ないとも思った。この作業が終わるのを待つしかないだろう。私は手持ちぶさたで、ぼけっとそのおじいさんの後ろに立っていた。急に音がやむ。

「あの、すみません！」思ったよりも大声だったことに自分が驚いた。

おじいさんは振り返り、私を見て一瞬びっくりしたような顔をし、工具のスイッチをオフにした。

「……誰？」

「本橋と申します。須藤さんの家具の」

「壱晴なら今昼飯買いに行ってるけど、すぐ戻るよ」

自己紹介をしようとしたが、まるでそれが面倒で聞きたくないかのようにおじいさんに話の腰を折られた。

「……そうですか」しょぼんと俯いた。

「あんた……」おじいさんが口を開く。右手を広げ、親指とひとさし指の間を左手の親指で揉《も》んでいる。

「壱晴の女……のひとり?」

ひとり? ひとりとは? たくさんいるうちのひとり? という意味だろうか。そのとき入口のほうで自転車の停まるような音がした。足音が近づいてくる。

「パン屋が混んでて。哲さんすみません」

須藤さんが茶色い紙袋を手に立っていた。声、出るようになってるじゃん。私がまず思ったことはそれだった。

土手の乾いた草の上に須藤さんと二人で腰を下ろしていた。目の前には野球場とサッカー場があるが平日の昼間のこんな時間には誰もいない。外は思ったよりも寒くはなかった。おじいさんが工房を出るときにブランケットのようなものを渡してくれたが、太陽はまだ高いところにあったし、コートを着ているのも暑いくらいで使う必要はなかった。須藤さんは紙袋の中からビニールにくるまれたサンドイッチを手渡してくれた。三角の卵サンド。よく見ると刻んだゆで卵をマヨネーズで和《あ》えたものでなく、だし巻き卵のようなものが挟んである。須藤さんは赤いタータンチェックの魔法瓶から紙コップにコーヒーを注いで私に差しだした。

「声、出るようになったんですね」

「え、あぁ、はい、昨日の夜から戻って」

須藤さんは卵サンドのてっぺんを囓りながら答えた。かすれたところのない、以前の須藤さんの声だった。なんでこんなふうに須藤さんとピクニックのようなことになってしまったかと言うと、さっき工房にいたおじいさんが、俺はパンはいらねぇ、もう帰るから、そのお嬢さんといっしょに食えよ、と言ったからだ。

「あの、さっきの方……」

「あぁ、師匠です。僕の、家具の。……時々手伝ってもらってて」

「そうですか……」

「哲さんと今は呼んでいますけど、哲先生ですね、ほんとうは」

須藤さんの言葉は流暢だ。つっかえることもない。

私は紙コップのコーヒーをのみ須藤さんと同じように卵サンドを囓った。

「うまい」思わず声にしてしまってから言い方がまずいと思い、

「おいしいです」と言い直した。

「ですよね。駅前の、店で。最近、テレビか雑誌に出たみたいで、すごい人気が」そこまで言うと須藤さんは軽くむせたようで慌ててコーヒーをのんだ。

「大丈夫ですか？」

「大丈夫です」須藤さんはこの前のようにメモ帳に文字で書くのではなく、声でそう答えた。はっきりとした声で。

どこからか飛行機の飛ぶ音が聞こえてくるが、空のどこを探しても機体は見えない。私にはあまり時間がない。これを食べたらすぐに都心に戻らないといけない。この時間がデートならばどんなにかいいだろう。須藤さんは紙袋の中からチョココルネを取り出し差しだしたが、私は丁寧に断った。

鞄からハンカチを出して口元をぬぐった。隣に座る須藤さんとは拳ひとつくらいの距離が空いているが、それでも須藤さんが放つ体温のようなものをかすかに感じた。そしてまた木の香り。いつも木に触れているから手に香りがうつってしまうのだろうか。このままこの時間がずっと続けばいい。そう思ってはいたものの、さっき哲先生の言った、「壱晴の女……のひとり？」という言葉がどうにもひっかかっている。来る前に膨らみきっていた風船を針でぱちんと刺されたような、そんな破壊力のある言葉だった。そうだ。須藤さんは軽いのだ。軽い男なのだ。今一度そのことを思い知らされた。なんだってそんな人にこんなに興味を持ってしまったのだろう私は。

「あの……」

はい？　と言いながら、須藤さんがこちらを見た。チョココルネの茶色いクリームが口の端についている。私が自分の口の端を指さすと須藤さんは照れたように笑い、デニムの後ろポケットから出した畳んだ手ぬぐいのようなものでぐいっと口を拭いた。なぜだかその仕草が憎らしいと思った。ますます好きになってしまうじゃないか。

「須藤さんはお酒とかお好きですよね？」緊張で声がかすれた。

「ええ……」

「今度、いかがですか？　どこかで」

「いいですね」

須藤さんは屈託のない笑顔を見せた。

軽い……。こんなにスムーズにいっていいものだろうか。というよりも須藤さんは私のような女と酒をのむことなど大きな出来事と考えていないという証《あかし》だろう。普通にお酒をのんで終わってしまっては困るのだ。もちろん初めて会ったときのようにお酒をのんだあと、須藤さんの部屋に行く気持ちは私にはない。そんなことをしたらこの人は気軽に私とセックスして、それでたぶん終わる。須藤さんの女のひとりになりたいわけじゃないんだから私は。もっと重みのある存在になりたいのだ。

「ええっと、もしよければなんですけど、私の家にいらっしゃいませんか？」

一気に言ってしまったが、どっと汗が出た。額に前髪が張りつくほどに。私はさっき口元をぬぐったハンカチで額の汗を拭いた。

「えっ……」須藤さんの動きが止まった。

「あ、あのですね……、自分の部屋の模様替えをしたいと思っていて。それでどんな家具を置いたらいいのかなぁ、とか。須藤さんに相談に乗ってもらえたらと思って。私は実家暮らしですけど両親も仕事に出てますし気を遣わずに来ていただけたら、と。たとえば次の週末とか」

本音を言えばお正月に来てほしかった。今年の桃子のように、お正月、家族がいるときに須藤さんを連れて行き「これが私の彼氏です」と宣言をしてしまえば、父さんも母さんも私に結婚の意志と可能性があり、この家から出る気があるのだと認めてくれるような気がした。

須藤さんは前を向いたままだ。笑ってもいないし怒っているようでもない。表情がわからない。また私は汗をかく。

「伺い……ます。ご迷惑でないなら」

心のなかにぎゃあぁという叫び声が響き、ガッツポーズをしている自分が浮かんだ。腕時計をちらりと見る。もうここを去らなければいけない時間になっていた。

「あの、あの、家の場所とか、メールします。次の仕事があるのでこれで」

そう叫ぶように言いながら私は立ち上がり、鞄の中から財布を出そうとした。須藤さんがきょとんとした顔で私を見る。

「あの、パン代を」

「あぁ、そんなの、僕のおごりです」そう言って須藤さんは笑った。その笑顔がまた小憎らしいくらいさわやかだった。この馬鹿野郎めが。好きなのに、なぜそんな罵倒が浮かぶのか。


「え、家具職人があんたの家に来るの？」

そう言いながら美恵子が盃《さかずき》に入った日本酒に口をつけた。私はこくんと頷き、何の魚かわからない刺身を口に入れた。今日もいつもの居酒屋で聡美と三人でくだを巻いていた。年内に三人で最後に会おうよと約束をしたものの、皆それぞれ仕事を抱えて忙しく、スケジュールが合ったのは須藤さんが家にやってくる日の前日だった。

「ものすごっ急展開」聡美はラミネート加工されたカラフルなメニューをにらみつけるように見ながら言った。手を上げて店員を呼びさらにいくつかのおつまみを頼んだ。

「だって、普通に会ってお酒のんだらそれだけで終わっちゃうもん。だって相手は軽い家具職人だよ。私なりに変化球を投げたつもり。……断るだろうと思って言ったのに、その球がっつり受け取られちゃって」

「変化球というか豪速球だよね……」

美恵子がしみじみとした口調でつぶやいた。その声を聞きながら須藤さんの声が出なくなった一連の出来事についてどう話したらいいのか、私は考えあぐねていた。とりあえず須藤さんの声は戻ったのだから須藤さんの言うように一時的なものなのかもしれない。けれどそれを親しい友人である聡美と美恵子に酒の席で気軽に話すことに、どこか罪悪感があった。ネットで検索して出てきた「心的外傷」という言葉。それが須藤さんにあるとして、そういうものを抱えた人とつきあうなんてやめなよ、と二人に言われるのが怖かった。

「……私だって、ほんとはどうしたらいいのかわからないよ。家に男の人なんか呼んだことないもん」

「まぁまぁ」しょぼんと落ち込んだ私を聡美がなぐさめる。

「とりあえず部屋の掃除だけはちゃんとしようと思う」私はビールをあおった。

「明日、ご両親はいるの?」美恵子が盃についた口紅の跡を親指で拭いながら聞いた。

「土日は二人とも仕事でいないの。それは前からわかってて」

「高校生かよ! 親のいない隙に男連れ込むって!」聡美が声をあげる。

「だけど私はあの人と結婚したいんだよ。万一、万一だよ」

美恵子と聡美が私の顔を見る。

「つきあってさ、最後に実家に連れてって、それでだめになるとか最悪じゃない?」

う、ううーん、と二人はうなった。父さんの会社がつぶれたこと、私がバイトしながら大学に通っていたこと、今も実家に経済的な援助をしていることなど、この二人には折に触れて話してはきた。けれど父さんがお酒におぼれる人であること、時に母さんや私に暴力をふるう人だということまでは話せずにいた。それを家にやってくる須藤さんにいきなり話すつもりなどもちろんなかったが、実家を見れば、我が家の経済状態や私が育った環境なんかはある程度把握してもらえるだろうという目論見《もくろみ》があった。

「だめなところから見せちゃおうと思って……」

私のだめなところから、一番弱いカードを見せて、須藤さんに心を開いてほしかった。もし須藤さんが心的外傷のようなものを抱えているのなら、私がいちばん見せたくないものを見せることで、それについて少しは触れてくれるかもしれないという淡い期待があった。

「うまくいくといいね」ふいに黙ってしまった私を気遣ったのか、美恵子が私の頭を手のひらで撫でた。まるで子どもによしよしをするように。

店内に流れるクリスマスソングが耳をかすめる。来週にはクリスマスがやってくる。

「ところで二人はクリスマスイブとかクリスマスの予定はあるの?」

二人は黙ったまま日本酒のお代わりを手を上げて注文した。さっき私の頭を撫でていた美恵子の手のひらがぺしん、と私の額を叩いた。

土曜日。母さんはスーパーマーケットのパートが、父さんも私立高校の清掃の仕事がある。家には私一人しかいない。須藤さんは午後一時にこの家にやってくる。この前工房に行った日から何度かメールのやりとりをしたが、それは当然彼氏と彼女のやりとりのようではなく、まるで仕事の打ち合わせのようだった。家までわかりにくいので駅まで迎えに行きますと私は書いた。それに対して須藤さんは相変わらず大丈夫ですと返信をくれただけだった。須藤さんがどういう気持ちで私の家にやってくるのかメールの文章を見ても見当がつかない。私が話したように私の部屋の家具を見てくれる、ただそれだけのことのような気もした。

昼ごはんを食べませんか？　とは聞けなかったが、もし須藤さんがおなかが空いていたら、ミートソーススパゲッティを出すつもりでいた。私はそれほど料理が作れないけれど、パスタ類ならソースを仕込んでおけばなんとかなるだろう。クックパッドを見て、一番人気のある作り方でソースを作った。自分の部屋とトイレ、洗面所は母さんたちが出かけたあと念入りに掃除をした。家の古さは今さらどうにもできない。でも、目に入るところは自分なりにきれいにしたつもりだ。普段は朝お風呂に入る余裕などないが、今日はお湯につかりむだ毛を処理し、この日のために買った新しいシャンプーで髪を洗った。何を着たらいいのだろうと朝から悩み服をとっかえひっかえして、結局どれも同じような気がしてVネックのグレイのニットとデニムに落ち着いた。入浴や掃除やソースの仕込みをしているうちに、あっという間に午後一時が近づいてきた。どうにも落ち着かない。ほんとうに須藤さんはここに来るのだろうか？　という疑問もあった。私は自分の部屋の窓際に立ち、道を行く人を眺めていた。駅から来るのなら角を曲がったところ、右側から須藤さんはあらわれるはず。ふいに人影が見えた。思わず時計を見る。午後一時五分過ぎ。歩くたびに頭が揺れる。須藤さんだとわかった途端、鼓動が速くなった。須藤さんは携帯を手にしたまま道を歩いてくる。私は下に下りて玄関の戸を開けて待っていようとしたが、なぜだか体が動かなかった。ここから、自分の部屋から須藤さんの姿を眺めていたかった。須藤さんはあたりを見回し表札をひとつひとつ確かめている。ほんとうに来たんだ。自分から呼びだしておいて自分の家のすぐ下に須藤さんがいることが不思議だった。そのとき須藤さんがふいに顔を上げた。目を細め、私が立つ窓のあたりを見つめている。須藤さんは私の顔を確認してかすかに笑い、頭を下げた。私はがらりと窓を開け、今下に行きますと大声を張り上げた。

いきなり自分の部屋にあがってもらうのはどうなのだろうと思い、須藤さんを居間に通した。須藤さんは私に白い紙袋を渡す。

「これよかったら。ケーキです」

「わざわざすみません」

そう言って私は須藤さんから紙袋を受け取った。須藤さんはいつものウインドブレイカーではなく紺色のダッフルコートを着て首に白いマフラーを巻き付けていた。須藤さんから冬の、外のにおいがする。今日は休みのせいか、木の香りはしなかった。

「あの、お茶を淹れますので。よかったら炬燵に」

「あ、炬燵……」そう言いながらも須藤さんは物珍しそうに炬燵に足をつっこんだ。台所でお茶の用意をしている自分の手がかすかに震えている気がした。お湯が沸くのを待つ間、台所から居間の炬燵にいる須藤さんをちらりと見やった。やっぱりこの家に須藤さんがいることが不思議だった。まるで置いてはいけないものをそこに置いてしまったような違和感がある。男の人を自分の家に呼んだとき、何をすればいいのか、何を言えばいいのか、私には皆目見当がつかなかった。呼んでしまったものは仕方ないよ！　と自分に心のなかでハッパをかけるが緊張がどうしても解けない。それよりも誘われたからといって、のこのこ家にやってくる須藤さんという人が私には不可解でもあった。

震える手で、煎茶《せんちゃ》を淹れた湯飲みをふたつ載せたお盆を居間に運んだ。

「汚くて、古い、こんな家にすみません。わざわざ」そう言いながら須藤さんの前に湯飲みを置いた。

「いい家です」須藤さんは居間をぐるりと見回しながら言った。

「なんか、懐かしい、というか……」そう言いながらお茶を一口のむ。

「あの須藤さん、おなかは空いてないですか？」

「いえ、僕、来る前に昼飯は食べてきたので」

「……そうですか」

「でも、そのうち空くと思います」がっかりした私をフォローするように須藤さんは言った。居間にある壁掛け時計の針が時を刻む音だけが聞こえる。

「あの……」

「はい」

「その後、声のほうはもう……」

「ええ」そう言ってまた須藤さんはお茶をのんだ。

「時期を過ぎれば出るようになるんです。毎年のことなので」

まるで風邪が治りましたとでも言うような口調だ。

「そうですか」

心的外傷という言葉が一瞬頭に浮かんだが、いきなりその話を切り出すタイミングではないような気がした。

「あ、部屋を、部屋を見てくださいますか。何もない殺風景な部屋ですけれど」

「そうですね」

二人で居間を出て私が先に階段を上がった。後ろから須藤さんの足音が追いかけてくる。人に見せるような部屋ではないことは自分がいちばんわかっている。インテリア雑誌に出てくるような部屋ではないし高価なものがあるわけでもない。六畳の和室。私は思いきって襖を開けた。隅にある小学生のときから使っている木の勉強机と椅子。洋服のかけてあるパイプハンガー。ホットカーペットの上にある丸いローテーブル。電気ストーブ。布団は畳んで押し入れにしまったので片付いてはいるが、色気も何もない部屋だと自分で改めて思った。

「この部屋エアコンもないんです。寒くてごめんなさい」

私は慌てて電気ストーブをつけた。

「寒いのは工房で慣れていますから、気にしないでください」須藤さんはそう言って部屋のなかをぐるりと見回した。

「何もない部屋でしょう。何かひとつ、家具があればもう少しなんとかなるんじゃないかと思って。須藤さんのパンフレットを作るし、せっかくの機会ですから何か家具をひとつ置きたくて。何がいいと思いますか？」

須藤さんは勉強机の縁に手を触れた。

「これ、トチノキですね。ものすごくいい机です。一枚板だから、たぶん、すごく高価な」

そう言いながら机の表面をやさしく撫でる。その手の動きが艶《なま》めかしかった。まるで、自分が撫でられているような気がした。

勉強机は小学校の入学祝いに父さんが買ってくれたものだ。その机を須藤さんがほめているということがなんだか無性に恥ずかしかった。自分にとっては不用品に出すのも面倒な古くて重いやっかいなものだと思っていたのに。

「本橋さんは、お仕事で疲れてこの部屋に帰ってくるんでしょうから、体をゆったり休められる椅子が一脚あるといいと思うんです」

須藤さんの言葉に私は頷いた。

「須藤さんの工房にありますか？　もしあるのなら、来週の打ち合わせで伺ったときに座ってみたいのですけれど……」

私の言葉になぜだか須藤さんは黙ったままだ。かたり、と窓ガラスが音を立てた。風が強くなってきたのだろう。何かいけないことを言ってしまったのかと私は不安になる。

「その椅子を」須藤さんは口を開いた。

「その椅子を僕、これから作ります」

「これから？」

「ええ、つまり、今はまだないんです。この部屋にあう、本橋さんにぴったりの椅子というのが」

「でも……工房にはたくさん……」

「あそこにある椅子のほとんどは、この前本橋さんも会った哲さんのデザインです。僕のも少しはありますけれど……」

「そうなんですか……」

「あ、値段のこととかは気にしないでください。僕も本橋さんに頼んでいるパンフレットに、新しい椅子を載せたいと思っていたので。新しいデザインの椅子ができることは僕にとっても……」そこまで言ってまた須藤さんは黙った。

「必要なことなんです」

そうですか、と言おうとしたとき、階段の下でがらりと戸が開き、玄関あたりで何かがぶつかる大きな音がした。須藤さんと二人顔を見合わせる。まさかと思いながら、私は階段を駆け下りた。父さんが酒くさい息をふりまきながら玄関のたたきに寝転がっていた。ゆっくりと階段を下りる須藤さんの足音が近づいてくる。

「父さん、なんで」

「なんでって、仕事終わって一杯のんで家に帰ってきただけだろ」

ろれつが回っていないところをみるとかなりの量をどこかでのんできたはずだ。なんでこんなに早い時間に。後ろに気配を感じて振り返ると須藤さんが立っていた。その顔はいつかどこかで見たようになんの表情も読み取れない。父さんが顔を上げ、私の後ろにいる須藤さんに目をやったのがわかった。

「なんで……なんでこの家に男がいるんだよ。おまえ、まさか、桃子みたいに子どもでき」「馬鹿なこと言わないでよ」思わず大声になっていた。父さんが立ち上がる。足元がおぼつかない。父さんは須藤さんの前に歩み出た。父さんの酒くささに泣きたくなる。

「おまえぇ」父さんは須藤さんをひとさし指で差した。

「桜子とつきあってんのか」

「まだつきあってはいません。でも、おつきあいするつもりでいます」

それは今まで聞いた須藤さんのどの言葉よりもはっきりと響いた。ほんのこの前まで声が出なかった人とは思えない。その声の力強さに気をとられて言葉の意味はずいぶん遅れてやってきた。ちょっ、まっ。今なんて言った？　そう言おうと思って自分の口がぱくぱくとただ動いているのがわかった。今度は私の声が出なくなったのだろうか。

「ものすごっ急展開」昨日聡美が言った言葉が頭のなかでごんごんと響いていた。

5

「まだつきあってはいません。でも、おつきあいするつもりでいます」

そう言いながら、思い出との相似形という言葉が頭に浮かんだ。

僕は同じことを十七歳のときにも言った。真織《まおり》の父親に向けて。本橋さんの家を見たときからタイムスリップしたような気分になっていた。本橋さんのお父さんが酒に酔っていることもあのときと同じだ。

口にするのは二回目だったからつっかえることもなかった。まるでもう何度も舞台の上で発した台詞《せりふ》のようにその言葉は自然に口から飛び出した。

「いつからだ！」

本橋さんのお父さんはまた玄関のたたきに座りこんで僕に向かって叫んだ。

「いや、だから、父さん、まだつきあってないんだって！」

本橋さんも負けないくらいの大声で言い返した。

そうだ、本橋さんの言うように僕らはつきあってはいない。けれど本橋さんと僕は同じベッドで寝たことがある。僕は頭のなかで本橋さんが初めて僕の部屋に来た日にちを思い出そうとしていた。同じベッドで寝たのは十一月の……。初めて会ったのはその前日の結婚パーティー。けれどまだ出会って一カ月も経っていない。つきあいが始まった日というのはいつからのことを言うのだろう。

そもそも人と人とがつきあうとは？

黙ったままの僕にいらだったのか、本橋さんのお父さんは言葉にならないことをわめき始めた。本橋さんは玄関のたたきに飛び降り、もう、もういい加減にしてと言いながら、お父さんを立たせようとする。けれど腰が抜けたようになってそこから動かなかった。お父さんの尻の下で茶色い革のショートブーツがつぶれたようになっていた。お父さんは酒くさい息とともに、口のなかで言葉にならない音をぶつぶつと繰り返している。

「俺の家になんで男がいるんだ！　出てけよ！」という言葉だけははっきりと聞き取れた。

僕は自分のスニーカーをつっかけお父さんの腕をとった。

「触るな！」

お父さんは子どもがいやいやをするように腕を振り僕の手を払った。僕はもう一度腕をとって本橋さんに目で合図する。せーのと本橋さんが声をかけ、お父さんの体を支え玄関の上《あ》がり框《がまち》に座らせた。僕をにらんだままお父さんの体はぐらぐらと前後に揺れている。

僕は開いたままになっている引き戸の外に出てしゃがみスニーカーの紐を結んだ。

「また、来ます」

そう言って頭を下げ、戸を閉めると、お父さんが投げつけた何かがガラスに当たる音がした。僕は駅までの道を歩きだした。しばらくすると、たっ、たっ、たっとまるで大型犬が走ってくるような足音がした。足音が止まる。振り返らなくても僕はそこに誰がいるのかわかっていた。

「本気、ですか」

真織はそんなふうには言わなかった。僕はいきなり今に連れ戻されたような気がした。僕は十七歳ではない。三十二歳だ。僕は振り返る。そこにいるのは真織ではない。本橋さんが肩で息をしながら苦しそうな顔で僕を見上げる。走ってきたせいで髪の毛が風にあおられて乱れている。割れた前髪から光る額が見えた。

この人は高校生の真織ではない。

「本気、なんですか」

僕はしばらくの間黙っていた。本橋さんのことが好きなのかとそのとき誰かに問われれば、はいと即答はできなかっただろう。でも思ったのだ。勢いよく僕に近づいてくるこの人に思い出を上書きしてもらおうと。

僕の声が出なくなること。今までに作ったことのない家具を作ること。

この人といっしょにいれば自分が抱えているそんなことに小さな風穴を開けてくれる

んじゃないか、そんな予感がしたのだ。

この人が好きという、ただ純粋な思いではない。けれど好きという気持ちには少なからず不純物が混じっていることを僕は知っている。僕はもうあの頃の高校生じゃないからだ。

僕は変えたかった。変わりたかった。

そのために本橋さんにそばにいてほしかった。

「本気、です」

本橋さんは僕の顔をにらんでいた。その視線の強さはさっきのお父さんによく似ている。この人僕のことをまったく信じていないなと思った。それでもこの人は僕とつきあうだろう。

「本橋さんと本気でつきあいます」

本橋さんはまるで今にもつかみかかってくるような目で僕をじっとにらんでいた。風が強く吹いて本橋さんの額があらわになった。眉間に深い皺が寄っている。道に立ち止まり、無言で見つめ合う僕と本橋さんを、通り過ぎる人たちが怪訝な目で見ていく。その誰もが皆、喧嘩《けんか》真っ最中のカップルがいると思ったはずだ。

僕の父も母も東京で生まれ、育った。

僕自身も東京で生まれ三歳まで東京で育った。そのあとは父が転勤になるたび違う町で僕は過ごした。間を抜かせば、東京生まれ東京育ちということになるけれど、僕は自分が生まれ育った東京という場所をあまりよく知らない。東京という町が沿線や区によって、がらっと様相を変えることを知ったのは大学に入ってからだ。講義や課題のために建築物や都市計画を見に、僕はそれまで行ったことのない東京の町を訪れるようになった。東と西ではまるで違うし、神奈川に近い場所、埼玉、千葉、山梨に近いところでも風景は変わる。スクランブル交差点でネオンが瞬く町もあれば、車がなければ生活できない山村もある。それが東京というところだ。その町や村に数え切れないほどの家があった。

東京の大学に入るまで転勤する父に連れられ過ごした町で、いろんな家を見た。

僕は子どもの頃から人が住む家を見るのが大好きだった。一戸建て、マンション、社宅、アパート。さまざまな形とタイプの住居があった。屋根、外壁、ドア、窓、それがどんな形をしているか、僕はそんなことに興味がある子どもだった。家に帰ってその形をブロックで作った。一人っ子だった僕は、転校したてでまだ誰も友だちがいない時期、長すぎる放課後を今日見た家の外観をブロックで再現することに費やしていた。

父の転勤はほぼ三年に一回やってきた。そのたびに僕は違う場所で過ごし、新しい人間関係を築いた。母は専業主婦だった。父の転勤についていくために母は仕事を持つことができなかった。僕にかかりっきりで神経質に育てたかというと決してそうではない。母は活動的な人で転勤した土地ですぐに誰かと仲良くなった。夫と子どもとの生活と同じくらい自分のやりたいことを優先させる人だった。料理、油絵、陶芸、刺繡《ししゅう》、俳句、読書会、ボランティア。母のやりたいことは多岐にわたっていた。住む町が変わると母はその町のスーパーマーケットの場所を覚えるよりも先に趣味のコミュニティを見つけていた。そこで母はすぐに誰かと仲良くなった。仲良くなった誰かを家に招くことも多かったし、招かれれば断らずに母は僕を連れて母の仲良しさん（母は自分の友人のことをそう呼んだ）の家に行った。

母に影響されたせいなのか、転勤先で友人ができると僕はすぐに家に呼んだし、招かれれば遠慮なくその子の家にも行った。僕の友人が遊びに来ているときに母の仲良しさんがいることも多かった。晴れた日には外で遊ぶようにと言われたが、雨の日は小さな社宅の玄関にたくさんの靴が散らばっているような家だった。仲良しさんが来ない日でも母はキッチンのテーブルで俳句をひねり、刺繡を刺した。三時になるとお菓子教室で覚えたばかりのケーキやクッキーやプリンを出してくれた。明らかに失敗作とわかるものでも僕も友人たちも争うようにして食べた。

自分の家で友人たちと遊ぶことも好きだったが誰かの家に行くのも大好きだった。外から見た家の形だけでなく、家の中にも間取りという形があることを僕は知った。僕が住んだのは社宅が多かった。キッチン、トイレ、浴室の位置。社宅の間取りはほぼ同じだ。同じ社宅の友人の家に行ったときは言われなくてもトイレの位置を僕は知っていた。けれど社宅以外の友人の家に行くと、思ってもみなかった場所にトイレがあったりする。家によって間取りがまったく違うことを僕は発見した。入ってはいけないと言われればその部屋には入らなかったが、遊びに行けば、洗面所やキッチン、トイレの場所などはなんとなくわかってしまう。僕は家に帰り、わかっている部分だけをブロックで作った。外側だけでなく、中にも、家にはさまざまなカタチがあることを僕は知ったのだった。

僕が暮らす社宅の家ではそこで暮らす人たちの生活パターンも似ていた。父親たちはだいたい同じ時間に家を出る。母親のほとんどは専業主婦だった。同じくらいの年齢の子どもたちは学校へ行く時間も帰る時間もほとんど同じだった。父親が早い時間に帰ってくれば夕食を共にしたし、遅くなれば母と子どもだけで夕食をとった。同じトイレで用を足し、同じ風呂に入り、同じ寝室で眠る。どの家族もあまり変化がなかった。

僕は人生のある時期まで世の中には父親と同じようなサラリーマンしかいないと思っていたくらいだ。けれど小学三年生のときに引っ越してきた町で、僕は初めて自分の家庭とはまったく違う生活を送る家があることを知った。

片岡《かたおか》君の家に行ってからだ。

片岡君の家はその町にただひとつだけある商店街の果物屋さんだった。社宅や父親がサラリーマンの友だちの家に行くとき、僕は玄関のドアからその家に入った。初めて片岡君の家に遊びに行ったとき、片岡君が知らない果物屋さんに入っていくことに僕はびっくりした。果物屋といっても都心にあるような高級フルーツを扱う店ではない。田舎の、言葉は悪いがあまり儲かっていないように見える古びた果物屋だった。店先には蜜柑《みかん》や林檎《りんご》、バナナが緑色のプラスチックの籠に山盛りになっていた。その奥につばのある紺色の帽子をかぶったおじいさんが小さなテーブルに向かって座り、俯いたまま何かの作業をしていた。

「お父さん、ただいま」片岡君がその人に声をかけた。僕は心のなかであっと叫び、お父さんをおじいさんだと思ってしまったことをわびた。

「お邪魔します」僕がそう言うと片岡君のお父さんは、ん、と一言言ったきり、僕のほうは見ずに、机の上に広げた伝票のようなものを手に手早く電卓を叩き続けた。

片岡君は靴を脱ぎ店から続く部屋に上がっていく。僕も片岡君に続いた。炬燵、テレビ、茶簞笥、部屋の隅には電気ポットがあった。ここは居間だろうかと僕は思った。

片岡君にすすめられるまま僕は炬燵に足を入れた。炬燵に初めて遭遇したわけではない。祖父や祖母の家では炬燵を体験している。けれど僕が入ったことのあるどの炬燵よりも、その中は暖かかった。熱い、と言ってもいいくらいだった。炬燵の上の籠の中には店先と同じように蜜柑が盛られている。

「食べなよ」

「うん」

手は洗わなくていいのだろうかと思ったけれど片岡君にすすめられるまま、蜜柑の皮をむいた。皮と実との間にはいくらか隙間があり皮も実も少し萎《しな》びているような気がしたが、口に入れるとそれは僕が普段食べている蜜柑よりもずっと甘かった。

炬燵に入って僕と片岡君はテレビゲームをして遊んだ。店と炬燵の部屋との間にある引き戸は開けられたままだ。外の空気の冷たさを背中に感じた。炬燵が熱いわけを僕は知った。しばらく遊んでいると片岡君のお母さんらしき人が帰ってきた。お母さんも僕と片岡君と同じように、店から炬燵の部屋に上がった。片岡君のお母さんもお父さんと同じように、お邪魔しますと言った僕に返事にならない声を返した。

片岡君のお母さんはさらにその奥にある台所で、食事の準備を始めたようだった。野菜を切る音がしたあと、ソースが焼ける香ばしいにおいが漂ってきた。片岡君のお母さんは山盛りの焼きそばをのせた大皿を炬燵のテーブルの上に置いた。

「あんた」

お母さんがお父さんを大声で呼んだ。お父さんは、ん、とさっきと同じ返事をし、僕と片岡君のいる炬燵の部屋に上がってきた。お父さんと入れ替わりにお母さんが店番を始めた。まだ夕方になる前の午後の早い時間だったと思う。焼きそばはお父さんの分しかない。お昼ごはんだろうかと僕は思った。片岡君のお父さんは皿に顔をつっこむようにして猛然と焼きそばを食べはじめた。

「あー、いいなあ」と片岡君が言うとお父さんは表情も変えずに、片岡君の口の中に焼きそばの麺を箸でつまんで入れた。僕のおなかが鳴る。あまりにも大きな音だったので顔が赤くなった。

「もう、ないのかよ」片岡君のお父さんが店にいるお母さんに向かって叫んだ。

振り返るとお母さんは店に来た人の対応に追われていた。店の前の通りを行く人も見える。炬燵に入ったままそんな風景を見たのは初めてだった。

「仕方ねえなあ」

お父さんはそう言うと立ち上がり台所から小皿を二枚持ってきた。小皿に均等に焼きそばを分けると、「ほれ、食え」とまるで犬にえさを与えるようにして僕と片岡君に皿を差し出した。あんなにおいしい焼きそばを僕は食べたことがない。

お父さんが家で働いていること、お母さんとお父さんが働いていること、熱すぎる炬燵のわけ、お父さんだけが食事をとること、古くなった蜜柑。片岡君の家のすべてが僕にとっては珍しかった。長い廊下の先にあるトイレすら興味深いものだった。開けられたままのトイレの窓からは南天の赤い実が見えた。トイレの手前の部屋は和室でそこの襖も閉じられてはいなかった。通り過ぎるとき僕は部屋の中をちらっと見た。しっかりと見ることにはためらいがあった。大きな仏壇がありその隅には何組かの布団が重ねられている。ここで片岡君の家族は寝るのだろうかと思った。

僕は家に帰り片岡君の家の間取りをブロックで作ってみた。僕がいつも作っている家のように四角く閉じられてはいない。店のある場所は通りに向かって開かれていて、そこにくっつくように部屋が奥に続いていた。片岡君の家は二階建てだったはずだが、僕は二階に上がったことはない。片岡君の家でいっしょに宿題をするときも、店から続くあの炬燵の部屋でやった。そこは居間でもあり、食堂でもあり、片岡君の勉強部屋でもあったのだ。

家の形だけではない。生活もその家によってかなり異なるということを僕は知った。けれどそこに住む家族もまた、家によってまったく違うということを身をもって知ったのは、それからずっとあとのことだった。

父が転勤になるたび僕と母はさまざまな町で暮らしたが、どこで暮らしても母の生活はあまり変わらなかった。僕に手がかからないようになると母の趣味活動も過熱した。学校から帰ると母の仲良しさんたちが僕の家に集っていた。母はある日突然住む場所が変わるという転勤生活に決してめげず、新しい場所で始まる暮らしを存分に楽しんでいた。年末年始には今まで暮らしたことのあるさまざまな町から、母宛にたくさんのクリスマスカードや年賀状が届いた。

僕はといえば年齢を重ねるたび、家に自分の友だちを連れてくるということが少なくなっていった。中学になれば部活もあるし高校受験のために塾もある。僕のブロックも押し入れの中で埃《ほこり》をかぶっていた。

中学時代の三年間を僕は大阪で過ごした。そこもまたそれまで暮らしていたような社宅住まいだった。父の転勤が今までどおりであるなら高校に入る年にはまた、違う場所で暮らさなくてはならない。父についていかないという考えは、はなから母にはなかった。嬉々《きき》として引っ越し荷物を段ボールに詰めていく母を見ていると、この人の前世は遊牧民かなんかだったんじゃないかと思った。

「どうする、高校、一人でここに残ってやってみる?」

中学三年になった年、一度だけ母は僕に聞いたことがある。僕はしばらくの間考えていた。ぼんやりと東京の大学に進むつもりでいた。次の転勤先は松江だということも聞いていた。東京の大学を受験するのなら中学時代を過ごした大阪の都市部にいたほうがなにかと便利なのかもしれないと母は言葉を添えた。母の言うように僕だけが大阪で暮らすという選択肢もあった。けれどなんとなく高校の三年間は家族三人で暮らしたほうがいいような気がした。大きな理由はない。そんな気がしただけだ。その決断が正しかったのかどうか僕は今でもわからない。けれど父と母と僕の家族にとっては松江で暮らした三年間が、家族みんなで過ごした最後の時間になった。

そして、松江で僕は真織と出会った。

僕が松江で入学したのは県立のトップクラスの進学校だった。中学時代の成績を考えるとあの高校になぜ入ることができたのか今でも不思議でならない。僕はまた大阪のときと同じような3LDKの社宅に、両親とともに住んだ。

小学校や中学校ではどのクラスにも転校生が好きな子というのがいて、そういう子はめざとく僕のような子どもを見つけるとやたらに親切にしてくれることがあった。僕は僕でありがたくその親切を受け取り、その子を糸口に友人関係を作っていった。僕の通う高校には県内の成績優秀者が集い、高校のある市内に下宿をしている者も多かった。同じ中学から同じ高校に進んだ生徒もごくわずかながらいたが生徒の多くは高校で初めて顔を合わせる者同士だった。言うなれば皆が皆、転校生のようなものだ。転校生としての緊張を持たずに僕は高校生活をスタートさせることができた。

中学時代を過ごした大阪の町は活気にはあふれていたが、人の多さや、夜になっても喧噪《けんそう》の消えない町に落ち着かないことも多かった。松江に越して最初に気づいたのは、町の静けさだった。社宅のベランダからは遠くに宍道湖《しんじこ》が見え、いくつもの堀が巡らされていた。夜にはほとんど商店街の灯りも人の気配も消えてしまう。城と湖しかない町。引っ越す前にはそれくらいの情報しか持っていなかったが、実際に松江に暮らしその町の雰囲気になじむと、日々の生活にどこかほっとしている自分がいた。大阪とは時間の流れが明らかに違う。町を歩く人のスピードも、時計の針の進みさえも、ゆっくりなのではないかと思った。

大阪の夏も暑かったが松江も負けじと暑かった。冬は大阪よりもずっと寒かった。僕がそれまで過ごしたいくつかの町は雪の多い町ではなかったから、高校一年の冬、靴が埋まってしまうほどの雪がこの町に積もることに驚いた。夏でも冬でもすかっと晴れた青空を見ることはほとんどなかった。いつでも厚い灰色の雲が空を覆っていた。

昔ながらの文武両道を謳《うた》う高校で、体育系の部に入ることが半ば義務づけられていた。僕はあまりスポーツが得意ではない。中学のときはそれでも卓球部に入っていた。得意と言えるほどの腕前ではなかったが消去法で同じ部を選んだ。そこで出会ったのが堀内《ほりうち》という一人の友人だった。

部活は中学時代とは比べものにならないくらいつらかった。一年生はラケットを持つよりも基礎練習に時間が割かれた。ラケットを握れるようになると生徒の力を試すようなリーグ戦がしばしば行われた。負ければ部活が終わるまで基礎練習にあてられる。県大会で上位争いをするような生徒も複数いたから僕は一回戦であっさりと負けるのが常だった。体育館の隅で、僕はやる気の出ないまま腕立てふせを続けていた。隣にいたのが堀内だった。やる気のなさでは堀内も僕と同じようなものだった。堀内は先生が見ていないときは体育館の床にうつぶせになり、幼い子どもが駄々をこねるように足をバタバタさせていた。先生にはすぐに見つかった。堀内は先生から尻を蹴られ、さらに腕立てふせの回数が加算された。腕を屈伸させながら堀内が僕の顔を見て、「ばからしーな」と笑った。その顔がおかしくて僕も吹き出してしまい二人そろってまた先生に尻を蹴られた。その日僕と堀内は部活が終わっても腕立てふせをやらされるはめになった。

高校一年の一学期の期末試験、古文の追試を同じ教室で受けた。追試を受ける生徒は数えるほどしかいない。教室にはクーラーなどないから、じっとりとした湿気のなか額の表面を濡らすようにわいてくる汗をぬぐいながら、僕は一夜漬けした内容をわら半紙に書きつらねた。

「乗ってかん?」

試験後ふいに自転車置き場の前で声をかけられた。振り返ると堀内が立っていた。僕は松江城のそば、高台にある高校では自転車通学をしている者がほとんどだった。僕はその日の朝、自転車のタイヤがパンクしていることに気づき歩いて登校していた。僕の返事を待たぬまま堀内は鍵を外し自転車置き場から自転車を出し、僕が後ろに乗るのを待っている。男と二人乗りかよと思いながら、僕はしぶしぶ堀内の自転車の後ろに乗った。やせっぽちで体重もそれほど重くはない僕だったが堀内はまるで後ろに人を乗せていないかのようなスピードで坂を下り、橋を渡った。しばらくすると宍道湖が見えてきた。堀内は意味もなく全力で自転車を漕《こ》いでいた。後ろに僕を乗せた自転車が湖沿いの道を走る。僕はただ後ろに乗っているだけなのにシャツの中を汗が流れていくのを感じた。風が堀内の汗のにおいを僕の鼻腔《びくう》に運ぶ。そのにおいに少しうんざりしながら僕は自転車の荷台に必死になってつかまっていた。

宍道湖大橋を渡らずに右に曲がる。湖の前にはたくさんの旅館やホテルがある。堀内はそのなかのひとつ、古びたビジネスホテルの駐車場に自転車を停め、入口から入っていった。迷った僕も堀内のあとに続いた。革張りの茶色いソファとガラスのテーブルを置いた狭いロビーの奥に誰もいないフロントがあった。

しんと静まりかえっている。人の気配はない。堀内は廊下の先をどんどん進んでいく。ここが堀内の家なのかと思いながら僕も堀内の背中を追った。厨房《ちゅうぼう》のような場所に入ると、スチールの棚に銀色の調理器具や寸胴鍋《ずんどうなべ》が整然と並べられている。堀内は隅にある扉がガラス製で背の高い冷蔵庫のなかから瓶のオレンジジュースを取り出すと、テーブルの縁で器用に栓を抜いた。

「ん」

そう言いながら差し出された瓶を僕はありがとうと言いながら受け取った。冷たすぎるほどのオレンジジュースを一口のんで聞いた。

「ここ、君の家？」

「うん。ここ、俺んち」

「ここに住んでるの？」

「住んでる家はこの裏だけど」

そう言いながら堀内は手にしていたオレンジジュースを一気にのんだ。僕から空になった瓶を受け取ると、はーあっちいと大きなため息をつき裏口のドアを開けた。その先に小さな二階建ての古ぼけた家が見えた。土の中に埋められた四角い敷石が玄関まで続いている。堀内は小さな子どものようにその上をけんけんで進んでいく。僕も堀内の後を追った。玄関のドアを開けるとむっとした熱気が家の中からあふれ出てきた。

「お邪魔します」と言いながら玄関を上がった。

堀内は玄関脇の部屋に入っていく。勉強机やベッドが見えた。どうやらそこが堀内の部屋のようだった。床には漫画や雑誌、洋服などが散乱し足の踏み場もない。堀内はその山をかき分けてエアコンのリモコンを探し出し、すぐにスイッチを入れ、雑誌を積み上げた上に座りこんだ。その前には小さなテレビと、ゲームのコントローラーが投げ出されている。堀内は同じように自分の隣に雑誌を積み上げ、僕の座るスペースを作ってくれた。

「バイト始まるまで暇なんよ。ゲームせん？」

「バイト？」

「そっ。隣でバイトしとるんよ」

「ホテルで？」

「そうそう」

僕の質問に半ば上の空で答えながら堀内はゲーム機のスイッチを入れる。

ほいっと言いながら堀内はコントローラーのひとつを僕に差し出した。僕はどちらかと言えば時間をかけて進むＲＰＧのほうが好きだった。画面に映し出されている格闘技系のゲームはほとんどやったことがない。

「おっまえ、まじで下手だなあ」と堀内に笑われながらも僕は何ゲームかをこなした。友人の家に招かれ、こんなふうに遊ぶのはずいぶんと久しぶりのような気がした。

「須藤の家って転勤してきたん？」

「うん」

「どっから？」

「大阪」

ゲームをしながら僕と堀内は言葉をかわした。

「都会じゃん都会」

画面の中では僕が選んだキャラクターを堀内が徹底的に打ちのめしていた。

「俺なんか生まれたときからここで。もううんざり。ぜってー大学は都会に出てやる」

ＧＡＭＥ　ＯＶＥＲという大きな文字が画面に映し出されると堀内はコントローラーを投げだしうつぶせになって足をばたばたさせた。卓球部の部活で腕立てふせをさぼっている姿と同じだ。

「大学だけだよ遊べんのは。そのあとはこのぼろホテル継いで俺は一生ここにいて、それで死ぬんだあああ」

そう言って泣き真似をした。

「中途半端に頭いいけん、あの高校受かっちゃって、知ってるやつは誰もおらんし。勉強も部活もつまんねーし」

「そんなこと言ったら僕だって誰も知らないよ」

ぽかんとした顔で僕を見つめる顔がおかしくて僕は吹き出した。

「なんだよ都会から来たやつが生意気」

そう言いながら堀内が腋《わき》の下に僕の頭を抱え乱暴に左右に揺すった。すっぱい汗のにおいで気分が悪くなりそうだった。

「聡《さとし》、ほら、遊んでないで準備してよ。時間時間」

堀内に頭を揺すられたままドアのほうを見るとスーツを着たお母さんらしき人が立っていた。必死に堀内の腋の下から頭を抜いて、お邪魔してますと頭を下げると、

「初めて見る子ね。高校の友だち？」

「そう！　こいつは大都会から来たんよ。こんな辺鄙《へんぴ》な田舎町のこと小馬鹿にしてんの」

「そう。夏休み、バイトしてくれたら助かるけどね」

「やめとけ！　こきつかわれるだけだぞ！　たいしてバイト料ももらえんし」

堀内の言葉にお母さんは笑いながら部屋を出て行った。

玄関で靴を履き外に出た。

「また、遊び来いよ」

「うん、ありがと」

「夏休みの宿題とかいっしょにやろうぜ」

「ああ」

そのとき自転車が停まる耳障りな音がした。

「はー、遅刻するかと思った」

ふと目をやると汗まみれの女の子が一人自転車を押しながらこっちにやってくる。薄い花柄のワンピースが汗で体にはりついている。

「真織、おまえ遅刻。クビ」堀内がふざけた声で言った。

「いじわる言うのやめてえ聡、私クビになったら食べていけんもん」

そう言いながら女の子は自転車の前カゴに入った布製の小さなバッグの中からハンカチを出し、首筋の汗をぬぐった。後ろで髪の毛をひとつに縛っているが後れ毛が汗で額に張り付いていた。

「聡の友だち？　バイトするの？」そう言いながら近づいてくる。

「うん。須藤。大阪から来た都会の男」

「はじめまして」そこまで深くする必要はないだろうというほど、真織という少女は僕に向かって頭を下げた。僕と同い年かそれよりも下だろうという気がした。

「大阪かあ。いいねえ」頭を上げた途端、ふわりと石けんのような香りがした。はじめましてと返す暇もなく、二人は慌ててホテルの厨房のほうに向かっていく。

「じゃあまた」堀内はそう言って厨房に入っていった。真織はまた僕に向かって頭を下げた。真織が来てから僕は何も言えなかったなと思いながら、真織の小さな背中がドアの向こうに消えるまで僕はただじっと見ていた。


その人が目の前にはいないのにその人のことを思い出して記憶を反芻《はんすう》する行為は、もうすでにその人が自分のどこかに住み着いてしまったことと同じなんじゃないだろうか。好きとか嫌いとか、はっきりとした感情がなくても。

僕は真織に出会った日のことを思い出すと同時に、本橋さんに初めて出会った日のことも思い出していた。真織のことを思い出せば本橋さんのことを思い出したし、本橋さんのことを思い出せば真織のことを思い出す。真織の小さな背中とともに思い出したのは、ベッドのなかで見た本橋さんの白い背中だった。

駅までの道で僕と本橋さんはしばらく黙ったまま見つめ合っていた。コートも着ずに家を飛び出してきた本橋さんの体がかすかに震えていた。左の頰がうっすらと赤みを帯びている。僕はなるべくそれを見ないようにして言った。

「あの、寒そうだから。どこかに入りますか？」

こくりと本橋さんは頷き、僕の隣に立って歩き出した。

本橋さんは両腕で自分の体を抱きしめるようにしている。

「あ、これ」

僕が着ていたコートを脱ごうとすると、

「いえ、大丈夫ですから」きっぱりとした声で本橋さんは言った。はっきりとした拒絶だった。駅前にはいくつかチェーンのコーヒーショップが見えたが、本橋さんはそこには入らず、純喫茶と看板に書かれた古い喫茶店を選んだ。ちりんと音の鳴るドアを開けると、今時珍しく煙草の煙が店内を漂っている。店は外から見たときよりも広く、カウンター以外の席はベルベット張りの椅子が向かいあわせにいくつも並んでいる。カウンターには常連らしき人が座りワイシャツに黒いベストを着た店主と話し込んでいたが、店主は僕と本橋さんを見ると、いらっしゃいませと礼儀正しい声で言った。本橋さんは店内を見回し、いちばんトイレに近い奥の席を選んだ。店主がトレイに載せて運んできたグラスを手にとり、本橋さんは一口、二口、水をのんだ。

「ブレンドください」メニューも見ずに本橋さんは言った。

「じゃあ、僕も」

椅子は年季の入ったものだったが座り心地は良かった。こんな喫茶店が工房の近くにあればいいのになと思いながら僕もグラスに口をつけた。本橋さんはニットの袖を伸ばし、そこに手首を隠した。まだ寒いのだろうか。Vネックから見える首筋と鎖骨が天井の照明を受けて光るように白かった。

「あの」決心したように本橋さんが口を開いた。

「はい」

「さっきのことです」

店主がコーヒーカップをふたつトレイに載せて運んで来た。

本橋さんは黙ったまま店主がテーブルに置くカップをじっと見ている。店主が席を離れても本橋さんはコーヒーカップに手を伸ばそうともしない。

僕は砂糖もミルクも入れず一口のんだ。思いがけずおいしいコーヒーだった。

「本気でつきあう、というその」

「ええ」

「からかうのはやめてほしいんです」

「からかってません」

本橋さんが大きなため息をつく。

「須藤さんがどういう人だか私は少しわかっています」

「どういう、人？」

「つまり、すごく女の人になんというか」

そこまで言って本橋さんはコーヒーカップで暖をとるように両手でつつみこんだ。

「だらしない？」

本橋さんが頷く。なぜだかすまなそうな顔をしている。

「そうかもしれません、というか、そういう側面もあります僕には。それは認めます。でも」

「でも？」

それとこれとは違うんです、と言葉を続けようとしたが僕は迷った。言葉ではなく、それとこれとは違うんだということを本橋さんに信じてもらうしかないだろう。

「だめでしょうか？　僕では」

「いやっ、だめって、わけじゃ、ないですけど」

そこまで言うと本橋さんはおそるおそるカップに口をつけて、ほんの一口、口にした。熱くはないと思ったのか本橋さんは再びカップに口をつけ、コーヒーの半分ほどを一気にのんだ。そうか。この人は猫舌なのだ。

「私のことをまったく知りませんよね、須藤さん。まだ数回しか会ったことがないのに、本気でつきあうとか、そういうのってどうなんですか」

詰問する口調だった。女の人がこういう口調になると正直なところ僕はどこかに逃げ出してしまいたくなる。本気でつきあいますという言葉には嘘はない。本気でつきあわないというのは僕の場合、お酒をのんでセックスしてそのあと二度と会うことはないということだ。本橋さんとそういうつきあいをするつもりはまったくなかった。本気でつきあいます。そう決意したのは僕の人生においてたったの二回しかないのだ。

その本気をどう説明したらいいのか。

こういう場合どんなに言葉を重ねても、女の人はそのほころびを即座に見抜いてしまうことを僕は知っている。

ぐいっと押してきて、いきなり、ふっと引くようなことを言う。本音を言えば、力加減ではこちらが優勢だと思っていたのに今は本橋さんに翻弄されているような気分になっていた。ぼんやりと真織との思い出を辿っていた僕を見抜かれて、本橋さんに日本刀ですぱっと切られたような気分だ。

本橋さんはコーヒーカップを持ったまま僕をにらむような目で見つめている。私を見ろ。そう言われているような気がした。

「僕はでも」

「でも？」

「今日、本橋さんの家に行って部屋を見ました。お父さんにも会った。この前会ったときよりも本橋さんのことを知りました。これから本橋さんのことをよく知りたいと思ってます。それがつまり」

「つまり？」

「それがつまり、僕が本気でつきあいたいという意味です」

本橋さんは猫が驚いたときのような顔をしている。黒い瞳がビー玉のようにまん丸だ。まず、耳たぶが赤く染まり、その赤みが頬に広がっていった。

「僕は本橋さんのあの部屋に合うような椅子を作りたいんです。本橋さんにお願いしているパンフレットに載せられるように新しい椅子を一脚、作ります。本橋さんはパンフレットを作る。その間に、僕は本橋さんのことをもっとよく知ることができると思います。それではだめでしょうか？」

本橋さんの顔から力が抜けていく。泣き出すんじゃないかと僕は思った。あのときの真織みたいに。

「ぜ」

「ぜ？」

「ぜんぜん」

「ぜんぜん？」

「ぜんぜんだめじゃないです」

「ぜんぜんだめじゃないです」


二回続けて言うと、本橋さんは水の入っていたグラスを赤みのさした頰に当てた。この人もぶたれ慣れている。また真織が顔を出す。目の前にいるのは真織ではない。本橋さんとつきあいたいと思ったのは真織にどこか似ているからだ。けれど、そのことを本橋さんに伝えるつもりはなかった。それがどんな話であれ、昔の彼女の話を喜ぶ女の人などいないだろう。それが本橋さんをどれだけ傷つけるかということもわかっている。僕は三十二歳の男だ。女にだらしない下半身の軽い男だけれど、それくらいの分別は持っている、つもりだ。

「私も須藤さんのことが知りたいんです。もっと知りたいんです」

けれど、本橋さんがまっすぐに僕を見つめてそう言ったとき、僕は気がついてしまった。相手を知りたいと思うことは自分の秘密をも明け渡すことじゃなかったか。

そんなことが僕にはできるのだろうか？

その日の夜、僕は自分の仕事部屋にこもり、すぐに本橋さんのための椅子を考え始めた。

本橋さんの部屋にあったトチノキの一枚板の勉強机には、量販店で売られているようなクッション座面の、高さ調節ができる椅子が添えられていた。あの勉強机を部屋の中心に据えて、その質感に合うような椅子を作ろうと思った。本橋さんが一日の終わりにリラックスして座れるような椅子。僕はクロッキー帳を広げる。

洗練された都会的なイメージではなく、素朴でかわいらしさのある椅子がいい。天然木の質感を生かしたもの。素材は使い込むほどに色の深みが増していくメープルか、ウォールナット、もしくはチェリー。天然オイルで仕上げれば色艶に深みが出て、風合いが出てくるだろう。塗膜がない分、より木の質感を感じることができる。僕はその椅子を本橋さんにできるだけ長い時間、長い期間使ってほしかった。座面や背の形はどうするのか。脚を三本にするか、四本にするか。僕は頭のなかにあるぼんやりしたイメージを抽出して、鉛筆を紙の上に滑らせた。この椅子に座って本橋さんは何をしたいだろう。僕は思った。それを聞く必要がある。

そのときふいにメールの着信を知らせる音がした。

携帯を手に取る。本橋さんからだった。

メールのタイトルに「来週の打ち合わせのご確認」とある。あくまで文進堂の本橋さんだった。

今日の出来事についてはいっさい触れておらず、それがなんだか本橋さんらしいと思った。

来週パンフレットの打ち合わせで、本橋さんは工房にやってくる。そのときに時間があればいろいろ聞いてみようと思った。本橋さんがあの部屋で何をしているのか、椅子に座って何をしたいか。今日、ほんの短時間しかいなかった本橋さんの部屋を思い浮かべた。玄関を入ったときミートソースの香りがした。本橋さんが僕のために作ってくれたのかもしれない。それも食べずに出てきて（追い出されて）しまった。ふいに自分が空腹だということに気づく。昼に食べたきり今日は何も口にしていなかった。僕は携帯を手に取りキッチンに向かった。鍋に湯を沸かしパスタを茹《ゆ》でようと思った。レトルトのソースがどこかにあったはず。それを流しの下から見つけ出し、水を張った片手鍋にちゃぽんとつける。

〈来週の打ち合わせ日時、了解いたしました。

ミートソース今度ごちそうしてください〉

そう書いて本橋さんに送信した。

そのあとすぐにもう一通本橋さんからメールが来た。タイトルはない。

〈二十三日の天皇誕生日とクリスマスは仕事があります。ごめんなさい〉

とだけ書かれている。

そのメールの意味がわからなかった。僕は茹であがったばかりのパスタにバターをからめ、レトルトのトマトソースをかけながら考えた。

テーブルの上に皿をおいてカレンダーを見る。

本橋さんに会うのは、来週二十六日金曜日の平日。天皇誕生日とクリスマスのあとだ。そもそも天皇誕生日が祝日だったことに僕は今初めて気がついた。家具作りの仕事を始めてから誰かとクリスマスを祝ったことはないし、十二月中は、祝日でも土日でも仕事があれば工房に通っていた。本橋さんがあやまる筋合いはまったくない。けれど誰かと本気でつきあうということには、クリスマスや、誕生日や、二人の記念日を共に祝う意味が含まれているのだ。誰かとつきあうというのはそういうものだった。僕はそういうことすらすっかり忘れていた。忘れるような生活を今までしてきたのだと思った。

テーブルにつきパスタだけの簡単な夕食をとった。エアコンをつけているが足元からはしんしんと床の冷たさが伝わってくる。僕は一人、パスタをフォークに巻き付けながら、クリスマスについて考えていた。

僕は女の子と二人だけでクリスマスを過ごしたことはない。

子どもの頃は母が自分の仲良しさんを招いて、チキンやケーキをふるまっていた。僕がその毎年くり返されるホームパーティーから抜け出したのは高校二年のときだ。

「うちでやらんクリスマス」

そう言い出したのは堀内だ。もうその頃には堀内のあの乱雑な部屋は、堀内の友人たちのたまり場のようになっていた。同級生のなかには堀内の家が経営するビジネスホテルでバイトをしている者もいた。僕もそれを望んだが、高校に入ってから急激に成績が落ちたことで両親に反対され、バイトをすることは叶《かな》わなかった。堀内の部屋にはホテルで出されるクリスマス用の食事やケーキが用意されていた。

「あまりもんだからいいんよ。食えって母さんが」

堀内の言葉に甘えて僕らはそれを遠慮せずに食べた。集まった仲間は全員男だった。女の子を誘おうなどという話も出なかった。誰かがこっそり酒を持ち込みふざけてそれを回し飲みし、明らかに酔っ払ってしまったやつもいた。僕もビールを口にしたがあまりのまずさに一口でやめた。一口のんだだけなのに頭痛がしてきた。

「おい、宍道湖に行くぞ」

堀内が大声をあげたのも酒の勢いだった。部屋にいた者のほとんどは、冗談だろ、寒いからやだ、なんで今から、と言いながら腰を上げなかった。けれど堀内は無理矢理友人たちの腕をとり、上着を着せ、部屋から連れ出そうとした。堀内と数人の友人が大声を出しながら部屋から出て行った。残った友人たちは俺、そろそろ帰るわと言いながら、帰り支度を始めた。堀内の部屋に僕は一人残された。小さな丸いテーブルのまわりには空き缶や紙皿、プラスチックのフォークが投げ出されたままだ。仕方ないなあと思いながら、僕はゴミを集め始めた。動いた途端こめかみの奥がずきずきと痛んだ。

「聡、お母さんがもう少し静かにしろって」

そう言って部屋に入ってきたのは真織だった。ホテルの制服を着ている。その頃には真織についての情報は堀内経由で耳に入っていた。堀内と幼なじみであること。堀内の家が経営するホテルで働いていること。堀内の家に行くたび幾度か真織と顔を合わせた。ブレーキが錆び付いたような自転車を押して、僕を見ると、恥ずかしそうに笑った。その笑顔で、真織が堀内の部屋の入口に立っていた。

「片付け、押しつけて。ひどいねえ、聡」

そう言いながら、真織もゴミを集めるのを手伝ってくれた。テーブルの上にはまだケーキが残っていた。真織の視線がテーブルの上にとどまっているのに僕は気づいた。苺《いちご》の載ったケーキは端からフォークで食べ散らかしたせいで無残な形になっていたが、半分くらいは手つかずだった。メリークリスマスと英字で書かれたプレートや、砂糖菓子でできたサンタは無傷なままだった。

「食べる？」

僕の言葉に力強く真織は首を横に振った。食べ残したものを誰かにすすめるという行為の醜さをその頃の僕はまるでわかっていなかった。

それがクリスマスの日に働いている女の子にどんな意味を持つのかも。

「もったいないなあ、って思っただけ」

その言葉に急に恥ずかしさを覚えたが、なぜだか僕は真織にケーキを口にしてもらいたかった。意固地にもなっていた。ケーキを切るようなナイフはなかったから、割り箸で誰も口にしていない部分を切り分けようとした。うまくはいかなかったがなんとか三角形の形になったので、僕は割り箸でプレートと砂糖菓子のサンタをケーキの上に置き紙皿に載せて、真織に渡した。そんなことができたのは僕が馬鹿で世間知らずの高校生だったからだ。真織は僕から紙皿を受け取った。ビニール袋からプラスチックのフォークを出し、真織に差し出した。真織はゆっくりとゴミの詰まったゴミ袋を床に置き、フォークを受け取った。真織の顔に表情はなかった。

真織がフォークでケーキを口に運ぶのを僕はじっと見ていた。小さな口を開けて真織はケーキを食べた。おいしいと思ってほしかった。強くそう思った。真織は何も言わずに僕の目を見て小さく笑った。食べたのはたった一口だった。真織にもっと食べてほしかったが真織はケーキの載った紙皿を置くと、再びゴミを集め始めた。もっと食べたらとは言えなかった。紙皿の上で砂糖菓子のサンタが生クリームに突っ伏していた。こんな食べ残しのケーキじゃなくて、もっとおいしいものを真織にたくさん食べさせたかった。それは真織のことが好きと思う前に僕に生まれた感情だった。感情というよりももっと激しい情動だった。

気づくとフォークに巻き付いたパスタが冷えて固くなっていた。

僕はそれを口にしたがあまりのまずさに一口でやめた。

本橋さんという人に近づくたび、僕は真織のことを思い出している。今日僕のなかからあふれるようにこぼれた真織の記憶に僕は戸惑っていた。涸《か》れていた井戸から再び水が湧き出すように、間欠泉が熱湯を噴き出すように、僕のなかに眠っていたそれは再生され、着色され、十七歳の僕へと連れ戻した。

皿に残ったパスタをゴミ箱に捨てた。トマトソースの赤が皿に不思議な模様を描いている。僕は湯を大量に出してその模様を排水口に流した。こんなふうに真織の記憶もひとつひとつ思い出すたび、僕はそれを消してしまおうと心に誓った。記憶から真織のデータを消去して、空いた領域に本橋さんという人の記憶をつめこんでいくのだ。

真織のことをスムーズに忘れられるように本橋さんとたくさんの時間を過ごすのだ。

僕が本橋さんと本気でつきあうというのはそういうことだ。

真織を思い出しながら今夜食べたこのまずいパスタのことも、本橋さんの作ったミートソースを食べれば忘れてしまえるような気がした。

本橋さんと本気でつきあうことで僕はまったく違う人間になるのだ。

本橋さんのまっすぐさが、強さが、きっと僕を変えてくれるだろうと、そう信じるしかなかった。船はもう港を出てしまったのだ。けれど目指している場所は僕が思っている以上にずっとずっと遠くにあるのかもしれない。最終的に船が向かうのは、僕が知らない新天地なのか、それとも出港した港なのか、僕にはまだわからなかった。

6

須藤さんを駅まで送り家に戻った。木枯らしに吹かれた落ち葉が、玄関の前でくるりと円を描くように舞っている。その葉を見てやっと自分の体が芯から冷えていることに気づいた。コートすら着ずにセーター一枚で家を飛び出してしまったことにも。

私はずいぶん興奮していたのだ。

玄関のたたきには靴がきれいに並べられていた。いちばん隅にはもう何年履いているのかわからない母さんのスニーカーがあった。さっき父さんがその上に座り込んでしまった私のショートブーツは、甲の部分に見るも無惨な皺ができている。それを見てまた頭にかっと血がのぼり、さっきぶたれた左の頰が熱を持ったような気がした。

居間の襖を開けると、炬燵に足をつっこんだまま大きないびきをかいている父さんに、母さんが毛布をかけているところだった。私の姿を認めると、母さんは唇にひとさし指をあて、声を出さずにしーっと口の動きで私に伝えた。私は黙って頷く。母さんは足音を忍ばせ台所に向かう。私もあまりにのどが渇いていたので母さんのあとに続いた。私が中学生のときからあるやたらに音のうるさい冷蔵庫を開けて、紙パック入りのオレンジジュースを手にとった。紙パックの裏についているストローをはがし、それを伸ばして穴につっこむ。

「あら、ミートソース、作ってくれたのね」

母さんはガス台にある鍋のふたを取り、声を潜めてそう言う。

私の顔を見て頬のあたりに視線をやる。

「お父さん？」

母さんの問いには答えずに私はオレンジジュースを一気に吸う。長い時間冷蔵庫のなかで冷やされていた液体が自分の食道に落ちていくのを感じた。母さんは屈んで冷凍庫のなかから小さな保冷剤を取り出した。それを流しの上に干してあったふきんに包んで私に差し出す。

私はそれを受け取り自分の左頬を冷やした。

「誰か来たの？」

居間の炬燵に置いたままになっていた湯飲み茶碗《ちゃわん》は母さんが片付けたのだろう。私と須藤さんが使った湯飲みは、流しの洗いおけの中に入れられている。

「お友達？　珍しいわね。桜子が」「彼氏」

「え」母さんが流しの前に立ったまま私の顔を見る。

「彼氏が来たの」言葉が出てしまった。

母さんは洗いおけの中の湯飲みと私の左頬を交互に見たあと、

「へええっ」とまぬけな声を出して、しばらくの間黙っていた。母さんの頭のなかにはまさに今、いろいろな考えや思いが浮かんでは消えているはずだ。彼氏という言葉で母さんは私が左頰を腫らしているわけをすぐに察したようだった。

「それで、お父さん」

「すごい酔っぱらって帰ってきて」

「それなら……お寿司《すし》でもとったのに」

そんなこと言ってもそのお金出すの私だしと言い返したかったが黙っていた。

「会社の人？」

「違う。最近、仕事で、知り合って」

知り合ってというより、もう部屋に泊まったこともあるし、同じベッドで寝たこともあるのだが。

「そう……。おつきあいしてどれくらいになるの？」

「えっ」これからつきあう、とさっき言われたばかりなのだ。

「まだ、その」そう言ったあと私は音をたてて、紙パックの側面がへこむまでオレンジジュースを吸った。

「桜子」

母さんは私に向き合うようにして言った。

「あのね」

いつになく神妙な顔をしている。

「もし、その人と結婚したいならね。この家のこととか心配しなくていいのよ。いざとなったらね、この家手放してお父さんと二人で小さなアパートに住んだっていいんだから。こんなボロ家だけど売ればいくらかのお金になる。お母さんだって、お父さんだって、まだまだ働けるし」

母さんの言葉の途中から鼻の奥がつんとし始めたが、口にくわえたままのストローをぎゅっと嚙んで我慢した。私がお金のことと同じくらい心配しているのは、私が家を出たら母さんだけが父さんの暴力にさらされることだ。母さんの今の言葉で自分の気がかりが何なのかはっきりわかってしまった。

万一須藤さんと結婚しても、自分の生まれた家とすっぱり縁が切れるわけではない。妹のこの家のことも抱えながら、私は自分の家族を作っていかなくちゃいけないんだ。妹の桃子みたいに自分の産んだ子どもを連れて夕飯を食べにきたり、子どもを母さんや父さんに預けて遊びに行くようなことはできそうもない。母さんや父さんに甘えることのできない自分の性格を少し、恨んだ。

「まだ、そんなところまで、話は進んでないよ」

「でも、桜子だって、もういい歳よ。幸せにならなくちゃ」

母さんだって。言おうとしたが声にできなかった。そのとき声が出なくなる須藤さんのことを思った。声がいつでも出る人間だって、思いや気持ちを声にできないときがあるんだ。そのことに初めて気がついた。

母さんはガス台に火をつけ、やかんを置いた。その背中がずいぶん丸みを帯びている。私は目尻を指でめちゃくちゃにこすって、ジュースの紙パックをゴミ箱に捨てる。冷蔵庫を開け、須藤さんが持ってきてくれたケーキの箱を母さんに見せた。

「これ、あとで、私と母さんで食べよう」

箱を開けるとシンプルな苺のショートケーキが四つ入っていた。白いクリームの上にまるで作り物みたいな赤い苺がちょこんと載っている。箱の内側のどこにもクリームがついていないし、ケーキ同士がぶつかったあともない。買ったときのきれいな状態のまままだ。須藤さんは私のためにケーキ屋さんでこれを選び、とても気を遣いながら持ってきてくれたのだろう。

「かわいいケーキねえ」

箱の中をのぞき込む母さんにぐいっとケーキの箱を押しつける。

「ちょっと、私、まだ、仕事するから」

母さんに背を向けてそう言い、階段を上がって、自分の部屋に入った。

もうすっかり日が暮れている。私は窓のカーテンを閉めて照明をつけた。

カーテンも照明も置いてある家具も昨日とどこも変わってはいない。それなのに、さっきまで須藤さんがいた部屋はいつもの自分の部屋と違うように見える。壁際の机。もう捨てようかと思っていた古い勉強机。須藤さんはこの机をほめてくれた。父さんが買ってくれた机を。須藤さんが触れたあたりに私も指で触れてみた。

指を滑らせながらさっきの喫茶店での会話を思い出していた。

須藤さんは私と本気でつきあうと言ってくれた。須藤さんが私の彼氏になる。

私はもう一人じゃない。そう思うと急に目のなかに入ってくる光量すら多くなった気がした。部屋だけじゃなくて世界がまるで違ったように見える。ふわふわとしたピンク色の綿飴《わたあめ》のようなものに自分が包まれているようだ。私はぺたりと畳に座り、今日のお詫《わ》びを須藤さんにメールしようと思った。

パソコンを開いてメールソフトを立ち上げ、

〈今日はありがとうございました〉とそこまで書いて指が止まった。

〈父の恥ずかしい姿を見せてしまい申し訳ありませんでした〉と続けるべきかどうか迷った。その話題に触れたほうがいいのかどうか。父の、と書いた瞬間から、父さんに張られた左の頬が熱く感じた。赤くなった頬を見て、何があったのか須藤さんも気づいていたはずだ。いちばん見てほしくないものを須藤さんに見られてしまった。普通の男の人なら引くだろう。重いと言って。重すぎると言って。

なのに須藤さんは私と本気でつきあうと言った。

そこにふと疑問が生まれる。なんで須藤さんはあんなものを見せられて、私とつきあうと言ったのか。そもそも須藤さんは私のことが好きなんだろうか。そうだとしたら私のどこが好きなのか。つきあうとは言われたけれど、好きだと言われたわけではない。そう考え始めたら浮き立っていた自分の気持ちがしゅわしゅわとしぼんでいくようだ。〈ところで、私のどこが好きなんですか？〉と打ってみて、その質問のあまりの愚かさに、すぐにその一行を消した。そんなことを聞いたらうまくいくこともうまくいかなくなる。冷静になろう。私は一度パソコンを閉じて、電源の入っていないホットカーペットの上に仰向けになった。天井の、人の顔にも見える木目を長い間見つめていた。

求めすぎたらいけない。あせりすぎてもいけない。

男の人を引かせるようなことを、追い詰めるようなことを言うのはやめよう。今、目の前にある幸せを存分に受け止めよう。来週にはまた須藤さんに会えるのだ。須藤さんは私の彼氏なのだ。私がこれからつきあっていく人なのだ。最終的には結婚に持ち込みたいんだから。今逃げられては困るのだ。

私はまたパソコンを開いて、それまで書いていた文章をすべて消した。あまり感情を込めずにメールを書いて、三回読み直したあと、すぐさま送信した。けれど送ったあとに気がついた。来週はクリスマスじゃないか。でも二十三日の天皇誕生日にもクリスマスにも仕事が入っている。変なタイミングで須藤さんとつきあうことになってしまった。須藤さんのあの様子では、来週にクリスマスがあるなんてことに気づいていないはず。いやあの人のことだからわからない。どこか盛り場に一人で繰り出して……。想像は簡単に悪いほうに傾いていく。

自分よりもはるかにきれいな女の人とお酒をのんだり楽しそうに会話をしたり。したくない想像ではあったが、女の人とベッドに入っている須藤さんがはっきりと頭に浮かぶ。嫌だ。嫌だ。激しく思った。だって須藤さんは私の男なんだ。そんなの絶対に嫌だ。私の男ととっさに思ってしまった自分にちょっと驚いた。

いくらつきあってくれるとは言っても、その相手は所有物じゃないんだから。自分のなかにいる理性的な私が私に釘《くぎ》を刺したけれど、それでも思うだけなら自由だろうと、もう一人の自分が叫んでもいた。そうだ。須藤さんは私の男だ。思うだけならいいじゃないか。まだ具体的につきあってはいないのに須藤さんに対して嫉妬の気持ちがあるのだ。そうはっきり自覚しておののいた。

私はどれだけ須藤さんのことが好きなんだろう。

〈クリスマスは何をして過ごされるんですか?〉

もう一通メールを書き始めた。なんだか探りを入れているようだと感じてすぐに消した。冷静沈着に。私を呼ぶ母さんの声がする。もう夕食の時間だ。「今行く」と返事をするとメールの着信を知らせる音が聞こえた。須藤さんからの返信だ。

〈ミートソース今度ごちそうしてください〉という一文に顔がにやけた。

父さんのせいで今日は須藤さんにごちそうできなかったが、これからいつでも何度でも、作るし食べさせるつもりだ。階段の下から母さんが温め直したミートソースの香りが漂ってくる。父さんと顔を合わせるのも、須藤さんに作ったミートソースを父さんが食べるのも嫌だった。でも母さんは私の分のスパゲッティも茹でてしまっているだろう。一日の最後に伸びた麺を一人で食べたくはない。慌てて私は文章を打つ。

〈二十三日の天皇誕生日とクリスマスは仕事があります。ごめんなさい〉

メールが送信される音が聞こえた瞬間ふ――っと長いため息が出た。

今日はあまりにもいろいろなことがありすぎた。ぐったりと疲れていた。

「もうできたわよー」と私を呼ぶ母さんの声はさっき見た背中の丸くなった母さんではなく、父さんの会社の景気も良く、奥さん奥さんと呼ばれていたときの声に似ていた。

「はーい」と私はできるだけ子どもの声で返事をして階段を下りた。


工房の窓から差し込む光にほこりの粒子が舞うのが見えた。何をしているのかわからないが、須藤さんは入口に背を向けて作業をしていた。私が体を横にずらすと須藤さんがノミのような工具を手にしているのが見えた。カッ、カッ、カッ、と木を削る乾いた音がリズミカルに響く。背中は華奢なのに、力を入れた瞬間の肩や上腕部の盛り上がりはウインドブレイカーの上からでもわかる。やっぱり男の人なのだ。作業をしている最中に声をかけるのは危ないだろうと思い、しばらく作業をする須藤さんの後ろ姿を見つめていた。本音を言えばその背中に抱きつきたかった。すぐにでも。その瞬間、須藤さんがゆっくりと後ろを向いた。

「そろそろじゃないかと思ってました」

小さく口を開けてかすかに微笑みながらそう言う。その顔を見て泣きたくなるこの気持ちの正体はなんだろう。それと同時にその顔がとても懐かしく思えるのはなぜだろう。

須藤さんのあとに続いて工房の二階に上がった。

「どうぞ。コーヒー淹れますね」

私に椅子をすすめ、須藤さんは階段脇にある小さなキッチンに向かった。私は椅子に座り、今日の打ち合わせのための資料をテーブルに広げた。須藤さんと今日話し合う必要があるレジュメにもう一度目を通した。

仕事は仕事。恋愛は恋愛だ。前の彼氏、広瀬さんとつきあっていたとき、仕事で広瀬さんの仕事場に行き、話の途中で広瀬さんに手を握られそうになり、その手を払ってひどく険悪な雰囲気になってしまったことがあった。そのときは広瀬さんとつきあい始めてすでに三カ月以上は経っていたけれど、私は仕事の最中にそんなことをする広瀬さんを心のなかで軽蔑した。仕事モードの自分を恋愛モードに急に変えることはできない。男の人はそうじゃないのだろうか。須藤さんはどうだろうか。

顔を上げて立っている須藤さんを見た。横から見ると体が薄い。この人はちゃんと食事をしているのだろうかと心配になる。ネルのフィルターに細口のやかんでお湯をゆっくり注いでいる。集中している姿はさっき工房で作業をしていたときと同じだ。作業に一人で向き合って全力を注ぐ人なんだ。そのことがなんだかうれしかった。

須藤さんがマグカップを二つテーブルに置いた。

「パンフレットに入れていただく作品の数と、商品名とそのスペックです」

須藤さんはテーブルの端に置かれた赤いクリアファイルから、クリップで留《と》められた数枚の紙を差し出した。須藤さんの言葉どおり、十五の家具に番号がつけられ一覧表になっていた。前回の打ち合わせで作品の一覧を教えてくださいとは言ったが、ここまで整然とわかりやすくまとめてくれるクライアントは稀《まれ》だ。やってくれない人だって多い。几帳面《きちょうめん》な人で良かった。須藤さんへの好印象ポイントが私のなかでまたひとつ加算された。

「それと、写真も」

ページをめくると番号にリンクして、その家具がどんなものかわかるように写真が添えられていた。一覧表はいちばん下、十五番目のところが空欄になっている。そこに私が視線をやったことに須藤さんは気づいたようだった。

「それはこの前もお話しした、本橋さんの部屋に合う椅子です。まだ実物がないので。でも、いつまでにできればパンフレットに間に合いますか?」

「本橋さんの部屋に合う椅子」という言葉に自分の口角が自然に上がっていってしまうのを感じながら必死で私は平静を装い、スケジュール帳を確認しながら答えた。

「個展を四月中に考えていらっしゃるのなら、当初お伝えしたとおり、三月末にはパンフレットも出来上がっていたほうがいいと思うのです。印刷スケジュールを逆算して、家具を撮影することを考えると、二月の頭には」

「二月」そう言ってから須藤さんはマグカップのコーヒーを一口のんだ。

「遅くとも二月の中旬くらいまでには家具が出来上がっていると、撮影などの進行もスムーズですね。スタジオで一気に撮影できますから。費用的にもそちらのほうがお得かと」文進堂の営業担当、本橋桜子の顔で私はそう言い、須藤さんを見た。

須藤さんはテーブルに肘をつき、口のあたりを手のひらで覆うようにして、テーブルの隅のほうを見ている。伏し目がちになった目を縁取る睫毛が意外に濃く、長い。私に見られていることはわかっているはずなのに、須藤さんはなかなか顔を上げようとしない。その角度から見る須藤さんの顔は、いい。決め顔なんだろうか。自分がいちばんかっこよく見える角度を知ってるんだろうか。この人ならありえる。だってこの人は軽い。

「本橋さんは猫舌ですよね」急に話しかけられて、私は持ち上げようとしたマグカップをテーブルの上に戻した。

「あ、え？　はい」猫舌という言葉に私は警戒した。私は今、少なくとも表面上は仕事モードなんだから。その言葉で境界線を越えてくる気か。

「本橋さんのことがもっと知りたいんです」かっと耳たぶが熱くなるのがわかった。

「……知りたい、と言いますと？」私は目を伏せたまま聞いた。

「どんなことでもいいんですよ。あの部屋で何をすることが多いか、とか、どんな姿勢で座ると楽だ、とか。家具にまったく関係ないことでもいいんです。どんな食べ物が好きとか、どんな映画が好きとか、どんな色が好きとか」

「なんでも、ですか？」

「そう、なんでもです」

「はあ」

「家具職人にもいろんなタイプがありますけど、僕は家具を使う人のデータを多く知っておきたいタイプなんです」

「データ、ですか？」

　私の言葉に須藤さんは頷き、コーヒーを一口のんで言葉を続ける。

「ええ、データです。作家によっては自分の作風をぐいぐい押しつけるタイプもいるし、世の中にはそういう家具も必要です。でも僕は、あんまりそういうのは好きじゃないんです。たとえば、バーやカフェのスツールや椅子を作るときは、どんなお客さんが多いか、とか必ず聞きます。若いカップルが多いのか、それとも子連れが多いのか、どんな料理やお酒を出すのか。当然、それによって、椅子の素材や形は変わるものでしょう。ダイニングテーブルで使う椅子なら、どんな食事をすることが多いかとかも聞きます。そのあたりのニーズはできるだけおさえておきたいので」

「ニーズ、のために?」

ふと私のなかに疑念が生まれる。新しい家具を作りたいから、須藤さんは私とつきあうと言ったんだろうか。不安そうな顔をしている私を見て、須藤さんがはっとした。気づいたというあからさまな顔で。

「やたらにデータとかニーズとかいう言葉を使って気を悪くされたらごめんなさい。まるで僕が新しい家具を作るために」「いえ、大丈夫です!」

自分の声が予想外に大きく響いて、この空間に今須藤さんと二人きりだ、ということを強く意識してしまった。仕事だ仕事。今は仕事モードだ。ぎゅっと眉間に皺が寄る。

「ちょっと待って。何が大丈夫なんですか?」

須藤さんを怒らせた。そう思った。両肩から力が抜けていく。手のひらの力も抜けて、握っていたボールペンが資料の上を転がる。それを須藤さんの指がつまんで私の前に置いた。

「僕は本橋さんとつきあうと決めたんです」

　ああ、と私は思う。まるで須藤さんにそう言わせるためにすねたみたいじゃないか。私の気持ちがあまりに前にせり出しすぎている。表面張力ギリギリに水のたまったコップみたいに、須藤さんの言葉、一言で、私のなかから何かが多量にあふれ出してしまう。仕事をしているときのいつもの冷静な私は須藤さんを前にしたら瞬時にどこかに消え去ってしまうのだ。それくらい私はもうすっかりこの人のことが好きなんだ。目を伏せた瞬間にぽたっ、と資料の上に涙が落ちた。やだな、やだな、と思いながら。昨日の夜だって須藤さんに会えると思ったら、なかなか寝付けなかった。まるで中学生みたいだ。そのときテーブルの向こう側から須藤さんの腕が伸びて、指が私の頬に触れた。何度も父さんに張られたことのある頬。それを須藤さんが触ってくれている。

「お父さんにぶたれたのはあの日だけ？」

　しばらくの間、口を閉じていた。それを家族以外の誰かの前で認めてしまうことが恥ずかしかった。須藤さんの同情が欲しいわけじゃない。そんな手を使ってまで須藤さんの気を惹《ひ》きたくはなかった。涙が顎を伝って落ちていく。鞄の中から慌ててハンカチを出し、濡れた資料を拭いた。紙の表面が毛羽立つ。

「本橋さんの体はぶたれるためにあるんじゃないでしょう」私の涙をぬぐう須藤さんの

指を私はハンカチで包んだ。

「絶対にいけないことじゃないですか。たとえそれが親であっても、ぶたれたり、暴力をふるわれることは」

　私に指を拭かれながら須藤さんは私の顔を見た。それは今までに見たことのない須藤さんの顔だった。この人も大人にぶたれたり、親に暴力をふるわれたり、そういう経験があるのだろうか。そのことと突然声が出なくなることと何か関係があるのだろうか。須藤さんの人生。これまで生きてきた時間。そこに重い何か、暗い何かがあるのなら、私はそれを見たいと思った。見なくてはいけないと思った。こんな私とつきあいたいと言ってくれた人なんだから。

「すみません。洗面所で気持ちを立て直してきます」

　そう言って私は立ち上がった。泣いたせいで化粧もどろどろだろう。目の下はパンダみたいになっているはず。鞄の中から化粧ポーチを持って須藤さんが教えてくれたギャラリースペースの奥にある洗面所に向かった。トイレを済ませ、洗面所の鏡を見た。案の定、目は腫れ、鼻も赤く、ひどい顔になっていたが、手早く化粧を直した。ふと見ると鏡の横に数字だけのカレンダーが貼られている。今日は二十六日。今年はもう一週間もない。二十九日が仕事納めだった。正月休みはあるが、今度いつ須藤さんと会えるのだろうと不安になった。いやまずは仕事だ。

須藤さんは二杯目のコーヒーを淹れてくれていた。

「本橋さんの、ぬるめになってます」

その言葉がうれしかった。猫舌の私。古ぼけた家に住んでいる私。父さんに手をあげられる私。それがどんな内容であっても須藤さんのなかに私という人間のデータが増えていくことがうれしかった。パンフレットの打ち合わせは須藤さんの作ってくれた一覧表のおかげで予想外に早く済んだ。あとは、十五番目の家具が二月までに出来上がればまったく問題はない。そのことを伝えると須藤さんはどこかほっとしたような顔をした。

「あの、まだ時間はあるので、切り替えてもいいですか？」

私は咳払いをしてから言った。

「え？」

「仕事のスイッチを切って話したいんです。その、文進堂の本橋桜子じゃなくて」言いながら顔が赤くなる。

「ただの本橋桜子として」

「僕はずっとただの須藤壱晴です。僕はどっちでもいいけど、スイッチを切り替えたときは敬語やめますか？」須藤さんがそう言って笑うと白い犬歯が光った。

「そうですね。じゃなくて、うん」恥ずかしすぎて私は須藤さんがぬるめにしてくれたコーヒーをがぶがぶとのんだ。

「お正月はご実家に帰られる、じゃなくて、帰る？　須藤さんの実家って」

「母の実家は都内にあって。母がその家で祖父を一人で介護しているから正月くらいは帰らないと」

「須藤さんは東京生まれ？」前の彼氏、広瀬さんとは最後まで敬語だった。自分の言葉が下手な役者が話す台詞みたいに聞こえて顔が赤くなる。

「生まれたのは東京だけど、父の仕事の都合で日本のあちこちで暮らしたんだ。大学で東京に戻ってきて」

　言いながら須藤さんはマグカップに口をつける。これってまるでカップルの会話だ。じわじわとしたうれしさが足元から這《は》い上がってくるのを感じていた。

「あの、本橋さんじゃなくて名前で呼びたいんだけどいいかな？　なんだか落ち着かなくて。もちろん僕の名前も呼び捨てにしてくれていいよ。壱晴で。仕事スイッチが入っているときは須藤さんでいいけど」

　また顔が赤くなる。男の人を下の名前で呼んだことなど生まれてから一度もないのだ。自分の名前を呼び捨てにされたこともない。広瀬さんだって、別れるまで広瀬さんと呼んでいたし、広瀬さんからは本橋さんと呼ばれていた。

「あの、私は桜子でいいんだけど、須藤さんの名前を呼び捨てにするのは難しいかも。壱晴さんでもいいかな？」

「もちろん」

「ありがとう。えっと、私は生まれてからずっと同じところに住んでる。この前、壱晴さんに来てもらったあの古い家」

「古いけれど、しっかりとしたいい家だよ」

「そうかな」

「僕、建築学科だったから、家具だけじゃなくて家のことも少しはわかるよ」

「家をほめられるのは恥ずかしいな」

「あの机も高価なものだよ。とてもいいものだと思う」

「父さんが」マグカップを両手で包むように持った。まだじんわりと温かい。

「うん」

「あ、父が、小学校の入学祝いに買ってくれたの。その頃はうちも景気が良かったから」

「ご商売かなにかをされていたの？」

「ううん、印刷会社」

「そっかそれで桜子も今の仕事に？」

いきなり桜子と呼ばれて口にふくんだコーヒーを噴き出しそうになったが、なんとか堪《こら》えた。

「それはあんまり関係ないかな。とにかく就職試験に落ちまくって。最後の最後にやっと入れたのが今の会社だったから。あんまり、自分がやりたいこととかもわからなくて。

……壱晴さんは、大学に入る前はどこにいたの？」

壱晴さんの顔からゆっくりと笑顔が消えていくような気がした。返事もない。あれ私の声が聞こえなかったのかなと思ってもういちど聞いた。

「高校生まではご両親と暮らしていたんでしょう？　そのとき壱晴さんはどこにいたの？」

「……あ、うん、松江」その質問を初めて耳にしたように答える。

「島根の？」

「そう」

「私は行ったことはないけどいい所なんだろうなあ。お城があって。行ってみたいな」

反応はなかった。もしかしてまた声が出なくなったのだろうか。

「あの、声……？」

「声は出る。ちゃんと。大丈夫」そう言って笑ったが表情はぎこちない。あんまり聞いてはいけないことなのかなと思い、話の方向を変えた。

「ほんとうはお正月にでも壱晴さんに来てほしかったの。うちに」

「うん」

「だけどこの前みたいに父さんが」

「僕もいきなりぶたれたりするのは嫌だよ」笑いながら壱晴さんが言う。

「ほんとうにこの前はごめんなさい」

私が座ったまま頭を下げると、

「冗談だって」と笑顔のまま言う。

「お酒が入ると、たくさんのむと、時々」

「うん」

「ああなることがあって」

「いきなり僕みたいな男が家にいて、驚かれたんだと思う。つきあうことを隠すことはないけど、ゆっくり段階を踏んだほうがいいんだよたぶん。あ、そうだ。お正月」

「うん」

「母の家に来ない？」

「……壱晴さんのお母さんの家？」

「そう。母の家にも僕の作った椅子がいくつかあるんだ。それを見てもらえれば、こんな椅子が好きとか、こういう形がいいとか、イメージしやすくならないかな？　家には母と寝たきりの祖父しかいないし」

うんと頷きながらどきどきしていた。

「でも……ほんとに伺って大丈夫？」

「気を遣うような家じゃないよ。母はとにかくお客さんが家に来るのが好きな人だからきっと喜ぶと思う。いろんな趣味があった人なんだけど、今は毎日介護でそれどころじゃないし。少しだけ話し相手になってくれたら僕も助かる」

　つきあっている男の人の親に会うことなんて生まれて初めてなのだ。三十二歳なのに私には初めてが多すぎる。それが怖くてたまらない。それでも正月の三日に行くことを約束して腕時計を見た。次のアポの時間が迫っていた。

「あ、私、そろそろ行かなくちゃ」慌てて机の上に広げた資料をクリアファイルにしまい鞄につっこんだ。壱晴さんが立ち上がり近づいてくるのがわかった。腕が伸びて気づいたときには、その腕の中に私の体があった。体がこわばる。あのときのベッドの中と同じ木の香りがした。私の耳は壱晴さんの心臓のそばにあった。鼓動がちっとも速くなっていないことが憎らしい。私は壱晴さんの顔を見上げた。壱晴さんの顔が近づいてくる。その顔から視線を逸らした。

「私、こんなこと言うの死ぬほど恥ずかしいんだけど、いろんなことが初めてでその」

「うん」

「いろいろゆっくり進めてほしいんだ。いきなり、この一カ月、いろんなことがあり過ぎて、今も頭が爆発しそうで」背中にまわる壱晴さんの腕に力がこもった。

「わかった」そう言う壱晴さんにきつく抱きしめられていた。この人のことがこんなに好きになってしまってどうしようと抱きしめられながら思っていた。あまりにも事がうまく運び過ぎている。こんな風に順調に事が進んでいったらいつか大きな落とし穴にはまるときが来るんじゃないか。そう思ってしまう自分のことをほんの少し不憫《ふびん》にも感じた。

「へえええええっ」

「なんか、にやにやしてると思えば」

美恵子と聡美は私の話を聞き終えたあと、皮肉っぽい笑みを浮かべた。

年末年始の休みに入る前にどうしても会ってほしいと二人にメールで頼んだ。自分に起こった出来事を二人に話しておきたかった。会ったのは私と聡美の仕事納めの夜だった。すでに会社が休みに入っている美恵子はニットにデニムのラフな服装がよく似合っている。聡美も会社の飲み会をさっさと切り上げて来てくれた。いつものチェーンの居酒屋ではなく、私の会社と聡美の会社のちょうど中間の駅にある雑居ビルの和風居酒屋を私が選んだ。どのテーブルも個室になっているので、会社の人とこみ入った話をするときにもよく使っている店だった。

「桜子の豪速球を受け止めたってことかあ」

か――――っ、と親父のような声を上げながら聡美が芋焼酎のお湯割りをあおった。

「でも、悪い人じゃないんじゃないの。桜子の実家に行ったあとに、ちゃんとつきあいたいって言うなら」お酒をお代わりするのか追加注文をするつもりなのか、テーブルの隅にあるブザーを押しながら美恵子が言う。

「いやいやいやいやいや」聡美が私と美恵子の皿にサラダを取り分けながら言う。

「話がスムーズすぎてさ。なんか事情ありって感じがすんだよ。そういう男って自分もなんか負い目みたいなものがあんじゃないの普通？」

「負い目？」私はサラダの中のまだ固いアボカドを箸で半分にしながら聞いた。

「よっぽど体になんかあるとかさ。実はバツ二とか、子どもいるとか、性的不能とか、性格が極端に悪いとか」聡美にそう言われてみれば私が持っている壱晴さんのデータはものすごく少ない。声が出なくなることは知っている。けれどそのことはこの二人には話せないままでいた。

「あ、でも、その壱晴さん、だっけ？　軽い人なんだよね、桜子の話によると」美恵子が左手で右耳のピアスをいじりながら言う。小首を傾げた美恵子は女の私から見ても色っぽい。

「あ、え、う、うん」私の顔が曇る。結婚パーティーで私を誘って、酔いつぶれた私を自分の部屋に連れ帰るような人だもの。

「性的不能っていうか、むしろ逆だよね。アグレッシブな？」聡美はそう言うと串から焼き鳥を外さずにそのままかぶりついた。

「う、うん。なんか暗くなってきちゃった」私がそう言ってうなだれると、

「もう、聡美、言葉がきついって」

美恵子がよしよしというように私の頭を撫でた。

「だけど、軽くつきあっていこうなんて思ってる人をわざわざ正月に実家に呼ばないと思うんだよね。ふつう」美恵子はお湯割りをぐびりとのんで言った。

「意外に相手もまじ、ってことか」聡美が焼き鳥を咀嚼しながら言う。

「もしかしたら三人のなかで、いちばん早く結婚するの桜子だったりして」

「ええええ」とは言ったものの聡美にそう言われると自然に自分の顔がにやけてくるのがわかる。

「もう桜子、処女のまま結婚しな」とろんとした目で美恵子が言う。

「いや、それはだめでしょ。相性とかあるでしょ。やっぱ。結婚してから体の相性悪いとか最悪でしょ」聡美が焼き鳥の串を手でいじっている。

「もう――――二人の話がレベル高すぎて私にはよくわかんないんだよ！」

思わず声が大きくなっていた。個室にしておいて良かったと心から思った。

「だけどさ、つきあってる男の人のお母さんに会うとか私、初めてなんだよね。手土産《てみやげ》

とか何を持ってけばいいの？　何を着ていけばいいの？　会話とかスムーズにできるもの？」

「もしかしたら義理のお母さんになるかもしれない人だもんね」

美恵子がお湯割りの中の梅干しを箸でつぶしながら言う。美恵子が彼氏と別れた原因のひとつに、向こうの家族とうまくいかなかったという話は本人から聞いたおぼえがある。

「結婚て二人だけでちゃちゃっと簡単にできればいいのにね」

聡美の頬はすっかり赤い。

「もれなく相手の家族もついてくるのが死ぬほどめんどーだった」

美恵子が枝豆のさやをくわえながら言う。

二人の話を聞きながら思っていたのはやっぱり自分の家族のことだった。私は壱晴さんと結婚したいけれど、私と結婚すれば、美恵子が言うようにもれなく私の家族がついてくる。双方の親とまったく顔も合わせずに結婚をするなんてやっぱり無理なことなんだろう。私の場合、母さんや桃子はまあいいとして、問題は父さんだ。二人にはあの日の一部始終は話していないが、酔っぱらって暴れた父さんを見てほんとうのところ壱晴さんはどう思ったのだろう。

「でも、出たい、桜子の結婚式。私」聡美が小さく微笑みながら言った。

「うん、私も出たい。処女のまま結婚するっていうのも桜子らしくてなんかいいね」美恵子はそう言うと、お湯割りの中の梅干しを箸でつまみ、口にふくんだ。

「あのさ、だから手土産とか何にすればいいかな?」もう一度私が聞くと、

「もう、そんなものLINEであとで教えるよ!」

聡美が枝豆のさやを私に投げつけてきた。

「しあわせそうな女はきらきらして嫌いだよおおお」今まで静かに話していた美恵子がなぜかいきなり怒り出した。

三人のなかでいちばん落ち着いて見える美恵子なのに、一定の酒量を超えたとき、ときどきこうなる。白いタオル地のおしぼりをぞうきんのように絞りながらテーブルにつっぷして泣いている。いや美恵子のほうがよっぽどきらきらしているよと思いながら、聡美と二人で必死になだめる。けれどどうやっても美恵子をいつもの美恵子に戻すことはできなかった。さらにお酒のお代わりをしようとテーブルの上のブザーを押そうとする美恵子の手を聡美がすばやくつかんで言った。

「もうだめだこれタクシー乗せちゃおう」聡美と二人でふらつく美恵子になんとかコートを着せ、聡美が美恵子を支えている間に、私がお会計を済ませた。美恵子の分は次回までたてかえておこう。ちょうど雑居ビルの前にやってきたタクシーの後部座席に美恵子を乗せ、聡美が美恵子の住所を運転手さんに伝えた。

走り去って行くタクシーのテールランプを見ながら、聡美と二人、大きなため息をついた。

「あんまりにも桜子がうまくいってるからさ」

聡美が美恵子を支えていたせいで乱れたコートを直しながら言う。

「桜子は今までこういう経験ないかもしんないけど。うまくいってる恋愛を女友達に話すときは最大限に気を遣わなきゃ。私も美恵子も今、彼氏いないし」

「ごめん」

「それがルールだからさ」

「ルール?」マフラーを首に巻きながら私は聞いた。

「まあその、それが女社会のルールというか、仁義というか。桜子の恋愛を喜んでないわけじゃないいんだよ。だけどそれと同じくらい、ねたみとか、そねみとか……やっぱりあるわけよ人間だから。顔にはださねども」

「うん」

そう言う私の顔を見て聡美は笑い、「帰ろっか」と地下鉄の駅に向けて歩き出した。私も聡美のあとを追う。

「だけど今日みたいな桜子の幸せそうな顔見たの初めてだ。つきあいも長いのに。桜子、なんかきれいになったし。それがうれしいことでもあり、くやしいことでもある」

「そっか……」

「うん、でも、桜子、きれいだよ今」

ありがとう、と言ったものの恥ずかしくてマフラーに顔を埋めた。

「私、幸せになれるかなあ」

「そんなの知るかよ馬鹿」

聡美の笑い声に、地下鉄の階段を下りていく聡美の細いヒールの音が重なった。


「お姉ちゃーん」

台所でお雑煮を温めているとき妹の桃子が私に近づいてきて耳打ちをするように言った。

「なんかいいことあった?」

「なんもないよ。ちょっと今、危ない」そう言いながら私はガスの火を弱くした。

去年とほとんど変わらない正月の料理が台所のテーブルの上に並べられている。伊達《だて》巻き、昆布巻き、田作り、きんとん、筑前煮《ちくぜんに》だけは大晦日に母さんと二人で作った。それ以外はスーパーで買い、二段のお重に詰めるのが毎年の行事だ。

「お姉ちゃん、なんかきれいになってね?　彼氏とかできた?」聞かれても黙っている私の返事を待たずに、桃子は冷蔵庫から発泡酒の缶を取り出し、

「この家の台所は相変わらず寒いねー」と言いながら隣の居間の炬燵に飛び込んでいった。ばぶーちゃん、ばぶーちゃん、と母さんのはしゃいだ声が聞こえる。温まったお雑煮を椀《わん》によそいながら、私は去年のお正月のことを思い出していた。晴れ着を着て初詣に出かけた桃子がいきなり男の人を連れてきて、妊娠していると言い出したのだ。あのとき桃子のおなかにいた花音はもう生後六カ月だ。去年はいなかった子どもがこの世の中にいることにやっぱり驚いてしまう。花音はこの前会ったときにできなかったことができるようになっている。短時間ならおすわりもできるし、両手でおもちゃを持つことだってできる。

去年の正月は桃子の突然の告白もあって、父さんがひと暴れした。炬燵のテーブルの上にせっかく作ったおせち料理がばらばらに飛び散っている光景は、今思い出しても悲しくなる。今年は父さんが暴れないでいてくれたらそれでいい。お酒をたくさんのませなければいいのだ。

花音はいつの間にか我が家に運びこまれた、自分の食事用の椅子に座らされている。テーブルの上に手を伸ばさないように、炬燵から少し離れた距離に置かれた花音の椅子を、母さんは自分のいちばん近くに置いている。四つのお雑煮の椀を炬燵のテーブルの上に載せる。

桃子の旦那は今日から仕事らしい。桃子と花音を食べさせるために年末年始も返上して働いている。桃子は少なくとも私たちの前では旦那への感謝の気持ちも見せず、実家でのびのびと羽を伸ばしている。昨日の晩も花音を寝かしつけたあと、高校時代の友人とのみに行くと言って、夕飯も食べずに出かけてしまった。桃子は実家に泊まるときは二階にあった自分の部屋に布団を敷いて寝るが、昨日の夜は花音が夜泣きをして大変だった。下で寝ている母さんは気づかず、私が抱き上げてあやした。それでも私が桃子でないことに気づくと、体を反らして泣き続けた。寝たかと思って布団から離れるとすぐにまた泣き始める。

なんだって私がと思ったが、ふだんこんなに大変なことを桃子一人でやっているのだ。今夜くらいは私が寝不足でもいいとも思ったのだった。私より七つも年下の桃子は妻でもあって母親でもある。そのことだけで私とは圧倒的な経験の差を感じてしまう。旦那さんのいない夜くらい実家に帰って羽目を外しても、それが息抜きになるならいいかと泣き止まない花音をあやした。

「あけましておめでとうございます」

母さんの言葉に私と桃子が続けて言い、父さんは黙ったままグラスの発泡酒に口をつけ、数の子をカリカリと囓っている。これが私の家の今の正月だ。そう自分に言い聞かせてみても、やっぱり子どもの頃のお正月を思い出してしまう。

まだ父さんの印刷会社の景気が良かった頃、父さんはもっと力強く、威張っていて、いかにも社長という感じだった。この家の隣にあった工場の神棚に向かって、父さんが柏手《かしわで》を打つ。それに母さんや私やまだ幼かった桃子が続いた。新年の挨拶に会社の人たちが代わる代わるやってきて、私や桃子にお年玉をくれた。母さんは台所で忙しく立ち働き、着物姿の父さんは動かなかった。今は母さんが寝ている床の間のある和室の上座に座り、やってきたお客さんにお酌をされたり、したりしていた。まあまあまあまあ。正月ですから。男の人たちはそんなことを言い合ってお酒をのんでばかりいた。三が日、母さんはたくさんの来客の対応に追われ、ずっと家の中で動いていた。そのせいか、お正月が過ぎて、私や桃子の学校が始まるくらいになると、寝込んでいる母さんの姿を見るのも恒例行事になっていた。

今は父さんを訪ねてやってくる人など誰もいない。それでも母さんがいて私がいて桃子がいて孫の花音がいて、家族は誰も欠けず、むしろ増えているわけで、それは端《はた》から見ても当人たちにとってもいいことなんじゃないかと私はふと思う。来客がなくてもビールが発泡酒になっても。何しろ母さんが無理をしないで過ごせるところがいい。

母さんは花音にかかりっきりだ。お雑煮の中の人参を箸で小さくして花音の口に運んでいる。桃子は片手にテレビのリモコン、片手に発泡酒の缶を持ったまま、小さく口を開けてテレビの画面を見つめている。

「なんもおもしろくないね」桃子はそう言って、ぷちんとテレビを消した。

「お姉ちゃん、彼氏、正月に来んの？」

　桃子の言葉には答えず私は黙ってお雑煮を口にした。父さんのほうをちらりと見る。桃子の話は聞こえているはずだが、視線はよだれまみれで人参を食べている花音に釘付けだ。

「まさか、お姉ちゃん、妊娠しているとかないよね」

「あ、あるわけないじゃん」

「だよね」桃子は発泡酒の缶に口をつけ、ぐいっとのんでから言った。

「だけどさ、お姉ちゃんだって子どもほしいなら多少は慌てないと。三十二で結婚して、まだ子どもはいらない、二人だけの生活を楽しみたいなんて言ってるうちにすぐに三十五とかになって、みんな子どもできないできないって慌てるんだから。どこのうちも数打ちゃ当たるってほど、やらないからなあ今」

「ちょっと」桃子のあけすけな言葉を母さんが止めた。

「いや、ほんとこれまじな話だって。結婚したらすぐ考えたほうがいいって」

「うちはもう花音一人で十分よ。孫の顔見れて」

　黙っている私に気を遣った母さんの発言だった。

「いやいやいやいや、うちはまだあと二人はほしいから。お姉ちゃんにも母さんにも協力してもらわないと」

桃子の調子のよさは子どもの頃から変わらない。どんくさくて、物事を悪いほう悪いほうへと考えがちな私とは正反対の性格だ。何か問題が起こったときも、なんでも自分ひとりだけで解決しようとしない。だからなのか桃子には友達も多いし、彼氏が途切れたことがなかった。その明るさと盛んな交友関係をうらやましく思ったこともあった。父さんや母さんの愛情を桃子が独り占めしているような気がして、それだけで桃子が嫌いになったことだってある。けれど今、花音という孫を父さんと母さんに授けたという意味で、やっぱり桃子はすごい。父さんも座椅子に座り、母さんが箸で与える人参をよだれまみれで食べる花音を見て、にこにこしている。にこにこが止まらない、あふれ出しているといった感じだ。花音の前ではさすがに父さんも、母さんや私に手を上げることはない。それだけでもすごいことだ。花音を産んだ桃子は偉大だ。ふと思う。私って子どもをいつか産むのだろうか。壱晴さんとは結婚したいけれどそこまで想像したことはなかった。桃子の言うとおり今すぐ結婚しても三十五なんてあっという間だろう。そもそも私が結婚したらこの家の経済は誰が支えるのか？　母さんはこの家を売ってと言ったけれど……。どこまで本気なんだろう。

結婚とか子どものことを考えたときに、お金のことを考えないといけないのは私にとっては少ししんどいことだった。そもそも壱晴さんがいくら稼いでいるのかも私は知らない。けれどそれってかなり重要なことだ。お雑煮の中のお餅を箸でちぎりながらそう思う。恋愛というハードルだけでも自分にとってはものすごく高いのに、そこに結婚とお金が加わるとそのハードルがさらに高くなる。ただつきあうだけなら、壱晴さんがいくら貧乏でも私はいいのだ。けれど私は壱晴さんと結婚したい。生活を共にするということは経済を共にすることだ。お金のことなしに考えられない。あさって壱晴さんに会ったときに、そのあたりのことを聞けるだろうか？　と思って自分にはその勇気はないと思い直す。広瀬さんにだってそんな話はできなかった。

「どれくらい稼いでいるんですか？」っていう質問のいちばんスマートな聞き方ってどんなのだろう……。ちょっとちょっと、という桃子の声で我に返った。

「お姉ちゃん気持ち悪いなあ。お雑煮食べながらにやにやしたり、眉間に皺寄せたり。人の話も聞いてないしさあ」

「あ、ごめんごめん」

「やっぱお姉ちゃん、恋愛してるっしょ。その、心ここにあらずな感じ」

私がまた言葉に詰まる番だった。

「いいじゃん別に桃子に関係ないでしょ」

「いや関係あるでしょ。お姉ちゃん結婚したらいろいろ支障あるでしょ、実際のところこの家はさあ」

「桃子」また母さんが桃子の言葉を止めた。

「だって父さんと母さんの生活」

桃子が言葉を続けようとしたとき、父さんが手にしていたグラスを、音を立ててテーブルの上に置いた。私、桃子、母さんの目が一斉に父さんを見た。三人の体がかたくなる。花音だけがわけもわからず離乳食用のプラスチックのスプーンをご機嫌で振り回している。父さんは立ち上がり鴨居のハンガーにかけてあったダウンジャケットを手に部屋を出る。しばらくすると玄関の引き戸がぴしゃりと閉まる音がした。

「パチンコかなんかかね」桃子がそう言うと母さんがため息をつき、急須を持って台所に立った。母さんが襖を閉めると桃子が私に体を寄せて言う。

「お姉ちゃん、彼氏いて結婚する気なら、相当うまくやんないと。特に父さんはああ見えて、お姉ちゃんのこと大好きだから、お姉ちゃんが彼氏できたり結婚したらちょー荒れるから。そのとばっちり食うのやなんだよね。まあ私も協力するから」

「協力?」

「いや秘策を授けたり」

「秘策って」

「できちゃった結婚最強だから」

「馬鹿」

「馬鹿ってなによ」

ばぶー！　と花音が声をあげた。椅子に座っていることに飽きたのか両手を桃子のほうに差し出している。

「飽きちゃったか、そっかそっか」即座に桃子は立ち上がり花音を抱き上げる。花音の体を揺らし、カーテンを開けた掃き出し窓に近づき、

「お外寒いかねえ、お散歩行くかあとで」と語りかける。その姿はいつもの調子のいい桃子ではなく一人の母親だった。そのことにおののきつつ桃子のその姿がまぶしかった。花音を抱いた桃子を見ながら私は、

「父さんはああ見えて、お姉ちゃんのこと大好きだから」とさっき桃子が言った言葉の意味をずっと考えていた。

一月三日の午後に、私と壱晴さんは彼のお母さんの実家のある私鉄沿線の駅で待ち合わせをしていた。渋谷から急行電車に乗った。仕事でもこの電車に乗ることはしばしばあるが、乗っている人たちに何気なく目をやると私の家のある東京東部とは違う雰囲気を感じてしまう。三が日だから人はそうたいして多くはないが、ほかの路線に比べて読書をしている人が目につく。お正月のせいでなく、なんとなくこの電車に乗っている人はおっとりしているような気がするのだ。品がいいというか。そんな乗客の雰囲気も私の緊張を加速させていた。

まだまともにつきあっているとも言えない彼氏のお母さんの家に正月早々出向くということはありなのかと思わないこともなかったが、壱晴さんが私をお母さんに会わせたいと思っているのならこんなにうれしいことはない。壱晴さんがよくするような（考えたくはないが）一晩だけベッドを共にするような相手を実家には呼ばないだろうから。

美恵子と聡美に相談し、無難な紺色のワンピースを選んだ。手土産は昨年のうちに老舗《しにせ》の店の一口羊羹《ようかん》を新宿のデパ地下で手に入れた。その店も二人が教えてくれた。

急行が停まる駅で乗り換えて各駅で二駅。壱晴さんは改札を出て階段を上がったところで待っているとメールで知らせてきた。ホームから一旦階段で地下に下りるとすぐ先に改札が見える。その前に一度洗面所に寄った。鏡でメイクをチェックする。ベージュピンクの口紅を塗り直した。バッグの中にはハンカチも忘れず入れてある。よしと気合いを入れて改札を出た。

階段を上りきる前に壱晴さんの姿が見えた。ダウンジャケットにデニム。この前会ってから一週間くらいしか経っていないがとりたてて変わったところもない。私の顔を見ると手を上げかすかに笑う。

「あけましておめでとうございます」深々と頭を下げると、

「あ、おめでとう」と私の気迫に押されるような声で言った。

駅から続く商店街を壱晴さんと並んで歩く。商店街の店のほとんどは閉まっていたが、シャッター商店街のようなさびれた雰囲気はない。街灯の上につけられたスピーカーから琴の音が聞こえてくる。

「じいちゃんは寝たきりで、週に何日かはヘルパーさんも来てるんだけど、基本的にはうちの母さんが面倒見てて」

「そっか。お母さん、大変」とは言ったものの私には介護の大変さというのが今ひとつよくわかっていない。自分の母さんや父さんにも介護の必要な日というのは確実にやってくるのだろうけど、それをいつか自分がするというのはあまりに遠い未来のような気がした。けれど父さんや母さんの年齢を考えればそれほど遠くもない。でも介護よりも先に私にはしたいことがあるのだ。まず結婚。独身のまま、父さんと母さんの（特に父さんの）介護をする未来なんて想像したくなかった。

「あ、この線路を渡るから」

　そう言って壱晴さんは道を右に曲がった。考えてみればこんなふうに壱晴さんと二人で並んで歩くのはほぼ初めてなのだった。壱晴さんのお母さんに会うという緊張と共に、壱晴さんと二人だけで歩いているという喜びがじわじわと湧いてくる。

　線路を渡りしばらく歩くと、住宅街に入った。ここまで来ると人気《ひとけ》もない。元旦から今日までずっと晴天が続いていた。冬とは思えない太陽の暖かさにウールのコートでは暑さを感じるくらいだった。

「あ。川のそばだから、この坂を下りていけばもうすぐ」

そう言いながら、右にいる壱晴さんが私の右手を探し、触れ、軽く握った。恥ずかしさでいっぱいだったがその手を私も握り返す。壱晴さんの手は乾いてかさかさしている。私の手の感触を壱晴さんはどう思っているのだろうか。

坂道の途中でさらに左に曲がると古めの住宅が並ぶ通りに出た。どの家も、古さも佇《たたず》まいもなんとなく似ている。角から二つ目の家。低い門扉《もんぴ》を開けると、錆びた鉄の音がした。壱晴さんが私の手を離し、玄関ドアのチャイムを押す。

「いらっしゃい」

しばらく間があってドアを開けたその人は驚くほど若かった。笑顔の目尻に皺があるし、髪の毛には白いものが交じっているからそれ相応の年齢であるはずなのに、壱晴さんくらいの息子がいるようにはまったく見えない。

「さあ、上がって上がって」早口でそう言う壱晴さんのお母さんはきれいな人だった。目と鼻のあたりが壱晴さんに似ているような気もした。

「はじめまして。あのこれお口に合うかどうかわからないのですが」

庭に面したリビングのソファをすすめられる前に壱晴さんのお母さんに手土産を渡した。

「ここの羊羹、私、大好きなのよ。ありがとうございます」そう言って壱晴さんのお母さんは喜んでくれた。好印象を持ってくれただろうか。こんなに心臓がどきどきするのは就職の面接以来のような気がした。

「すぐにお茶の用意をするから座っていてね」そう言ってお母さんは台所に消えた。私も手伝いますと言うべきなのか否か。けれどそれも図々しいか。いったい何をどうすれば正解なのかがわからない。そういえば私、お母さんに自分の名前も言いそびれた気がする。ソファから立ったり座ったりする私を見て壱晴さんが自分の隣のソファを叩き、目配せする。座っていろということか。うんと無言で頷いて、私はおとなしく座った。そのときどこかの部屋で誰かがひどく咳《せ》き込む声がした。お母さんが介護しているというおじいさんだろうか。壱晴さんが立ち上がる。

「じいちゃんの様子を見てくるよ」そう言って部屋を出て行ってしまった。咳の音は長い間続き、「あら、大丈夫かな」そう言いながらお母さんも台所を出て行ってしまった。

「桜子さんはそこに座っててね。おじいちゃんよくあることなの」

はいと返事をしたつもりだったが、桜子さんと呼ばれたことに驚いて声になっていなかった。名前も知っているということは当然壱晴さんがお母さんに話したわけで。私のことをなんと紹介したんだろう。彼女？　結婚を前提に考えている恋人？　いつの間にか私はソファから立ち上がっていた。掃き出し窓から庭を見る。お母さんの趣味なのだろうか、庭には名前のわからないパンジーのような花がいくつも咲いていた。リビングの隅にも観葉植物の鉢が並べられた一角がある。まるで作り物のような蘭《らん》の花が窓からの光を受けて花弁を光らせている。

　八畳くらいのリビングだがソファカバーや壁のキルトなど、そこかしこに手作りのものが飾られている。こういうお母さんを持つと息子は家具職人になるものなのだろうか。じろじろ見てはいけないと思いながらも私の視線は部屋の中をさまよってしまう。ソファの前にある壁際のチェストにはたくさんの写真立てが飾られている。写真のほとんどは色あせていてそれらがずいぶん昔の写真だとわかる。私はそこに近づいてみた。遠くの部屋ではまだおじいさんが咳をする音が続いている。

　いちばん手前にあるのは家族写真らしかった。公園のパンダの乗り物に乗っているのは幼い頃の壱晴さんだ。顔があんまり変わっていない。ふふっと自分の顔が笑い顔になるのがわかる。亡くなったと壱晴さんから聞いたお父さん、お母さんといっしょの壱晴さんの写真も多かった。どこかの山に登ったときの写真、海岸、遊園地、中学校の制服を着て緊張した顔をしている壱晴さん。家族の歴史を見ているような気になる。お母さんが友人らしき人たちに囲まれて写っている写真もあった。さっき見たお母さんの姿とあまり変わっていない。どの写真もお母さんは笑顔だ。

　たくさんの写真の中に私はその一枚を見つけた。壱晴さんは高校生くらいだろうか。どこかの湖の夕暮れ。オレンジ色に染まった湖面。湖の向こうには低い山の影が見える。

壱晴さんの隣には髪の長い一人の女の子が立っている。見ないほうがいいなと思っているのに、私はその写真から目が離せない。二人は手をつなぎ、はにかんだような顔をカメラに向けている。壱晴さんの顔もまだあどけない。白いシャツを着た壱晴さんと、白いワンピースを着た女の子はとてもお似合いの二人だった。三十二歳だもの。前の彼女くらいいて当たり前だ。しかも壱晴さんはああいう人だ。お母さんに会わせた人だっているだろう。けれどほかの写真を探しても、壱晴さんが女の子や女の人といっしょに写っている写真はない。心のどこかが刺されたように痛む。長くて細い針を差し込まれたみたいだ。この子いったい誰なんだろう？　そう考えなくてもこの子が壱晴さんにとって、壱晴さんのお母さんにとって、大事な人なんだということはわかる。刺された場所からゆっくりと冷たい墨を流しこまれたような気持ちになる。

まだ続いているおじいさんの咳を聞きながら、私はさっき壱晴さんが握ってくれた自分の手がすっかり冷たくなっていることに気づいていた。

7

遠くから下校を促す小学校の放送が途切れ途切れに聞こえてくる。

もう五時かと顔を上げて思った。

午後の早い時間から照明をつけているがこの時期はあっという間に暗くなる。

工房の窓にはカーテンをつけていないから、振り返ると、照明に照らされた自分一人の姿が黒いガラスに映っているのが見える。自分のまわりにある濃い闇に急に寒さを感じた。作業台から離れた場所、入口近くに石油ストーブを置いてはいるが、工房全体を暖めるほどの火力はない。僕はゆっくりストーブに近づいた。指を広げて手のひらをしばらくの間温め、血流を促すようにグーパーを繰り返した。作業中でもダウンジャケットを着ているし、集中しているせいで寒いと感じることはほとんどないが、それでもふっと気がゆるんだときにコンクリートの床から足の裏を伝ってくるような鋭い冷気を感じる。僕は肩と首をゆっくりと回し、ストーブに背中を向けた。

今月末までに都内にあるカフェのために、書棚ひとつと椅子とテーブルのセットを三つ作る必要があった。自分一人で作るにはいつもよりハイペースで仕事を進めなければならない。午前中から夕方までは受注家具の製作にあて、短時間の休憩を挟んで、夕方からの一時間を新作のための作業にあてていた。

桜子のための椅子。縮尺サイズの図面はすでに描き終え、工房の壁に貼ってあった。図面の隅に「桜子の椅子」と僕は書いた。心のなかでもそう呼んでいた。

作業台の上には五分の一の椅子の模型がある。新作を作るときにはまず縮小した図面を描き、模型を作ってからサイズやバランスなどを確かめる。

素材は無垢のウォールナットにしようと考えていた。背面はスポーク、つまり細い丸棒状に加工した部材を縦に平行に並べる、いわゆるウインザー・チェアと呼ばれるタイプの椅子だ。桜子の和室の部屋で違和感なく使えるように座面も低くしてある。肘掛けをつけるかどうかは迷ったけれど、試作をしながら桜子の意見も聞いて手を入れていくつもりだった。ポイントは太ももを載せる部分に向かってゆるやかに傾斜させてある座面だ。できれば桜子のお尻の曲面の形状に合わせて作りたいと考えていた。桜子のお尻。僕はそれを見たことはあるが触れたことはない。椅子のことを考えればできれば触れておきたかったが、それをどうやって切り出したらいいのか。家具のためだよ、という正当な理由であっても桜子が過剰に反応するであろうことは容易に想像がつく。

「いろいろゆっくり進めてほしいんだ」いつかそう桜子は言った。

桜子の言葉どおり、僕も桜子との関係をゆっくり進めていくつもりだった（精神論ではなく肉体的な関係においても）。とはいえ正月に僕の母さんの家に行ったあの日から桜子と会ってはいなかった。もう十日以上経っている。こちらから連絡をすれば返信は来るが、まるで定規で線を引いたような角のある文章だ。

僕と桜子との間に濃くなりつつあった親密さのようなものが薄まっている。

あの日僕がじいちゃんの部屋からリビングに戻ると、桜子はチェストの前に突っ立っていた。そこには母さんが今まで暮らしてきた町で知り合ったたくさんの友人や、親戚や、亡くなってしまった父さんや、子どものころの僕を写したたくさんの写真が飾られている。そのなかには松江時代の写真もある。母さんが好きで飾っているもので僕にはそれを隠せという権利もない。桜子があの写真を見たとしたらと考えなかったわけではない。けれどももし彼女がそれを見て何かを僕に聞いたなら、その質問には素直に答えようと思っていた。

桜子は僕を見るとはっとした顔をして目を逸らし、チェストから離れた。

桜子を母さんの家に呼んだのは僕が作った椅子を見てもらいたかったからだ。

家具職人になって間もない頃に作ったいくつかの椅子が母さんの家にある。リビングの窓辺に一脚、玄関に一脚、あとはじいちゃんの部屋と母さんの寝室にもあったはず。リビングの椅子は母さんが手作りしたクッションやキルトに覆われ全体像がわからない。クッションを床に置き、キルトをめくろうとしたとき、パタパタというスリッパの足音が近づいてきた。

「もう、ごめんなさい。せっかく来ていただいたのに。すぐ用意するから座っててね」

じいちゃんの部屋から戻った母さんは強引に桜子をダイニングの椅子に座らせると、すぐにテーブルの上に料理を並べ始めた。僕は桜子の顔を見て肩をすくめる。桜子は機関銃のように放たれる母さんの言葉に返事をしながら、僕の顔を見てかすかに微笑む。

母さんは僕が桜子を家に連れて行ったことを大いに喜んだ。夕食にはおせち料理だけでなく、母さんの得意料理や手作りのお菓子が並んだ。桜子は母さんの料理をほめ、すすめられるままたくさん食べてくれた。桜子が家にいる間じゅう、母さんの話が途切れることはなかった。

桜子とやっと二人きりになれたのは母さんの家を出た午後八時頃だ。駅までの暗い道で僕が桜子の手をそっと握ると、桜子も弱い力だったけど握り返してくれた。桜子はずっと黙っていた。母さんは誰が来ても歓迎するタイプだが、その勢いが時に人を疲れさせることも僕は知っている。

「椅子を見せたいと思って呼んだのに、結局母さんのお喋り聞かせただけになっちゃった。疲れただろ？　ごめんね」

「ううん、そんなことないよ。お料理全部おいしかったし」

桜子はマフラーに顔を埋めるようにして小さな声で言った。

線路のそばまで来ると街灯で急に目の前が明るく照らされる。警報機の音がして遮断機が下りる。電車が目の前を通り過ぎるが正月だからか車内にはあまり人の姿がない。桜子の小さな手を握ったまま遮断機が上がっていくのを待った。もう一台電車がやってくるのか警報機は鳴ったまま、踏切はなかなか開かない。

隣に立つ桜子はじっと前を見たままだ。

「私ね……」

うんと言いながら桜子の顔を見た。口紅の剝げた桜子の顔はずいぶん疲れているようにも見える。

「壱晴さんのことが好きだよ」

僕を見上げながら桜子が言う。僕は頷く。

「だから、あの写真の女の子のこともいつか聞かせてね」

桜子の瞳のなかに走り去る電車の灯りが移動していく。「見たんだ」と問い返そうとしたが声にはならなかった。目の前の桜子は年齢よりずっと若く見えるけれど、三十二年間の時間を生きた女の人だった。その重みに僕はひるんだ。

「うん」と答えて視線を逸らし、目の前を通り過ぎていく電車の灯りをただ見つめていた。

僕がいちばん桜子にしないといけない話。桜子があの日見た写真の話。桜子は僕の話を聞きたがっている。それがわかっているのに会話の糸口が見えないふりをして、僕はそれを先延ばしにしている。

「おい」

野太い女の声が工房に響いた。

ぎょっとして顔を上げると、入口に妙子が立っている。

「近くに来たからさ」

妙子がここに来てくれたのはこれが初めてではない。妙子が僕の作った椅子を買ってくれたときにも来たことがあるし、妙子の口利きでカフェやバーで使うスツールや椅子の注文を受けたこともあって、そのお客さんを連れてここに来てくれたこともある。頻繁に顔を合わせているわけではないが、今でも交流のある大学時代の同級生は僕には妙子しかいない。

「すぐ終わるから上で待ってなよ。下は寒いから」

「いやここでいい」

妙子がストーブに近づいてきたので僕は近くにあるスツールを差し出した。妙子はそれに座り、何も言わずにバッグから取り出した携帯を眺め始めた。襟のない黒いウールのコートにぐるぐるとマフラーを巻きつけた姿は学生時代の妙子を連想させた。茶色いロングブーツはふくらはぎの肉でぱんぱんに膨らんでいる。僕は二階に上がりソファにあった膝掛けを持って来た。

「寒いからこれ」と渡すと妙子は無言でそれを腰に巻き付けた。

なんだか顔色が悪いなと思ったが、どうせまた二日酔いかなにかだろうと思い、僕は作業を続けた。切りのいいところまで来たので作業台のまわりを片付け始めようとすると、妙子が口を開いた。

「忙しそうじゃん？」

「春の個展で新しい椅子を出したいんだよ。それに普通に注文を受けてるものもあるし」

「食えてるの？」

「一人分ぎりぎり」そう答えると、

「一人分だけかよ」と妙子が笑いながら腰に巻き付けていた膝掛けを丁寧に畳む。

ストーブを消し、戸締まりを確認して工房の鍵を閉めた。僕は自宅から乗ってきたマウンテンバイクを押しながら妙子と二人、柳葉君の店に向かった。

僕と妙子が店に入っていくとカウンターの中にいた柳葉君が僕らを見て、「お、珍しい」と声をかけた。妙子も何度かこの店に来たことがある。早い時間のせいか店の中にはまだ誰もいない。

「カウンターじゃなくてこっちに座ってよ」

そう言いながら柳葉君はソファ席を指さす。

「あ、ビールふたつ」僕が言うと妙子は「ビールひとつにウーロン茶」と言い直す。やっぱり二日酔いなのかと僕は思った。柳葉君が出してくれた柿ピーを妙子が音をたてて囓る。それを見て柳葉君が笑いながら声をかけた。

「おなか空いてるなら焼きうどんかなにか作ろうか」

その言葉に妙子が無表情で親指を立てた。

「じゃあ二人前」僕がそう言うと、

「いや三人前で」と妙子が声をかぶせた。

「りょーかい」と笑いながら、柳葉君がカウンターの向こう側にまわり、シンクで水音を立て始める。

「おなか空いてたのか」

「いつだって私は腹ぺこなんだよ。いくら食べても、どんだけ食べても」

妙子の言葉に僕は笑った。子どもの頃に読んだ、『はらぺこあおむし』の絵本を思い出した。ずんぐりとした妙子の体もあのあおむしにそっくりだ。僕はもう一度笑った。けれど妙子はくすりともしない。

柳葉君が持ってきてくれた瓶ビールを妙子は僕のグラスに注いでくれた。僕がグラスを手にすると妙子はウーロン茶のグラスを僕のグラスに軽くあてる。

「風邪かなんかひいてる？　顔色が」

「妊娠してんだ」

柳葉君のたてる水音で妙子の言葉をうまく聞き取ることができなかった。

座り直して「え？」と聞き返した。

「四カ月の終わり。幸いなことにつわりとかまったくなくてさ。おなかが空いてたまんないんだよ」カウンターの向こうから肉と野菜を炒《いた》める香りが漂ってくる。妙子はおなかのあたりに手をおいて待ちきれないという顔をしている。「はい？」という僕の言葉を無視して妙子は続けた。

「相手は結婚してんだ。それがわかっててつきあい始めて。だけど子どもだけは欲しくてさ。だから私一人で産むことに」

決めたんだという言葉は、柳葉君が中華鍋の中であおる焼きうどんにソースがかけられた瞬間のじゅうううっという音でかき消されたが、妙子の口の動きでそう言ったことがわかった。

「相談とかじゃないよねそれは。相談じゃなくて報告だよね」

「そう。直接あんたに会って聞いてほしかったんだよ。メールとかじゃなくてさ。去年、結婚パーティーで会ったときにいろいろ話したかったんだよ。なのに、気がついたらあんたはいないし」

「おまちどおさま」と言いながら柳葉君が焼きうどんを盛った三つの皿をガラスのローテーブルの上に置いた。妙子は二つの皿を自分のほうに引き寄せる。割り箸をぱちりと音を立てて割り、わしわしと焼きうどんを口に運ぶ。勢いはあるが決して汚い食べ方ではない。食べることが心から好きな人の食べ方だ。そうだった。妙子はこういう食べ方をする人だったとその姿を見ながら思い出した。

「一人で産んで一人で育てるのか？」

僕は出来たての焼きうどんを前に食べずに聞いた。妙子は何も言わずに口だけを動かしている。紙ナプキンで口を拭いながら顔を上げ、うんと頷く。

「おめでとう、でいいのか？」妙子に尋ねた。

「いいんだよね」僕は念押しする。

「もちろん」妙子は話しながらも箸を止めない。

「子どもなしにするとかさ、最初っから頭に浮かばなくてさ。自分でもびっくり。仕事は続けるよ、でないと食べていけないからさ。会社にはまだ何も言ってないけど」

妙子の焼きうどんの一皿目はもうほとんどなくなりかけていた。妙子が割り箸で皿の上にある野菜のかけらを集め口に運ぶ。

「めでたい」そう言ってから僕も箸を手にした。

「うん、めでたい」僕はもう一度言い、少し冷めてしまった焼きうどんを口にした。

うどんの上でほわほわと踊っていた鰹節《かつおぶし》が上顎の裏にくっつく。柳葉君の焼きうどんはいつものように、いやいつも以上にうまかった。それを口に運ぶたび妙子が妊娠しているという驚きが少しずつ喜びに変わっていくような気がした。僕たちの話の内容が耳に入ったのかもしれない。柳葉君がカウンターの上にあるテレビのボリュームを上げた。僕が柳葉君のほうに目をやり軽く頭を下げると、柳葉君は片頬だけを上げて笑った。

なぜだか二十歳のとき、妙子に強引に連れて行かれた心療内科の待合室の風景が頭に浮かんだ。病院の帰り、赤い提灯が下がった焼き鳥屋で妙子と酒をのんだ。妙子は、あの夜確かこんなことを言ってくれた。

「私はなんでも聞くからさ。話すことで楽になるならなんでも話しなよ」

同時にさっきの妙子の言葉が再生された。

「直接あんたに会って聞いてほしかったんだよ。メールとかじゃなくてさ」

僕はあの夜なんだか自分を子どものように甘やかす妙子に反発する気持ちがあったのだ。けれど妙子の本当に話したいこと、本当に聞いてほしいことになんて、まるで気を遣わずにきた。そういう場面は今までに何度もあったんじゃないか。妙子に甘えるだけ甘えてきて。自分一人がつらい思いをしたような気になって。

「めでたいな」僕は妙子の顔を見てもう一度言った。

「そう言ってもらわないと困るんだよ私も。仕事帰りにわざわざここまであんたに会いに来てさ」妙子が泣き笑いのような顔をして僕を見ている。

「子どもの家具を作らなくちゃ」

「だからそれを頼みに来たんだよ今日は。夏には生まれてるんだから」

「まずはベビーベッドだ」

「あんた子ども用の家具の注文が来るよ。私が営業してやる」

「忙しくなったら二人分稼げるかな」

え、と妙子の箸が止まった。妙子の上唇が茶色いソースで汚れている。僕が指さすと妙子は乱暴に紙ナプキンで拭った。

「へえっ、なに、そういう相手がいるんだ」

「いる」僕の顔をじっと見つめる妙子の視線の強さに耐えきれず、僕は皿の上に目を落とした。妙子は二人分の焼きうどんをすでに食べ終え、小さな音でげっぷした。

「……変わるもんだな、あの壱晴が」

「変わるよ」

「いつから?」

「去年の十二月」

「じゃあ、あんたの、例のことも知ってんだよね。その彼女は」

「知ってる。現場に出くわしてるから」

「なら、話が早いじゃない。ウーロン茶お代わりください」

「あ、僕はビールを」柳葉君が笑顔のまま頷く。

「二人ともめでたいじゃないか」そう言って妙子はウーロン茶を口にした。

「あんたさ……」妙子が僕の顔を見る。去年の結婚パーティーで会ったときより確実に顔が丸くなっているような気がする。

「あんた……いや、余計なことか」妙子が口をつぐむ。

「なんだよ」僕は聞き返した。

「私にも話してない、っていうか言ってないことあるだろ。あんたのいちばん大事なことだよ。壱晴っていう人間が抱えている……つまり、その……声が出なくなった原因みたいな」

「わかってるよ」僕はビールを口にふくんだ。

「わかってる？　……いや、わかってないな。私はあんたに聞いてほしい話があって今日来たんだよ。あんたに会って話したくて。それだけじゃなくて私もあんたの話を聞く用意はいつもあるんだよ。だけど……」

「だけど？」

「あんたのほうは話したがらないじゃない。いつだってさ。あんたはいつも私の話を聞いてくれるけど聞くだけ聞いて黙ってる。それってさ、こういう言い方が合ってるかどうかわかんないけどなんだかフェアじゃないんだよ。聞いてもらったらこっちもあんたの話を聞こうっていう準備があるんだよ。それをあんたは無視してさ。……聞いてもらうばっかだと結構こっちが傷つく感じになるんだけどそれわかってないよね」

妙子が僕を見つめる。大学時代から変わらない視線の強さ。耐えきれずまた僕は目を逸らした。柳葉君が見上げているテレビのニュースを僕も見てしまう。妙子が僕の腕をつかみ袖を引っ張った。こっちを向けという意味らしい。

「その彼女にはちゃんと話しなよ」

妙子の前にあるグラスの中の氷がからん、と音を立てた。

「じゃないとあんた、ずっと」

まるで重大な予言を告げるように妙子は重々しい口調でそう言った。頷く代わりに僕はふいに妙子のおなかのあたりに目をやってしまった。脂肪のせいなのか妊娠のせいなのかわからないが、毛玉のできたセーターのそこは妙に丸く膨らんでいる。そこに妙子の血を分けた人間が今まさに育っているということが不思議でたまらない。

夏に生まれてくるという妙子の子どもは、きっと妙子そっくりの気の強い女の子だろう。そのとき店の固定電話が鳴る音がした。柳葉君がテレビの音を消し電話に出る。はい、はいと返事をする柳葉君が僕の顔を見る。その表情からいいニュースじゃないだろう、という気がした。柳葉君が受話器を手のひらで塞ぎ僕の顔を見て口を開く。

「哲先生が、病院に運ばれたって。今さっき」僕は思わず妙子の顔を見る。

「私の話はもう終わったから大丈夫。今日は私のおごりで」

妙子はそう言って身支度を始めた。

「あ、僕今すぐ行きます病院」そう言うと、柳葉君が頷き、電話口の向こうの誰かに病院の場所を尋ねている。カウンター上のテレビのモニター越し、こちらを向いているニュースキャスターを見ながら、いいニュースと悪いニュースが同時にやってくる日だと僕は思った。


妙子を駅まで送り、僕は柳葉君から教えてもらった病院に急いだ。柳葉君の店に電話をかけてきたのは哲先生の妹さんだった。僕も何度か会ったことがある。駅のそばの、救急病棟のある大学付属病院。救急口から入り受付で哲先生の名前を告げると、病室を教えてくれた。エレベーターに乗り四階に向かう。扉が開くと哲先生の妹さんが携帯で誰かと話していたところだった。僕は頭を下げる。哲先生の妹さんが僕に近づいて言う。

「アパートで倒れたらしいの。下の階の人がね物音に気づいて。一階の大家さんが鍵を開けて、救急車呼んでくれてそれで」妹さんは病室の前まで歩きながら話を続けた。

「意識は一度戻ったのよ。家に帰るってきかなくて。今は薬で眠ってる。とりあえず命に別状はないの。精密検査も明日からで」

病室の引き戸は開けられたままだ。僕は入口で哲先生の名前を確認した。四人部屋の左一番手前に哲先生は寝ているらしかった。消灯時間が過ぎているせいか部屋の照明は落とされ、どのベッドもクリーム色のカーテンが引かれ、しんと静まりかえっている。

「ちょっといてもらってもいいかしら。兄の家に一度戻って持ってこなきゃいけないものもあるし」

「あ、僕しばらくいますから大丈夫です」

「ほんとごめんなさいね。すぐ戻りますから」妹さんはそう言って照明の落とされた廊下を小走りにエレベーターに向かって行った。妹さんのスニーカーのたてるきゅっきゅっという音が遠くなっていく。僕は病室に入りカーテンを開けた。

哲先生はかすかに口を開けて眠っている。腕には点滴の針が刺さり黄色い輸液バッグにつながっていた。僕はベッドの横にあった座面にビニールが張られた丸いスツールに腰をかけた。どこかのベッドからかすかにいびきが聞こえてきた。薄暗闇のなかにいるせいか、哲先生の顔色はひどく悪いように見える。目尻や口のまわりの皺はこの前会ったときよりも、より深く刻まれたような気がする。

その顔を見つめていると父さんのことを思い出してしまう。

父さんは僕が二十五のときに亡くなった。気がついたときには全身が癌《がん》に冒されていた。癌が発見されてから亡くなるまで半年も持たなかった。僕はもう哲先生のところで家具職人の修業をしていたが、家具の仕事を始める前だってそれについて父さんから何か言われたこともない。元々口数の少ない穏やかな人だった。家で喋っているのはいつも母さんで、僕と父さんはそれに相槌を打つ役割だった。父さんの仕事の都合で母さんと僕は日本各地で生活をすることになったのだけれど、僕はそれに対して不満を感じたことなどない。けれど入院したベッドの上で父さんは僕にそのことをあやまろうとしたことが一度だけあった。

「いろんなとこ、ひっぱりまわして。おまえと、母さん……俺の、仕事の、都合で」

亡くなるひと月前くらいのことだ。その頃にはもう呼吸がひどくつらそうだったが一言一言区切るように父さんは言った。

「なに言ってんだよ。もう黙ったほうがいいよ」と僕はそのとき返したが、父さんはどうしても伝えたいことがあるという風に、制止する僕を遮って続けた。

「松江で、おまえが……、松江に」

父さんは何度か松江という町の名を口にした。そのあとの言葉がどうしても聞き取れなかった。僕は父さんの口に耳を近づけたが、それ以上は荒く吐かれる呼吸の音がするだけだった。もう眠りなよ、という意味で僕は父さんの額の上に手のひらを置いた。

「……真織ちゃんが……」目を閉じたまま父さんはそう言った。

あのとき父さんがなんで真織の名前を口にしたのか今でも僕にはよくわからない。けれど父さんが亡くなってしばらくして、もしかしたら、自分の仕事の都合で僕を松江に連れて行かなければ自分の息子があんな経験をしなくてもよかったのに、と父さんは考えたのかもしれないとふと思った。父さんがもし本当にそう考えていたのだとしたらそれは間違いだ。

僕はどこにいてもどこに住んでいてもどんな人生を送っていても、真織とは出会ったような気がするからだ。

「う……」と声がして僕はベッドに目をやった。哲先生が目を覚まそうとしている。

「だいじょうぶですか？」そう声をかけると哲先生が僕の顔をぼんやりと見つめた。

僕の顔に焦点を合わせようとしているが、なかなかうまくいかないように見えた。なぜ自分がここにいるのか、なぜ僕が目の前にいるのか、わかっていないような表情だ。

「ここ病院です。哲先生、アパートで倒れてそれで救急車で運ばれて」

哲先生は僕の顔から目を離し天井のほうに目をやった。何かを思い出そうとしている、そんな顔で。突然哲先生が体を起こそうとしたので、僕は手で哲先生の体を押さえた。

「寝ていてください」

哲先生ははーっと長い息を吐き枕に後頭部を沈みこませた。白髪もこの前会ったときよりもずっと増えているように見えた。布団の上に投げ出されたように置かれた左腕、その手は力なく開かれ指先が天井を向いている。

「情けねえなあ……」つぶやくようにそう言った哲先生の左手を僕は両手で握りしめていた。力は弱いが哲先生もそっと僕の手を握り返してくる。大丈夫だ。僕は自分に言い聞かせるように思う。泣いているわけではないのだろうけれど、固く閉じられた哲先生の瞼の端に涙がにじむ。僕はそれを親指で拭った。

情けないとつぶやく哲先生に返す言葉を僕は持っていない。家具を作り続けてきた哲先生の人生について僕は多くのことを知らないからだ。どうして今哲先生が一人きりでいるのか、なんであんな家具が作れるのか、哲先生に聞きたいことは山ほどあった。人の人生は限られたものであることを思い知らされるような出来事に遭ってきたのに、僕はそれについて真剣に考えたことがなかった。哲先生に聞かなくちゃいけないことがまだまだたくさんあるんじゃないか。哲先生が話せるうちに。それと同時に思った。

話さなくちゃ。さっき妙子に言われた言葉が頭に響く。桜子に話さなくちゃ。僕に昔、起こったこと。僕が今思っていること。桜子を大事な人と思っていること。握った哲先生の手から少しずつ力が抜けていく。穏やかに眠りの世界に入っていく哲先生の顔を見ながら僕は無性に桜子に会いたくなっていた。桜子に対してこれほど強い気持ちを持ったのは、これが初めてかもしれなかった。

どこで桜子に話すのがいいだろうかと僕は考えた。たぶん長い話になる。初めて会ったあの夜以来、桜子が僕の部屋に来たことはないけれど、今のままでは桜子は僕の部屋に来たがらないだろうという気がした。二人きりで話せる場所がいい。人の気配があるところは嫌だった。何度かメールを送ってはみたものの桜子の返信は相変わらず他人行儀だ。大事な話があると書くと、たぶん桜子は緊張するだろう。頭を悩ませたあげく、〈新しい椅子がどれだけ進んだのか見てもらえないかな。今度の土日にでも工房に見に来ませんか？〉とメールに書いた。

〈わかりました〉と桜子から返事が来てほっとはしたものの、その桜子の返事を見て、妙子があの日直接あんたに会って聞いてほしかったんだよと言った気持ちが痛いほどわかった。〈わかりました〉という一言を桜子がどんな表情で書いているのか、それがメールだとわからない。怒っているのか笑っているのか。僕は桜子の顔が見たかった。桜子の体から発せられる声で聞きたかった。

正月の三日に会ってすでに二週間が経っていた。桜子が工房に来るのは午後だ。昼過ぎに工房に行けば十分に間に合うが、家にいても落ち着かず午前中に来てしまった。工具や道具の手入れは昨日のうちに十分にやり終えたはずなのに、なんとなく手にとって刃の具合を確かめたりしてしまう。まずは二階を暖めておいたほうがいいだろうと思い、僕は階段を上がった。テーブルの上には昨日置いたままの桜子の椅子の模型がある。これをまず桜子に見てほしかった。石油ストーブに火をつける。しばらくすれば二階も暖まるだろう。キッチンに行ってコーヒーと紅茶のストックも確認した。冷蔵庫には去年桜子の家に買って行ったのと同じケーキも用意してある。そのとき階段の下で音がした。僕は工房に続く階段を見下ろす。そこに桜子が立っていた。予定していた時間よりもずいぶん早い。僕は階段を駆け下りる。

「ごめんね。早く来ちゃって。なんだか落ち着かなくて」

桜子に近づきながら、僕はそのとき桜子が生きてここに立っているということに静かに感動していた。満潮になろうとする海、小さな波が重なりながら砂浜を静かに濡らしていくように、桜子という一人の人間の存在がすでにしっかりと僕自身を満たし始めていることに気がついたのだった。僕は桜子を抱きしめていた。桜子は驚き、抵抗して僕の腕のなかから逃れようとした。けれど僕は力をゆるめなかった。桜子の香りがした。最初に会ったときと同じジャスミンのような花の香り。生きた花の香りだ。その香りが僕の胸をしめつける。

しばらくの間、僕らはそこで抱き合っていた。体を離すと恥ずかしそうに桜子が前髪の乱れを直し、手に提げた紙袋を僕に差し出す。

「お昼作ってきたんだ」

二階のテーブルで桜子は紙袋からタッパーを取り出した。

ひとつめのタッパーにはサンドイッチがきれいに並び、ふたつめのタッパーには唐揚げや野菜のピクルスが詰められていた。

「前にいっしょに食べた、あのお店のサンドイッチみたいにはおいしくないかもしれないけど」

そう言いながら桜子が持ってきた紙皿を僕に渡す。

桜子の目がテーブルの端にあった小さな模型に留まる。

「これって……」

「新作の椅子だよ。まだ途中だけど」

僕は模型を手に取り、桜子の手のひらに載せた。

「これが私の」

「そう。桜子の椅子」

桜子は首を傾げいろんな角度からその模型を眺める。

「早く座ってみたいな」

「これから試作を繰り返さないと」

「試作？」

「そう、桜子の体に合うように細かい微調整をしないといけない」

「私の体に……洋服の仮縫いみたいだね」そう言いながら、桜子の頬が赤く染まる。

「オーダーメイドの洋服以上に体にフィットしてないといけないから」

「そういうものなんだ、すごいんだね家具を作るって」

この工房に来てくれたお客さんがよく口にすることを桜子も言う。

「長く使ってほしいからね」そう言いながら僕の頭のなかには病院のベッドに横になった哲先生の姿が浮かんでいた。作った人や使う人がいなくなっても家具は残るものだから。哲先生がまだこの工房の主だったとき、そう何度も言われた。哲先生がいなくなったあとのこと。それを時折僕は考え始めている。考えるたび自分を恥じた。そういう哲先生への思いも僕はいつか桜子に聞いてほしかった。

僕と桜子は向かいあわせに座り、桜子が作ってきたサンドイッチを食べ、僕が淹れたコーヒーをのんだ。桜子のサンドイッチはうまかった。

「すごくおいしい」素直にそう言うと桜子の顔はまた赤くなった。

桜子の家に行ったとき、ちらりと見たあの台所で作ったんだろう。それを見て桜子の父さんは何か言わなかっただろうか。また桜子に手をあげるようなことはなかっただろうか。何気なく桜子の頬に目をやるが、桜子の頬は腫れていない。

「また、ぶたれたと思った?」

桜子が視線に気づいたのか僕に尋ねた。

「機嫌は悪かったけれど、ぶたれてはいないよ今日は」

そう言って桜子は乾いた声で笑った。その笑顔に少し胸が苦しくなる。

「それより……、話を聞かせてね。食べ終わったあとで、ゆっくりでいいからね」

その言葉で新しい椅子の進み具合を見に来ないかなどと誘った僕の本心など、とっくに桜子に見抜かれていたのだとわかった。そう。椅子を見てもらう前に僕には桜子に話さなくちゃいけないことがある。

桜子もサンドイッチを口に運んだが、一口食べたきり手に持ったまま持てあましている。あまり食欲はないようだ。僕も同じようなものだったが、桜子のサンドイッチに問題があるわけではない。緊張しているだけなのだ。

「話し終えたらまた食べていい？」

「もちろん」そう言いながら桜子はタッパーに蓋をした。

「長い話になるかもしれない」

僕は熱いコーヒーの入ったマグカップを両手で包みながら桜子に言う。

「時間のことは気にしなくていいよ」

桜子はコーヒーを一口のんだあと僕の目を見ながらそう言った。

「真織って言うんだ」その名前を最後に音にしたのはいつだろう。あの出来事があってから、誰かに向かって僕はその名前を口にしたことがないような気がする。今目の前に座る桜子に向かってその名前を音にする自分の姿は三十二歳の僕ではなく、少しずつ過去に遡《さかのぼ》っていくようだ。

「……写真の、女の子の名前」

「うん」

「壱晴さんにとって大事な人なんだよね」

いちばん、と桜子は言わなかった。あえてそう言ったのかもしれなかった。それでも僕は頷く。

「全部話してから始めたい」

心を決めて話を始める。聞いてくれる桜子が目の前にいるから僕は話せる。僕が高校生の頃の話だ。それはもう自分が生まれる前の遠い昔の話のように思える。それでも僕は話し始める。僕と真織が出会ったときから順序立てて。高校時代を過ごしたあの町で起こった出来事の話を。


あの町には何がある？　そう聞かれたら多くの人が城と湖、と答えると思う。逆に言えば都会的に洗練されたようなものはあの町にはなにひとつないと言ってもいい。城と湖を見過ごしてしまえばどこにでもある地方都市のひとつに過ぎない。

僕だって引っ越した当初は、僕がこれまで通り過ぎてきた町によくある、ただの退屈な町のひとつだと思っていた。

「なんだか町も人ものんびりしすぎてない？　どこか古ぼけているっていうかさ」

あの町に暮らし始めた頃、僕は夕食の席で父さんにぼやいたことがある。その前はがちゃがちゃと煩《うるさ》い大阪の町にいたせいか、あの町の静けさがどこか時代とワンテンポずれているように思えた。

「戦災に遭ってないからな、この町は。戦前から激しく変わってないんだろうなあ」

新聞を広げながらそう言った父さんの言葉の意味が僕はそのときよくわからなかった。父さんの口にした戦災という言葉からなにもイメージできなかった。

けれど松江で過ごす日々が長くなるほど、父さんの言った「激しく変わってない」という言葉が少しずつ理解できるように思えた。昔からずっと変わらないやわらかな空気が確かに松江という町を包み込んでいる。それは確かに父さんの言うとおり、戦争のような大きな出来事で町の風景が寸断されていないせいなのかもしれない。僕だって昔の日本がどんなだったかなんてよくわからないけれど、多くの人が言うように松江には昔の日本の面影があるような気がした。初めて暮らした町なのにどこか懐かしさを感じるからだ。

そのどこかのどかすぎる松江の町で、僕は今まで暮らしたどの町よりも深く呼吸ができた。もしかしたらそれは、あの町が持つつつましさと控えめな品の良さによるものだったのかもしれない。僕は日本のたくさんの町で暮らしてきたけれど、松江ほど穏やかでゆったりした雰囲気をまとっている町を他に知らない。

あの町の中心には城があった。城のまわりを緑の茂みが囲んで、さらにそのまわりを囲む堀が縦横にめぐっている。僕が通う高校はその城のすぐそば、急勾配の坂を登りきった場所にあった。高校に入学したばかりの頃は、その坂を自転車で一気に走り上がることも難しかったけれど、五月の連休が終わる頃には僕は難なくその坂を立ち漕ぎで上がっていくことができた。太ももは卓球部の基礎練習のしごきと自転車漕ぎのおかげですぐに太く、かたくなった。

あの町には宍道湖という湖もあった。宍道湖は実は川を介して日本海に通じている汽水湖だ。淡水と海水が混じり合っている。だから海のものと川のものが獲れる。あの町の人たち、とくにお年寄りはそれを自分の手柄のように話すのが常だった。

堀内は松江で初めてできた友人だ。同じ高校に通っていた。堀内の実家はその宍道湖のそばでビジネスホテルを営業していた。堀内自身も家業を手伝っていたし、同じ高校の同級生のなかにも堀内の家のホテルでバイトを始める者もいた。堀内の家族が住む家はそのホテルの裏手にあった。玄関を開けてすぐ右側にある堀内の部屋は、一年の夏休みが終わる頃には卓球部員や同級生のたまり場のようになっていた。僕が真織と初めて出会ったのも堀内の家だ。一年の夏休みが始まる直前のことだった。汗だくで自転車を押している女の子。堀内が僕を紹介すると、「はじめまして」と真織は言い、僕に向かって頭を下げた。そのときはただそれだけのことだった。

　真織は堀内の幼なじみで僕と堀内が通う高校の同級生だった。真織は堀内の家でバイトをしていた。真織は中学時代からひそかにそこで働いていた。働く必要があったからだ。堀内に言わせれば真織は、「まぐれでこの高校に受かった俺とは違って、おそろしく勉強のできるやつ」ということだった。僕の通っていた高校は、確かにそれなりに偏差値も高かった。試験が終わると上位十人までの名前が発表された。僕も堀内と同じように奇跡的にあの高校に受かったくちで、卒業までその順位のなかに入ったことはなかったけれど、僕が真織を知ってから、「大島《おおしま》真織」という名前が上位十人のなかから消えたことはなかった。それくらい頭が良かった。だけど勉強のできる子にありがちな気の強さとか、人を寄せ付けない雰囲気とか、そんなものは真織にはなかった。堀内の家でバイトをしている頭のいい女の子。最初、僕が真織に抱いていた印象はその程度のものだった。

　高校一年生は勉強はさておき、卓球部の部活や堀内の家で友人たちと過ごすことであっという間に僕の前を通り過ぎていった。

　お城のそばには県立図書館があって僕が通っている高校の生徒はそこの自習室で勉強するやつも多かった。二年生の夏休みに入り、僕と堀内は宿題を手分けしてやろうと言っていたのに、自習室には向かわずに自動販売機のある一階の休憩スペースで友人たちとだべっていることが多かった。

その日堀内は図書館に入ってくる真織に声をかけた。

「真織」

真織が笑いながら堀内のほうに近づいてきた。図書館に入ってきたばかりの真織の白いシャツの袖が腕に張り付いていた。ハンカチで額の汗を拭っている。一年生の夏、最初に会ったときもそうだった。この子はいつ会っても汗だくだと僕は思った。でも真織が近づいてきても汗の嫌なにおいがしない。そばにいる堀内は冷房の中にいたって汗臭いのに。

「母さんが花火大会の日、もう少し遅くまでバイト入れるかって」

「うわ。助かる。ありがと」

そう言った真織は笑顔を残したまま自習室に向かって行く。僕は真織の後ろ姿を目で追った。真織の膝丈のスカートからまっすぐ伸びた足を僕は見た。

「花火大会?」僕は堀内に聞いた。

「そ。毎年、八月の頭くらいにあるんよ二日間」

去年の夏休みのその時期、僕は東京にある母の実家で過ごしていた。

「湖上の船から花火ぶっぱなしてさあ。このあたりじゃ結構でかい花火大会だけん、うちみたいなホテルでも結構それ目当てで客が増えるんよ。あー、またおふくろにこき使われる」

そう言いながら堀内はわざとらしく頭をかきむしった。

「おまえ見に来ん。うちの屋上にみんな来るけん。そばで見たら結構感動するよ」

ふーんと言いながら僕は自販機で買った缶ジュースをのんだ。自習室のドアに目をやる。真織は今日のバイトが始まるまで勉強をするのだろうか。さっき見た真織のまっすぐな足に、助かる、ありがと、という真織の声が重なった。

僕が生まれた家は父さんがサラリーマン、母さんが専業主婦だ。

母さんは父さんと結婚して仕事をやめた。母さんはたくさんの趣味を持っていた人だけれど、家の外で仕事をしていた記憶は僕にはない。母さんが専業主婦で居続けたのには、ほぼ三年に一度、父さんの仕事の都合で引っ越しするという事情もあったからかもしれない。けれど母さんが仕事を持たなくてもよかったのは、僕の家の、というか、僕の父さんの経済状態が良かったからだ。少なくとも僕は生まれてから一度も食べるのに困ったことがない。たくさんと言えるほどではなかったけれど、毎月小遣いをもらうことだってできた。

父さんの転勤で住む町が変わるたび、友達も変わって、僕は家族にはいろんな形があると知った。けれどその家族の経済状態によって、そこの家の子どもの生活も変わってしまうということを僕は真織と出会って初めて理解した。どんな親のもとに生まれるか、どんな経済状態の家に生まれるかなんて子どもには選べない。そんな当たり前のことを僕は松江で過ごした時期に知った。

「あいつが働かないとあいつの家まずいけんなあ」

堀内が時折口にする真織についての情報で、僕は真織の家の状況を知るようになった。最初から真織という女の子について強い興味があったわけじゃない。頭が良くて成績がいい。堀内の家でバイトをしている。家の経済状態はそれほどよくない。断片的な真織の情報は僕のなかに少しずつ堆積していったけれど、それがすぐに恋愛感情に結びついたかというとそうではなかったと思う。正直に言えば真織に対する気持ちは同情だったのかもしれない。だけど、堀内の家で幾度となく真織と顔を合わせるうち、僕のなかに今まで抱えたことのない感情が生まれてきていた。

花火大会の日、僕や友人たちは堀内に誘われて堀内の家のホテルの屋上にいた。

給水タンクがあるだけの、学校の屋上となんら変わりのないいたって普通の屋上だが、湖のそばに建っているホテルだけあって見晴らしは抜群に良かった。強くも弱くもない適度な夏の風が吹いて僕のシャツをはためかせた。フェンス越しに下を見ると、こんなにたくさんの人がこの町のどこにいたのかと驚くほどの人出だった。浴衣姿の人も交じっている。湖のそばにはいくつもの出店が並び、いかにも夏祭りといった風景を作り出していた。

「松江以外の町からも人が来るんよ。ほかに楽しいこともないけんねえこのあたり」と堀内が言ったとおり、一年前から湖のそばのホテルを予約する人も多いらしい。堀内の家のホテルも例外ではなく、この時期はいつも満室になるらしかった。

屋上には僕を含めて男が五、六人もいただろうか。女の子はいなかった。僕にも堀内にも友人たちにもガールフレンドなんて気のきいたものはいなかったし、その頃は男同士でつるんで遊ぶことが何より楽しかった。堀内の部屋に集まる友達のなかには隠れて酒をのみはじめるやつらもいた。屋上はホテルの従業員の休憩場所にもなっているらしく、時折ドアが開いてはホテルの制服を着た人たちが煙草を吸いに来たり、缶ジュースをのみに来たりする。その人たちに見つかってはまずいと僕らは考え（何しろ堀内の母さんは怒ると怖かった）、缶ビールを茶色の紙袋に入れ、ちびちびと隠し飲みをしていた。

湖の西に大きな夕日が沈むと空はすぐに黒く染まっていった。湖のまわりにはもちろん、橋の上にも湖の向こう岸にも人が蠢《うごめ》く影が揺れていた。

しばらく経って湖上にある船から一つ、二つ花火が打ち上げられると、たくさんの人ののどよめきが屋上まで聞こえてきた。こんなに近くで花火を見るのは生まれて初めてだった。夜空に描かれるカラフルな円環、ばちばちという大量の火薬が爆《は》ぜる音がおなかのあたりを震わせる。花火の七色は湖上をも染めていた。僕は馬鹿みたいに口をあけて次々に打ち上げられては消えていく花火を眺めていた。火薬が爆発したときに飛び散る火の粉の色や形がどうしてこんなにもきれいなんだろう。僕は感動していたと言ってもいい。それと同時に、いつもは穏やかな町の夜空にこんなにもきれいなものが一瞬で消えていくことに、なぜだか奇妙な寂しさを覚えてもいた。

友人のなかの一人が屋上から下を指さして言った。

「あれ、うちのクラスの宮脇《みやわき》と坂下《さかした》じゃねえか？」

「え、まじで」

「デートかよ、いいなあ」皆がフェンスに顔をくっつけるようにして下を見る。

僕も近寄って見てみたが、友人の指さす方向を見ても同級生を見つけることはできなかった。どん、どんと再び音がして見上げると、黄金色の花火が大きな円を広げているところだった。ふと人の気配を感じて後ろを振り返った。幾人かの従業員の後ろに真織が立っていた。ホテルの制服を着たまま空を見上げている。まぶしいのか少し目を細めて、けれどその顔にはどんな表情も読み取れなかった。

今日も真織はここに来る前に図書館の自習室で勉強をしてきたのだろうか、と僕は思った。僕が今日したことと言えば昼過ぎに起き出し、母さんが作った昼食をテレビを見ながら食べ、それからまた少し昼寝をしてここに来た。お盆過ぎまでは部活動もない。

今日、夏休みの一日、僕のやったことはそれだけ。ここでただ馬鹿みたいな顔をして花火に感動している。僕の視線に気づいたのか真織は僕を見ると、ほんの少しだけ笑った。その顔がなんだか同い年のようには見えなかった。自分よりずっと年上の人のように見えた。夜空で開く花火の光が真織の顔を照らす。花火が消えていくと同時に、真織の顔にできた影も濃くなった。花火を楽しんでいる顔ではない。どちらかと言えば仕方なく見ているといった感じだった。花火は次々に打ち上げられた。僕がそれに目をやり、もう一度後ろを振り返ったときには真織はいなかった。

屋上で馬鹿騒ぎをしている僕らのようなやつもいれば、デートをしているやつもいる。そして真織のように花火を一瞬目にしただけでバイトに明け暮れる者もいる。同じ高校に通う高校生とはいえ、その人生はすでに濃淡のグラデーションで染め上げられているのだと僕は思った。そんなことを感じたのはその夏が初めてだった。

二年生の夏休みも瞬く間に終わりを告げ、二学期がやってきた。

僕は相変わらず堀内と仲が良かったし、やたらに友人の多い男だったから、僕も堀内を糸口にたくさんの友人を持つようになっていた。一年生のときほど堀内の部屋でだべることは多くはなかったが、それでも僕は誘われれば堀内の部屋に行き、まるでそこが自分の部屋みたいにゲームをしたり漫画を読んだりして過ごしていた。堀内自身はホテルが忙しいときだけ、家業を手伝っているといった感じだった。僕も何度か堀内の母さんにバイトをしないか？　と声をかけられたが、相変わらず成績不振を理由に父さんや母さんからバイトは禁止と言われていたし、僕がここで働いても迷惑になるだけだろうという思いがあった。

二年生の秋のある夜も僕は堀内の部屋でだらだらと過ごし、炬燵に足をつっこんだまうとうとしてしまっていた。僕の家には門限などはなかったけれど、自分のなかでは夕食は家で食べるというゆるいルールを作っていた。はっと気づいたときには、部屋に堀内はいなかった。カラーボックスの上にあるデジタル式の時計を見ると、午後八時を過ぎたところだった。まずいと思いながら、僕は口の端に垂れたよだれを手の甲で拭った。部屋には僕一人しかいない。堀内はバイトに行ったのか姿は見えなかった。

炬燵と部屋の電気を消し僕は堀内の家を出た。いつものように玄関ドアの鍵は開いたままだったが、僕も気にせずドアを閉めた。

堀内の家とホテルの間にある物置小屋のそばの駐輪場に置いたままだった自転車に近づくと、人の気配を感じた。最初、堀内だと思い、僕は近づいてくる足音が自分のそばで止まるのを待った。

「聡？」

予想に反して暗闇のなかで聞こえてきたのは女の人の声だった。その声は何かを怖がっているかのようだった。僕はその人を安心させようと思って声を出した。

「違います。堀内の友人の」

物置の隅に取り付けられたライトの下に立って僕は言った。

「ああ、びっくりした。須藤君か」

真織だった。真織が僕の名前を覚えていたのが意外な気がしたが、堀内経由で僕の話をいろいろ聞いているのかもしれないとも思った。

「バイト終わり？」

「うん終わった。疲れたー」そう言いながら真織は左手で自分の右肩を揉んだ。

僕が堀内の部屋で眠りこけていたとき、真織は働いていたのかと思うと、なんだか申し訳ない気持ちになった。僕と真織は二人でその場所から自転車を押し、湖沿いの道に出た。この時間は昼間より交通量が多くなり、スピードを出している車も多い。真織は横断歩道のない場所で道を渡ろうとしたが、なかなか車の流れは途切れない。

「そんなところで渡ったら危ないよ」と思わず僕が言うと、

「お母さんみたいだね、須藤君」と真織が笑った。

宍道湖大橋のたもとの信号まで僕らは並んで自転車を押した。

「家、遠いの？」

「橋を渡って湖沿いにずっと……」

「自転車でどれくらい？」

「三十分くらいかなあ」

二年の二学期になってもなお、僕の行動範囲は高校と自分の住む社宅と堀内の家と松江駅のそばくらいで、真織の言う橋を渡って湖沿いに三十分という場所がどんなところなのかはわからなかったが、ここからはずいぶん距離があるだろうと思った。この町は午後八時を過ぎれば商店街の灯りも消えてしまう。暗闇のなか、風をつっきって自転車を漕ぐ真織の姿が浮かび、ふいに僕の口から言葉が漏れた。

「途中までいっしょに行くよ」

「え、大丈夫だよ。いつも一人で帰ってるけん」真織は僕の申し出を断ったが、

「じゃあ、橋を渡るまで」と言うと、

「ほんとにお母さんみたいだねえ」とさっきと同じことを言って笑った。

橋を進むにつれ冷たい風が僕たちに容赦なく吹き付ける。僕も真織も制服のままだ。僕の少し前を歩く真織はブレザーの上にマフラーを巻き付けているが、スカートの下は素足にソックスだった。スカートから伸びる真織の足に僕はちらりと目をやった。いつか図書館で見たときと同じようにまっすぐに伸びている。

「今日も図書館で勉強してきたの?」

真織の背中に声をかける。真織は立ち止まって振り返り、僕の顔を見た。近づくと、真織の背丈は僕の肩あたりまでしかない。

「うん」

「すっごいな大島」

「だって家で勉強できんもん」

真織の言葉に僕はどう返していいか迷った。どうして勉強できないの？　と聞くのは失礼だと思ったし、思い切って聞く勇気もなかった。僕はそれほど真織と親しいわけではないし、真織の声は小さかったし、真織自身はそう答えることを恥じているような気がしたからだ。その理由に僕が気づくのはもう少し後のことだ。

「どうしてそんなに勉強するの？」

僕は無邪気に真織に聞いた。真織は自転車を停め僕の顔を見上げた。僕は真織の顔を見た。夏の日、花火大会のあった日、屋上で見たときのような顔を真織はしていた。とても同級生とは思えない大人の顔。なにか大きなことを背負っているようなあきらめているような、そんな顔だ。僕と同じ十七歳の顔ではない。

「家を出たいけん」

真織は僕にそう言うと再び自転車を押し始めた。

「えっ」と聞き返した僕にかまうことなく真織は自転車を押す。僕は慌てて真織に追いついた。

「家を出たい？」僕は馬鹿みたいに真織の言葉を繰り返した。

「どうして？」と聞いた僕を見た真織の顔は怒りを必死で隠すためにあえて無表情を装っているかのようだった。真織の視線は真織が放つ言葉以上にたくさんの言葉を語っているように見えた。

「須藤君にはたぶん、一生、わからんと思うよ」

真織はそう言うと橋の真ん中あたりで自転車に乗り、ペダルを漕ぎだした。真織が自転車を漕ぐスピードは予想外に速い。あっという間に橋の向こうまで辿りつき、そこから先はもう真織の姿は見えなくなってしまった。

僕は自転車に乗り、今来た橋のたもとまで自転車を漕いだ。ペダルを漕ぐたびに耳や指が冷えてくる。家で勉強できないってどういうことだよ。家を出たい、じゃなくて、大学に行きたいってのがまず先なんじゃないのかよ。一生わからないってなんだよ。僕の頭のなかには真織に聞きたかった言葉が渦巻いていた。真織に馬鹿にされたような気持ちにもなっていた。

家に戻ると母さんは帰りが遅いことについて一言、二言、説教めいたことを言ったが、それでもラップのかかったおかずや味噌汁を温め、僕の前に黙って出してくれた。母さんの作った夕食はその日もうまかった。それを当たり前のように僕は食べた。「須藤君にはたぶん、一生、わからんと思うよ」さっきの真織の言葉を思い出すとなんだか急にむしゃくしゃして、僕は食欲の赴くまま唐揚げを齧り、味噌汁をのみ干した。

「もうー、いやねえ行儀が悪い。もっと落ち着いて食べなさいよ」

母さんは口ではそう言いながらも、自分の作ったものに食らいつく僕を甘やかしたような目で見つめる。その視線にもむしゃくしゃした。そんなことは生まれて初めてのことだった。ごちそうさまと言ったきり、食器を片付けることもなく、僕は自分の部屋に向かった。母さんが僕の背中に向かって何か文句を言ったような気がしたが、僕は無視して自分の部屋のドアを大きな音を立てて閉めた。そんなことをする子どもじみた僕の反抗にいちばん腹を立てているのは自分自身だった。

部屋にはシングルで簡素とはいえベッドがあり、本棚があり、勉強机も椅子もあった。ベッドには母親が洗ってくれたシーツが敷かれ、その上にはパジャマがきちんと畳んで置かれている。そんなことのすべてに僕はいらいらとしていた。目につく環境のすべて。窓にかかっているカーテンですら母さんが選び、父さんの労働の報酬で買ったものだ。そんなことを今まで意識したことはなかった。僕がいる環境。それがどれほど恵まれているかということ。僕は真織と言葉を交わしたことで、そのことに少しずつ気がつき始めていた。真織に最初に抱いたのは、淡い恋心なんかじゃない。その夜から真織の言葉が、真織の存在が、僕という人間の輪郭を揺らし始めたんだ。

小学校のときも中学校のときにもなんとなく好きかもしれないと思う女の子がいた。

けれどそのときの好きという気持ちが、世間一般で言われる恋というものと同じものだったのか今でもわからない。

小学校のときも中学校のときにも、僕が転校した直後や、どこかに転校すると聞いた同級生や下級生の女子からラブレターのような手紙をもらったこともある。その瞬間はうれしかったけれど、僕はその子を好きにはならなかった。

高校生になっても僕には恋というものが何なのかわからなかったが、真織に対する気持ちは、今まで出会ったどんな女の子に対する気持ちとも明らかに違う。それだけは高校生の僕にもはっきりとわかっていた。

高校二年の正月を僕は父さんと母さんと三人で迎えた。

父さんの転勤で松江に来てから二年近くが経っていた。どんなになじみのない土地に引っ越しても二年近く同じ場所で生活を続けていると、ずっと昔からその町で暮らしているような気持ちになってくる。僕の言葉は少しずつ松江の言葉に染まり、行動するペースすら松江に住む人たちと同じようにゆっくりになった。

変わらないのは父さん、母さん、僕という家族を構成するメンバーと、母さんが父さんと僕に作る食事だ。その土地でしかとれないものを母さんは積極的に食事に出したが、味付けはどの町に行っても大きく変わることはなかった。どこの町に住んでも物怖じしないで新しい人間関係を作っていく母さんだったが、舌の感覚に対してはひどく頑固だった。

松江の正月のテーブルにも毎年変わらない東京風の醬油味の雑煮とおせちのお重が並べられた。正月にしか使わない江戸切子の青いグラスに父さんと母さんがビールを注ぎあう。おめでとうの挨拶。いつもと変わらない僕の家の正月の風景。リビングの窓の外には快晴とは言えない曇り空が広がっていた。今思い返してみても松江で過ごした冬に東京のように硬質な青空を見た覚えがない。いつ雪が降ってきてもおかしくない分厚い灰色の雲が空を覆っていた。その厚い雲にかすかな物音すら吸い込まれてしまうのか、町は年始を迎えてふだんよりいっそう静けさに包まれていた。

僕の母さんは放っておいてもよく喋る人だ。父さんはそんな母さんの話に相槌を打つくらいだが、母さんの話をうるさがっている様子はない。その頃の僕はといえば母さんの問いかけに必要以上の返事をすることはなかった。高校の三年間は僕にとって反抗期でもあった。声を荒らげたり物に当たったりすることはなかったが、自分の意思を言葉にして発しないという姿勢を僕は貫いていた。とはいえ僕の頭のなかはいつも忙《せわ》しなく動いていた。僕の頭のなかを占めているのは真織のことだった。

去年のクリスマス。堀内の家で僕らが食べ残したクリスマスケーキを真織に無理に食べさせたのではないかという思いが僕の心を締め上げていた。真織に残酷なことをしたのではないか。気がつけば、真織が今何をしているのかを考えてしまう。真織は今日も堀内の家のホテルで働いているのだろう。そう考えると家族三人で、母親の作ったおせちをただ食べている自分がひどく幼い存在に思えてくる。真織のことが気になるのなら堀内の家に行けばいいのだけれど、いくら仲のいい友人とはいえ三が日に遊びに行くのは少し気がひけた。図書館も開くのは五日からだ。とりたててやることもない僕は自分の部屋にこもり、冬休みの宿題の仕上げにかかった。机に向かっていても、いつか真織が言った言葉が再生される。

「だって家で勉強できんもん」

それなら真織は図書館の開いていない年末年始、どこで勉強しているのだろう。クリスマスにもバイトをしていた真織のことだ。正月に休んでいる可能性のほうが低い。けれど正月だって真織はどこかで勉強しているだろうという気がした。そう考えれば考えるほど母さんの作ったおせちを食べ、暖かい部屋で過ごしている自分というのが許せなくなってくる。真織という存在が僕を律しはじめていた。同時に、真織という女の子についてて僕はもっと知りたかった。同級生で頭が良くて、堀内の家のホテルで働いていて、家では勉強ができないと言う女の子。

それが真織について知っていることのすべてだった。

四日の午後、僕は堀内の家に自転車で向かった。

部屋に入ると堀内を始め、いつもここでだべっている友人二人が僕の顔を見て、お、という顔をした。同級生二人はゲームに熱中し、堀内は炬燵に足をつっこんで漫画を読んでいる。弛緩《しかん》しまくった空気がいつもの堀内の部屋だった。

堀内が漫画から顔を上げて言った。

「おまえ、宿題とか終わったん？」

「だいたいな」

「なんでよ！　いつの間に。ノート見せろや」

「やだよ」

「なんだよ、けち」そう言いながら、堀内はつまんでいたポップコーンを投げつけてきた。正直なことを言えば今日は堀内に会いに来たわけでも、友人とゲームをしに来たわけでもない。真織の仕事がだいたい何時に終わるのか、僕はそれを知りたかったのだ。それでも堀内のしつこさに負け、僕は明日、数学の宿題のノートを見せることを約束してしまった。最初はなんだよ調子いいなと思ったものの、堀内がノートを写し終わるまでは堀内の部屋に来る口実ができることに気づいた。

「冬休みもずっとバイトしてたん？」

「俺が？」本当は真織のことを聞きたいのにと思いながらも僕は頷く。

「三が日は休んだけど、今日は夕方から。親父もおふくろも年末年始も働いとるけん、うちは正月って感じでもないし」

「そっか。えらいなおまえ」

「えっ」堀内が再び目を落としていた漫画から顔を上げる。

「しみじみおまえに言われると照れるわ」

堀内がわざとらしく頰に手を当て体をよじらせてふざける。

「でも真織なんか正月もずっと遅くまで」そこまで言うと、堀内はゲームをしている二人の友人の背中に向かって何かを言った。ゲームの内容に関することらしいが、僕には堀内たちが何を言っているのかわからなかった。それよりもやっぱり真織が正月も休むことなく働いていたことを知って、僕の心のどこかが静かに沈んでいくような気がした。

堀内は夕方の五時になると「じゃ、俺そろそろバイトだけん」と炬燵から腰を上げた。同級生たちは「ここクリアしてから」と帰る気配はないが僕は堀内とともに部屋を出た。堀内の家を出ると自転車のタイヤを引きずるような音が近づいてきた。

「途中でパンクしちゃった」

真織の眉毛が八の字に下がっている。自転車を見ると前輪のタイヤの空気が抜けているのか、地面に接する部分がつぶれたようになって耳障りな音を立てている。

「ドジやなあ、あいかわらず」

堀内が軽口を叩く。その口調にある真織との親密さをうらやましく感じた。

「自転車押して、間に合わんかと思った」

そう言いながらデニムに短いコートを羽織っただけの真織がため息をつく。

「のろのろしてると遅刻するぞ。じゃあな壱晴。明日、数学のノート、な」

駐輪場に自転車を停める真織を気にすることなくホテルの厨房に入っていく堀内に、僕は右腕を上げた。

「……もう、ぼろだから……」言われてみれば確かに真織の自転車はかなり古いもののようだった。高校の同級生の女子たちが乗っているような銀色に輝く最新型の自転車ではなく、所々に赤錆《あかさび》が目立つ。前カゴもどこかにぶつけたのか、変な形にひしゃげている。

「あのさあ」

急に声を出した僕を少し驚いたように真織が見る。

「僕、これから大島の自転車、空気入れてもらってくるよ」

「え……」この人はいったい何を言い出すのかという表情で真織が僕を見つめる。

「だって、大島これからバイトで自転車屋に行けんし、この自転車押して大島の家まで帰るのきついだろ。遠いのに」言いながら自分の言葉に耳が赤くなった。今僕は女の子に親切にしているのだ。その姿を誰にも絶対に見られたくないと思った。

「バイト何時に終わるん？」

「今日は九時くらい……だけどなんで？」

「じゃあ、その時間にまた来る」

そう言いながら僕は真織が停めた自転車を再び、駐輪場から出した。自分の自転車はそこに置いたままで。それから一回も真織の顔を見ず振り返りもしなかった。そんなことしなくていいなんて真織に言われたら。真織は黙っていたがそれでも背中に真織の視線を強く感じていた。困惑と驚きと不安と。たいして親しくもない同級生に真織がどんなことを思うのか。とりあえず気持ち悪いと思われているだろうと想像はつく。それでも僕は縮めたかったのだ。僕と真織との間にある距離を。


駅前の商店街にある自転車屋まで僕は真織のパンクした自転車を押しながら歩いた。自転車屋が正月休みで閉まっていませんようにと心のなかで祈りながら。

「これはずいぶんと」

自転車屋のおじさんは真織の自転車を見るなり笑って言った。

「年代もんだねえ」おじさんは自転車のまわりをぐるりと一周してからしゃがみ、前輪を時間をかけてチェックした。

「修理に少し時間がかかるなあ。まあ明日までには大丈夫だとは思うけど」

「今日中に直せませんか?」

時間は午後六時になろうとしていた。まだ正月休みで開けていない店も多い。僕の言

葉に自転車屋のおじさんは困ったように店の壁にかかった時計に目をやり、

「急いでいるならなあ。……なんか事情があるんだろ」と僕を見て笑う。

「じゃあ、八時過ぎに」そう言ったおじさんに僕は頭を下げて店を出た。

八時に自転車屋に行き、九時には堀内の家のホテルに向かい、真織に自転車を渡す。自転車屋に行く前に一度家には帰るつもりでいた。父さんはまだ正月休みで家にいる。僕がしばしば堀内の家に入り浸っていることは母さんから聞かされているようだったが、それについて父さんから何かを言われたことはない。

家に戻り、母さんが夕食としてテーブルに出したおせちの残りや、温め直した雑煮を僕は慌ただしく口にした。母さんは自室にも行かずリビングでうろうろする僕を見て言った。

「さっきから時計ばっかり見て。なんかあるの？」

「なんにも」僕は無表情を装って言った。

「壱晴は子どもの頃から嘘をつくのが下手ねえ」母さんが意味ありげに笑った。

「違う違う。堀内の家に用事があるんだよ」

「堀内君にもたまには家に来てもらいなさいよ。こっちから行ってばかりで。お正月なのにご迷惑でしょう。こんな時間に。堀内君の家のお仕事だってあるだろうに」

「そんなの関係ないんだってあいつの家は」

「そんなわけないでしょう。いつもいつも友達たくさんで押しかけて」

母さんの言葉にかすかないらだちを覚える。

「今年は受験生だからな。勉強だけは本腰入れてやれよ。こっちには大手の予備校とかもないし。自分で全部やらないと」

リビングのソファに寝転がったまま父さんが言った。僕と母さんとの言葉の応酬を、まるで中和するかのような父さんの言葉にも僕はいらだっていた。

「わかってるって」自分の声が荒くなっていることを恥じながら、父さんと母さん二人に自分一人がやりこめられたような気持ちになっていた。

緩い僕の家の雰囲気。正月特有の間延びした時間。そんなものとはまったく無関係に今日も働いている真織に近づこうと思うほど、自分が保育器のようなものの中で大切に守られていることを感じてしまう。そこから無理矢理にでも飛び出していきたい衝動にかられるのだ。

「ちょっと出てくるから」

八時にはまだだいぶ早かったが父さんと母さんの前から逃げ出したかった。

「あんまり遅くならないようにしなさいよ」母さんの言葉を最後まで聞き終わらないうちに僕は玄関のドアを閉めた。僕のデニムの後ろポケットには東京のじいちゃんが送ってくれたお年玉の袋が入っていた。ゆっくりと歩いて行ったものの自転車屋には八時前についてしまった。店の前でさっきのおじさんがしゃがみこみ、真織の自転車をボロ布のようなもので磨いている。僕の顔を認めるとおじさんがかぶっていた帽子のつばに手をやり、自転車を見て頷いた。

「パンクはなんとかなったけどもブレーキの調子もあんまよくないなあ。ちょこちょこ部品換えるより、ここまで乗ったんなら新しい自転車に買い換えてもいいんじゃないかねえ。安いのでいいんだから」

「……それ、僕のじゃないんで」そう言うとおじさんはへっ、と笑った。

「彼女のじゃないだろうなあ。若い女の子がこれには乗らんだろ」

パンク修理代は僕が思っていたよりもずっと安かった。僕はそれをお年玉でなく、財布の中の小銭で払った。

「まあここまで乗ってもらったら自転車も本望だよなあ」

「あの、すみませんでした。無理言って」

「パンクはなんとか直したけどさ、ブレーキの調子はいまひとつだから、もう一回くらい修理に来てもらわんと」

おじさんはハンドルを握り何度もブレーキの調子を確かめてくれた。僕は頭を下げ自転車に乗って漕ぎだした。背中のほうでおじさんが店のシャッターを閉める大きな音が聞こえた。

時間はまだ八時を過ぎたばかりだ。堀内の家の駐輪場に自転車だけ置いてきてしまおうかとも一瞬思ったが、僕は真織の顔を見たかった。今まで抱いたことのない感情に僕は戸惑っていた。高校生が気軽に入れるようなファストフードの店もこの町にはない。僕は自転車に乗って人気のない商店街を抜け、松江でいちばん古い橋を渡り、湖沿いに走り、再び宍道湖大橋を渡った。自転車は確かに修理してもらった前輪部分は問題ないが、おじさんの言うとおりブレーキの利きが少し甘いような気もした。ブレーキをかけると、どこかがきしんだような音を立てる。僕は橋を渡ったところにある公園に自転車を停めベンチに座った。それほど気温の低い夜ではなかったが、ベンチに座ったまま風に吹かれていると、ダウンジャケットのジッパーを首まで上げても冬の冷気が体を浸していく。僕は自販機で缶ココアを買い、それを太ももの間に挟んだ。湖の向こうに堀内の家のホテルのネオンが見えた。あそこに真織がいる。そんなことをこんな所に座って考えている自分の行動が自分でも不可解だった。それと同時に自分をもっと痛めつけたいという奇妙な気持ちにもかられた。寒いくらいどうってことはない。真織はもっと……。けれどクリスマスの夜、食べ残したケーキを食べさせた出来事から遠ざかれば遠ざかるほど自分があのときから抱いている気持ちも不純なのではないかと思える。憐《あわれ》み。同情。憐憫《れんびん》。そんな感情を勝手に他人から向けられる真織も迷惑だろう。

公園のベンチで時間をつぶし僕は再び堀内の家に向かった。体は芯から冷え切っていた。駐輪場に自転車を停めようとするのとほぼ同時に厨房のドアが開いた。真織がこちらに近づいてくる。駐輪場の僕を見て真織がぎょっとした顔をした。まるで待ち伏せされているように感じたのかもしれない。僕の存在が真織を怖がらせているということに僕自身かすかに傷ついてもいた。

「パ、パンクは直ってるって、だけどブレーキが」

真織の顔に表情はなかった。真織は自転車に近づき体を曲げて前輪に指で触れた。

「うわ、ほんとに直ってる」

ありがとうという言葉は真織の口から発せられることはなかった。僕はそのことに少しがっかりしてもいた。自分が勝手にやったことなのに、当然のように御礼を言われることを期待していたのだ。真織がひしゃげた前カゴにバッグを押し込むように入れ、駐輪場から自転車を出そうとする。僕も慌てて自分の自転車を出す。真織の自転車に続き僕も駐輪場から外に続く道に出た。

「途中まで送っていくけん」真織の背中にそう呼びかけた。真織が振り返る。なんで、という顔をしているが、この前みたいに「大丈夫だよ」とは言わなかった。二人並んで自転車を押しながら横断歩道を渡り、橋に向かった。この道がいったいどこに続いているのか僕は知らない。何を運んでいるのかわからない銀色の大型トラックが轟音《ごうおん》を立てて、僕と真織の横を走り去っていく。こんな時間になっても車の波は途切れない。

「あ、そうだ。自転車の修理のお金渡さなくちゃ」

「そんなんいいよ」

「借りがあるのは気持ち悪いけん。いくらだったん?」そう言うと真織は橋の手前で自転車を停め、バッグの中から財布を出した。僕が言う金額ぴったりを真織は財布から出し、僕の手のひらに載せた。そのとき脇を通る車の窓がいきなり開き、パーマが強くかかった若い男が僕ら二人に何かを叫んで走り去っていった。なんと言ったのか僕にははっきりとは聞き取れなかったが、それが品のいい言葉でなかったことは確かだ。真織は「馬鹿みたい」と小さくつぶやいた。

「でも、ブレーキはちゃんと直したほうがいいって。もう一回自転車屋さんに行って」

僕がそう言うと、うんと真織は頷いたが、すぐには自転車屋には行かないだろうという気がした。そんな時間などないのではないか。もしかしたらそれにかかる費用を払う余裕も。僕は真織の役に立ちたかった。それよりも真織のそばにいたかった。真織の顔を見たかった。自分が真織のためにできることはなんなのか。僕は必死で考えた。

「僕、家まで送っていくけん。バイトのある日。できるだけ毎日」そう言い切ったまま真織の返事は聞かなかった。さっきと同じだ。真織の自転車を勝手に自転車屋に持っていったときと。今日一日で自分はずいぶんと強引な人間になってしまったような気がした。というよりも自分の気持ちがまるで制御できていない。それを真織にぶつけている。

真織という人間を意識しはじめてから、自分が知らない自分が、自分のなかで次々に孵《ふ》化《か》しているようでそのことが怖かった。

それでもここから三十分かけて家に帰るという真織を、轟音を立てて走っていく大型トラックや若い男の罵声から守りたかった。僕は自転車に乗った。

「いっしょに帰ろう」僕が言うと、え、え、と言いながらも真織は自転車に乗った。

「先に走って。僕、後ろからついて行くけん」

そう言うと真織は黙ったまま頷き、自転車を漕ぎ出す。その後ろを僕は追った。右に宍道湖を見ながら僕と真織は走った。前にも後ろにもこの時間に自転車を漕いでいる人などいない。夜の宍道湖の湖面も黒々としてなんだか不気味に見える。コートの色のせいか、真織の背中が闇に溶けている。スニーカーの白と自転車のハンドルを握る手の白さだけが目立つ。川を渡り、灯りの消えたボウリング場、神社の脇を走り抜けた。帰りはこの道をたった一人で走るのかと思うと途端に怖くなった。突然真織の自転車は左折し、上り坂に続く道の前で停まった。

「もう、ここで大丈夫」

「家まで行くけん」と僕は言ったが真織は頭を横に振った。

「恥ずかしいけん……ここでいい。もうすぐだけん」真織の息が切れている。その息が僕と真織のまわりにある夜に白い。僕自身も太もものあたりに重い疲れを感じていた。

「だけど、ほんとうに自転車屋に見てもらわないとだめだけんね」

もうわかったからという風に真織は眉毛を下げて笑った。

「明日もバイト？」

真織が頷く。

「じゃあ、明日も送る」「なんで」

「なんでって……」君に興味があるから。君の顔を見たいから。君と時間を過ごしたいから。たくさんの言葉がサイダーの泡のように僕のなかに浮かび、僕はそれを必死でのみ下した。

「心配、だけん」今の気持ちにいちばん近い言葉とは言えなかった。けれど、好き、とはまだどうしたって口にすることができなかった。そんな勇気がなかった。それ以前に、そのときの自分には真織が好きかどうかも判断がつかなかった。

「……ありがとう」

真織は拍子抜けしたように笑いながら言った。暗い街灯の下で、それが今日僕が一番聞きたい言葉だったと、そのことだけははっきりとわかったのだった。


その夜から僕と真織との距離は急速に縮まっていった。

翌日から冬休みの間ずっと、真織のバイトがある日は、数学の宿題のノートを見せるという体《てい》で堀内の家に通った。堀内は午後五時過ぎにはバイトのために部屋を出る。僕も堀内の家を出ると真織がやってくる。真織は僕を見ると秘密を共有している目でかすかに笑った。僕は家に戻り、夕食を取り、真織のバイトが終わる時間になると、再び堀内の家のホテルの前で真織が出てくるのを待った。僕は真織の自転車の後ろを走り、橋を渡り、真織の家のそばにある坂道の下まで真織を送った。ほとんど会話らしい会話はなかったが明日から三学期が始まるという日の夜、別れ際に真織が僕に質問をしてきた。

「須藤君は大学どうするん？　進学するよね？」

「そのつもりではいるけど……」

「理系？」

「成績を考えたらそっちしか選べんよ。大島と違って勉強できんし」

四月からは進路別にクラスが分かれると聞かされていた。

「私、数学の勉強したいんよね。数学が好きだけん」

数学の勉強がしたいなどという女の子に今まで会ったことがなかった。

「だから、京都の大学に行きたい」

「それって……もしかして国立大ってこと？」

「だって、私大はお金かかるし絶対に無理。……先生はさ、教育大に行って数学の先生になったほうがいいって言うけど、私がなりたいのは別に数学の先生じゃないし。誰かに教えたいとかじゃなくて、死ぬまで数学を勉強したいだけなんよね」

真織の言葉にただぼんやりと建築のことを勉強したいなあと思っていただけの自分が急に恥ずかしくなった。どこの大学に行きたいかなんてまだ考えたこともないし、それを先生と話したこともない。入れる大学ならどこでもいいかくらいにしか考えていなかった。

「大島ならどこの大学だって入れるよ」

「そうかなあ」俯く真織の顔に睫毛の影が濃く浮かぶ。

「でも理系なら高三は同じクラスだね」

微笑みながら僕を見上げる真織の額の前髪が風に吹かれる。白い額があらわになって僕はどきりとした。

「猛勉しないと。今のままなら僕クラス最下位だよ」

「図書館で勉強しようよ。バイト始まるまでいっしょに」

えっ、とその言葉を聞き返す間もなく、真織は自転車に乗り坂道に向かって走り出した。「じゃあね」という声が坂道のほうから聞こえた。今なんて言った。僕はしばらくの間、街灯の下に突っ立っていた。どこか遠くのほうで犬の遠吠《とおぼ》えが聞こえる。その声にはっとした。もしかして真織も自分と同じような気持ちでいるんじゃないか。僕は右手で拳を作り、その拳を左の手のひらに何度もぶつけていた。やった。やった。真織は少なくとも僕のことが嫌いではない。嫌いな人間にいっしょに勉強しようなんて言うもんか。じわじわと僕の体を喜びが満たしていく。僕は自転車にまたがり、今真織と来た道を走り出した。叫びだしたいほどうれしかった。ぐんぐんとスピードを上げる。耳のそばで風が金属的な音を起こす。真冬なのにちっとも寒くなかった。明日学校でも真織に会える。そのことがただ、とてつもなくうれしかった。

好きと言ったわけでもつきあってくださいと言ったわけでもない。

けれど真織がいっしょに勉強しようと言った日から、僕と真織はほとんど毎日のように会っていた。真織のバイトが始まるまで図書館の自習室で勉強し、真織のバイトが終わるのを待って僕は真織を家の近くまで送った。そういう生活が高二の三学期から始まった。そのリズムを僕と真織は共有するようになった。三学期は瞬く間に終わり、四月から高校三年の生活が始まった。僕と真織は同じ理系クラスになった。同じクラスになっても僕と真織はそれほど多くの言葉を交わしたわけではない。むしろ学校や教室では僕らは仲のいい気配を消して過ごし、たまに目が合うと視線だけで微笑みあうようなそんな関係だった。

同級生には同じ学校内に彼氏や彼女を持つ者も少なくはなかったが、僕と真織の関係が、彼氏と彼女なのかどうか僕はいまひとつ自信が持てなかった。仲はいい。お互いに好意も持っていると思う。けれど、それだけでつきあっていると言えるのか？　どちらかがつきあってくださいと告白することからそういう関係はスタートするのではないか。いつかは真織にきちんと言葉で伝えるべきだ。先に好意を持ったのは自分なのだから。そう僕は考えていた。

僕と真織との間の距離が縮まったことに最初に気づいたのは堀内だった。

高三になってから真織をバイト終わりに迎えに行くときは、堀内の家のホテルには行かず、橋のたもとで待ち合わせをして家の近くまで送っていた。堀内は文系クラスで部活動も高三の夏前にはなくなるので、学校の中で堀内と話す機会は極端に減っていた。それより何より高校二年の冬休みまであれほど入り浸っていた堀内の部屋に行く代わりに、僕は真織と過ごすようになったのだから、何かあったのかと堀内が疑っても不思議ではない。

「ふ――ん」

一学期の期末テストが終わった翌日、学校の廊下で堀内とすれ違ったとき、にやにやしながら肘をつねられた。

「いって。何するんよ」

「真織」

堀内が僕だけに聞かせようとするように僕の耳に囁《ささや》いた。その音の響きで自分の耳がかっと赤くなったのがわかった。

「毎日お迎え。須藤君優しいけん」と堀内は変な笑い声を立てながら、僕のおしりのあたりを手のひらでぺしっと叩き、自分のクラスに向かって走っていった。真織を毎日のように迎えに行っているのを、僕と真織が二人で自転車を走らせているのを、堀内はどこかで目にしたんだろう。真織を迎えに行くということは毎日堀内の家のホテルの近くまで行くことなのだからどこかで見られていたとしてもおかしくはない。真織との関係を堀内に知られることは死ぬほど恥ずかしかったが、堀内はそれ以降、僕と真織の関係をはやしたりすることはなかったし、堀内に知られたことで僕のなかではもう学校の誰に知られてもいいような気持ちになっていた。

松江には大手の予備校はなかったので、家庭教師や小規模の塾、サテライト予備校などでそれぞれが勉強をしていた。高校三年になってわかったことだが同級生のほとんどは地元の国立大を目指し、公務員か地元の銀行に就職することを望んでいた。それをつまらないとか堅実すぎる未来だとは決して思わなかったが、小さな頃からさまざまな町で暮らした僕からすれば、同じ場所で長い一生を過ごすことに窮屈さを感じないのかとも思った。僕は元々東京生まれだし、父さんと母さんの実家も東京にある。ごく自然に東京の大学に進もうと考えていた。同級生のなかでも真織のように勉強のできる生徒ほど、関西や東京の大学に進もうと考えているようだった。大学に進学しなくても東京に行く人間など山ほどいると思うが、僕の通う高校の生徒たちは、勉強をしなければ、偏差値を上げなければ、遠くへ行く権利すら手にできないと考えているようにも見えた。

「こんな窮屈な町はもーうんざり」と堀内のように不満をはっきりと口にする生徒もいた。僕はあの町になんの不満もなかったが、確かに堀内のように生まれたときからここで過ごしていれば、そんな気持ちになるのも無理はない。ただ単純に違う町で過ごしてみたいという気持ちだってわかる。

けれど真織にはそれ以外の理由があるようだった。

受験生なのだから堀内の家のホテルでのバイトもいつかはやめるのだろうと、僕はぼんやりと考えていたが、中間試験が終わっても、真織はバイトをやめようとしなかった。学校の授業が終われればまっすぐ僕と図書館に行き、午後五時前まで勉強をし、午後九時までバイトをして家に帰る。それが真織の生活のリズムだった。バイトは平日だけだろうと僕は勝手に思い込んでいたが、実際のところ土日も真織はフルで働いていた。それを聞いた僕は土日も家まで送るからと申し出たが、平日よりも早い時間に帰れるんだから心配しないでと断られた。

働くことと同時に勉強すること。それは真織にとってやらなければいけないことだった。それが真織の人生の事情だった。真織は自分の人生を自分の力だけで切り開かなければならなかった。高校生だった僕がそれについてどれほどのことを理解していただろう。バイトをする必要もなく、ぼんやりと東京の大学に行くと無邪気に真織に話していた自分のことを、あの頃の真織はどんな目で見ていたのだろう。

真織とともに図書館に行き自習室で勉強をしていたときだって、僕はすぐに勉強に飽きて休憩スペースでジュースをのみ、そこにいる同じような同級生たちと無駄話をする時間のほうが多かった。遠くの席に座っている真織に「休憩せん？」と書いた紙片を差し出しても、首を横にふることのほうが多かった。それでも三回に一回くらいは、真織は僕の休憩（というか明らかなサボりだ）につきあってくれることもあった。そんなときでも真織は単語帳を手にしていた。

僕は缶ジュースをふたつ買い、真織にひとつを手渡した。

ありがとと言いながら真織はジュースを受け取る。ジュースを口にしながら単語帳をめくる。単語帳は何度もめくったのか紙の端がぼろぼろになっている。僕はそっと真織の横顔を盗み見る。こめかみに小さな子どものように青い血管が浮かび、うっすらと汗をかいている。

「勉強、すごいな。大島」

「ガリ勉ってこと？」

真織が笑いながら顔を上げた。

「元々頭いいのにそんなに勉強したらますます」

「私、地頭はよくないよ。それは自分がいちばんよく知ってる。復習しないとすぐに忘れるんよ。バイトしている間に今日覚えたことも忘れちゃうんじゃないかって不安になるよ」

真織はジュースを一口のむと目を伏せた。

「須藤君なんかたぶん、元々の頭はいいんよ。須藤君のお父さんだってお母さんだって頭がいいでしょう？」

そうだろうか？　父さんと母さんの頭のよさなんて今まで一度も考えたことがない。

「須藤君みたいな子が本気で勉強始めたら、私なんかすぐに追い越される」

「そんなことないよ」

「そんなことあるよ」

僕がどんなに勉強しても、真織の成績を追い越すなんてことは絶対に無理だろうと思った。

「大島、バイトして家に帰ったあとも勉強してるん？」

「家ではできん。前にも言ったと思うけど」

「どうして？」

無邪気に問い返した僕の質問に真織は何も答えず、再び単語帳に目を落とした。

「家を出たいけん」いつか真織はそう言った。

その気持ちの理由を真織が深く語ろうとしないことについて、僕はそれ以上詮索することをしなかった。そのときは、堀内が口にするようなこの町を出たい、という言葉と同じくらいの意味にしかとらえていなかった。

図書館でいっしょに勉強しているときも、真織を家のそばまで送るときも、僕と真織は多くの言葉を交わしたわけではない。図書館の自習室では席が離れてしまうことも多かったし、真織を家のそばまで送ったあとは真織はありがとうとだけ言って帰ってしまう。バイト終わりの真織はひどく疲れているようにも見えたし、何かを話しかけようとすることもためらわれた。真織ともっと話したいという気持ちは募ったが、そうすることで真織の勉強とバイトの時間を奪うことはできなかった。

真織ともっと話がしたい。真織がどんな女の子なのか、どんなことを考えて、どんなことを感じて生きているのか、もっと知りたい。それは受験勉強よりもその頃の僕にとって大切なことだった。

一学期の中間試験でも期末試験でも真織の成績の順位は下がらなかった。

僕の成績は相変わらずひどいものだったが、廊下に貼り出された真織の名前を見るたびに自分のことのように誇らしい気持ちになった。

バイト帰りの真織を家のそばまで送るようになったのが高二の冬、季節は春を過ぎ、梅雨を越えて、夏を迎えようとしていた。真織の家のそばの坂道まで行くのも、その後、自分の家まで帰るのも、冬や梅雨時はさすがにつらかった。雨が降っても真織はコンビニで売っているような薄手のレインコートで自転車に乗っていたから、僕も父さんが買ったまま押し入れに突っ込んでいた山登り用のレインウエアを着て真織を家のそばまで送り届けた。脇を走るトラックが泥だらけの水しぶきを上げ、真織の白いレインコートに茶色いしみを作る。その水玉模様を見ながら、僕はただ、真織のそばにいることしか自分にはできないのだと強く思った。

真織がバイトをしている理由は、いつか堀内が言ったように大学への進学費用だけでなく、家の事情があることにはなんとなく想像がついた。つまり真織が働かなければ真織の家の経済が成り立たないということだ。けれど僕がバイトをしてそれで得た金を真織に渡すというのは間違っている。そんなのは僕のエゴで自己満足でしかない。それくらいはわかる。真織が安全に家に帰れるように寄り添って自転車で走ること。それしか今の僕にできることはないのだ。そう考えると軽く打ちのめされるような気持ちにもなったが、それでも真織は僕が自分の家の近くまで来ることを拒否していない。もう来ないでくれと言われたわけでもない。それだけで僕は満足だった。

長い梅雨が終わった夏の夜は真織と二人、夜の道を走っているだけでも楽しかった。夏休みが始まる前の時期だったろうか。そのとき僕と真織は自転車を漕がずに、押しながら二人並んで宍道湖大橋を渡った。橋を渡った湖岸の脇には湖に向かって幅の広い階段がある。そこに真織と二人、少し距離を置いて座った。遠くのほうにカップルらしき男女の二人組がいたが明らかに高校生ではないように見えた。小型犬を連れたおじいさんが向こうからゆっくりと歩いて来て、僕らのほうはちらりとも見ずに去って行った。

「少し話せえへん？」あまりに緊張していたのか僕の言葉が変になまった。

「須藤君、変な言葉になってる」真織が笑った。

「……ああそうだ」言いながら真織がバッグの中から小銭入れを出す。

「図書館でジュースおごってもらったけん。四回くらい」

「そんなんいいのに」そういう僕に真織は小銭をつかんだ拳を差し出す。渋々出した僕の手のひらの上に真織はそっと幾枚かの小銭を載せた。自転車のパンクを直したときと同じだ。真織は僕に絶対に借りを作らない。

　目の前の湖岸に波が寄せる音がしている。湖面の右側にはホテルや旅館のネオンが映り、ゆらゆらと揺れている。後ろの道路にはひっきりなしに車が通るし、決して静かとは言えない場所だったが、それでもこうして真織と並んで座っていることがうれしかった。

「夏休みもずっとバイトするん？」

「うん。受験前に稼げるだけ稼いでおかないと」

「花火大会の日も？」

「その日はいちばんの稼ぎどきだもん。聡の家も私も。チップとかくれるお客さんもおるんよ。いっぱいお酒のんだおじさんとかが」

そっかと言いながら、僕はかすかに落胆した気持ちを隠すようにスニーカーを脱いで、さっきから気になっていた小石を足元に落とした。受験生だけれど、真織はきっとバイトが忙しいだろうとわかってはいたけれど、夏休みの一日くらい真織と過ごしたかった。八月には花火大会がある。できるなら花火を真織と二人で見たかった。真織も僕も大学生になったら松江という町から離れてしまう。スニーカーの紐を結びながら気がついた。もし真織が京都の大学に行き、僕が東京の大学に受かったら、二人は離ればなれになる。この町で真織と過ごせる時間はひどく短いということに。

「大島といっしょに花火が見たいんよ」言いながらこれじゃ小さな子どもの駄々と同じだと僕は思った。真織に無理を言っているのはわかる。バイト代が必要なのもわかる。けれどその一日を僕といっしょに過ごしてほしかった。

「大学に入ったら真織と離れてしまうかもしれんだろ」

初めて名前で呼んだ照れもあって真織の目は恥ずかしくて見られなかった。僕は夜空と湖のずっと向こうまで続く黒い湖面の境あたりに目をやって言った。

「夏休み、たった一日だけ」

懇願するような声になっていた。僕と真織の後ろをやけにエンジンを吹かしたバイクが走り去って行った。

「花火かあ……」そう言ったあとに真織がふふっとかすかに笑った声が聞こえた。

うん、と真織が僕の顔を見て言う。

「私も見たい、かな」須藤君と、と言う真織の声は消え入りそうだったが確かに聞こえた。やったと思った瞬間、僕は思わず隣にいる真織の手を握っていた。真織は驚いた顔で僕を見ていたが、手をふりほどいたりしなかった。真織の小さな手のひらが僕の手のひらの中にあった。真織の手は僕の手よりずっとずっと熱かった。


「壱晴！」

花火大会が始まる前、湖岸を歩く人混みの中から、聞き覚えのある声で呼び止められた。小さな町だ。同級生だって来ているはずだ。真織と二人だけでいるところを見られたら見られたで堂々としていようと思っていた。けれど予想外の人に見つかるとは。振り返ると母さんがにこにこして立っている。僕の手は真織の手を握ったままだった。隣にいる真織が頭を下げた。

「大島です。須藤君、いつもバイトが終わると私を送ってくれていて」真織の口を途中から塞いでしまいたかったが遅かった。母さんは真織の言葉から、高二の冬からの息子の不可解な行動のすべてを悟ったようだった。けれど変な臆測や僕らを茶化すようなことを言わないのが母さんのいいところでもあった。母さんはその頃写真に凝っていて、どこに行くにもデジタルの一眼レフカメラを手にしていた。

「写真、写真」

母さんが僕と真織を人混みから少し離れたところに立たせようとする。

「笑って」

母さんの言葉に僕と真織はぎこちなく笑った。僕と真織は母さんの前でも手をつないだままだった。意地でも離すものかと僕は思った。母さんは写真を何枚か撮るとそれだけで満足したのか、じゃあねと言って再び人混みに紛れてしまった。

はーとため息をつくと真織が笑った。

「須藤君とお母さん、すごい顔が似てるね」

「ぜんっぜんうれしくないよそんなん」

「優しそうなお母さんだよ」

「真織がそう言ってたなんて言ったら家に連れて来いってしつこいよ」

ふふっと、いつものように真織は俯いて笑い、つないだ僕の手を子どもみたいに揺らした。

真織の口から真織の家族の話を聞いたことはない。僕から聞いてみたこともなかった。真織の家すら僕はまだ見たことがなかった。話したくも見せたくもないのだろうと僕は思っていた。真織は自分のまわりを白い紐で囲い、そこから内側には入ってくるなと僕を牽制《けんせい》しているように感じることすらあった。

夜店をひやかしているうちに日はすっかり暮れ、花火大会の始まりを告げるように、花火がひとつ打ち上げられた。どよめくような歓声が上がる。去年は堀内の家のホテルの屋上からこの花火を見た。真織もそこにいたがいっしょに見たという感じではない。正直なことを言えばホテルの屋上から見ているほうがよっぽど快適だった。湖岸はどこからこんなにやってきたんだと思うほどの人の多さで、東京の満員電車のように人の波が左右に揺れた。花火を見続けるために首を上げているのも疲れた。それでも僕は幸福だった。真織と離れないようにぎゅっと手をつないで、花火が夜空に広がり、そしてあっという間に消えていくのをいつまでも見ていた。

その日は僕も真織も家から徒歩で来ていた。花火大会が終わってもたくさんの人が湖岸を離れず、湖上を渡ってくる涼しい風に吹かれて立っていた。風が吹くとどこからかかすかに火薬のにおいがした。まだ八月の初めだというのにもうすっかり夏が終わってしまったような気配があった。

「途中まで送っていくけん」

僕は真織と離れがたく、手をつないだまま真織の家の方向に歩きだした。真織も僕の手を離さない。どちらのものともわからない汗が接着剤のようになって、僕と真織の手のひらをくっつけていた。

いつものバイトの夜とは違って真織の家の方向にもかなりの数の人たちが歩いていた。僕と真織のすぐ前では、カラフルなビニール袋の綿飴を持った浴衣姿の子どもが若い母親に手を引かれている。湖岸の道を歩きながら僕は何も話せなかった。けれど今日見た花火のことは自分が死ぬ日まで絶対に忘れないだろうという気がした。

真織の家のそばの坂道まで来た。真織が僕の手を離す。

「今日、すっごく楽しかった。ありがとう」そう言って手を腰のあたりで振り、坂道を上がって行こうとする。僕は真織の手をつかみその体を強く引き寄せていた。生まれて初めての口づけがうまくいったとは決して言えない。街灯が灯っていない暗闇のなかで僕は真織をしばらくの間抱きしめていた。体を離したとき、どこからか、おいという野太い男の声が聞こえた。真織が僕の体を突き放す。暗闇のなかから誰かの影がふらふらと近づいてくる。近づくたび影は大きく揺れ、酒のにおいが鼻をかすめる。酔っ払いかと僕は思ったが、

「真織、なにしてんだ」

「お父さん」

真織の言葉で僕らが通りすがりの酔っ払いに絡まれたわけではないことがわかった。その人はひどく酒に酔っているようだった。白いシャツがはだけ、ずり下がったズボン

はかろうじて腰のあたりにとどまっていた。その人の息は荒い。息だけでなく体中から酒のにおいがした。

「おまえは、いったい、誰なんだ」

僕の鼻先にその人はひとさし指をつきつける。その指先がぐらぐらと揺れ、揺れるたびにあたりに酒のにおいが散る。

「同級生の須藤です」

「真織の男か？」

僕の足元に何かがこぼれて濡れ、その人が手に缶ビールを持っていることがわかった。その人が何か言葉を発するたびビールが僕の手を濡らした。

「おまえらつきあってんか？」

その人が僕と真織を交互に見た。真織は僕が見たことのない表情をしていた。はっきりとしたおびえが真織の顔に浮かんでいる。その顔を見て僕のおなかのあたりで怒りの感情が爆発するように湧いた。真織にそんな顔をしてほしくなかった。真織にそんな顔をさせる目の前のこの人が僕は許せなかった。

「まだつきあってはいません。でも、おつきあいするつもりでいます」

そう言った瞬間、僕はその人に拳で頭を小突かれた。真織が僕とその人との間に入ると、その人は真織の頭を手のひらで張った。まるで西瓜かなにかを叩くような手荒さで。

真織は物ではない。一人の人間だ。かっとなった僕は思わず手が出そうになった。けれどそうしようとする僕を真織が泣きそうな目で見ている。同じことをしたら同じ人間になってしまう。それでも僕は怒りをおさめることができず、その人が手にしていた缶ビールを奪って逆さにした。生ぬるいビールが僕の肘を伝って道路に落ちていく。尿のような嫌なにおいが広がる。

「ふざけんな。真織はこれからもずっと家で俺の面倒みるんだ。ちょっと頭のいい高校入ったら色気づいてすぐこれだ。いい気になって。女に勉強なんか必要ないって言ってんのに」

その人が僕のシャツの胸ぐらをつかもうとする。僕はその手をつかんだ。この人から、この町から真織を遠くに連れ出す。強くそう思うと同時に真織が日々闘っているものの重さを理解したのだった。僕とその人はしばらくの間にらみあっていた。

「もう、いい加減にして！」

真織が僕の手をつかみその人の体を僕から離そうとする。その勢いでその人が道路に座りこんだ。言葉にならない音を暗闇に向かって叫んでいる。

「須藤君、もうここで。お父さん、早く立って、ほら」

真織はその人に肩を貸そうとするが、なかなか立ち上がることができない。近づいた僕がその人のもう片方の肩をつかんだ瞬間、力一杯払われた。憎しみという感情がどうしようもなく伝わってきた。その人が憎んでいるものは目の前の僕だけではなく、その人を取り巻く世界すべてなのではないか。真織の小さな体に寄りかかるようにして、その人がふらふらと歩いていく。僕は道路に座りこんだまま二人の姿が暗闇のなかに消えていくのをずっと見ていた。


翌日も図書館に行けば会えるはずだと思っていたのに、自習室や休憩スペースを捜しても真織の姿はなかった。僕はどさりと休憩スペースの椅子に腰を下ろした。昨日の夜の出来事が重い石のように僕のなかにあった。突然隣の椅子に誰かが腰を下ろした。横を見ると堀内が缶ジュースを手に僕を見てにやにやと笑っていた。

「昨日、楽しかったたん？　真織と」

花火大会のあとの出来事さえなければ、僕は半ば自慢するように昨夜のことを堀内に喋っていただろう。

「楽しくなかったん？　もうふられたとか？　まさかな。真織も花火大会の日だけ休ませてくれって半泣きで。もうばればれ」「大島の家ってさ」

僕がそう言うと堀内の目から笑いが少しずつ消えていった。両手で持った缶ジュースをいつまでたってものもうとしない。

「大島の親父さんって……」

「会ったの？」

そっかあと堀内は缶ジュースを持ったまま大きく伸びをした。

「昨日の夜……」

「俺はもう真織から聞いてるもんだと」

僕が首を振ると、そっかあと堀内はもう一度言った。

「俺もくわしくは知らんよ。でも、あいつんちの父さん、真織が中学のときからあんなだったよ。俺の父さんが言うには昔は腕のいい板前だったらしいけど。酒とかギャンブルとか？　あいつんちの母さんも中学のとき、家出てってさあ。帰ってきたこともあったんよ。だけど、まあ、父さんがなんだかんだひどくて。ばあちゃんもいたけど、高校入る前に亡くなって。それから父さんと二人暮らしなんじゃないかなあ……」

堀内の話を聞きながら僕は自分の左の手のひらをじっと見ていた。昨日真織とずっとつないでいた手。その左手の指先で自分の唇に触れた。真織の唇と触れたところだ。かさかさと乾いた自分の唇に触れながら、僕は子どもの頃に夢中になったブロック遊びのことを思い出していた。父さんの転勤でいろいろな場所で暮らすたび、人が住む家のカタチはそれぞれ違うことを知った。

そして当たり前のことだが、その中に住む家族や、家庭の抱える事情は、その家によって異なる。今までそんなことを考えたことはなかった。僕と真織の家族や家の事情も異なる。けれど昨夜の真織と真織の父親の姿を見て思ってしまうのだ。僕がいる家庭は世間一般から見ればどこも欠けていない。父さんがいて、母さんがいて、僕がいて。穏やかすぎるほどだ。幸福といってもいい。けれどそれを自分で選んだわけでも、努力して得たわけでもない。たまたまそういう家に生まれてきたというだけだ。真織が僕と話をしていて、時々あきらめたような顔をすること、須藤君にはわからんと思うよ、と繰り返す言葉。その理由がほんの少しわかったような気がした。

僕は堀内といっしょに堀内の家へ行き、堀内の部屋で真織のバイトが終わるのを待った。自転車を押して駐輪場から出てきた真織は僕の顔を見てぎょっとし、僕を無視して自転車に乗ろうとする。真織に向かって言った。

「話、せん？」

この前真織と座り込んで話した湖岸の階段に真織を座らせた。昨夜まで並んでいた夜店はすっかり消えているが、空き缶やちぎれたビニール袋や割り箸や、小さなゴミがあちらこちらに散らばっている。真織は僕から距離をとって座った。僕は真織の近くに座り直す。そしてその手を昨日のようにきつく握った。真織の手は今日は汗ばんではいない。むしろひんやりとしていた。僕はその手を温めるように両手で挟んだ。花火大会を終えた湖面はひっそりと静まりかえっている。僕がこの町に来て初めてこの湖を見たときに感じたような静けさに僕の心はどこかほっとしていた。

「昨日、ほんとうにごめんなさい……須藤君のこと」

今まで聞いたことのないような小さな声だったので僕は思わず真織に体を寄せた。初めて会ったときと同じ石けんの香りがした。

「なんで、真織があやまるんよ」

「だって、あの人、私のお父さんが須藤君を」

「真織は家を出るんだろう。受験して京都の大学に行くんだろう。絶対受かるよ真織なら。そうしたらお父さんなんかもう関係ない」

「だけど私が京都に行ったら、お父さん一人になっちゃう。それが怖い。京都に私、行けるのかな。お母さんみたいにお父さんを捨てることになるでしょう?」

「捨てるわけじゃないよ。自分の勉強したいこと、したい大学でするだけだろ」

「一人になったらお父さん、死んでしまうかもしれん」

死なんよ、と口にしそうになったけれど僕には言えなかった。真織の背負っている荷物をどうやったら軽くできるのか。僕は必死で考えていた。

「真織さ。京都じゃなくて東京の大学に行こうよ」

え、と真織が僕を見上げる。

「数学の勉強、京都でなくたってできるじゃん。僕、東京の大学に行くよ。それで、僕と同じ部屋で暮らそう。家賃だって半分にできる。そうだ。アパートを借りなくたっていいんよ、東京には僕のじいちゃんとばあちゃんの家だってあるんだから。そこに住んだっていい。そうしたら家賃なんかいらないんだよ。バイトして働いた分はお父さんに送ればいい。ほら、何も難しくないよ。簡単なことだよ。もう解決したんだ。真織はこの町にいるときと同じように、ただバイトして勉強すればいいだけなんだ」

「東京……」

「そうだよ、二人で東京に行こうよ」

　真織は顔を上げ、僕を見つめる。

「東京に行けるん？　私？」

「真織には難しいことじゃないよ。むしろ僕が大学に受かるかどうか心配だけど。受からなくても浪人生活は東京で送るよ。真織を追いかけて」

「東京の大学……」

「真織なら受かるよ」

「行けるんかな東京に」

「行けるよ。行こうよ二人で」

「須藤君と」

「僕と行くんだよ。僕は元々東京の人間なんだから僕と一緒なら怖いことないよ」

膝を抱えていた真織は自分の腕の中に顔を埋めた。真織の体が震えている。けれど泣き声は聞こえなかった。小さなつむじが見えた。昨日あの人にはたかれた真織の小さな頭。いっぱい勉強して人一倍努力している真織の頭。僕はその頭を撫でた。真織はいつまでたっても泣き止まなかった。小さな女の子のように真織は泣き続けていた。僕はまるで真織の親になったような気持ちで、真織の小さな頭を撫で続けていた。真織を悩ませているものすべてをその頭から取り除いてやりたかった。僕の背負っている荷物は少ないから、真織の抱えている重そうな荷物のすべてだって僕は背負うつもりでいた。おまえは何もわかっていないからと大人に言われれば、自分は何もわかっていない、だからどうしたとあの頃の僕なら言い返していたかもしれない。けれど子どもなりの決心を馬鹿にしてはいけない。高校生の僕は大島真織という人間と共に生きることをその夜、心に決めたのだから。そこにはなんの迷いもなかった。

二人で東京の大学に進み共に生活をする。それが僕と真織の目標になった。

秋が来て冬になっても真織はバイトを続け、僕はバイト帰りの真織を家のそばまで送る生活を続けた。以前にも増して真織は勉強に集中したし、僕も僕の頭のペースで勉強を続けた。僕の母さんがあまりにしつこく誘うものだから、真織が何度か僕の家に来たこともある。母さんは花火大会のときに撮った写真を引き伸ばし、リビングにあるチェストに飾っていた。真織が初めて僕の家に来る前に、どこに自分の息子と息子の彼女の写真を飾る母親がいるんだと母さんと喧嘩しそうになったけれど、これは自分が撮った写真の中でもいちばんの出来だからと譲らなかった。

母さんは真織が来るたびに食べきれないほどの食事を作り、食べさせた。ある夜は仕事で忙しいはずなのに、真織が家に来ると聞いて父さんまでもが早く帰って来たこともあった。「娘がいるってこんなかな」父さんはしみじみと言い、うまそうに酒をのんだ。ある夜、母さんは帰り際に手編みのマフラーや手袋を渡した。家を出たときに、「迷惑なら捨てなよ、気にせんでいいから」と真織に言うと、「そんなことできんよ」と笑った。もったいなくて使えないと真織は言っていたが、翌日学校の廊下で会うと、母さんの編んだマフラーと手袋をしていた。僕が指を差して「だっさ」と笑うと「めちゃくちゃあったかいんよ」と真織は笑った。

東京の大学で建築を学びたいという話は父さんと母さんにはしてあったが、志望校の話になるたび、「壱晴も真織ちゃんと同じ大学行ってくれれば学費も安いのに」と笑われた。真織と同じ大学なんて僕の頭で入れるわけがない。

年明けすぐに入試が始まる。堀内ですら家のバイトを休むようになったのに、真織は十二月になってもバイトを続けていた。冬になるとこの町特有の地表を這うような寒さがやってきた。真っ先に風邪を引いたのは僕だ。幸いインフルエンザではなかったが高い熱が二日続き咳が止まらなかった。それでも熱が下がった日の翌日、僕はバイト帰りの真織を迎えに行った。少しでも早く真織に会いたくて、ホテルのそばまで行って待った。真織はマスク姿の僕を見つけると驚いた顔をして額に手を当てた。真織のひんやりとした手が心地よかったが、僕は体をよじり、真織から離れた。

「真織の自転車の後ろからついていくだけだけん。うつさんから」と僕が言うと、

「何言ってんの。まだ熱あるよ。いい加減一人で帰れるから大丈夫」と真織は素早く自転車にまたがった。横断歩道のない場所で湖沿いの道を渡ろうと、真織が車の切れ目を待っている。

「早く家に帰って。すぐに寝て」と叫びながら、真織は自転車を漕ぎ出す。

「そんなところで渡ったら危ないって」風邪でかすれた声は真織には届かなかった。信号を無視して一台の大型トラックがいきなり猛スピードで右折してきた。

あの自転車屋のおじさんの言ったことは正しかった。真織の自転車はもう限界だった。真織はとっさにブレーキをかけたが利かなかった。真織を乗せた自転車がトラックの正面にぶつかり横倒しになった。そこからのことを僕はよく覚えていない。真織に向かって僕は何かを叫んでいたはずだが、それは声にも音にもなっていなかった。聞いてはいけない音を聞いて、見てはいけないものを見た。耳も目もつぶれてしまえばいいと思った。あのとき、さまざまな音がしていたはずだ。けれど僕の耳には夜の湖の波が寄せて

は消えていく音しか届いていなかった。

真織の自転車はかつて真織の父親が乗っていたものだった。あの人がまだお酒ものまず元気に働いていたとき乗っていた自転車だと、僕は真織が亡くなったあと誰かから聞いた。

僕は一人残された。体を縦にまっぷたつに裂かれたような苦しみが僕を襲った。僕があの日いつもと同じように真織を家のそばまで送っていたら。あんな場所で道を渡らせなければ。何度そう考えただろう。何万回だって考えた。

忘れられるわけなんかない。あの町のこと。真織のこと。

僕が生まれて初めて結婚しようと思った相手のこと。

十二月のあの日が近づいてくると僕の声は出なくなる。

まるで声の出なかった自分を罰するように僕は声を失う。

8

「ちょーっと、もう勘弁してくれよなあ」

　電話を切ったあと、隣の席の旗本さんが大きな舌打ちをした。

　電話中の丁重な口調とは裏腹に、なんだよ、ったく、もうと言いながら、フリスクのケースから白い粒を手のひらに出しその全部を一気に口に放り込む。

　営業部とはいえ、部長とチーフの旗本さん含め六人しかいないが、そのうち二人は接待で午後六時前には退社していた。パーテーションで区切られた営業部のこの一角には今、私と旗本さんしかいない。金曜の午後八時過ぎ。このフロアには営業部のほか経理部と総務部もあるが、この時間まで残業をしている社員はここにしかいないようだ。旗本さんは滅多なことでは仕事の愚痴を言わない。けれど今日は、いまだに終わりの見えない仕事の山を前に、制作物の訂正指示が入稿直前に入ったことで小さな不満の重なりが爆発したようだった。

「例の、担当者ですか?」

「そう。決まったものまた直したいって。もう何度目だよおおお」そう言いながら後頭部に左右の手のひらを当てて、椅子の上で体をぐっと後ろにそらす。安物の事務椅子から空気の抜けるような音がした。しばらくの間天井を見ていた旗本さんは突然立ち上がり、「飯食ってくるわ」と言い残してフロアを大股で横切っていった。この時間まで残業があるときは、私を誘ってくれることも多いのだが、きっと今日は一人になりたいんだろう。

私もパソコンの前でやり残した仕事を続ける。その間にも担当の相手先からのメールが入ることがあり、返信をすると、すぐに向こうからも返信がある。先方にまだ私が会社にいると思われてしまうと延々とそのやりとりが続く。どこかでやめないとと思いながらも半ば自虐的な気持ちで、テニスのラリーのように即座にメールを返し続けていた。

旗本さんが今抱えている仕事の担当者はずいぶんと気まぐれで、一度決めたことにも二度、三度と訂正が入るらしいということは以前から聞いていた。訂正が入るたびにデザイナーなどの制作スタッフに頭を下げるのは、私や旗本さんのような営業職の人間だ。それでも納期は絶対で、担当者と制作スタッフと印刷会社、それぞれと調整をうまくとりながら仕事を進めていかなければならない。

自分ひとりで大きな仕事を任されるようになった頃は、納期に制作物が間に合わないという悪い夢を見て、汗びっしょりで起きることもしばしばあった。今はもうそんなことは滅多にないし、多少のトラブルが起きても動揺しないくらいには神経も図太くなっているが、仕事に慣れた今でも優柔不断な担当者に振り回されることは少なくない。そもそも担当者との相性というものは明確にあるし、こんな時代になっても、女の営業というだけで最初から馬鹿にする人もなかにはいる。「私が進行を担当いたします」と初対面で挨拶をすると、「君じゃなくて、男性の、もっとえらい人いないの？」と名刺を突っ返されたことだってある。

それでもどんなに嫌な思いをしても私は仕事をやめるつもりはない。この仕事でお金をもらっているからだ。この会社に勤め始めて十年になるが、会社が倒産しない限りやめるつもりはない。春に二人目の赤ちゃんが生まれる旗本さんにしたって同じだろう。この会社にいる以外、私にも旗本さんにもほかにできることもないのだから。

子どもの頃からとりたてて勉強ができたわけではないし、誰かと比べて秀でているところもない。そもそも何かを勉強したいと思って大学に入ったわけではない。就職に大卒という資格が必要だったからだ。就職のために私は大学に進んだ。そうしてどうにかこうにか、この会社にたどり着いて、私は日々自分の仕事をこなしている。私みたいに特別な才能はないけれど、なんらかの仕事をして食べていかないといけない人に、会社というのはとてもやさしいシステムだと思うのだ。もっと若い頃は会社員としての自分を卑下したこともある。けれど年齢を重ねて、世の中が不景気になるにつれ、仕事があるだけでも十分、そう思うようになった。それなのにあの日からもう幾度となく自分のなかに浮かぶ言葉がある。

壱晴さんや真織さんのように私は頭も良くないし特別な才能なんてないし。

その言葉が浮かぶたび自分で自分を傷つけているような気がする。

壱晴さんの工房に行ったのは先週の土曜日だ。それなのに壱晴さんの話を聞いたのはもうずいぶんと昔のことのような気がしてしまう。

壱晴さんの話を聞いたあの日から、大島真織という一人の女の子が私のなかに生まれてしまった。十八歳、大学受験の直前に宍道湖のそばでトラックに轢《ひ》かれて亡くなった女の子。数学の勉強がしたくて、いい大学を目指していて、お酒をのむお父さんと二人だけで暮らしていて、おそらくそのお父さんに暴力まで受けていた女の子。

そして真織さんのそばには、十八歳の壱晴さんがいるのだ。高校生の二人。二人が見た花火。二人が勉強をした図書館。夜、真っ暗な湖の脇を自転車で駆け抜ける二人。仕事の合間に、家に帰宅する電車の中で、家でお風呂に入っているとき、壱晴さんと真織さんの二人の姿が私の頭のなかに浮かび、私はそのたび嫉妬した。

せめて壱晴さんのお母さんの家で、宍道湖を背にした壱晴さんと真織さんの写真を目にしなければこんなに苦しい思いをしなくてすんだのかもしれなかった。二人はしっかりと手をつなぎ、はにかんだように笑っていた。今よりもずっと若くあどけない壱晴さんと真織さんの姿は頭のなかに刻まれて、壱晴さんの話を思い出すたびに、二人はまるで映画の主人公のように動きだす。苦しいと思ってもそうすることをやめられなかった。できかけの瘡蓋《かさぶた》を力まかせにめくるようなほの暗い誘惑に私の心は支配されていた。もうこの世にはいない人に嫉妬するなんて馬鹿なことだと頭ではわかっているのに。

「今話したことは僕が高校三年のときに起こったことだ。十八のときに。去年桜子の前で突然声が出なくなったことと、真織が亡くなったことは無関係じゃない。真織が事故で亡くなったその日が近くなると、僕という人間のなかから声というものが消えてしまう。真織が亡くなった翌年からそれは起こった。いつかはそういうことが起こらなくなるんじゃないかと思ってきたけれど絶対に起こるんだ。毎年」

あの日、壱晴さんは長い話を終えるともう何杯目かわからないコーヒーを淹れるために立ち上がり、キッチンに向かった。思っていた以上に長く、私にとっては抱えきれないほどの重さのある話だった。実際、肩に重さを感じていた。右手で左の首の付け根に手を当てると、筋肉が異様に張っているのがわかった。

夕暮れにはまだ少し早いが窓の外はもうすっかり暗くなっていて、顔を上げるとさっき壱晴さんがつけた照明が目にまぶしかった。私は目の前にあるタッパーの水色の蓋を開けた。中に入っているサンドイッチの表面にそっと指で触れる。まだ乾いてはいなかった。私は少しも空腹など感じてはいなかったが、何か少し口に入れたほうがいいような気がした。私よりも長い話を終えた壱晴さんが。

「食べない？」

コーヒーの入ったマグカップを持って戻ってきた壱晴さんにそう聞くと壱晴さんは黙ったまま頷き、サンドイッチに手を伸ばした。

「桜子は？」

「私は、なんだか」

「……ごめん」壱晴さんがサンドイッチをコーヒーでのみ下しながら言った。

「ここまで全部話すつもりはなかったんだよ。だけど……」

壱晴さんがタッパーの蓋の縁を指でなぞりながら言う。

「桜子に聞いてほしかった」

タッパーを撫でていた指が私の手の甲に触れた。

壱晴さんのひとさし指が私のくすり指を撫でる。

十八歳で命を亡くしてしまうこと。その死に巡り合ってしまうこと。その体験を抱えて生きていくこと。それをすべて私に話してくれたこと。それ以上に目の前のこの人はなんて一人ぼっちなんだろう。そんな感情が濁流のように押し寄せてきて私はひどく混乱していた。

「壱晴さんが今まで作ってきた家具は真織さんのためだったんでしょう？　真織さんが

使うところを想像して。真織さんと壱晴さんが結婚したことを想像してその生活で使うための家具でしょう?」

私はギャラリースペースに並べられた家具を指さしてさらに言った。

「ここにある家具はすべてそうなんでしょう?」

自分の声がまるで自分の声でないように響く。壱晴さんが私の顔を見ている。けれど何も言わない。

「壱晴さんのなかには真織さんが今でもいるんでしょう?」

壱晴さんは何も言わない。

「ずっとずっと生きたままなんでしょう?」

そう言いながら私はこういう経験をした壱晴さんという人とつきあっていくのは、自分にとってとてもしんどいことなんじゃないかと考えていた。


仕事が終わったのは午後十一時に近かった。

疲れた体をひきずって駅に向かうと、改札口に立てられたホワイトボードに遅延のお知らせとある。自宅の最寄り駅、そのひとつ手前の駅で事故が起こったらしかった。人身事故と言葉を換えてはいても要するに飛び込み自殺か自殺未遂だ。

私の前にいた年配の男性サラリーマンが「ほかでやってくれよ」と言いながら振り返

り、タクシーかバスで帰るのだろう、ロータリーのほうに向かっていった。私だって考えていることは同じようなことだ。人の死がこんなに近くにあるのに、それを見て見ぬふりをして、どこかを麻痺《まひ》させて生活を続けている。

そうしなければ生きていけないからだ。

こんな時間なのに電車が遅れているせいなのか、ホームには人があふれている。今からもう一度改札を出て、タクシーの長い列に並ぶのも面倒なくらい疲れていた。遅れていても電車が来るのなら、しばらくここで待っていよう。冷たい風に吹かれながら、私は首に巻いていたマフラーを口元まであげた。

この人身事故を起こした人にだって家族がいるだろうし、恋人だっているかもしれない。私にとっては耳慣れた電車が遅れる原因のひとつでしかないが、誰かにとっては永遠に誰かを失ってしまう大きな出来事だ。そのことを私は何度でも忘れてしまう。

そしてまた考えてしまう。真織さんのときはどうだったのだろう。地方紙の片隅に、とある夜に起こった交通事故として記事になったかもしれない。同級生たちは制服でお通夜や告別式に参列したはずだ。当然壱晴さんも。高校生で生まれて初めて好きになった人を、ある日突然失うという体験を想像してみる。その死はやはり壱晴さんのなかに刻印されてしまうのではないか。壱晴さんが口にしたあの町の思い出とともに。

たとえば私はどうだろう。壱晴さんの前につきあった男の人は広瀬さんしかいない。

広瀬さんは死んではいない。別れたあとは私から仕事をお願いすることはなくなったが、会社に打ち合わせで来ていたのを遠目に見たことがあるし、旗本さんが仕事を依頼していた記憶もある。私の属する会社とは縁が切れていない。つまり広瀬さんはまだ私がいる世界と地続きのところにいる。そうしようとは絶対に思わないが、私が連絡をしようと思えば広瀬さんに連絡することはできる。広瀬さんはまだこの世界に生きている。それはもう私にとって喜びでもなんでもないけれど、真織さんの話を聞いたあとでは、広瀬さんが生きているということにどこか安心感を覚えている自分にも気づくのだ。

三十二年も生きてきた人間ならば恋愛の経験をしたことのない人のほうが少ないだろうし、「前の恋人」のことなど気にしていたら恋愛などできないだろう。お互い膿に傷持つ同士というのはどこかでわかっているし、そこには踏み込まないのがルールなんじゃないかなとも思う。

けれど壱晴さんの場合は違う。

「全部話してから始めたい」と壱晴さんは真織さんの話を始めた。

初めての恋愛でその相手を突然失ってしまうという体験をした壱晴さんのなかにはまだ、真織さんがいるのだ。そして私は真織さんの存在に嫉妬している。強く、強く。あの日からそれは私の心に降り積もり続けて、どうやっても溶かすことのできない大きなしこりになっている。なぜ恋愛経験の少ない自分にこんなに難しい相手が振り当てられるのか。それ以上になぜ自分はそんな体験をした壱晴さんを好きになってしまったのか……。

はあああああと思ってもみないような大きなため息が自分の口から出たことに気づいたのは、私の前に立っていた数人の人が振り返って私を見たからだ。恥ずかしくなり、私は俯いてマフラーの中に顔を隠した。電車が遅れていらついている女だと思われたんだろう。そう思うと余計にみじめな気持ちに自分がくるまれていく。

あさっての日曜日には壱晴さんに会う予定になっている。あの日から会いたいという気持ちは募っているのに、どんな顔をして会えばいいんだろうと戸惑う気持ちも同時にあった。ほんのちょっと遊びで。壱晴さんとそういう気持ちでつきあうつもりは私にはまったくないし、遊びでつきあえるほど器用でもない。けれど壱晴さんとのつきあいを真剣に考えるほど、その気持ちが壱晴さんとの関係を重くさせている。そこまで考えて私はまた自分の気持ちに気づいてしまう。私はどこかで、あの出来事も込みで、壱晴さんの人生を背負うつもりでいるんだということに。

日曜日は朝から冷たい冬の雨が降り続いていた。天気予報に雪マークはなかったが気温の低さを考えれば、いつ雪に変わってもおかしくはない。濡れた傘をまとめながら、私は暖房の利きすぎた電車の座席に腰かけた。膝の上のトートバッグにはお弁当が二つ入っている。五目炊き込みごはんと、チキン南蛮、五目豆に、ごまよごし。五目豆だけ、昨日の夜、母さんが作ったものだ。おかずは、今日の夜、父さんと母さんにも食べてもらうつもりで多めに作った。

先週と同じように朝早くから台所に立つ私を、母さんはにこにこと見つめていた。母さんにはすでに壱晴さんが何をしている人なのか話してあったし、先週も今週も壱晴さんの工房に行くことは伝えてあった。私から父さんには何も話していない。壱晴さんが家に来た日、父さんはひどく酔っぱらっていた。あの日の記憶があるかどうかも定かではない。母さんが話しているのかもしれないが、朝、顔を合わせたときから父さんは不機嫌だった。

「お茶」

「新聞」

「リモコン」

なんだかんだと母さんに怒鳴るように言って炬燵の中から動こうとはしない。その言葉の響きから、私がこんな寒い日曜日にどこかに出かけようとしていることに不快感があると主張していることはわかりすぎるほどわかった。

「父さんはああ見えて、お姉ちゃんのこと大好きだから」

いつか桃子にそう言われた。言われた日からその言葉の意味を考えてはみたけれど、私にはそんな実感なんてこれっぽっちもないのだ。大好きなら、まず私に手をあげないでほしい。そして、私を早くこの家から自由にしてほしい。私が壱晴さんとすぐに結婚したいと思ったのは年齢的なものだけじゃない。この家から早く出たいからという意味もあるのだから。そう考えて、今さら気づく。父親、酒、暴力。壱晴さんは私に真織さんの姿を重ねているんじゃないかと。

工房の最寄り駅まで壱晴さんが迎えに来てくれると、さっきもらったメールにあった。人いきれと車内の暖房でかすかに曇った窓の外を灰色の景色が流れていく。日曜日に好きな人に会いに行く。それなのに私はどこか緊張している。真織さんとの話を聞いてから初めて壱晴さんに会うのだ。あの日以来、私の頭はいつもくるくると動き、さまざまな想像をめぐらせ、混乱し、浮き上がったり、沈みこんだりした。電車を降りる。ホームを歩いて階段を下り、改札口に向かうと、壱晴さんが立っていた。小さく手を振りながら壱晴さんに近づくと、この人は私の恋人なのだというつれしさで胸がいっぱいになる。それでも今日は出掛けに浮かんだ新たな疑念で心が重たくなっていた。

一週間ぶりに見る壱晴さんは、なんだか痩せて疲れているようにも見える。

「仕事忙しいの？」

二人で同時に同じ言葉を口にしてしまい私たちは笑いあった。壱晴さんから見た私も疲れているように見えたのだろう。私も壱晴さんもこの日のために働いて、働き続けてきたのだから。商店街のアーケードを並んで歩いた。私は何を話していいのかわからない。壱晴さんも口をつぐんでいた。アーケードを抜け二人それぞれに傘をさす。人気のない住宅街の道で壱晴さんが私の手を握った。

けれど手をつなぐと壱晴さんのさしている傘とぶつかってしまう。私は傘を閉じ壱晴さんの傘に入った。二人体を寄せて工房までの土手沿いの道を歩く。雨脚は家を出て来たときほど強くはないが、川を渡ってくる風のせいで傘をさしていても雨がコートを濡らした。

「寒くない？　大丈夫？」

やさしい言葉を聞きながら私はまた想像してしまう。高校生の壱晴さんを。湖の脇を自転車で走りながら、真織さんに「寒くない？　大丈夫？」と聞いたのだろうと。そんなことを考える自分が嫌だった。けれどこれから壱晴さんにやさしくされるたびに私は真織さんのことを思い出してしまうのではないか。

心はゆらゆらと揺れる。あの日から揺れ続けている。

壱晴さんの工房に来るのはもう何度目になるのだろう。来るたびに感じる木の香りを私は胸いっぱいに吸い込む。一階の工房には書棚だろうか、私の背よりもはるかに大きい長方形の枠組みがあり、その手前に同じ形の椅子が数脚並べられている。

「月末まで納品が少したてこんでてさ。昨日も遅くまでここで」

　そう言いながら壱晴さんが椅子の背を手のひらで撫でる。椅子のことはまったくわからないが華奢で女性的な椅子だと思った。だからそれを撫でる壱晴さんの手もなんだか色っぽく見えるのだろうか。この家具も真織さんのことを考えながら作ったのだろうか。

「これを一から考えて作るなんてほんと家具を作る人ってすごいね」

「でも一からじゃないいんだよ」

「え？」

「前にも言ったけれどこれは僕のデザインじゃなくて、桜子も前に会った哲先生が考えたもので」

　哲先生ってあのニットキャップをかぶったおじいさん。

　そういえばあのとき、「壱晴の女……のひとり？」と聞かれたのだった。

「私にはうまく言えないけど、すごくきれいだね……」

「女性に人気があるんだよ。哲先生のデザインは」

　でも家具だけ見れば、あんなおじいさんが作っているとは想像もできないだろう。女性が作った、もしくは壱晴さんが作ったと言われたほうがしっくり来るような気がした。

「実は、哲先生、あんまり体調がよくないいんだよ。今、入院していて。……また哲先生に会ってほしいな」

　壱晴さんは何かを考え込むような顔になっていた。

「とにかくまずは上で暖まろう」

階段を上る壱晴さんに私も続いた。先週と同じように私はテーブルの上にお弁当を広げた。蓋を開けると、わっうまそうと壱晴さんが子どものような声を上げた。今日は壱晴さんがコーヒーではなく日本茶を淹れてくれ二人でいただきます、と声を合わせた。

「仕事忙しかったんだろ？　桜子も。メールの返信くる時間とかすごい遅かったから」

「そう先週はね……。残業とかもあって」

「そっか」食べながらたわいもない話をした。そういう会話が今の私にはしみた。うれしかった。私たちの核心に触れるような話は今日は聞きたくなかった。そういう気分だった。壱晴さんはおなかが空いていたのか私が作ってきたお弁当を瞬く間に食べ終えてしまった。

「これも食べていいよ。私、家で作りながらつまみ食いしてきてしまったから」

私がほとんど箸をつけていない自分の分のお弁当を差し出すと、え、いいのかなと言いながらも箸を動かした。お弁当を頬張る壱晴さんを見ながら私はお茶をのんだ。ほぼ二人分のお弁当を食べ終えた壱晴さんの顔にはさっきより赤みがさしている。

「ねえ、最近あんまり食べてなかったんじゃないの？」

「食べてたよ。食べてたけど適当なものだよ。コンビニとか」

「いつもそうなの？」

「時間があるときは自炊するよ。だけど先週は少し」

「仕事が？」

「それもあるけど。それだけじゃなくて」

「なくて？」

私の顔を見たあと壱晴さんは湯飲みに口をつけた。なんだか詰問しているみたいに思えて私も口をつぐんでしまった。壱晴さんの言葉を待った。

「ずっと考えてたんだ。仕事が終わったあとにも桜子の椅子のこと。模型をこの前見せたけど、ああいう感じじゃないような気がしてさ。納得できなくて、何度も何度も実は作り直して」

そう言いながら壱晴さんはテーブルの端にあったクロッキー帳を開いて見せてくれた。椅子とわかるようにはっきりと形になっているスケッチもいくつかあったが、そのいくつかには大きく×がつけられていたりもした。ヒッコリー、メープル、ミズナラ、とあるのは木の名前だろうか、文字もスケッチのそばに添えられている。人が横向きに座っているスケッチのそばには数字も細かく記入してあるが、私にはその数字が何を意味するのかわからない。家具を作るためのスケッチというのを初めて見たが、それ以上に、壱晴さんの描く絵や文字が生々しさを伴って迫ってくるようだった。壱晴さんの体の内側を見せられているような気もした。

「……大変なんだね。新しい椅子を作るのって。思っている以上に。なんだか想像もつかない世界だな」

「僕は今まで哲先生に甘え過ぎてきたからなあ」

「私には才能がないからさっぱりわからないけど……」

私はクロッキー帳をめくりながら言った。半分まではスケッチや文字で埋まっているがそれ以降のページは真っ白だった。その白が目にまぶしい。この空白の部分をこれから壱晴さんは埋めていくのだろうか。それは私にとって途方もない作業に思えた。

「才能とかそういうんじゃなくて」

壱晴さんがそっとクロッキー帳を閉じる。

「才能があるとかないとかそんなことでもなくて」

壱晴さんが私の湯飲みにお茶を注いでくれた。

「確かに僕は人より少し器用だし専門的な技術もあるよ。だけど、新しい作品というか、少なくとも家具については、それをひとつ作るのは才能の有る無しだけじゃないんだ。うまく言えないけど。それに才能がないからって言葉は少し……」

「少し？」

「もうあなたのことは理解できない、ここからは私のわからない世界だから、って突き放されているような気分になることもあるんだよ」

「……ごめんなさい」

「違う違う」壱晴さんが笑いながら言葉を続ける。

「桜子にあやまってほしいんじゃなくて、僕は桜子に……こんなことを改めて言うのはほんとうに恥ずかしいことだけれど」

壱晴さんの口調が急に変わり私も椅子に座り直した。

「桜子と、この人とつきあおうと思ったときから、自分の考えていることとか感じていることをなるべく正確に……難しいことかもしれないけど、いちばん自分の気持ちに近い形で伝えたいと思った。僕は桜子がどんな人なのかもっと知りたいし、僕がどういう人間なのかも伝えたい。声が出ているときはね」

こくり、と頷いた私を見て、壱晴さんが言葉を続ける。

「たくさん言葉にしたいんだよ。言葉にできることはぜんぶ。桜子に伝えられるときにそれをしないと」

その先の言葉はふいに途切れた。

真織さんみたいに突然いなくなってしまうかもしれないから？

「家具だって僕にとっては同じものなんだよ。家具は僕が人間の体や生活についてどんなふうに感じているか、考えているかを目に見えるように形にしたものだよ。……だけど家具は喋りすぎちゃだめなんだ。家具の自己主張が強すぎればその家は家具のための容《い》れものになっちゃう。そういう家具もあっていいんだ。だけど僕はそうじゃない。家具はあくまでも無言で、使っている人に寄り添うものだと」

初めてあの結婚パーティーで出会った夜、壱晴さんはこんなふうに言葉が多い人ではなかった。まるでダムの放流みたいに壱晴さんから言葉が飛び出してくる。話を始めるとこんなふうに止まらなくなる人だとはあの夜には想像もしなかった。壱晴さんの話は今この瞬間、私に伝えたいことを全部伝えるという切迫感に満ちたものだった。

「哲先生の椅子は主張が激しいものじゃない。だけど使った人は必ずわかるんだ。これはほかの椅子とは絶対に違うものだって。哲先生の家具を超えられるなんて思ってない。だけど、僕は新しい家具を作らなくちゃいけない。それだけはわかるんだ。この世にはまだないものが僕の頭のなかにある。まだぼんやりとしていてそれははっきりとした形になっていない。だけどそれを僕は目に見える形にして生み出さないといけない。才能とかじゃなくて、もうそれは執念みたいなものに近いんだよ。苦しいけどそれをしないと、し続けないと、僕の家具職人としての未来はないと思う。だけどそれがうまくいかないからさ今。それがなによりも苦しい」

「でも、苦しいのにそれをやり続けることができるのは、やっぱり才能って呼んでもいいんじゃないかな？」

「……そうかな」

「そうだよ」

だって苦しいという言葉とは裏腹に、壱晴さんの顔は私には仕事で充実しているように見えるからだ。この仕事にやりがいだって感じているのだろう。私の仕事は壱晴さんのようにゼロから何かを生み出すようなものではない。それでも壱晴さんの仕事の話を聞きながら、働ける年齢で精一杯働き、悩みながらも自分がしたい仕事をしている壱晴さんと私は人としての基本的な幸せを享受しているのかもしれないと思った。

同時に考えていたのは父さんのことだった。父さんにもそういう時代があったはずだ。今の私や壱晴さんと同じくらいの年齢。世の中の景気も良くて自分の舵《かじ》で会社を動かし、従業員を雇い、家族を養っていた働き盛りの父さん。今の父さんの状況は父さんにとって私や母さんが考えている以上につらいものなのかもしれないし、その状況を父さんだけのせいにするのは少しかわいそうかもしれないとも私は感じ始めていた。

「桜子の椅子をとにかく完成させなくちゃ」

クロッキー帳を持って壱晴さんは立ち上がりソファに向かった。

「ごめん。おなかがいっぱいになったら少し眠くて。昨日あんまり寝れてないんだ。ちょっとだけ横にならせて。十分くらい。すぐに起きるから。ほんとにごめん」

もちろん、と私が返事をする間もなく、壱晴さんはクッションに頭を載せた。私はテーブルの上の弁当箱を片付け、湯飲みや急須をキッチンに持って行った。ガス台の脇には川に向かって縦長の窓がある。内側のガラスについた水滴を指でぬぐって外を見た。雨は上がったようだが、空は来たときと同じねずみ色だ。今日は土手沿いのサイクリングロードを歩く人もいない。

ソファのほうに目をやる。壱晴さんの胸のあたりがかすかに上下しているのが見える。ただ横になるだけでなくすっかり眠ってしまったようだ。何かかけたほうがいいんじゃないかなと思ったけれど、毛布みたいなものは見当たらない。私は自分のコートを手に取り、壱晴さんの体の上にかけた。私が歩くと木の床が音をたてるので、自然に忍び足になった。ソファの前に並べられた椅子を見る。振り返り、もう一度壱晴さんが眠っていることを確かめる。このギャラリーを見たときから、たった一人で壱晴さんにも見られずじっくりと椅子に座ってみたかったのだ。そこにはデザインの違う椅子が十脚ほどあった。左から順番に私はそっと腰を下ろす。

椅子について詳しいことはわからないが、座り比べてみると、座面の角度や背もたれの高さ、肘掛けのあるものないものとデザインはさまざまで、これほどに座り心地が違うものなのかと思う。五番目に座った椅子はそれまでに座った椅子と明らかに違う。素人の私でもそれはわかった。素材は木なのに、背もたれの曲線の角度のせいなのか、何か大きな翼に包まれている感じがするのだ。こんな椅子がある家で暮らしてみたいとも思った。もしかしたらこの椅子が哲先生のデザインのものなんじゃないか、という気がした。私はその椅子に座ったまま壱晴さんを見た。

眠っている壱晴さんはあまりに無防備だ。起きているときよりもさらに若く見える。思えば眠っている壱晴さんを見るのは初めてなのだ。

その寝顔にいつかネットで調べた心的外傷という言葉が浮かんだ。

この人は確かに心に傷のある人だ。生きている人でそんな傷がない人などいるはずもない。みんな自分の傷を抱えてそれぞれの人生を生きている、はずだ。傷の深さは人によって違うだろうけれど、大人になってしまえば皆、そんな傷など負ってはいませんという顔をしなくちゃならない。そうしないと生きていけないからだ。そこまで考えて私はまた思うのだ。ある時期声が出ないというほどの症状があらわれる心的外傷を負った壱晴さんという人に、私が出会ってしまった意味のようなものを。

外はあまりにも静かだった。気温はさっきよりも下がったような気がする。もしかしたら雨が雪に変わったのだろうか。壱晴さんの体の上のコートを掛け直そうと私は立ち上がり、ソファに近づく。そっとしゃがんで、寝ている壱晴さんの頭に手のひらで触れた。今、この頭のなかにはどんな考えや思いがあるのだろうか。コートを手で持ち壱晴さんの首元まで引っ張り上げる。

「……ま」

最初は空耳かと思った。それくらい小さな声だった。

けれど、それは確かに聞こえた。

「……真織……」

ゆっくり立ち上がったつもりだったが、靴のかかとが大きな音を立てた。壱晴さんがソファに起き上がる。私はソファから遠ざかり階段を下りようとする。壱晴さんの足音が近づく。私の腕を壱晴さんがつかむ。

「ちょっと、なに。なんで」

「今、名前を」

腕をつかんだまま壱晴さんが私を見つめている。

「真織さんの名前を」

壱晴さんが戸惑った顔で視線を逸らす。そんなわけがないと言いたそうな顔で。真織さんは、さっき触れた壱晴さんの頭のなかに確かに生きているのだ。そう思った瞬間、マッチを擦ったような痛みが私の胸に生まれる。

「壱晴さんのことよくわからない。いくら言葉で説明されても。真織さんがやっぱり壱晴さんのなかにまだいるんだよ。壱晴さん、かわいそうだと思うよ。高校生のときにそんな体験をして。だけどいくら想像しようと思っても私は壱晴さんと同じ気持ちになれない。私と壱晴さんは同じ人間じゃないから。そんな出来事があったから、それでいろんな女の人と寝るようになったの？　それが原因？　だから私をあのパーティーから連れ出したの？　私は真織さんの代わりなの？　私はこの年齢になっても男の人と寝たことがない。恋愛の経験もほとんどないの。だからあなたみたいな人のこと、ほんとうはよくわからない。あなたのことが理解できない。あの話を聞いてからいつも喉になんか詰まってるみたい。なんであんな話をしたの？　あれからずっと私は」

叫ぶように壱晴さんに言いながら、恋愛ってつらいものだな、と私は思っていた。誰かを好きになることはあまりに大変だ。みんなこんな感情の浮き沈みを体験しているのだろうか。私の恋愛の仕方がおかしいのだろうか。壱晴さんに会ってからというもの、時間の進み方だって加速しているみたいに感じるのだ。こんな人に出会わなければよかった。違う。瞬時に私は思う。どんなにつらくても、壱晴さんと出会う前みたいな、生きているかどうかわからない毎日には私は二度と戻りたくはないのだ、と。

「桜子……」

腕を引き寄せて壱晴さんが言う。

「松江に」

「松江？」

「うん。松江に二人で行こう。真織の墓参りをしよう。あの町を二人で見たらさ、それが区切りになって始められるような気がして」

松江という言葉の響きに私はすっかりなじんでいた。壱晴さんから話を聞いて以来、私はその町に行ってみたくてたまらなくなっていたからだ。本屋に行けば松江の町のガイドブックを眺め、ネットで検索したことだってあった。一人でこっそりと行ってみようかと考えたことすらあるのだ。

「二人で行こうあの町に」

壱晴さんの胸のなかで私は頷いた。壱晴さんの体からはやっぱり木の香りがする。

その香りをもう懐かしいと思う私がいて、自分が後戻りできないくらいの深さの海に浮かんでいるのだと思った。あのときと同じだ。子どもの頃の海水浴。父さんは浮き輪をつけた私を沖のほうに連れていった。けれどあのときよりも、もっともっと深いところに自分は今、浮かんでいるような気がした。

私も壱晴さんも月末までの山のような仕事を片付けて、二月の頭に松江に向かうことになった。壱晴さんが作る予定の新しい椅子の作業は難航しているようだった。二月中には壱晴さんの個展のパンフレットに載せる家具の撮影をする予定がある。その日までに出来上がらなければ、パンフレットに新しい椅子を掲載することができなくなる。

飛行機やホテルの予約は私がした。金曜日に有給をとって二泊三日の旅。母さんには出張に行くと嘘をついた。私は今まで男の人と二人だけで旅行になど行ったことがない。ホテルの部屋はいったいどうしたらいいのだろうとしばらく考えて、シングルの部屋をふたつとることにした。私自身いろんなことがあまりに一度に起こることに耐えられる自信がなかったし、壱晴さんが一人になる時間も必要なのではないかと考えたからだ。

　羽田空港で壱晴さんと待ち合わせをした。チェックインカウンターの近くにある指定された時計台のそばで待っていると、人混みの向こうから壱晴さんが歩いてくる。私を見つけてかすかに微笑んではいるが、緊張しているようにも見えた。壱晴さんから見た私もひどく緊張しているように見えるのではないか。昨日の夜はあまりよく眠れなかった。

　飛行機に二人並んで座った。肘掛けに置いた私の手に壱晴さんが手を重ねる。壱晴さんも昨夜あまり寝ていなかったのか、飛行機が離陸するとすぐ深く眠りこんでしまった。私は眠れなかった。この旅が私と壱晴さんにとって良い方向に転ぶのか、悪い方向に転ぶのか、まったく予想がつかなかった。壱晴さんの思い出がある松江という町に行ったほうがいいのか。それとも。飛行機に乗って高い空の上にいてもそれがわからなかった。

　空港から松江駅行きのバスに乗った。バスの中は若い女性ばかりだ。通路も補助椅子でふさがれてしまうほどの人が乗り込んでくる。女性たちが手にしたガイドブックにはカラフルな色と大きな文字で、縁結びという言葉が躍っている。私が本屋で眺めたガイドブックも大抵は松江単独ではなく、松江・出雲《いずも》という文字が並んでいた。出雲大社が今縁結びの神様として若い女性に人気があるのは、松江の旅を計画しているときに初めて知ったことだった。バスの後方に座り、それとなく前の座席を見ていると、縁結びと書かれたガイドブックやパンフレットを手にしている女性たちは二人組、もしくは三人のグループが多いようだった。彼女たちには少なくとも今つきあっている男性はいないということだろうか。そう考えると壱晴さんと二人きりで旅をしていることになんだか優越感を持ってしまう。ついこの前まで自分はあちら側にいて、縁結びの神様に真剣に頭を下げていたかもしれないのに。

それでもこの旅の目的を考えれば、男の人と、しかも恋人と呼んでもいい人と二人だけで旅をしているという純粋な喜びにばかり浸ってはいられなかった。そんなことをもやもやと考えているうちに松江駅にバスは到着した。バスを降りると冷たい空気が頬を撫でる。東京より寒いように思えた。

「ホテルのチェックインにはまだ早いから駅で荷物を預けて、市内を巡ってみようか」

壱晴さんの提案に私は従った。壱晴さんの行きたいところについていくつもりだった。バスの中で「どこか行きたいところはある?」と壱晴さんに聞かれたがうまくは答えられなかった。強いていうなら宍道湖が見てみたかったが、それすらも壱晴さんのタイミングで見たほうがいいと思った。

私と壱晴さんは松江市内を巡るレイクラインという小さな赤いバスに乗り込んだ。空港から同じバスだった人たちもたくさんこのバスに乗り込んでくる。私と壱晴さんは座ることができずにつり革につかまった。バスが走り出すと地元出身の俳優さんのアナウンスが流れてくる。バスは大きな橋を渡り、川沿いを進む。十分ほど走り「ほら」という壱晴さんの声に後ろを振り返ると、松江城が見えた。黒いお城だと私は思った。黒い部分と白い部分のコントラストがいやに現代的だ。

「次で降りるから」と壱晴さんがバスの降車ボタンを押す。「塩見縄手《しおみなわて》」という停留所で降りる。お堀のわきに松の木が並んで植えられ、白いさらさらした土を踏み固めたような細い道が延びる。お堀には幾人かの人を乗せた遊覧船が音もなく進んでいく。静かな町だと私は思う。壱晴さんが話したように、静かすぎる町だと。

「小泉八雲《こいずみやくも》が暮らしていた家もすぐそこだよ。お城に行ってみてもいいし。遊覧船に乗ってもいいし。……まあ、その前にお昼にしよう。おいしいおそばがあるんだ」

黒い板塀が続くひとつの屋敷の門をくぐった。元々はここも武家屋敷だったのだろうか、鯉《こい》の泳ぐ大きな池のある蕎麦屋に入り、壱晴さんにすすめられるまま鴨なんばんそばを食べた。有名な店なのか、金曜日とはいえ店の中は観光客で賑わっている。赤いお盆の上、どんぶりに入った澄んだ出汁《だし》のあたたかいおそばの湯気の向こうに壱晴さんがいることが、なんだか不思議な気がした。二人で同じものを向かい合わせで食べている。私が作ったお弁当を食べてもらったことはあるが、考えてみればお店で食事をするのは初めてなのだ。デートらしいデートをしたこともない。だとするならデートを飛び越した二人だけの旅行はもう少し心が躍ってもいいような気もするが、やはり私は心のなかに重石《おもし》のような存在を感じていた。

店を出て道を曲がる。見えてくる住居も武家屋敷なのかやたらに長い板塀が続き、重厚な瓦屋根の大きな家ばかりだ。壱晴さんと並んで坂道を上がって行く。

「この先に僕が通っていた高校があるんだ」

坂道の傾斜はかなりの角度で、太ももにじんわりと疲れを感じるほどだ。アスファルトの道の向こうにベージュ色のコンクリートの建物が見えてきた。授業中だからか、たくさんの生徒がこの中にいる気配はあまり感じない。開け放たれた一階が玄関で、傘立てにビニール傘が乱暴に突っ込まれているのが見える。これといった特徴のないどこにでもあるような高校だった。壱晴さんは門の前まで行き玄関の向こうに目をこらしていたが、それだけで満足したのかそれ以上中に入ろうとはしなかった。学校はずいぶんと小高い丘の上にあり、振り返ると松江城が見える。その上には重たそうな灰色の雲が広がっている。松江城の黒と白、空の灰色。山陰と呼ばれる場所にも、そして松江にも私は初めて来た。確かにその空は東京の冬の空とは明らかに違う。坂の上から見たモノトーンの濃淡でできているその風景が、初めて見た松江の風景として私の目に強く残った。

来た道を私たちは戻る。アスファルトの道路には「減速」と大きく書かれているが、確かにこの坂を自転車でブレーキをかけずに下りたらものすごいスピードが出るような気がした。自転車、ブレーキ、スピード。そこまで考えて、真織さんはどこで亡くなったんだろうと思う。壱晴さんはそこに行くのだろうか、私を連れて。それでも、それがどんな場所でも私は壱晴さんについて行くつもりでいた。

私たちは再びレイクラインに乗った。松江城のお堀のまわりをぐるりと回り、バスは山に近いお寺の停留所を過ぎて再び町中に出た。バスの電光掲示板に「松江しんじ湖温泉駅」と表示された。目の前に宍道湖が近づいてくる。初めて見る宍道湖は湖というよりも、私の想像をはるかに超えて大きかった。海、と呼んでもいい。

「次で降りよう」壱晴さんが口を開いた。「千《ち》鳥《どり》南《みなみ》公園《こうえん》」という停留所で私たちはバスを降りる。湖の左側には大きな橋、橋の向こうにはガイドブックにも載っていた県立美術館が見える。壱晴さんは何も言わず湖沿いの道を歩き出した。左に湖、道路を挟んで右側に湖に向かってホテルが並んでいる。そのなかの一軒に私たちは泊まる予定でいる。太陽が隠れたせいだろうか、さっきよりも寒く感じる。

「近くでお茶でものもうか」

壱晴さんはホテルに続く道を迷わず歩いて行く。湖沿いに建つ一軒のホテル。その一階がティールームになっている。私たちは湖が見える場所に座った。コーヒーを二つ頼むと壱晴さんが席を立った。一人になった私は座り心地のいいソファから湖を眺める。

湖って静かなものだな、と私は思う。海のような荒々しさがまったくない。ガイドブックには必ず宍道湖のしじみのことが書かれていた。こんな静かな湖の底に大量のしじみがいることを想像すると、なんだかお尻のあたりがむず痒《がゆ》くなってくる。

しばらくすると壱晴さんが一人の男の人を連れて席に戻ってきた。

ホテルの制服らしいスーツを着た、壱晴さんよりもずいぶん年上に見える男の人だ。男の人は私を見ると笑みを浮かべ、隣にいる壱晴さんに向けて意味ありげに笑った。私が立ち上がると、近づいてきた男の人が頭を下げてから言う。

「初めまして。僕、壱晴の高校時代の同級生の堀内です」

壱晴さんの話を聞いて想像していたのは高校生の堀内さんだった。けれど目の前の人は当然のことだが高校生ではない。十年以上の年齢を重ねた大人の男の人だ。自分の頭のなかにあった堀内さんのイメージと目の前にいる堀内さんがどうしても重ならない。壱晴さんと堀内さんは同い年のはずだが堀内さんのほうがずっと年上のように見えた。

「本橋桜子さん。僕の、恋人です」

まるで恥ずかしがらずにこういうことを言うところが壱晴さんなのだと私も最近わかってきた。壱晴さんは私より性格がねじれていないのだ。私のほうがいたたまれない気持ちになり、耳と頬がかっと赤くなるのがわかる。

「いきなり帰って来たと思ったらそういうことかあ」

堀内さんは笑いながら私たちに席をすすめる。そうか。壱晴さんはこの町に帰って来たのかと私は改めて思う。

「つまらない町でしょう。城と湖しかなくて」

そんなことないですと言いながら、決してつまらなくはないが、松江が思っていた以上に小さな町であることに私は少し驚いてもいた。バスに乗らなくても一日あれば松江の町は歩けてしまうだろう。

「宍道湖もね、毎日見ているともうなんのありがたみもなくて。とはいえ、これがないとうちも商売にならないんだけど」

「ホテルの社長なんて僕の友達のなかでいちばんえらい人だよ」

壱晴さんが言うと、

「おまえは真顔でそういう嫌味を言うところぜんぜん変わらんなあ」

と堀内さんが苦笑いをしながら壱晴さんの腕を拳で小突いた。

「今日はどこに泊まるんですか？」

私がホテルの名前を告げると、

「ああ、そこならいい。ここよりもぜんぜん。温泉もあるし」

冗談めかした堀内さんの言葉に笑い返していいのか迷った。

しばらくの間、高校の同級生が今何をしているかなど、私にはわからない話を堀内さんと壱晴さんはしていた。堀内さんとの話が続くにつれ壱晴さんの言葉に方言が混じるようになる。

「あ、これを忘れたらいけんね」堀内さんが壱晴さんに小さな紙片のようなものを渡した。二つに折られた紙片を壱晴さんは開いて、しばらくの間見つめていた。

「忙しいときに訪ねて悪かったな」と言いながらその紙片をデニムの後ろポケットにしまった。

「本当は俺もいっしょに行きたかったけど、どうにもこうにも仕事が抜けられんくて。今晩うまいもんでもご馳走《ちそう》したかったんだけどなあ」

「いや急に来ることになったから。気にせんで」

「壱晴が墓参りに来てくれたら真織もきっと喜ぶよ」

堀内さんがさらりと口にした墓参り、真織、という言葉に反応していることを悟られないように私はただ黙って二人の話に耳を傾けていた。さっきの紙片にはたぶん真織さんのお墓の場所が書かれているのだろう。

堀内さんが慌ただしく仕事に戻ったあとも私たちはしばらくの間ティールームに座り、コーヒーをもう一杯ずつのみ、黙ったまま目の前の湖を眺めていた。壱晴さんは何も語らない。私もただ湖を見ていた。私も壱晴さんもこの町に流れる時間に体をなじませるために座っているかのようだった。温泉の温度に体を少しずつ慣らしていくみたいに。

「今日は曇っているから夕焼けは見られそうにないなあ」

　確かに空は来たときと同じように曇っている。そのまま暗くなり夜になりそうだった。湖面の静けさに反して湖沿いの道は交通量が多かった。自動車やトラックがひっきりなしに通っていくのが見える。

「ここで真織さんはバイトしてたんだよね？」

　壱晴さんは頷く。

「そこで」壱晴さんが腕を上げ湖の手前の左側を指す。横断歩道のない車が行き交う場所だ。

「そこで事故があった」

　壱晴さんの声に感情は読み取れなかった。私はなんと返事をしていいのかわからなかった。壱晴さんは事故についてそれ以上語ろうとはしなかった。私にその場所を知らせたまま、また口を閉ざす。

　今日泊まるホテルはここからすぐだ。駅のコインロッカーに預けた荷物は壱晴さんがタクシーで取りに行ってくれると言う。ここにすぐに戻ってくるからと言い残して、壱晴さんは駅に向かった。一人になった私はもう一度、真織さんが事故に遭ったという場所に目をやる。もう十年以上前だ。そんな事故があったなんて気配はどこにもない。けれど確かにあの場所で壱晴さんの目の前で真織さんは事故に遭った。私はソファに体を埋めた。今日ここに来るために消化した昨日までの仕事の疲れを急に感じた。

「本橋さん」振り返ると堀内さんが立っている。

「あいつ、こんなとこに一人にして」

「いえ違うんです。今、駅に荷物を取りに行ってくれてて」

堀内さんが近づき、私の隣のソファに浅く腰かける。

「急に壱晴から連絡来たからびっくりして。十五年近く会ってなかったけん」

「そうですか……」

社長、という若い女性の声がロビーの奥から聞こえた。今すぐ行く、と堀内さんは手を上げて返事をした。

「あの、あいつのこと」

「はい？」

「どうかよろしくお願いしますね」

堀内さんはそう言って深く頭を下げた。いつまでも頭を上げない堀内さんに向かって思わず私も頭を下げてしまう。また、社長、という声が聞こえた。その声を無視して堀内さんは続ける。

「メールにもあなたのことばかり書いてきて。真織の墓参りなんて本橋さんは嫌な気持ちになるかもしれんけど、壱晴はあなたにいっしょに来てほしかったんだと思う。今まで一人じゃ来れんかったんだ。あいつ弱虫だから。すみません、ほんとばたばたしてて。ここのお茶代はいいですから」

え、そんなそんなという私の言葉には取り合わず堀内さんは伝票をつまみ、ティールームを早足で出て行った。遠ざかっていく堀内さんの背中を見ながら、壱晴さんの話が現実味を伴って立体的になってくるのを感じていた。話を聞いて頭のなかだけで想像していた松江の町に私はいて、堀内さんという壱晴さんの高校時代の親友にも会った。このホテルの目の前で真織さんは亡くなった。十四年前にほんとうに起こったことなんだ、と私は改めて思う。それと同時に十四年前に起こった出来事と共に生きなくちゃならなかった壱晴さんのことを思った。それは真織さんがいなかった十四年でもあるのだ。いちばんそばにいてほしかった人の不在とともに、壱晴さんは生きてきたのだ。

カップに残ったコーヒーをのみ干し顔を上げる。もう夕方に近かった。壱晴さんは明日、真織さんのお墓に行くつもりでいるのだろう。もう少しこのままたった一人で湖を見ていたいような、さっき別れたばかりの壱晴さんに早く帰って来てほしいような、二つの気持ちが私のなかで混じりあっていた。

「お花を買いたいな。あとお線香とかも」

翌朝ホテルのダイニングルームの前で壱晴さんと待ち合わせをし、二人で朝食をとった。私が向かいの席に座った壱晴さんにそう言うと、そうか、そうだよね、すっかり忘れていたと壱晴さんは眠そうな顔をして頷いた。目が赤い。私と同じようにあまり眠れなかったのだろうか。昨晩駅のそばの居酒屋のようなところで夕食をとったあと、私たちはホテルに戻り、それぞれの部屋の前で別れた。松江に来てから壱晴さんの言葉数は少ない。何か言いたそうな顔をしているが言葉をのみこんでしまうようだった。

私の部屋から真織さんが事故に遭ったという場所が見えた。たぶん隣の壱晴さんの部屋からも見えるはずだ。あの場所を見て壱晴さんは何を考えているのか。それを考え始めると深くは眠れなかった。夜中に幾度も目を覚まし一度は壱晴さんの部屋に行こうか、とも思った。壱晴さんも同じように眠れない夜を過ごしているんじゃないかと思ったからだ。

ロビーで待ち合わせをしてタクシーで駅前に向かった。真織さんが事故に遭ったという場所を通り過ぎる。そこには改めて寄らなくていいのだろうかと思ったが、口には出さなかった。昨日、空港からのバスが停まった駅前でタクシーを降りる。駅ビルの中に花屋さんがある。お墓参りにふさわしいような花は見あたらなかったが、オレンジのガーベラやポピーなど春の花をまとめた小さなブーケを買った。駅前にあるコンビニで線香を買う。駅前から再びタクシーに乗った。壱晴さんが昨日、堀内さんから渡された小さな紙片を見て運転手さんに地名を伝える。車はスムーズにロータリーを回り、走り出す。

昨日よりも空は晴れていた。気温もずいぶんと高いようだ。東京から着てきたダウンジャケットでは暑いくらいだ。車は町中を抜け宍道湖を右に走り続ける。後ろを振り返ると、堀内さんのホテルと私たちが泊まったホテルが対岸に見えた。二十分くらい走っただろうか。車は湖沿いの道を離れ山の中に入っていく。次第に民家の数も少なくなり、行き止まりの場所に古ぼけたお寺が見えた。そこでタクシーを降りる。門をくぐるとたくさんのお墓が並んでいるが、そのどれもがあまりきちんと手入れをされているようには見えなかった。いつ供えられたのかわからない花は枯れたままで、墨の文字がにじんだ卒塔婆《そとば》が寂しげに立っている。壱晴さんはさっきの紙片を出し、墓の場所を確認している。

私は壱晴さんについて墓地のなかを歩く。ふいに壱晴さんの足が止まる。墓標の大島という文字を確かめて、壱晴さんは私の顔を見た。すぐそばに山が迫り、近くには竹林が広がっていた。昼間だというのに、そこはひどく暗く寂しい場所だった。誰かが定期的に来ているという気配もない。忘れ去られたようにそこにあった。

私は何も考えずに手だけを動かそうと思った。枯れ葉を集め、ウエットティッシュで墓の表面を磨いた。ぼんやりと立っていた壱晴さんも私の姿を見て、線香に火をつけ、花を供えた。手を動かしながら、私は恋人の昔つきあっていた人の墓参りに同行するという経験をする人の確率について考えていた。あまりたくさんの人とこの出来事を共有することはできないだろうという気がした。たとえば友人の聡美や美恵子に笑いながら話せる体験じゃない。妹にも母さんにも話せないと思った。言葉で今の気持ちをうまく誰かに伝えられる自信がこれっぽっちもない。

　お墓の前で壱晴さんが泣き崩れでもしたらどうしようと思っていたが、想像していた以上に壱晴さんは冷静だった。墓の前にしゃがみ、目を閉じ、手を合わせている。けれどあまりに静かなその様子が怖くもあった。そう思いながら私も壱晴さんに続いて手を合わせた。今日は風がほとんどないせいか、線香の煙がまっすぐに空に上っていく。鶯《うぐいす》のような鳥の声が聞こえた気がしたが、春にはまだ遠い。あまりに静かすぎるせいで聞こえた空耳だろう。

　私たちはお寺を出て、さっきタクシーで上がってきた坂道をゆっくり下りていく。小さな紙片を壱晴さんは再び手にしていた。どの家もさっき見た墓のように古びている。人が住んでいないのか、ほとんど廃屋、と言ってもいいような家も多かった。紙片を見ながら、壱晴さんは一軒一軒の表札に目をやる。一軒の家の前で足を止めた。

　そのあたりに建っている家のなかでもとりわけ荒れ果てた古家だった。雨戸が閉められ人がいる気配はない。玄関の引き戸のそばに今にも落ちそうになっている郵便受けが見えた。壱晴さんは玄関に近づき郵便受けに書かれた名前を見ている。

「ここだったんだ」

私も近づきそれを見た。かすれてもうほとんど見えないくらいの文字で大島とある。ここが真織さんの。

「真織の家がどこだか知らなかったんだよ。どこに住んでいるのか教えてくれなかった」

恥ずかしかったのだろう。高校生で、女の子で、つきあっている男の子にこの家を見られるのは絶対にいやだ。死んだあとだって見ないでくれと思うかもしれない。じろじろと見るのは真織さんに悪い気がした。私は家から離れ、電柱のそばで壱晴さんを待った。壱晴さんは郵便受けと玄関の引き戸に触れた。いつか真織さんが触れていたに違いないその場所。そのとき供養という言葉がふいに浮かんだ。そうか、墓参りをして、真織さんが過ごした家を見て、そして触れて、壱晴さんは今供養をしているんだと思ったら、この旅の意味が自分のなかにすとんと落ちた気がした。

二人で坂道を下り、湖沿いの道に出た。

壱晴さんはタクシーを拾うつもりなのかやってくる車に目をやるが、通り過ぎるのは自家用車かトラックばかりだ。

「美術館を目指して歩いていけば途中でタクシーが拾えると思うんだ。けっこう歩くかもしれないけど大丈夫？」

「もちろん」

私たちは湖を左に見ながら歩きだした。はるか向こうに、美術館の横長に広がった金属製の屋根が日の光をやわらかく反射しているのが見える。

「つきあわせてごめん」

歩きながら壱晴さんが言う。

私は首を横に振る。さっき火をつけた線香の香りが壱晴さんから漂ってくる。私にも同じ香りがしみついているのだろうか。私たちは黙ったまま歩き続ける。松江に来てからそういえば私たちは手をつないでいない。私は自分の右側を歩く壱晴さんの左手を握った。けれど握り返してくる力はあまりにも弱い。私はその手を強く握り返すが、壱晴さんは握り返してはこない。私の手をふりほどいて立ち止まり、私の前に立つ。

「桜子……」私も足を止める。

「医者に昔言われたんだ。その出来事が起こった場所にもう一回行ってみる方法があるって。信頼できる誰かと行けば、声が出るようになるかもしれないって。だから僕は桜子とここに」

私は頷く。

「ずっと忘れなくちゃと思ってた。昔、起こったことにこだわっていたらいけないと思ってた。だけど、どうしても忘れられないんだ。真織が死んでから、一日だって真織のことを思い出さない日はなかった」

　知ってる。そんなことずっと前から知っている。心のなかで私は答えた。

「壱晴さんの声が出るようになれば私はそれでいい。壱晴さんが真織さんほどには私のことを好きじゃないって、ずっとずっと知ってた。わかってた。でも、それでもいいと思ってた。忘れなくたっていいと思う。壱晴さんに会ってからの二カ月、私すっごく幸せだった。だけど」

　宍道湖に波が寄せる音が聞こえる。

「真織さんの話を聞いてからはずっとずっとつらかった」

　波の音だけ聞いていればそれはまるで海のようだが、海ではない。波は風が起こしているだけなのだ。湖はいったいどれだけの人たちを、ここで起こった出来事を見つめ続けてきたんだろう。その夥《おびただ》しい水の中に人々の暮らしとさまざまな感情が溶け込んでいる。湖はずっとはるか昔からここにあって、すべてを見てきたのだ。

　高校生の壱晴さんと真織さんの姿を。今日の私と壱晴さんを。

「これが私と壱晴さんの最初で最後の旅行になる。そうなることもわかってたよ」

　そう言いながら今日は夕焼けが見られるだろうと私は思う。その夕焼けを私は一生忘れることができないだろう。そんなことも松江に来る前から私はどこかでわかっていたのだと思う。

9

すたすたと目の前を歩いていく桜子の小さな背中を見ながら、今すぐに追いかけなくちゃいけないという気持ちと、桜子をここまで連れて来てしまった自分の強引さをなじる気持ちとがまぜこぜになっていた。一度も後ろを振り返らないことが桜子の今の気持ちのすべてなんだろうと思った。

桜子と来た道を振り返った。真織の家と墓に向かう坂道の曲がり角を見た。今にも十八歳の真織があの古ぼけた自転車に乗って、その曲がり角からあらわれるような気がした。この町に桜子と来て、僕は真織とのことと、真織が亡くなった出来事がすっかり終わっていることを見届けに来たつもりだった。それなのに、この町も、この湖も、あの頃と驚くほど変わっていない。自分だけが年齢を重ねてあの頃に戻ってきてしまったようだ。

僕のわきを長距離トラックが轟音を立てて走り過ぎていく。その光景すらあのときと変わっていない。トラックがはき出していく排気ガスに思わず咳き込んだ。口元に手をやると、顎に顔を出した無精髭《ぶしょうひげ》の先端がちくちくと触れた。

僕はゆっくりと湖沿いの道を歩いた。夕方にはまだ早い時間だが、湖のまわりには夕焼けを見届けようとする人たちが集まり始めていた。遠くから来た観光客ならまだわかるけれど、この町に住む人たちは、なぜみんなそんなに夕日が見たいのだろうか？　この町に住んでいた高校生の頃から不思議だった。

美術館を過ぎて僕も湖岸の階段に腰を下ろした。遊覧船が弧を描くようにゆっくりと湖面の上を進んでいく。乗船客が餌を与えているのか、船のまわりに無数の鳥が群がっている。桜子もこの夕焼けをどこかで見ているだろうと僕は思った。湖のそばで、橋の上で、もしくはホテルの部屋で。ポケットの中から携帯を取りだし電話をかけようとして手が迷い、僕は再び携帯をしまった。

気がつけばもうずいぶん太陽は下のほうにあった。

夕日は刻々と変化し、あっという間に西の山並みの間に沈んでいってしまう。日が傾くにつれ、湖に浮かぶ嫁ヶ島《よめがしま》のシルエットが色濃くなっていく。階段の前のほうに高校生くらいの若い男女のカップルが立っているのが見えた。手をつなぐ二人の輪郭を夕日の金色が縁取っている。それがいつかの真織と自分のようにも見える。目の前の二人は未来のことなど少しも疑っていないだろう。自分だってそうだった。真織と自分の未来をちっとも疑ってなどいなかった。

けれど思い描いていた未来がやってこないこともあるんだ。後ろ姿すら初々しいその二人を見ながら、そんなことを考えている自分が嫌になった。自分より年齢の若い人たちを見て、そんなことしか思うことのできない大人に自分がなってしまったことに気づいてしまって。

この町にいると僕は過ぎてしまった時間のなかに閉じ込められていくような気持ちになる。夕日はもうすっかり山の向こうに姿を消し、あたりは薄闇に包まれようとしていた。夕焼けを見に来た人たちも潮が引くように湖岸から離れていく。一人、また一人と人がいなくなっても僕はまだ階段に腰を下ろしていた。一人でここにいることがひどくさびしく感じられた。さびしいという感情を僕はずいぶんと長い間感じていなかった。

僕が今いる世界に真織は存在しない。僕は自分に何度でも言い聞かせる。

この町に来る前は、真織の住んでいた家を見て、真織の墓を見て、僕はようやく真織の死を真っ正面から受け止められるような気がしていた。ほんとうのことを言えば、その事実にたった一人で向き合うことが怖かった。だから桜子をこの町に連れて来たのだ。自分だけが救われたくて。

この町に来れば真織のことは整理がつくのかと思っていた。記憶が薄くなるか、消えていくか。そうなってくれることを望んでいた。けれど、逆だ。実際には真織との思い出が鮮やかな色に染まり、立体的に蘇りはじめた。桜子がそれに気づかないはずがない。

僕はふらふらと立ち上がりホテルに向かって歩き出した。次第に早歩きになり、最後のほうはほとんど走っているといってもよかった。息を切らしながら建物の中に入り、エレベーターに乗る。桜子の部屋に向かう。ドアが開いている。人が動く気配がする。

「桜子」

振り向いたのはシーツをくしゃくしゃに丸めている制服姿の中年女性だった。突然部屋に入ってきた僕を女性が驚いたように見ている。すみませんと言いながら僕は部屋を出、廊下で携帯を手にした。連絡先から桜子の携帯番号を探していると携帯が震えた。発信者は哲先生の妹さんだった。妹さんの話を聞きながら僕は壁に背をつけ、ずるずるとその場にしゃがみこむ。唐突に生が断ち切られることも耐えがたいけれど、生の曖昧な期限を知らされることだってつらい。

「明日、羽田からすぐに病院に向かいます」と伝えて電話を切った。生きているうちにどうしたって体験しなければならない誰かを失うという出来事。それに直面することがどうしてこんなに怖いのだろう。そして同時に気がついてしまう。この町に連れて来た桜子をひどく傷つけたことを。そのエゴに気づいても、それでも僕は桜子を失いたくないと思っている。亡くなってしまった真織と、生のまっただ中にいる桜子が僕のなかにいる。真織を抱えたまま桜子を愛するなんてことが、僕にはできるんだろうか。

哲先生が後ろに手を組み、工房の壁に並べられた工具のひとつひとつを見ている。鉋やノミといった刃物を見られるのはいちばん緊張する。哲先生のもとで働いていたとき、何よりうるさく言われたのも刃物の研ぎ方だった。一日の仕事の終わりには哲先生がよし、と言うまで刃物を研がされた。もうこれで十分だろうと思っても、天井の照明の灯りに刃先を透かすように見て、だめだこんなんじゃと突き返されることが何度もあった。

「ちょっとした狂いがあとで大きくなるんだ。大事に使ってもらえば十年もつはずの家具が、刃物の入れ方ひとつで一年でだめになることだってある。生活の道具の寿命を甘くみたらいけない」

そう言いながら哲先生は僕や柳葉君が砥石《といし》に向かうのをそばに立ってじっと見ていた。

哲先生の家具も僕の家具も刃物を使った手作業だけで作るわけではない。デザインや受注数にもよるが大まかな部分は機械を使うし、その力に頼ることも多い。けれどあまり人目につかないような部分、たとえば椅子の脚と座面や、脚と脚をつなぐ構造的な部分を作るときには、刃物を使った繊細な力加減が必要とされる。さらに家具表面に触れたときの感じ、これは家具職人自身の触感によるものが大きいと僕は思う。哲先生の家具が優しいとたくさんの人が口をそろえるのも、デザインだけでなく座ったときに肌に触れる表面のなめらかさによるものが大きい。それくらい哲先生は家具そのものの触れ心地にこだわっていた。哲先生が刃物を使っているときと、サンドペーパーで表面を仕上げているときには、僕も柳葉君もおいそれと声をかけることはできなかったし、この工房にも普段と違う空気が張り詰めていた。

哲先生のようになりたいと、哲先生とここで働いているときから思っていたはずなのに、僕は新しいデザインすら完成できないでいる。桜子のための椅子はまだ、五分の一の模型作りでストップしたままだ。

松江のホテルで受けた哲先生の妹さんからの電話。それは哲先生の人生の残り時間を告げるものだった。それは妹さんが、そして僕自身が、もしかしたら哲先生が考えていた以上に短い時間だった。

「お医者さまはね、もうこれ以上手の施しようはないと言うの。兄さんには何も話していないけれど、本人もそれとなく察してるわ。だからね、これからは痛みをとる治療だけをして、本人のやりたいことをやらせてやりたいと思って」

妹さんは電話の向こうで一息にそう言った。言葉を止めてしまうと泣き出してしまうのかもしれないと思った。

翌日、羽田からそのまま哲先生の病院に向かった。

「よう」

哲先生はこの前見たときのようなパジャマ姿ではなく、シャツとセーター、ズボンに着替えていた。顔色の悪ささえなければ、全快して退院する人のようにも見えた。

「壱晴さんが来るって言ったらね、すぐに工房に行くってきかないんだもの。子どもと同じよ。壱晴さんにだって都合はあるだろうし」

妹さんは僕の顔を見て困ったように言った。

「いや、ぜんぜん。哲先生さえよければこれからすぐにでも」

僕がすべてを言い終わらないうちに、哲先生はベッドから下り靴を履き始めた。僕と妹さんは顔を見合わせる。妹さんは哲先生の背中ごしに、ごめんなさいねと声を出さずに口の形で言い、頭を下げた。

哲先生と二人病院からタクシーで工房に向かった。シートベルトを締めようとして手こずっている哲先生に手を貸すと、

「子どもなみに手がかかるだろ病人は」そう言って僕の顔を見て笑った。僕はなんと答えていいかわからず運転手さんに工房の場所を伝えた。

タクシーから降り、工房の中に入った哲先生がいちばん先に目をやったのが刃物が並べられた壁だった。ひとつのノミを手にとり窓から差し込む光にかざす。目を細め、切っ先を見つめる。いつだって緊張する瞬間だ。

「おまえこの二日間くらい来てなかったのか工房」

「……ちょっと地方に急用ができて今日帰ってきたところなんです」

「どうせ妹が泣きそうな声で電話したんだろおまえに」

哲先生はそう言い僕に背を向ける。

「上のストーブつけてきますから」

僕は二階に上がり石油ストーブに火をつけた。テーブルの上には桜子のための椅子の模型が五つ、投げ出されたように置かれている。どれも納得がいっていない。どれもだめだというわけではない。けれど絶対にこれだという自信の持てるものはひとつもなかった。僕はそれをどこかに隠そうとして結局あきらめる。さっきの哲先生の刃物を見つめる目つきの前では、僕の仕事の悩みなど隠しても無駄なような気がした。

ソファの上にはブランケットを用意して、すぐに横になれるようにした。階段の上から哲先生に声をかけようとすると、シャッ、シャッ、という音が一階から聞こえてくる。僕はゆっくりと階段を下りた。一階の工房の隅で哲先生が余った木片に鉋をかけている。哲先生の道具は一式、工房の棚に仕舞われていた。長い間手入れをされていなかったはずなのに、その切れ味は今研いだばかりのようだ。

哲先生が鉋を動かすたびに鉋屑《かんなくず》があらわれる。工房で一緒に働いていたときには何度も目にしていた哲先生の姿。鉋屑は向こう側が透けるくらいの薄さだ。哲先生が鉋をかける音は心地よくいつまでも聞いていたくなる。哲先生は病人のはずなのに、そして僕よりもずっと年上なのに、動きにまるで無駄がない。その身のこなしの美しさに見とれてしまう。

初めて哲先生からよし、と研ぎ方が認められた刃物で木を削ったときの気持ちを思い出した。よく研いだ刃物で木を細工するのはなんておもしろいことなんだと思った。自分が削り出した曲線をサンドペーパーでなめらかにしていくときには、変な話だがエロティックな気持ちにもなった。木に触れるのが心地よい。その心地よさを自分の家具を使う人にも味わってほしいとそう思った。

「見てほしいものがあるんです」

目を細め、鉋の刃の具合を確認している哲先生に声をかけた。

「おう、ちょっと待った」

無骨な太い指が木の表面を撫でる。

「うまく力が入らないからそれがちょうどいい按配《あんばい》になるな」

そう言って照れたように笑った。

哲先生に二階で模型を見せた。テーブルの上の五つの模型のうちの三つを哲先生はテーブルの端に置いた。残りの二つを並べ僕の顔を見る。

「このうちのどっちかだろうな。だけど、どっちも」

うん、と言ったきり哲先生は腕組みをしたまま黙っている。石油ストーブの芯が燃える音だけが聞こえた。

「どっちも、うんといいというわけでもない」

思っていたとおりのことを言われたのに、僕はひどく落胆していた。哲先生に何かアイデアをもらえればそれで完成できるのではないかとずるいことも考えていた。

「もっと時間かけな」

はい、と返事をしながら、僕は模型を片付けた。桜子のための椅子を作っていたのに、僕と桜子の関係はこのまま終わってしまう可能性だってあるのだ。それでも自分がデザインした新しい椅子を哲先生に見てもらいたかった。「これでよし」と哲先生に言ってほしかった。限られた時間のなかで、それができるのかどうかまったく自信がないのに。

夕方近くまで哲先生は二階のソファに横になっていた。僕は作業の合間たびたび二階に上がり、哲先生に変わりはないか確認した。何か急変するようなことがあれば妹さんに連絡することになっていたし、夜は工房からタクシーで直接妹さんの家に送り届けることになっていたが、それでも僕は不安だった。

夕方になると哲先生は二階から下りてきて、

「柳葉の店に寄って帰るか」と僕の顔を見て言った。

「え、これからですか」

「やっと娑婆《しゃば》に出てきたんだ。ほんの少しだよ」といたずらをとがめられた子どものような顔をして笑った。

短い距離だったがタクシーを呼び、柳葉君の店に向かう。

僕と哲先生が店に入っていくと柳葉君も驚いたように顔を上げた。

「うっすい水割くれよ」

カウンターに腰かけた哲先生が柳葉君の顔を見て言う。営業時間前だったからほかにお客さんはいない。柳葉君は「はいはい」と返事をしてビニール袋からおしぼりを出して僕と哲先生に差し出す。僕はビールを頼んだ。

「何か食べますか?」と聞いたが哲先生は首を横にふっただけだった。ほんの少しおなかの空いていた僕は、柳葉君に焼きうどんをオーダーした。カウンターの向こうで柳葉君が野菜を切る音が響いた。カウンターに僕と哲先生が並んで座り、黙ったまま柳葉君のすることを眺めた。「緊張するから見ないでよ」と笑いながら、柳葉君は手際良く調理を進めていく。

「こりゃ、ただの水じゃねーか」と哲先生がぶつぶつ言いながらグラスを口にし、左の手のひらを閉じたり開いたりした。

「仕事はたまにするくらいがいいや」そう言って目を細める。

「工房で仕事してくださいよ。哲先生の道具だって全部残ってるんだし」

僕がそう言うと哲先生は黙ったまま首を横にふった。

「そんな体力は残ってねえな。今日わかったわ」

僕は何も言い返せず、小皿に載ったピスタチオの殻を割った。

「おまえさ、前に工房に来たお嬢さんいただろ。……どうした」

「ああ……あの人は」嚙み砕いたピスタチオをビールでのみ下す。

「もうだめになったのかあれ」

「そういうわけじゃない、ですけど。いやそうかもしれないです」

柳葉君が僕の前に焼きうどんを置いた。曖昧な物言いに僕の顔を見て笑う。

「いつものおまえの悪い癖の、そういう一人だったか。そういうんじゃないと、なんとなく思ってたんだけどさ」

「そういう一人ではないです」

いったん手にした割り箸を置き、哲先生の顔を見て言った。

「じゃあなんでだめになったんだよ。振られたのか」

僕が黙っていると、「情けねえ」と哲先生が声を上げる。桜子の話でデイパックの中に松江のおみやげを入れっぱなしにしていることに気づいた。ごそごそと中を探り、紙の包みを柳葉君と哲先生に渡す。

「へえっ松江の。そういえば壱晴君、高校時代に松江にいたって前に」

柳葉君が包み紙を見て声を上げる。

「ええ。和菓子がうまいんですよ松江は」

「仕事かなんかで？　それとも旅行で」

「その彼女と行ってきました」おっ、と言いながら柳葉君は煙草に火をつけたがいつものように哲先生の前で吸うことをためらったのか、灰皿を持ったまま換気扇の近くに移動した。

「それで振られたのか。馬鹿か、おまえ」

真織のことは哲先生にも柳葉君にも話したことはない。けれど馬鹿か、と言われてふいに松江での出来事を全部ぶちまけてしまいたい気持ちになった。高校時代の彼女が交通事故で亡くなって、その墓参りに今いちばん好きな人を連れて行った。哲先生に笑い飛ばしてほしかったが、やっぱり話すことはできなかった。僕は冷め始めた焼きうどんを黙って口に運んだ。はーあ、と哲先生がため息を漏らす。

「壱晴君はまだ若いし、もてるんだから、そういう出会いなんてこれからいくらでもあるよ」

換気扇のそばから戻ってきた柳葉君が僕の顔を見て言う。そんなあたりさわりのないことを言ってほしくはなかったが、なぜだか今この場の雰囲気をやわらげるための精一杯の言葉のような気もした。

「哲先生だって、若い頃はねえ。俺いろいろ聞きましたよ、昔」

柳葉君が含み笑いでそう言う。

「材木問屋の」

「黙ってろ」

そのとき店のドアが開いた。

「もう兄さん。退院した日になによ」

哲先生の妹さんがひどく怒った顔で立っていた。

「なんでここにいるってわかったんだよ」

振り返って哲先生がそう言う。

「連絡したな」

柳葉君が目配せした。どこかのタイミングで連絡したんだろう。

「皆さんの迷惑になるでしょうが。退院したその日くらいまっすぐ帰ってきてよ」

そう言いながら妹さんは哲先生の腕を強引にひっぱる。僕は哲先生にダウンジャケットを着せドアを開けた。すぐそこにタクシーが停まっているのが見えた。

「ほんとにごめんなさいね」

大きな声でそう言いながら、妹さんはタクシーの後部座席に哲先生を押し込む。二人を乗せたタクシーはすぐに発進して角を曲がっていった。

「ははっ大騒ぎだね、まったく」と柳葉君が笑い、新しい煙草に火をつけた。

「だけどあんなにやつれちゃって……。今日、哲先生が店に入ってきたとき、俺ちょっと泣きそうだったよ」

そう言いながら煙が目にしみるのか指で目尻をこする。僕はビールをお代わりした。

「それでも壱晴君のそばに、工房にいたいんだね。哲先生は壱晴君のことがほんとに好きだな。息子みたいに思ってるんだな」

「そんなことないですよ」と言いながら、修業時代も僕は先輩の柳葉君より目をかけてもらっていることは自覚していた。

「俺だって、本当のところ、壱晴君が弟子に入ってこなかったらこんなとこでスナックのマスターなんかやってないよ。哲先生だって俺を大切にしてくれたけど、教え方なんかまったく違うんだもの、熱の入れ方がさ。壱晴君もそれによく応えるし」

柳葉君は吸い口ぎりぎりまで灰になってしまった煙草を灰皿に押しつけた。

「親父が死んだから工場のあとを継がないといけないなんて、ちょうどいいタイミングでいい理由ができたからさあ」

そう言いながら柳葉君は調理台の上にあった包丁を手にとる。刃先が店の照明に照らされて光った。

「ここで背中丸めて包丁なんか研いでるとさ、工房に戻りたいなあ、なんて思うときもあるんだよ」

柳葉君が家具職人に未練があることは僕も薄々は気づいていた。もし将来、と僕はビールをのみながら思う。僕が工房を大きくしたら柳葉君ともう一度仕事ができるんじゃないか。だけど今のままでは到底だめだ。自分一人が食べていくだけでぎりぎりなのに。

「ところでさっき言ってた材木問屋の、って」

「ああ、哲先生の」

「ええ」

「壱晴君が弟子入りする前さ、俺以外にもまだたくさん弟子の人たちがいた頃ね、哲先生と毎晩のように酒のんでた時期があって。その頃に聞かされたことがあるんだよ。酔っ払うと何度も何度もその人の話してさ」

「初めて聞きました」

「若い頃、新木場《しんきば》の材木問屋の娘さんと結婚直前まで行ったらしいんだよ。もう何代も続くでかい問屋の娘でさ。だけど、向こうには親が決めた結婚相手がいたらしいし、哲先生だってまだ家具職人としてまったく食えてない時期だったから、向こうの親にも猛反対されて」

「それって哲先生がずいぶん若い頃の話ですよね」

「そう、二十代やそこらだよ。それでまあ、結局、その人とは結婚できなくて。だけど、ずいぶん引きずってるみたいだったなあ。もう何十年も経ってんのに。酔っ払うとその人の話してさあ。ずっと独身だったのもそのせいだったんじゃないかなあ」

「その人ってまだ生きてるんですかね？」

「さあどうだろな……哲先生だって向こうだって、お互い、もういい歳だしなあ……」

柳葉君がそこまで言うと店のドアが開いた。一組の男女が店に入ってきた。

「すぐに雪になりそうだよ」

男はそう言いながら濡れた背広の肩を手で払っている。

「ああ、いらっしゃい。今日はずいぶん冷えるから」

顔なじみの客なのだろうか、柳葉君はちょっとごめんね、と言いながら、おしぼりを持って客にソファ席をすすめる。ソファ席とカウンターの中を行き来する柳葉君を見ながら、哲先生が好きになった人はどんな人なのだろうと想像した。そしてまた桜子のことを思った。松江から一人で帰って今何を思っているのか。気になるのならメールを送ればいいのに、まだその勇気はなかった。今月の終わりにはパンフレットのための撮影がある。少なくともその日には会えるのだ。それまでに新しい椅子を完成させたかったし、桜子への気持ちも自分の頭のなかも整理しておきたかった。いきなりカラオケの前奏が響いた。エコーのきき過ぎたマイクで男が聞いたことのない古い歌を歌い出す。柳葉君はふたつの水割を作りながら、僕に体を寄せて耳打ちする。

「不倫なんだよね、あの二人」

僕はさりげなく後ろを振り返り二人を見た。陶酔したように歌う男の腕に女が寄りかかっている。女は僕の母さんくらいの年齢じゃないかと思った。男はそれよりももっと年上に見えた。哲先生くらいだろうか。けれどその二人が汚いとも、世の中の道に外れているとも思えなかった。こんな凍えるような冬の夜に自分に寄り添ってくれる誰かがいるその男がたまらなくうらやましかった。

「壱晴君、女がほしい、って顔してるよ。あ、うまそうなおまんじゅう」

さっき渡した松江のおみやげの包みを開きながら柳葉君が言う。

「そんなことないですよ」

「そういう顔してるとき食ってたじゃない。ちょこちょこ」そう言いながら小さなまんじゅうを柳葉君は口に入れる。そうだ。柳葉君の言うとおり、こんな気分になる日は町に出て飲み屋に入り、女の人を自分の部屋に誘っていた。そうすることは僕にとってすごく簡単なことだった。

「もうしたくないんですよ。そういうことは」

はははははとまんじゅうで口を膨らませながら柳葉君が笑った。男の歌は終わり、今度は女のほうがどこかで聞いたことのあるような歌を歌い始めている。けれど曲名はわからなかった。過剰にビブラートをかけた歌声が妙に癇《かん》に障る。

「壱晴君さあ」

おみやげの包み紙をきれいに畳みながら柳葉君が言う。

「声、出るようになるかもしんないね」

「女遊びしなくなったからですか」

僕はグラスのビールをあおった。ぬるくなった分、苦みが口に広がる。

「そうじゃないよ。本当に素直そうに見えて素直じゃないなあ」

女が声を張り上げて歌うので柳葉君の声も大きくなる。

「だって、女の人を自分が昔住んでいた場所に連れて行くってさ、その人に見てもらいたかったんだろ。いちばん自分の大事なところを。それだけその人のことを真剣に、大事に考えているんだろ。昔の壱晴君ならそんなことしようとも思わなかっただろ。壱晴君に何があったか知らないけどさ、いくら鈍感な俺だって、壱晴君がなんか苦しそうなの、あんなに何年も一日中顔つきあわせて家族みたいに仕事してたらわかるよ。ましてや声が出なくなるなんて。哲先生だってそれ気にしてんだ。いちばん」

はい、と声に出さずに頷きながら、いつか哲先生が柳葉君がいないときに僕に言った「あいつは優しすぎるし気を回しすぎるんだよ職人のくせに。腕のいい職人はどっか冷徹なところがあるもんなんだ」という言葉を思い出していた。それと同時に思っていたのは、哲先生の残り時間のことだ。もし僕が桜子とこのまま離れてしまったら、年齢を重ねても桜子のことは忘れられそうにない。哲先生のように僕はこれからずっと一人で生きていくのかもしれないとも思った。自分の人生の終わりなんて今まで考えたこともなかった。もしこのまま桜子と別れてしまったら、人生が終わるその瞬間に桜子に会いたいと思うんだろうか。哲先生はその材木問屋の女の人に会いたくはないのだろうか。

そんなことを僕は適度に酔いが回った頭で考え始めていた。

パンフレットの撮影には新しい椅子、桜子のための椅子は間に合わなかった。

スタジオでの撮影には桜子も同席していたが、ほかのスタッフさんもいたし、二人だけで話をする隙はなかった。声をかけようにも、桜子は「仕事をしている人」としてきびきびと動き、自分自身を透明なバリアで守り、僕を遠ざけているようにも見えた。夕方までに撮影は順調に終わり、「おつかれさまでした」と笑顔を向けた桜子は僕が初めて見る顔をしていた。桜子は僕とのことをもう終わりにしたいのか、それとも。そのときの桜子の表情からは、桜子の気持ちなど漏れ伝わってこない。そのことに僕はひるんだ。あとはパンフレットが納品されてしまえば、桜子と僕の関係もそこまでで終わってしまうという可能性もある。それだけはどうしても嫌なのだと思う僕がいて、だけど今どうすればいいんだと思う僕がいる。

三週間近く、桜子とは仕事上の事務的なメールのやりとりしかできなかった。表情の見えないメールの文字の並びを見ながら、少し時間を置いてみる、それもひとつの方法のような気がした。僕と桜子は短い時間のうちにあまりに近づきすぎたのかもしれない。松江に連れて行ったことだって、ほんとうは早すぎたのかもしれないと僕は思っていた。二人の関係がもう少し落ち着いたところで真織のことを話したほうがよかったのかも。

ぐるぐると頭のなかを思いがめぐる。

桜子の椅子が僕のなかではっきりとしたかたちになり、ひとつの椅子として出来上がってから、それを桜子に見せよう。四月に開く個展までにはどうにか間に合わせたい。それまでは仕事に集中して哲先生のそばにいること。それが僕の役割のような気がした。

「おい、そこ右だ」

タクシーの隣に座っていた哲先生が急に声を出したので、僕も驚いて顔を上げた。タクシーが路地を入っていく。世話になった材木問屋の社長に挨拶に行きたいと哲先生が言い出したのは昨日のことだった。挨拶という言葉に僕は違和感を覚えた。まるで辞世の言葉を伝えに行くみたいじゃないか。それでも哲先生が工房にいる間は仕事のスケジュールが許す限り、哲先生のやりたいことをさせてあげたかった。新木場の材木問屋には僕も何度も行ったことはあるが、今向かっている先は初めて行くところだ。哲先生が家具職人になる前から世話になっていたところだとここに来る前に聞いていた。タクシーを降りると広い工場の中に積まれた木材が見え、木材を機械で削る大きな音が響いてきた。哲先生は迷うことなく工場の中に入っていく。工場で作業している男たちが哲先生を見ると、ヘルメットをかぶったまま頭を下げた。僕もあとに続く。工場のいちばん奥にある部屋のドアを哲先生が開く。

「いやあ、哲さん、お久しぶりです。待ってました」

哲先生よりずいぶんと若い四十代くらいの男性が哲先生と僕に部屋の中央にあるソファをすすめた。男性が僕に名刺を渡す。その紙片に代表取締役とある。あらかじめ哲先生から渡されていた菓子折を男性に渡すと、そんな気を遣ってもらって、と頭を掻《か》きながら人の好さそうな笑顔を向けた。

「このあたりもずいぶん変わっちまって……」

「材木問屋もね、ずいぶん少なくなったんですよ」

出されたコーヒーをのみながら、男性と哲先生とのとりとめのない話を聞くでもなく聞いていた。毎日哲先生に会っている僕は哲先生の痩せ具合や顔色の悪さには慣れてしまったが、この男性のように哲先生に久しぶりに会った人はどう思うのか。僕はそれだけが気になっていた。

「いや今日は線香だけ上げさせてもらおうと思ってさ。先代にはずいぶんと世話になったのに葬式にも来られなくて」

「ああ、そりゃ、親父も喜びます」

そう言って男性は席を立った。

先を歩く男性に案内されたのは工場の裏にある家屋だった。玄関を上がり仏壇のある部屋に通される。哲先生は仏壇の前に座り、線香に火をつけ鈴《りん》を鳴らした。僕はその後ろですっかり小さくなってしまった哲先生の背中を見ていた。仏壇に飾られた写真立てには髭をたくわえた老人の写真があって、その隣の写真立てにはその老人よりもずっと若い、夏の着物をきっちりと着こなした女性の姿があった。この人がもしかして。僕はこの前柳葉君から聞いた話を思い出していた。僕も哲先生に続いて線香を上げた。

「あんなに元気だった先代が俺よりも先に逝くなんてなあ」

「いや、向こうにはもうずっと前からおふくろもいるし、何も心配はないですよ」

男性が笑いながら言った。笑った目元のあたりが写真の女性に似ているような気もした。

「先代と奥さんがいるなら俺もなんにも心配はないや」「哲さん、縁起でもない」

男性はそれ以上言葉を続けることができなかった。やはり哲先生の顔色や痩せ方を見て思うところがあるんだろう。障子の閉められた部屋にまるで雲海のように線香の煙が漂い、男性も僕も何も言えないまま、ただ黙って仏壇を見つめていた。

「工場を見せてもらってから帰るかね」

重い沈黙を破るように口を最初に開いたのは哲先生だった。

「どうぞいくらでも見てってください」男性もやっとほっとしたような表情で言った。

天井まで高く積み上げられた木材が収められた棚の間を、哲先生の後ろからついていった。木材のひとつひとつにそっと触れながら哲先生が言う。

「迷ったら木に触れよ。机に座って頭ひねって製図こねくりまわしてるだけじゃだめだぞ。おまえが作ってた模型の良かったやつならどれがいいか……椅子なら堅い広葉樹系、ブナかミズナラ、チークかウォールナット……何がいいかねえ……」

そう言いながら棚の間を哲先生が歩いて行く。哲先生の用事につきあってここまで来たと思っていた僕は慌てて哲先生のあとを追った。

「サクラ材、ブラックチェリーってのもいいかもなあ」

僕は足を止め、哲先生の背中に向かって言った。

「桜子って言うんです」

哲先生が振り返る。

「松江に連れて行った人の名前です。その人のための椅子なんです」

「桜子か……いい名前じゃないか。芯が強そうな」

笑いながら無精髭の生えた顎を撫でる。

「サクラで作れよ。それがいいよ決まりだよ」哲先生が笑う。

工場の出口の脇には焼却炉がありその前に脚付きの灰皿が置いてある。すぐ横には水の入ったアルミのバケツも置かれている。そこが工場の人たちの喫煙所になっているらしかった。それを見て煙草を吸いたいと哲先生が言う。

「え、煙草ですか？」驚いて僕は聞いた。もう何年も前にやめたはずだった。

「最近、一日一本くらい吸いたくなるんだよ。妹に見つかったら怒られるからさ」

哲先生はダウンジャケットのポケットから煙草を取り出し火をつける。とてもゆっくりとおいしそうに哲先生は煙草を吸った。焼却炉の脇には材木として売り物にならないような、節があったり穴が空いたり腐っている半端な木片が積み上げられていた。哲先生が煙草をくわえながらそのひとつを手にとる。曲がりくねった木目のある木片だった。中央に大きな傷がついている。

「商売のために家具作るならまっすぐな木目じゃないとだめだけどさ、俺はこういうのが好きなんだよ。……人の目にもつかないような、こういう木のほうがさ」

哲先生がくわえたままの煙草の煙が空に上っていく。

「……哲先生」

ん、という顔で僕の顔を見る。

「さっきの仏壇の女の人。この前柳葉君が言ってた人じゃないですか」

哲先生の太い指が木片の傷を撫でる。

「こんな傷があっても木は成長するんだよな」

僕の質問には答えず哲先生は言った。

「桜子さんの椅子見せてくれよ。見せてやれよ、桜子さんに」

はい、と答えながら、春の個展を哲先生に見てほしいと強く思った。

風が吹いて川伝いに東京湾の潮の香りがした。

哲先生に弟子入りして最初に言われたことを思い出した。

「木は伐られたあとだって生きてる。家具職人は生き続けてるものを使って家具を作る。伐られた木は家具になって、暮らしのなかで誰かをずっと支え続けるんだ。こんな仕事ほかにあるか？」

本気にならなくちゃ。本気でやらなくちゃ。哲先生と桜子のために新しい椅子を作るんだ。遠くに清掃工場の白い煙突が見えた。妹さんから聞かされた哲先生の残り時間はあまりにも短い。桜子に椅子を見せる。哲先生に椅子を見せる。桜が咲く前に僕はそれを絶対にしないといけない。できるだろうか。迷っている時間はないのだと自分の心に強く言い聞かせる。


やっぱり今日は雪になるんだろうか。

コピー機の数字のボタンを押し幾枚かの紙が排出されるのを待つ間、私は窓に近づき下の道路をのぞき込んでみた。今はまだ傘をさしている人はいないし、道路が濡れている様子はない。四階のこのフロアからは道路を行き交う人の表情が意外によく見える。厚いコートを着た人の顔が深刻な表情に見えてしまうのはやっぱり寒さのせいか。

こんな冷え込む日に外回りがなくてよかったとつくづく思った。

家を出る前に目にしたテレビの天気予報では、夕方から雪になるかもしれないと告げていた。昼食のために会社を出たときには雲の切れ間から時折日差しも見えたが、午後を過ぎると、営業部のほとんどの人間が外回りに出かけて人が減ったせいもあるのか、雪が降り出す前の独特の静けさが私がいるこのフロアにも満ちているような気がした。

しばらくすると「外、もう、みぞれだぞ」と言いながら旗本さんが外回りから戻ってきた。首に巻いたマフラーを取り椅子の背にかける。「え、まじですか」と言いながら窓に近づき外を見た。みぞれらしきものは見えないが、さっきは見えなかったカラフルな傘が移動していくのが見える。これから本格的な雪になったら、また電車が遅れるだろう。今日は早く帰ったほうがいいんじゃないだろうか。そう思いながら天気予報をチェックしようと、デスクの上の携帯を手にした。携帯の待ち受け画面に、またはっとする。日付と時計を示す背景の壁紙はあの日撮った宍道湖の夕景のままで、早く別のものにしなくちゃと思いながらそのままになっている。いつでも、ほんの数秒でできることを私はずるずると先延ばしにしていた。それは壱晴さんへの私の気持ちと同じだった。

首を大きく回し夕方まで作業を続けた。

パソコンのディスプレイには先週撮影した壱晴さんの家具の写真が並んでいる。角度やライティングを微妙に変えて撮っているので、写真の数は百枚以上になっていた。デザイナーにデータとして渡すために私は家具ごとにフォルダを作り、写真を整理していた。全部で十四個の家具。椅子が九脚。テーブルが三つ。テレビ棚、書棚の箱物がそれぞれひとつずつ。当初の予定より写真点数は一つ少なかった。最後の一脚。その椅子は結局、撮影には間に合わなかった。

撮影前に「パンフレットに載せる家具は全部で十四点にしてください」と書かれたメールが壱晴さんから来た。お世話になっております。どうぞよろしくお願いいたします。それ以外に余計なことは書かれていない。だから私もただ「承知しました」とだけ返信をした。メールが無事に送信された音が聞こえると、桜子のための、と言っていた椅子が完成しなかったことにひどく落胆している自分に気づいてしまう。その一脚が完成しなかったということは私への気持ちもそこまで、ということだ。

大事な場所に連れて行ってもらったのに壱晴さんを一人残して帰って来てしまったのだから、私の気持ちもそれまでと思われてしまったんだろう。今となっては後悔しかないが、あのときの私はいっぱいいっぱいだった。とてもこの恋は私の手に負えないと思ってしまったのだから。

壱晴さんと松江に行ったのはもうひと月も前のことになる。それから私と壱晴さんは仕事以外のことでメールのやりとりをしていない。壱晴さんの工房にも行っていない。

それでも先週の終わりには、家具の撮影のために都内の撮影スタジオで壱晴さんと顔を合わせた。もちろん二人きりではない。そこにはカメラマンやデザイナーや、家具の搬入などを手伝うスタジオのバイトの男の子もいた。なるべく自然光で撮りたいという壱晴さんの希望があったので、撮影は午前中の早い時間からスタートした。スタジオでの撮影立ち会いとは言いつつも、写真の撮り忘れがないかチェックしたり、カメラマンが撮った写真をパソコンで壱晴さんに見せ、

「どうですか?」と確認するくらいがその日の私の主な仕事だった。

「いいですね」と壱晴さんが答えればその家具の写真撮影は終わりになるし、

「ここの肘掛けの部分をもっと見せたいので」などと言われればスタジオの人に伝え、家具の角度を変えてもらい再び撮影をした。

会社に入ってからもう何冊パンフレットを作ったかわからないし、こういう撮影に何度立ち会ったかわからない。当初より載せる家具が一点少なくなったことを除けば、この撮影は滞りなく進んでいるし、デザインが決まり印刷に回せば期日どおりに出来上がる。この仕事も私が担当してきた仕事のひとつになり、壱晴さんだって私のクライアントのなかの一人になるだけだ。それで壱晴さんと私の関係は終わる。私と壱晴さん、それぞれがもう一度相手に近づかない限り、私たちはそのまま終わってしまう。

撮影当日は平静を装ってはいたが、前の晩はあまりよく眠れなかった。

当日スタジオに行く足も重かった。けれど壱晴さんがスタジオにやってきて、まるで初めて出会った人に対するように、「どうぞよろしくお願いします」と私の顔を見て言

ったときから、そうか、そういう態度でくるのかと思ったら腹が据わった。仕事上の、ただそれだけの関係だと思ってしまえばいい。

正直なことを言えば、壱晴さんの家具が運びこまれたスタジオは、壱晴さんと同じ、あの木の香りに満ちていて、それに気づくたび私の心はかきむしられたし、自分の目に壱晴さんが映っていることに耐えられなかった。それでも私は仕事を続けた。壱晴さんに出会ってからの私の心の動き。ここ三カ月ばかりの心の葛藤。そんなものは「社会で働いている人」という仮面をつけてしまえば誰の目にも見えなくなってしまう。それがあまりに簡単なことに私は改めて驚く。壱晴さんに対しては、貝のむき身みたいな自分をさらして向き合ってきた。少し砂がついたくらいで痛い痛いと泣いてしまうような自分。誰にも見せたことのない姿。壱晴さんだってそういう姿を私に見せてくれたのだと思っている。けれど殻をぴたりと閉ざしてしまえば、そんな人間の生身の部分なんてすぐに隠れてしまう。デザイナーだって、カメラマンだって、スタジオの男の子だって、みんなそんなむき身の部分があるはずなのに、素知らぬ顔をして家具の撮影という仕事に集中している（ふりをしている）。

大人は自分のどこかを麻痺させたまま仕事ができるものなのだ。そうしなくちゃ生きていけないからだ。けれど素知らぬ顔でそんなことができてしまう自分に、私はかすかに失望もしていた。

その日は家具の撮影のあとに、壱晴さんのプロフィール写真を撮ることになっていた。制作会社の人間がそばで見ていると緊張してしまう人も多いので、私はいつものようにスタジオの隅に体を隠した。

「気負わず肩の力を抜いてくださいね」いつものカメラマンの台詞が聞こえる。

その言葉に思わず顔を上げてしまった。目に映る壱晴さんの表情は硬い。

「一度、深呼吸しましょうか」

そう言われたあとに笑った顔にフラッシュがたかれ始めて目を逸らした。どうやってこの気持ちにあきらめをつけようか。どうやって壱晴さんを忘れようか。この気持ちの薄め方を誰か教えてくれないか。

ぱしゃり、ぱしゃり、という水風船が弾《はじ》けるようなフラッシュの音を聞きながら、それだけを考えていた。

布団の中で携帯を握り、あの日見た宍道湖の夕景を見ていた。壱晴さんと湖のそばで別れたあと、私はまっすぐホテルに向かいキャリーバッグに荷物をまとめてチェックアウトした。けれどどうしても湖のそばからは離れがたくて、キャリーバッグを引きずりながら湖岸の道を歩いていた。ホテルのそばにいたら壱晴さんに見つかってしまう。そう思って泊まっていたホテルからなるべく遠い場所まで歩いた。そしてたった一人で夕日を見つめ、太陽が沈んだあと、松江をあとにしたのだった。

携帯を見ているうちに眠ってしまったようだ。

夢のなかで私は夕日が沈む宍道湖の湖岸を歩いていた。

夢を見ながらこれは夢なのだと自覚があった。湖のまわりには人がたくさんいるが、その人たちすべてがこれから沈んでいく夕日を見に来ているのだと思うと、そのことが不思議に思えた。私は誰かと手をつないでいる。つながれた手から視線で腕をたどり顔を上げると、そこには今よりもずいぶんと若い壱晴さんがいた。高校生と言ってもよかった。けれど急に壱晴さんは手を離して一人で歩いて行ってしまう。「待って」と叫ぶように言いながら私は壱晴さんのあとを追った。壱晴さんは人混みにまぎれてしまう。やっと見つけた見覚えのある背中はさっきの高校生ではなく、今の、大人の壱晴さんだった。けれど誰かと手をつないでいる。さっきの壱晴さんくらいに若い女の子。その子の背は壱晴さんの肩くらいしかない。女の子が笑いながら壱晴さんを見上げる。真織さんだと私はわかっている。二人の後ろ姿を盗み見ている自分が恥ずかしくて、私はその場を去ろうとする。私の背中に声をかける人がいる。私は振り返る。振り返りたくないのに。真織さんが何かを言っているのにそれが私には聞こえない。口の動きだけがわかる。え、と聞き返した私に真織さんが耳打ちする。

「渡さないですよ」

そう言われて夢から覚めた。目の前には見慣れた天井が広がっている。

真織さんという女の子がそんなことを言うわけがない。今見た夢の後味の悪さは、私の恐れが作り出したものだ。口の中がねばつき、額とわきの下に汗をかいていることに気づく。昨日、やっぱり雪のせいで電車は遅れ、長い時間ホームで待っていたせいだろうか、日にちが変わる前に家に着く頃には体の節々が痛んで熱が出る気配があった。土日の休みで体調を整えないとまずいな、と、来週早々の仕事のスケジュールを考えながら思う自分はどこまで仕事人間なのか。ごくりと唾《つば》をのみ込むとひどく喉が痛むし、ぞくぞくと寒気がする。布団にくるまりカーテンを閉めたままの自分の部屋を見た。ここに壱晴さんが来たことなんて、もうずいぶん昔のような気がした。雪はずいぶん積もったのか、どこか遠くからチェーンを巻いた車が走っていく音がする。布団の中で携帯の電源を入れた。眠る前に見た宍道湖の夕景がそこにあった。いつまでもこのままだから、あんな夢を見たのだろうか。

昨日寒い風の吹くホームで壱晴さんにメールを送りたくて、何度も書いては消し、書いては消した。もしかしたら直接電話をして話をしたほうがいいんじゃないかと思いながら、連絡先から壱晴さんの名前を探し、それでもどうしても思い出すのは撮影のときの他人行儀な壱晴さんの姿だ。結局電話をすることはできなくて携帯をコートのポケットにしまったのだった。

布団に入ったまま自分の部屋を見回す。ここにぴったりの椅子を作ってくれると言った壱晴さんとはもうすでに関係のない自分になっているのかもしれない。そう思うと、こめかみに鈍い痛みが走った。熱のせいかもしれないが視界がにじむ。三カ月前の自分に戻っただけかと思えば、何食わぬ顔をして日々を過ごせるような気もしたが、壱晴さんと出会う前の自分にはもう絶対に戻れないだろう。ほんの三カ月、日にちにしたらたぶん百日くらいしかない壱晴さんとの日々を私は一生忘れないような気がした。壱晴さんとの思い出を抱えて、この家で父さんと母さんの面倒をみて生きていく。この家と同じように古ぼけて、この家でたぶん死ぬんだろう。目尻に浮かんだ涙をぐいっとこすった。熱のせいか涙も熱いみたいだ。私は布団に頭をつっこんだ。

階段を誰かが上がってくる音がした。部屋の襖が開かれる。お盆を持った母さんが部屋に入ってきた。蓋付きの小さな土鍋の載ったお盆をローテーブルの上に置き、私の額に手をあてる。

「ずいぶん熱が高いわねえ。ちょっとこれ食べておなかに少し入れてから薬のもうか」

そう言いながら母さんが起き上がった私の肩にフリースのジャケットをかける。母さんがテーブルの上の土鍋の蓋を取ると湯気があがった。母さんにすすめられるまま小皿に載った梅干しを囓り、おかゆを口に入れた。

「仕事忙しかったみたいだもんね最近」

そう言われてぐうっと変な声が出た。

手かられんげが落ちて、土鍋の縁に当たった。

「ちょっとちょっと、桜子大丈夫？　そんなに体つらいの？」

気づけば母さんの膝の上に顔を突っ伏して泣いていた。うわーんうわーんと子どものように泣いている自分がみじめだったが、泣き声は止まらなかった。母さんの手が私の背中をさすっている。その優しげな手つきがまた私から涙をしぼり出した。

「仕事のことじゃないんでしょう？」

しゃくりあげながら頭を振った。

「もしかして……この前話してくれた男の人のこと？」

洟《はな》をかみながら私は頷いた。母さんに自分が体験したことのすべてを打ち明けそうになるのを必死で堪えていた。私には何も起こらなかったのだ。壱晴さんと会う前の自分に戻っただけだ。母さんを父さんから守ってこの家を助けていく、そういう自分の人生。けれどそう思えば思うほど涙はこぼれた。もう一度洟をかみ、

「なんでもない。何もないの」とやっとの思いで言いながら、れんげを手にとりおかゆを口に運んだ。母さんに心配をかけたくはない。

「桜子は子どものときからそういう子ね。大事なことはなんにも言わないで」

母さんがそう言ってまた幼い子どもにするように私の後頭部を撫でたとき、玄関のほ

うで父さんの声がした。何を言っているのかここからは聞き取れないが、あの声の大きさから言って酔っ払っていることは間違いない。

「父さん帰ってきたよ」

「大丈夫よ。酔っ払ってるだけなんだから」

母さんの言葉どおり、しばらくの間玄関のあたりで父さんの声がしていたが、すぐに聞こえなくなった。居間の炬燵で眠ってしまったのかもしれない。

「桜子、あなた、この家のこととか、父さんのこととか気になっているんでしょう。前にも話したけど心配しなくていいのよ。結婚とか、そういうことで悩んでいるなら」

「結婚とかはないよ……しばらく」

次の恋愛のチャンスなどもう二度と自分にはめぐってこないような気がした。

「桜子、今までごめんね、弱いお母さんでほんとうにごめん。ちゃんと守ってあげられなくて」

「母さんずるいよ。弱いって言って逃げてるだけだよ。いつも何も言わずに父さんにぶたれて。本気で逃げだそうと思ったらできたはずだよ。できないことなんか言わないで。言葉にしないで」

ずるい、ずるいよ。私は何度も言った。これじゃまるでお菓子を買ってくれと道ばたに転がって駄々をこねている子どもと同じだ。けれど熱のせいなのか、今日は自分の言葉にコントロールがきかない。

「でもね、母さん、父さんといっしょにいたいの。あんな父さん、一人きりにできないじゃない」

結婚っていったいなんなんだ。夫婦としていっしょに暮らすことの重さって、いったいなんなんだろう。私がまず考えたことはそれだった。暴力をふるわれてもそれでも死ぬまで父さんといたいと言われたら、返す言葉なんてないじゃないか。父さんと母さんの間に入る隙なんてないじゃないか。私一人がこの家のことを、母さんのことを心配してまるで馬鹿みたいだ。

「母さんは父さんと夫婦だからいっしょにいるの。これからも。だけどね、桜子はいつかこの家を出ていかなくちゃ。いつまでも家族三人でいるわけにいかないわ。いつまでも桜子を頼ってたらいけないのよ。今まで桜子に頼り過ぎていたのなんでも」

「だけど、どうやって」

私の給料なしでは母さんたちの生活は立ちゆかないはずだ。

「桃子がね、この前、言ってきたの。この家に同居するって」

「え……」

「あの子たちが今払ってる家賃をこの家に入れるって、ここの二階で暮らしたいって、言ってきたの、この前。それでお金貯《た》めて、ここにいつか二世帯住宅建てるって。花音を保育園に入れて桃子も働くんだって。私がいれば桃子の仕事が遅くなったって保育園のお迎えにも行けるし。それがいちばんいいって桃子が言ってきたのよ。桜子が出張で週末にいなかった週があったでしょう。お姉ちゃんをもう自由にしてやってくれって」

　土鍋の中に視線を落とした。おかゆが紫蘇《しそ》の色に染まった部分をじっと見た。

「私、追い出されるの？　……この家から」

「そうじゃないわよ。桜子に自由に生きてほしいの」

「自由……」

「自由に恋愛して、今までどおり仕事もして、自分のお金、自分の好きなように自由に使いなさい。そういう当たり前のことをさせてあげられなかったんだもん。遅くなってしまってほんとうにごめんね桜子」

　母さんが私に頭を下げている。頭頂部に伸びた白髪が目立つ。母さんは頭を下げたままだ。もうやめてよ、と言いながら、ずっと足につけられたままだと思っていた重りが消えたはずなのに、私はもうなんだかその重さをなつかしく思ってしまっていた。まるでその重さが今まで自分を生かしてきたような気になって。熱のある頭では桃子たちがこの家に来ることがいいことなのか、あまりよく判断はできなかった。それでも自由になったという解放感からはほど遠い。壱晴さんとのことがうまくいっていたなら、もう少し浮き立つ気持ちになったのかもしれない。それを先に聞いていれば、私はもしかしたら松江から一人で帰っては来なかったんじゃないか、という打算が頭を駆けめぐる。ぐるぐると考えているうちに、また熱が上がってきたような気がした。

「赤い顔してるわよ。もう横になりなさい」

母さんから渡された風邪薬をのんだ。布団に入るとすぐに風邪薬特有のふわふわと引きずられるような眠気がやってきた。この家を出て新しい生活を始めないといけない。

壱晴さんとのことはこれからどうなるかわからないけれど、もし私が新しい部屋で新しい生活を始めるのなら、やっぱり最後の記念に壱晴さんに椅子を作ってほしいと熱のある頭でぼんやり考えていた。

10

お昼過ぎには隅田川《すみだがわ》沿いに建つ病院についたものの、哲先生の病室に行く前にひと呼吸置きたくて屋上に立ち寄った。

哲先生がいるホスピスは病院の最上階にあった。哲先生がここに入院してからというもの、ほぼ一日おきのペースでこの病院に来ていた。会うたび哲先生の顔は小さく干からびていき、体全体が縮んでいくようだった。その姿には見覚えがある。父が亡くなるとき今の哲先生みたいだった。死に近づいていくというのはその人の体から水分が抜けて、軽くなっていくことだと僕は知っている。あと幾日、僕と哲先生との時間が残されているのかわからないが、僕はできるだけ哲先生との時間を作りたかった。僕は眠る時間を削り、夜遅くまで仕事を続け、哲先生の病院に行く時間を捻《ひね》り出した。今日も夕方までには工房に戻り、仕事を再開するつもりだった。

空は灰色の雲に覆われているが、雲の切れ間から時折太陽が顔を出す。

冬の弱々しさは姿を消し、その光には春の気配が濃厚に混じっていた。かすかに頬に風を感じるけれど、その風がはらむ鋭さもずいぶんと和らいでいる。気がつけば来週からもう四月になるのだ。哲先生がここに入院して三週間近くになる。哲先生の入院後、東京ではよく雨が降った。夏にいきなり降り出すゲリラ豪雨のような激しい雨ではなく、音もなく気がつけば地面が濡れているようなやさしい降り方をする雨だった。まるで地表のあたりに頑固に堆積したままの冬の寒さを静かに洗い流すように。雨が降った翌日は少し気温が上がった。ひと雨ごとに春に近づいています、と今まで何度もテレビの天気予報で耳にしてきたけれど、ほんとうにそうなんだと改めて実感した。

午後の早い時間に屋上に来るとたいてい入院している患者さんや付き添いの人、看護師さんなど数組いるのだが、なぜだか今日は誰もいなかった。だからというわけではないが僕は両手を組んで腕を思い切り上げ、伸びをした。眠気の芯のようなものが頭に残っている。首の付け根と肩胛骨のあたりに広がっていくだるさを感じる。

三月に入ってからというもの、家具の受注がそれまで以上に増えていた。四月の個展のための家具の写真を見せろと妙子にせっつかれ、写真データをいくつか送った。妙子は僕に無断でその写真をSNSにアップしてしまい、その写真を見た人から家具の注文が入りだしたのだ。写真の無断掲載について妙子に文句を言うつもりでいたが、妙子は僕の家具に興味を持った人に工房の連絡先をすでに伝えてしまっていた。それ以降メールだけでなく作業の手をしばしば止めなければいけないくらい電話が増え、直接家具を見に行きたいという問い合わせもあった。実際に注文、購入までに至ったのは数件だったけれど、ふだんの仕事に予想外の注文が加わり、僕は今までに体験したことのない忙しさのなかにいた。僕は工房にこもり、すぐさま受注した家具を作り始めた。四月には個展を控えていてそのための家具はすでに出来上がってはいたが、桜子の椅子は手つかずのままになっていた。

この屋上からは南にお台場、東のずっと先に夢の島熱帯植物館のドームが見える。そのすぐそばが、この前哲先生といっしょに行った新木場のあたりだ。哲先生の体調が急変したのはあの材木問屋に行った翌々日のことだった。万一もう一度入院することがあればここに入れてほしい、と哲先生は妹さんにあらかじめ頼んでいたらしい。哲先生のアパートから近い距離ではないのにこの病院を選んだのは、やはり新木場の材木問屋が近くにあるからだろうか。

ポケットに入れていた携帯が震えた。画面を確かめる。仕事に関するメールがいくつか届いていた。携帯が震えるたびそれが桜子からなのではないかと期待し、そうでないと気づくたび僕はため息をついた。少なくとも桜子の椅子が出来上がるまでは、僕は自分から桜子に連絡をとらないつもりでいた。椅子が出来上がらなければ、僕には桜子に会う資格がない。そう思っていた。けれど会わない時間が積み重なれば積み重なるほど、思いは募った。ぱたぱたぱたぱたとヘリコプターが飛んでいるような音が聞こえてきて、思わず音のするほうに目をやる。けれどその姿は見えない。屋上からは人間が作り出したさまざまな建物が見えた。その建物の中にたくさんの人がいて、それぞれが違う人生を生きている。日々起こる喜怒哀楽、人から見れば取るに足らない小さなことで、真剣に苦しんだり、泣いたり、怒ったり、時折人を恨んだり、そんな感情の泡立ちすら、ここに立って想像すると、愛おしいものに思えてくるのが不思議だった。地上から遠く離れた高い場所にいるせいだろうか。

そしてこの東京の空の下のどこかに桜子が生きている、そう思うだけで胸にこみ上げてくるものがある。三十を過ぎた男が何を、と自分を冷静に見る視線もどこかにあるのに、それを覆すほどの強い思いに翻弄されていた。

大事な人だ、急ぐな、と僕の心が叫ぶ。会わない時間が長くなるほど桜子が心変わりをしないだろうか、と考えないこともなかったが、桜子も絶対に僕と同じ思いでいるはずだ。確信に近い気持ちでそう思っていた。太陽はもうすっかり厚い雲の陰に隠れてしまった。風が少し冷たくなってきた。僕はウインドブレイカーのジッパーを首まで上げて屋上をあとにする。

哲先生がいる病室の引き戸を静かに開ける。この病院のホスピスはすべて個室だった。六畳ほどの病室の真ん中にあるベッドで酸素マスクをつけた哲先生は、じっと目を閉じたままだ。僕は音を立てないように近づきベッドのそばにある椅子に座った。いつもこの時間に付き添っている哲先生の妹さんが今日はいない。僕が来るたびに、「ちょっとだけ外に出てきていいかしら」とそっと耳打ちするように言い「もちろんです。ゆっくりしてきてください」と答えると、「ごめんなさいね。ありがとう」と一瞬泣き笑いのような表情を僕に向けたあと、何かに耐えているかのようにきゅっと口を横に結び病室を出て行く。その姿に僕はいつかの母さんの姿を重ねた。父さんが癌で闘病しているときの母さんも今の妹さんのようだった。決して病人の前で自分の素の顔をさらさなかった。父さんがどんな状態になっても父さんの前では気丈にふるまっていた。けれど母さんの目は僕が見てもわかるくらいに赤く、腫れていることがあった。僕にもわからない、どこか知らない場所で母さんは泣き、自分の感情を解放していたのだろうと思う。妹さんは哲先生の唯一の肉親で、確か、僕の母さんよりも年上のはずだ。僕は哲先生の弟子でしかないが、妹さんの抱えている今の重さが少しでも軽くなるのなら、できるだけ時間を作ってここに通うつもりでいた。

強い痛み止めを使っているせいなのか哲先生は眠っていることが多かったし、目覚めていても開いたままの目がただ虚《うつ》ろに天井をさまよっていることもあった。それでも時折、意識がはっきりとするのか、話し方はゆっくりだが、この病院に入院する前の哲先生とあまり変わらない様子で返事をしてくれることもあった。返事があろうとなかろうと、目を閉じているときでも、僕は哲先生に話しかけていた。僕は今手がけている仕事のことを話し、工房で撮影した製作途中の家具の画像を、哲先生の前に掲げて見せた。哲先生の右腕には点滴の針が刺さり、透明な液体を哲先生の体に送り続けている。哲先生の左腕は布団の上に置かれたままだ。天井に向けられた手のひらは力が抜け、その内側にある皺をさらに深く見せていた。僕はその手のひらに自分の手のひらを重ねてみる。哲先生の手のひらの温度は僕が想像していたよりずっと高い。熱でもあるのかと思い額に手を当ててみたが、そこはひんやりとしていた。哲先生の手をとり、じっと見る。働き続けてきたその手を。家具を作り続けてきた五本の指の節々は太く、それ自体がすでに何年も年を重ねた木々の枝のようだった。

僕は入口のほうに目をやった。時折、廊下を歩く足音が聞こえるが、妹さんはまだしばらく帰っては来ないだろうと思った。僕は哲先生に向かってつぶやく。

「哲先生……」

呼びかけても哲先生の目は開かない。

「哲先生、壱晴です」

反応はないがそれでも僕は言葉を続ける。

「今日の東京は曇りです。雨は降っていません。昨日よりずいぶんと暖かく感じます」

眠ったままの哲先生に話しかけるとき僕はいつも天気の話から始めた。

「今日の僕の仕事は……、相変わらず昨日の続きです。また注文が入ってきて。僕の友達のおかげなんですけど、こんなにたくさん注文をもらったことがないので、ちょっとあせっています。ひとつひとつを丁寧に作りたいという気持ちと、たくさん作らなくちゃという気持ちを両方抱えて仕事をするのって僕にはまだ難しくて……。自分が満足していないものを注文してくれた方には渡したくないし、けれどずっと同じものをとことん納得できるまで抱えているわけにもいかない。いつまでに、という区切りがなければ、僕はいつまでもその家具にかかりきりになってしまうような気がして……。今まで自分が請け負ってきた仕事なんて、仕事とも言えないくらいの仕事量だったんだな、って思います」

僕は顔を上げてブラインドが上がったままの窓の外を見る。僕が座った位置からはさっきの屋上からのようには下の風景は見えず、ただ灰色の空が広がっているだけだ。この部屋ではベッドも壁も天井も哲先生が着ているパジャマすら白い。そのことに僕はかすかに不安を覚える。あの古ぼけた工房でさっきまで格闘するように仕事をしていた自分の日常が遠ざかっていくようだ。このフロアは地表から遠く離れ空に近い場所にある。哲先生が次に向かう世界に近いような気がしてしまう。僕は哲先生の体を地表にとどめ続けるように、僕の声で哲先生の鼓膜を震わせる。

「あと一カ月もしたらすっかり春です。もうすぐ桜も咲き始めるかもしれません。哲先生、僕、また、哲先生と桜、見たいですよ。あの土手沿いの桜並木。去年も見たじゃないですか」

工房のそば、土手沿いのサイクリングロードの両脇には桜が植えられていて、毎年花を咲かせた。春になると桜が咲くなんて当たり前すぎるほど当たり前のことだと思っていた。けれど家具を作る仕事についてから、僕はその当たり前のことがとても不思議で、そして奇跡みたいなことに思えた。木がなければ、木が育たなければ、僕の仕事は成立しない。この桜の木を伐って、丸太にして、板にすれば、僕はそれを使って家具にすることだってできる。でも伐られなければ、桜はこうして毎年花を咲かせる。桜じゃなくてもどんな木だって同じことだ。山のなかには木を育てる人がいて、木を伐る人がいて、それは材料として僕の手元にやってくる。木で家具を作ることは木の命をもらうことだ。その命で僕は家具を作る。木の命をもらって家具を作ることは、僕の家具を使ってくれる誰かに木の命を託すことなんじゃないか。まるでリレーのバトンを渡すように。家具として生まれ変わった木は新しい命を帯びて、どこかの家で誰かと共に生き続ける。仕事を終えて、桜の花びらが散るサイクリングロードをマウンテンバイクで走っているとそんなことを考えたりもした。

去年は柳葉君と柳葉君の家族と哲先生とともにお花見をした。幼稚園に通う柳葉君の息子が風に散る花びらを追いかける。その姿を見ながら、哲先生と二人、柳葉君の店にいるときのようにたわいもない話ばかりしていたような気がする。去年の春は哲先生と話す時間なんてずっと続くと思っていた。僕が思ったこと、考えたことを、もっと哲先生に話せばよかった。真織を突然失った日から、誰かとともにいる時間は永遠には続かないということ、目の前にいる人がある日突然姿を消してしまうこと、その残酷さと無力さを僕は自分の体に刻みつけるように知っていたはずだったのに。

「さく……」

酸素マスクの向こうで哲先生が口を開いた。僕は哲先生の顔に耳を近づける。

「さ、く……」

咲く、だろうか。桜、だろうか。

「……桜子、さんの、椅子……」

「桜子の？」聞き返すと哲先生がかすかに頷いた。

「……できたか？」

「まだ、です」そう言うと哲先生が眉間に皺を寄せて僕を見た。

「……早く」

「はい」

「時間が……」

哲先生のかすれた声が次第に力を帯びていく。

「早く見せねえと」

「はい」

「……この人だと……やっと思えたんだろう。俺みたいになるなよ。一人になるなよ、壱晴」

看護師さんだろうか、病室の外をきゅっきゅっと歩いていく音が近づいて遠のいていった。足音が消えてしまうとこのフロアはほかに誰も人がいないかのように静けさに包まれる。哲先生は言葉を続けた。息づかいはかすかに荒くなっている。

「最後の最後に、未練がましく、こんなところまで来た、俺みたいになるな」

そう言った瞬間、哲先生が窓のほうを向きぎゅっと目をつぶった。目の端に涙が光ったように見えた。

「どこか苦しいですか？」

そう言いながら枕元のナースコールを手にとった僕の手首を哲先生が握り、顔を横に振る。

「……あの人だけを休ませる椅子を作りたかった。あの人がそこに座って、少し休んで、また、立ち上がるための」

線香をたむけたあの人、写真立ての中のあの女の人のことだろう。哲先生とあの女の人との間にいったい何があったのか僕は知らない。けれどあの女の人が生きていただろう、その近くの病院を選んだことは、哲先生にとってきっと意味のあることなのだ。

「桜子さんから離れるな。……工房に戻れ、壱晴」

はい、と言いながら、哲先生の手のひらにもう一度触れた。僕の手を哲先生が握り返す。病人らしからぬ力で哲先生が僕の手に力をこめる。僕の手のひらにまるで何かを託すみたいに。

「作れよ」

哲先生がそう言い終えたとき病室の引き戸が開く音がした。振り返ると哲先生の妹さんが少し驚いたような顔をして僕と哲先生を見ている。哲先生は妹さんに目をやり、また僕の顔を見て言った。

「作れ。……こんなところに……もう来なくていい」

その声は僕を叱るいつもの哲先生の声だった。

哲先生のもとに弟子入りした日から、僕は数えきれないくらい叱られた。最初の数年は叱られない日なんてなかった。下働きをしていたときは特にそうだった。トイレ掃除の仕方で怒られ、お客さんに出すお茶の淹れ方で怒られた。それがいったい家具作りになんの関係があるのかと、むしゃくしゃして工房の外にあったブリキのバケツを思わず蹴飛ばしたこともあった。柳葉君と二人で哲先生の悪口を言いながら酔っ払ったこともある。それでも僕は哲先生のもとを離れる気はなかった。この人が家具を作るところをいつまでもそばにいて見ていたかったからだ。哲先生の作る家具が僕は好きだから。西新宿のギャラリーで初めて見たあの日からずっと。

しっ、しっ、と犬を追い払うように哲先生はベッドの上で手のひらをひらひらと動かした。

「兄さん、もう、なによ、壱晴さんにそんな」「いいんです。僕、今日は帰ります」

僕は妹さんに頭を下げて病室を出た。後ろ手に閉めた引き戸がすぐに開かれ、妹さんが顔を出した。僕の腕に軽く手を添え、フロアの奥に連れて行く。

「壱晴さん」

見上げるように僕を見る妹さんのその顔はやはりどこかしら哲先生に似ていた。

「あのね、兄は、もうそんなには」

そう言ったあと、妹さんは口元にぎゅっと力を入れた。死に向かっていく人に日々、付き添うことの重さを受け止めている女の人の顔だった。ほつれた髪の毛に白いものが交じっている。

「明日、また、僕来ますから」

「壱晴さん、ごめんね。あなたも仕事で疲れているだろうに」

「大丈夫ですから」

妹さんはうん、うん、と僕の顔を見て頷いた。まるで自分を納得させるように。

「また、明日」

僕がそう言うと妹さんの微笑んだ顔に涙が一筋こぼれた。

その涙を妹さんは手に持っていたタオルハンカチでぐいっと拭う。頭を下げて僕はエレベーターに向かった。妹さんはどこかでひとしきり泣いてから、まるで泣いてなどいないような顔をして哲先生の病室に戻るんだろうと思った。

工房に戻った僕は、今日の仕事のノルマをできるだけ短時間で終わらせた。手を抜いたわけじゃない。昨日より集中しただけだ。そのあとすぐ二階に上がり、途中になっていた桜子の椅子のデザインをもう一度練り直した。一度行ったきりの桜子のあの部屋を思い浮かべる。あの部屋にあったトチノキの一枚板の勉強机に合うような椅子を作るつもりだった。哲先生が今日言ったように、桜子がそこに座って、少し休み、そしてまた立ち上がるための椅子。背面の曲線で桜子の腰をしっかりと支えてあげられて、なおかつフィット感のあるもの。しっかりとした肘掛けをつけて、椅子をいくつ増やしてもいいように、できればスタッキングが可能なもの。最初は桜子のための一脚、そして、二脚目はできれば僕のための椅子にしたかった。

クロッキー帳にデザインを描いては消し、消しては描いた。哲先生に見せた模型をさらにアレンジし細部にこだわった。図面を引くときにも、細かい修正を加えていった。座面の高さ、広さ、肘掛けの長さ、高さ。桜子の体のサイズを測って決めたわけじゃない。けれど、最初に桜子と同じベッドで眠ったあの日、親指とひとさし指を広げて、しゃくとり虫のようにサイズを測った。指の記憶を頼りに、足の付け根から膝の裏までの長さ、そして膝の裏からかかとまでの長さを思い出し、椅子の寸法を決めていく。それを図面に起こすと驚くほど小さい。まるで子ども用の椅子かと思うほどだ。桜子はこんなに小柄な女性だっただろうかと改めて思い、激しさとも言える桜子への愛しさが自分のなかにあることを知る。

こんなに小さな体に僕は自分の荷物を無理に背負わせた。松江で僕に起こった出来事を知ってほしかった。そう思えた、たった一人の女性だった。桜子と二人で松江に行ったことなんて、もう遠い過去のように思える。松江に桜子を連れて行ってよかったのか、真織のことを話してよかったのか、僕の心のなかにとどめておくべきことだったんじゃなかったのか。図面を引きながら何度も考えたが、その問いの縁を自分の考えがぐるぐるとめぐるばかりで答えは出なかった。心療内科の医師はこう言った。僕の声が出なくなる記念日反応という症状について。治すにはその出来事が起こった場所にもう一回行ってみるという方法もあると。そうすることで声が出るようになるきっかけがつかめるかもしれない。信頼できる誰かとそこに行く。出来事を思い出して整理する。そうすれば……。僕は声が出なくなる症状を治したいから桜子を松江に連れて行ったのか？　そうじゃない。僕が自分の奥底に沈めていたあの出来事に向き合うことにただ付き添ってほしかった。桜子がそばにいてくれなければ、僕は松江に行くことも、真織の墓参りをすることもなかっただろう。真織の出来事がもうすっかり自分のなかで整理されたのかと聞かれれば、自信をもって、はい、とは言えない。けれど、あの出来事に向き合う勇気をくれたのは桜子なんだ。

　図面を見ながら僕は五分の一サイズの模型を作り始める。夜が更けるにつれ気温は下がっていく。石油ストーブの火を大きくしたあと自分のためにコーヒーを淹れ、コンビニで買ったチョコレートドーナッツを齧った。時計の針はもう午前零時に近かった。音の出る作業は夜になるとできないので、工房にこんな遅くまでいることは滅多にない。ここで作業をしていて心細さや寂しさなんて感じたことはなかったのに、急にここにたった一人でいることが不安になってくる。ふいに立ち上げたままだったパソコンからメールを受信した音が聞こえた。ドーナッツをコーヒーでのみ下しながら、受信トレイをチェックする。桜子の名前があった。パンフレット納品の件、という素っ気ないタイトルから、家具を撮影した撮影スタジオでの桜子の姿が思い浮かんだ。メールは会社の人間として書いているのだろうと思った。さっと目を通す。三月末にパンフレットが出来上がる。直接納品に行きたいが日程はいつがいいでしょうかという内容が、冷たいくらい事務的に書かれていた。文面から桜子の表情は見えてこない。すぐに顔を赤らめたり、すぐに涙ぐんだり、感情を隠すことをしない桜子はこのメールの中にはいない。桜子のメールを何度も読み返しながら僕は返信を書き始める。パンフレットが納品される日まで、あと一週間もない。桜子の椅子が出来上がるかどうかはっきり言って自信がなかった。

それでもとにかく完成させたかった。その椅子を桜子に見てもらいたかった。そして、僕は、僕の思っていることを桜子に伝える。桜子のメールと同じ温度のメールを返信しながら、それを読んだ桜子ががっかりした顔をすることすらわかっているのに、お互い意地の張り合いのようなことをいまだにしている。まるで小学生みたいだと思う。それでも僕にはなんとなくわかっていた。桜子だって、椅子の完成を待っているということが。

工房の二階に泊まり込む日が続いていた。電話をもらったとき、地下鉄で行ったほうがいいのか、それともタクシーで向かったほうがいいのか、とダウンジャケットを着ながら考えて、そうだこんな時間に電車は走っていない、と気づく。午前二時を過ぎたところだった。階段をかけ下り、一階の作業スペースにある桜子の椅子の写真を携帯で撮った。もうほとんど完成に近かった。あとは細かいところの修正と仕上げの作業をするだけだ。哲先生がこだわっていた木に触れたときの感触、僕もそこに時間をかけたかった。工房の鍵を掛け、土手沿いを橋のそばまで走り、空車の赤いランプを灯しているタクシーを拾った。病院名を告げる。どうか間に合いますように。歯ぎしりするような気持ちで、僕はタクシーの後部座席に腰を浮かせるように座っている。

病室に入ると皆が僕の顔を見た。妹さん、柳葉君、僕も何度か会ったことのある哲先生の昔のお弟子さんたち。妹さんはベッドのそばの丸椅子に腰かけていたが、それ以外の人たちは一定の距離をとって、ベッドの上の哲先生に視線を向けていた。柳葉君が、さあ、と言うように僕を哲先生のそばに近づくよう促す。僕は皆に頭を下げてベッドに近づく。本人の強い希望で延命治療はしないのだと、妹さんから聞いていた。哲先生はもう酸素マスクも外されて、軽くあえぐような呼吸を繰り返していた。妹さんが立ち上がり椅子に座るようにすすめる。僕は椅子に座り哲先生の手をとった。

「哲先生」

僕は何度かそう呼びかけたが、哲先生は荒い呼吸を繰り返すだけだ。

「哲先生」

少し大きめな声でもう一度名前を呼んだ。哲先生の眉間に皺が寄ったあと、瞼がかすかに開かれたように見えた。僕は携帯を取り出し、さっき工房で撮った写真を選び、その画面を哲先生の顔の前にそっと掲げた。哲先生の網膜に桜子の椅子を映したかった。

「桜子の椅子です。哲先生、もうすぐです。出来上がります」

哲先生の目はゆっくりと天井を仰ぎ、その視線はそれからゆっくりと時間をかけて携帯の画面に落とされた。哲先生の網膜に桜子の椅子は映っているだろうか。ほんとうのところ映っていなくても僕はよかった。とにかく間に合ったのだ。病室には僕と哲先生以外にも人がいるのに、僕と哲先生しかいないような気がした。哲先生は息を吸い、そして吐く。その音だけが病室に響く。

「壱晴……」哲先生の口が開いた。哲先生の口元に僕は耳を近づける。

「……いいじゃないか」

そう言って哲先生はゆっくりと左腕を上げ、手のひらを僕の頭に載せた。まるで僕の頭を撫でるように哲先生の手が動き、突然力が抜けた。驚いて僕は思わず、哲先生の手を握った。兄さんという声がして妹さんが駆け寄る。誰かがばたばたと病室に入ってくる音がした。

それから二時間後、春の夜が明ける前に哲先生はさほど苦しむことなく息を引き取った。静かな最期だった。哲先生は一人きりで逝かなかった。皆に見守られて旅立った。少しずつ冷たくなっていく哲先生の手を握りながら、僕はこれからも哲先生の家具を作り続けていくことを心のなかで誓った。生きている木が形を変えて、家具になる。哲先生のデザインした家具は哲先生がいなくなったあとも、誰かの家で静かに生き続ける。

顔に白い布のかけられた哲先生を見たくなくて僕は一人、屋上にいた。

東の空がぼんやりと明るくなってきたが、高層ビルの赤い灯りや街灯はまだ灯ったままだ。空は薄紫から水色に変わり、少しずつオレンジに変わりだした。今日は工房に桜子がパンフレットを持ってやってくる日だった。けれど今日はゆっくりできる時間はない。桜子と会う時間がない。自分の部屋に喪服を取りに帰り、哲先生の通夜の準備を手伝う。携帯を取り出して桜子にメールを書き始め、しばらく迷って心を決め、電話をかけた。

「もしもし」

久しぶりに聞く桜子の声だ。寝ていたのだろう。声がいつもより幼く感じる。桜子の椅子がほぼ出来上がったこと。哲先生がたった今亡くなったこと。今日来てくれる予定なのに工房に戻る時間がないこと。伝えなくちゃいけないことがあまりにありすぎて僕は混乱した。

「もしもし？」

黙ったままの僕に桜子が問いかける。何を言えばいいのか、僕の口は閉じたままだ。長い長い時間だけが流れる。もう空の色も、空気の温度も、春の朝と言ってもよかった。

「哲先生が今、亡くなったんだ」

「…………」

「会いたい」

黙りこんでしまうのは桜子の番だった。白い鳥の群れがアルファベットのWの形のまま、東の空を飛んでいく。それが黒い点になるまで、僕は鳥の姿を目で追っていた。

「桜子に会いたいんだ」

さっきと同じようにしばらくの間があった。桜子が小さな声で何かを言った。その声を聞きながら、僕は初めて会ったときの桜子の白い背中と、右の肩胛骨の下にふたつ並んだ小さなほくろ、そして、ジャスミンみたいな花の香りを思い出していた。

壱晴さんからの電話をとったときも、電話を切ったあとも、私はまだ夢のなかにいるのかと思っていた。布団の中から窓に目をやると、カーテンの向こうはもう白々と明るい。携帯で時間を確かめる。寝ようと思えばもう一度眠れる時間だ。けれどさっきの電話の会話が何度も再生されて、はっきりと目が覚めてしまう。私は思わず起き上がった。布団のわきには、寝る直前までチェックしていた部屋の間取り図が散乱している。もうすぐ妹たちがこの家に越してくる予定だった。保育園に花音を預けて働くのだと桃子ははりきっていたが、肝心の仕事はなかなか決まらなかった。それでも短時間でも、母さんに花音を預けてでも仕事をしたいというのが桃子の希望だった。私はところてんが押し出されるように、この家から出ることを母さんと桃子からせっつかれていた。一人暮らしは初めての経験だ。何から始めたらいいのかもわからない。とりあえず会社に近い私鉄沿線でワンルームを探してみたが、私が予想していたよりも家賃はずっと高かった。部屋のグレードを下げて、多少会社から遠くても仕方がない、かえってそのほうがいいのかもしれない、と思い直して、私はネットで部屋を探し続けていた。

壱晴さんの工房のあるあたり、あの一度だけ行った（泊まった）ことのあるマンションの沿線の物件も候補のなかに含まれていた。壱晴さんと共に暮らす。そんな妄想で自然に頰はゆるんだが、もう壱晴さんとは永久にだめになったかもしれないのだと悲観的に考える自分もいて、私の心のなかはどっちつかずのまま、いつもアンバランスに揺れていた。パンフレットは無事に出来上がったけれど、壱晴さんが作ると言っていた私のための椅子は出来上がらなかった。パンフレットにもその写真は載らなかった。それが壱晴さんの気持ちだろうと思っていた。けれど。

さっきの電話をもう一度思い出す。桜子に会いたいんだ、と壱晴さんは言った。ゆっくりとカーテンを開ける。新聞屋さんのバイクが走り去って行く音がした。朝はもう始まっていた。太陽が私の顔を照らす。窓ガラスに私の顔が映った。昨日とは違う自分がそこにいるような気がした。

哲先生の葬儀には私も出席した。哲先生の希望でごく親しい内輪の人だけに囲まれた式だった。そこに私が交じってもいいのだろうかと何度か壱晴さんにメールで尋ねたが、壱晴さんに迷っている様子はなかった。斎場で再会した壱晴さんは少し頰がこけていて、以前に会ったときよりも顎や目のあたりがシャープになっていた。私の顔を見て壱晴さんは軽く頷き、私も頷いた。

白い棺《ひつぎ》に寝かされた哲先生を見た。哲先生には一度しか会ったことはないが、私が見たニットキャップをかぶった哲先生はもういなかった。葬儀に集まった人たちが棺に順番に花を入れ、蓋が釘で閉じられた。皆、目を赤くしていたが声をあげて泣いている人はいない。棺は台車に載せて運ばれ、車で火葬場に送られる。その段取りのひとつひとつがとても静かでスムーズに行われていくのが、私にはせつなかった。今日何人の人が死んだのかわからない。今日何件の葬儀が行われているのか知らない。けれどいつか命が終わるということからは誰もが逃れられない。私の命もいつか終わる。残りの時間が長いのか短いのか、それは誰にもわからない。だから、すねたり、ひがんだりしている時間はない。やりたいことをやる時間しか私にはないのだ。

火葬場の廊下で携帯のメールをチェックしていると肩を叩かれた。振り返ると壱晴さんが立っている。

「仕事忙しいんだろう。ごめん……」そう言う壱晴さんの顔を見た。とても懐かしい人に会ったような気分だった。

「ううん、大丈夫」

「椅子が」

「うん」

「椅子ができたんだ。桜子の椅子が、やっと。それを見てくれないかな」

「うん」

そう言うと壱晴さんが私の手を握った。その温かさを私は受け止めてもいいのだろうか。ほんの一瞬そう思ったけれど、私は壱晴さんの手をもう離すことはできなかった。


葬儀を終えた夜、壱晴さんの工房で私はその椅子を見た。私のために壱晴さんが作ってくれた椅子だ。胸が温かいものでいっぱいになる。椅子のことなんてまったくわからないけれど、すごくきれいだと思った。いつか工房で見た哲先生の椅子にも似ているが、やっぱりこれは壱晴さんの作った椅子だ。

「座ってみて」

壱晴さんにそう言われ、ゆっくりと私は椅子に座った。座ったときのお尻にあたる木の感触とか、肘掛けの高さとか、膝を曲げた角度とか、私の体のどこにも無理がかからない。これがオーダーメイドってことなんだろうか。だけど壱晴さんは私の体のサイズをメジャーで測ったわけではない。

「どうしてぴったりなの？」

壱晴さんが右手の親指とひとさし指を広げた。

「初めて会ったときに採寸済みなんだ」

かっと耳が熱くなるのがわかった。こういう言葉にうまい返しをするのが大人の女なのだろうけれど、私にはそんな技量も余裕もない。私は立ち上がると、まるで体をぶつけるように壱晴さんに抱きついていた。

「大好きです」

壱晴さんからは初めて会ったときと同じ木の香りと、線香の香りがする。

壱晴さんの腕が私を抱く。その腕の力強さだけで十分だと思った。喪服姿で抱き合いながら、私は二人で行った松江の真織さんのお墓や、今日見た哲先生の動かなくなった体を思い出していた。壱晴さんが今、生きているということ。私が壱晴さんを抱きしめ、抱きしめられているということ。私は非力かもしれないけれど、須藤壱晴という人間、一年のある時期になると声が出なくなるこの人を、背負う心構えはできていた。

「結婚してください」

気がつけば工房の床に土下座しながら私は叫んでいた。

「お願いします。結婚してください」

壱晴さんの革靴の先端が私の額のすぐ先にあった。頭の上で壱晴さんがあっけにとられていることは顔を見ないでもわかった。ストッキングの膝がコンクリートに擦れて穴が空くだろうと思った。壱晴さんがしゃがみ私の腕を取って立たせる。私の額に何かついていたのか笑いながらそれを手で払った。

「先に言わないでください。結婚していただけますか？」返事をする前に私の唇は塞がれた。

「危ないものはあらかじめ片付けておいたほうがいいと思うんだよね」

　桃子がそう言いながら、居間の箪笥の上に置かれた一輪挿しや床に散らばったままの花音のおもちゃを片付けている。花音は二階でお昼寝中だ。お寿司の出前はお昼前には来るはず。壱晴さんもそのくらいの時間にはやってくるだろう。私は台所でお吸い物とお茶の準備をしていた。母さんは美容院からまだ帰ってこない。父さんの姿は朝から見ていなかった。いったいどこに行ったのか。まさかこのまま帰ってこないつもりなのだろうか、と考え始めると途端に落ち着かない気持ちになる。

「あちっ」

　ぼんやりしたまま小鍋の縁に指が触れてしまった。お吸い物がぶくぶくと煮立っていた。私はあわてて火を弱める。

「お姉ちゃん、ちょっと気をつけてよ。壱晴さん来る前にぼや出すとか冗談じゃない」

　水道水で指を冷やしていると、私の声を聞きつけて台所にやってきた桃子が怒ったような声で言う。

「ねえ、もうちょっと化粧したほうがよくない？　チークとか、貸そうか？」

「いいよ、化粧なんか」

化粧はいつも通りだが、それでも今日の私は普段着ではない。家にいるのに会社に行くときのようなタイトスカートにニットを着ていた。壱晴さんはスーツで来ると言っていたから私もバランスを考えた。

「なんかこう気合いみたいなものをこめたほうがいいんじゃないの。眉をもっとはっきり描くとかさあ」

そう言いながら桃子が私の前髪を指であげる。桃子の瞼はブラウン系のラメのアイシャドーがきれいにグラデーションになっていて、アイラインは目尻から跳ね上がった形に伸びている。重くないのかなと思うようなつけまつげが、桃子が瞬きをするたびひらひらと上下する。花音みたいな赤んぼうがいるのに毎朝これだけのメイクをする桃子のエネルギーのようなものに驚いてしまう。私はお吸い物をおたまですくって小皿に移し、桃子に渡した。あ、うん、いいんじゃない、おいしい、おいしいと味見をした桃子が私に小皿を返す。

「あのさ、桃子、ありがとうね」

「え、何が？」

「え、あの、同居のことだよ。母さんに言ってくれたんでしょ」

「はあ？　なんのこと？」

桃子が目を見開く。カラコンが桃子の瞳を不自然にくっきりと見せていた。

「え、だって、桃子がここに同居して働いて二世帯住宅にしたい、って母さんに」

「違うよ」

「え、どういうこと」私はガスの火を消し換気扇を止めた。

「同居してくれって言ってきたのは母さんのほうだよ。私に頭下げてさあ。花音の面倒はいくらでも見るからって。まあ、私も花音を保育園に預けて働く気はあったから……でも結構、旦那を説得するのは大変だったんだよ……お姉ちゃん」

「そうだったのか……。ごめん私、母さんの言ったことそのまま」

「いや、嫌になったら私だってすぐ出てくよ。そうしたらお姉ちゃん、交代してもらうから。だけど私もさあ、母さんと同じで」言いながら桃子が肩まである巻き毛をくるくると指にからめ、怒ったような顔をする。桃子が照れるとぶっきらぼうになるのは子どもの頃から変わっていない。

「お姉ちゃんに幸せになってほしいんだよ」

「うん……」涙で桃子の顔が揺れ始める。

「ちょーっとまだ早いってえ」頰をすべっていった涙の粒を桃子が指で拭った。

「変わり者でたいして可愛くもない歳くったお姉ちゃんのこと好きになってくれる人なんてもう現れやしないんだからさあ。壱晴さん離したらだめだよ。父さんが何言ったって関係ないんだから」

そう言うとぷいと顔を背け、桃子は台所を出て行く。居間の襖をガタガタさせながら「これ、あらかじめ外しておいたほうがよくない？」と大きな声で独り言を言う声が聞こえるが、その声はほんの少しだけ震えているのがわかる。

「もう、ほんとうにどこに行っちゃったのかしら？」

母さんが携帯で何度も父さんに電話をかけているが電源を切っているらしく、父さんの居場所がわからない。壱晴さんが家に来てすでに三時間以上が過ぎていた。お寿司も壱晴さんが持って来てくれたケーキも、皆で食べてしまった。父さんの分のお寿司にはラップがかけられ、その表面に照明の白い灯りを映している。桃子は眠そうにぐずる花音を連れて二階に上がってしまった。

「壱晴さん、膝を崩してね」母さんは何度もそう言うが、壱晴さんは来たときから正座をしたままだ。壱晴さんのスーツはなんだかサイズも少し大きめだし、着慣れない感じが前面に出ている。今日壱晴さんと初めて会った桃子は台所で「七五三みたいだね」とぼそっと私に告げた。

壱晴さんのマンションでいっしょに暮らす、タイミングをみて籍を入れる。つまり私と壱晴さんは結婚をする。壱晴さんのお母さんも私たちの結婚にはなんの反対もなかった。こんなふうにとんとん拍子に事が進むことに私はどこか他人の人生を見ているような気持ちでいたが、壱晴さんが桜子の父さんに挨拶にいかないと、と言ったときから心のなかに生まれた憂鬱の小さな点が日ごとに大きくなっていくようだった。どんなに父さんに反対されようと私は壱晴さんと結婚する。その気持ちは変わらないけれど、父さんの顔を見て、この人と結婚をすると告げるその行動そのものが恐怖だった。母さんが立ち上がりもう何度めかわからないお茶を淹れにいった。

「だいじょうぶだから」

俯く私に壱晴さんがテーブルの向こうから声をかける。

「二、三発は殴られる覚悟だから」

結婚の報告をするだけなのに、なぜ壱晴さんが父さんに殴られるのか、それが私には理解できない。それなのに父さんは絶対に暴れるだろう、という確信だけはある。胃のあたりにきゅっとした痛みを感じ始めたとき、玄関の戸が乱暴に開く音がした。母さんが台所から出て行く。玄関の戸を閉める音、廊下を歩く足音、どの音も大きく、いらだちが混じっている。どん、と壁に体がぶつかる音がして襖が外れた。外れたまま開かれる。父さんが顔を出した。やっぱりお酒をのんでいる。赤い顔をしている。壱晴さんと私は同時に腰を浮かす。父さんは居間を出ていこうとしたが、二階から下りてきた桃子に腕をつかまれ、背中を押される。壱晴さんが私の横に座り、桃子がその向かいに父さんを座らせた。父さんの右側に桃子が、左側に母さんが座り、父さんを挟む形になった。

壱晴さんが座布団を外し父さんに頭を下げたので、私も慌てて頭を下げる。頭なんか下げたくはなかったが、父さんの顔を見ていられなかった。

「須藤壱晴です。ご挨拶が遅れて申し訳ありません。家具を作っています。桜子さんと去年お仕事を通じてお会いして、おつきあいをしてきました」

顔を上げ一気にそこまで言うと、もう一度深く頭を下げた。

「桜子さんと結婚します」

しん、と居間の中が静まりかえる。家の外を廃品回収の軽トラックがアナウンスをしながらゆっくりと動いていく音だけがした。壱晴さんが顔を上げる。私もおそるおそる父さんの顔を見た。顔色は赤黒く、眉間に刻まれた皺がいっそう深い。

「結婚させてください、じゃないのか、普通は」父さんの声は怒声に近かった。

「いえ、許可をいただきに来たわけじゃありません。今日は報告に来たんです」壱晴さんが言い終わらないうちに、父さんが立ち上がろうとする。その両腕を母さんと桃子が押さえて座らせようとするが、父さんは二人の腕を振り払う。

「子どもがいるのかっ」父さんが叫ぶ。

「いないから」私が叫び返す。

「おっ、おまえは食わせていけるのか桜子を、家具なんか作ってて」

父さんが何か言うたびお酒臭さが鼻についた。

「収入は不安定です。一人で桜子さんを食べさせていく自信はまだありません。でも二人で働けばなんとか」

「そんなこと最初から言うやつに娘をやれるかよ」

「やるとか、やらないとか物みたいに言わないでよ！　そもそも私、父さんの物じゃないし」そう言いながら私は父さんに近づいた。私の言葉に父さんが急に立ち上がり、左腕をつかんでいた母さんの体が畳に投げ出される。それでも右腕には桃子がしがみついていたが、父さんが自由になった左腕を振り回す。父さんの足がテーブルを蹴飛ばし、テーブルの上にあった急須や湯飲みが畳に落ちていく。めちゃくちゃに動かした左腕が私の肩にぶつかる。鈍い痛みが腕の付け根に広がった。腕の付け根をさすりながら、想像していたとおりの光景が目の前で繰り広げられていることにそれほど驚いていない冷静な自分がいた。いや想像以上のことが起こり始めていた。壱晴さんが父さんの両腕をつかみ、父さんの体を壁に押しつけている。父さんは壱晴さんにつかまれた腕を力まかせにふりほどこうとしているが、壱晴さんの力のほうが強かった。

「やめませんか。もうこういうの」

　父さんが膝で壱晴さんのおなかのあたりに蹴りを入れた。父さんの腕をつかんでいた壱晴さんの力が緩む。父さんが壱晴さんの肩をつかみ、仰向けに畳に押さえ込んだ。腕が振り上げられる。その腕を私と桃子と母さんが背中から必死で押さえた。それでも父さんは力まかせに腕を動かし、自由になった拳を壱晴さんに振り上げた。壱晴さんの頭をかばおうとした私の目のあたりに父さんの拳が当たった。鈍い痛みがこめかみに走る。目の前が一瞬暗くなった。父さんにつかみかかろうとした壱晴さんの体を桃子が羽交い締めにしている。父さんの前に仁王立ちになっているのは母さんだ。ぴしゃっ、と音がした。母さんが父さんの頬を平手で張った。ひっ、と最初に声を出したのは桃子だった。右頬、左頬、右頬。一度、二度、そして三度。その力は父さんよりも強かった。父さんは母さんに頬を張られるままになっている。

「ぶたないで桜子を。私や桃子に手を上げるのも二度とやめて。お酒も暴力ももううんざり。今度やったら私はこの家を出ていくから」

畳の上に膝をついた父さんはぽかんと口を開けたまま母さんを見ている。

「みんなに甘えるのもいい加減にしなさいよ！」

母さんのそんな大きな声は生まれて初めて聞いた。

「いい歳してみっともない」

「桜子の」父さんが口を開く。声が震えている。

「桜子の大学の学費が払えなかったときの俺の気持ちがわかるか。学費をバイトで払う桜子を見てることしかできなかった俺の気持ちが。会社がだめになって家族の生活を支えきれなくなったときの俺の気持ちが。桜子に生活の面倒をみてもらってる今の。俺の。

……二人の娘を、桜子を宝物みたいに育ててきたんだ。それなのに、それなのに……。男として最低に情けない俺の気持ちがおまえらに」

わかるのかよおお、と最後は絶叫のようだった。

「男としてとか関係ねーじゃん。気にくわないことあれば酒のんで暴れて。それで俺の気持ちがわかるかって、わかんないよ。わかるわけないじゃん」桃子が声を荒らげた。

「僕は」声を上げた壱晴さんの顔を皆が見つめた。ワイシャツのいちばん上のボタンがちぎれてどこかに飛んだのか、ネクタイは緩み、首筋があらわになっている。

「少しはわかるような気もします」

「おまえみたいなろくでなしにわかるかよ」父さんの叫ぶような声に、

「いや、父さんも十分ろくでなしだから」と桃子がかぶせ気味に言う。

「いや、僕もろくでなしだからわかります。だけど僕は」壱晴さんがネクタイを外しながら言う。「桜子さんに手を上げることは絶対にしません」壱晴さんが父さんの前で畳に手をつきもう一度頭を下げた。私も横に座り頭を下げる。

「僕が言えるのはそれだけなんです。僕と桜子さんは結婚します」

「私、壱晴さんと結婚します。私この家を出たいの。壱晴さんと暮らします」

父さんの視線が私のこめかみあたりでとどまっている。鏡がないからわからないが、もしかしたらそこはずいぶんと腫れているのかもしれないと思った。脈打つたびに痛む。

父さんの顔がくしゃりと歪《ゆが》んだ。

「おまえなんかもう娘じゃない。この家から出てけ」

父さんはそれだけ言うと勢いよく立ち上がり、テーブルを足で蹴飛ばし、居間を出ていった。玄関で父さんがまた何かを叫ぶ声がしたが、なんと言ったかはわからなかった。父さんの後を追おうとした母さんを制して、桃子がダウンジャケットの袖に腕を通し、父さんのジャンパーを手に立ち上がる。

「父さんの行くとこなんて、どうせいくつもないんだからさ。どっかの居酒屋で、お姉ちゃんロスで泣きべそかいてのんだくれるだけだよ。あ、母さん、花音起きたら、よろしく」

そう言ったあとに桃子は居間を出ていった。玄関の戸が閉まる音がする。母さんが台所から保冷剤を持ってきて私に渡した。保冷剤を見ながら、父さんにぶたれるたびに、この小さくて冷たいもので自分の体のどこかを冷やしていると思った。壱晴さんは私の手から保冷剤を取り、こめかみを冷やしてくれた。この前父さんと壱晴さんが鉢合わせして父さんに頰を張られたあと、使ったことのある保冷剤だった。

「恥ずかしいわ……。うちの恥ずかしいところ全部壱晴さんに見られて。ほんとうにごめんなさい」

母さんがテーブルを直し壱晴さんに向き合った。母さんが壱晴さんに頭を下げる。

「壱晴さん、桜子、よろしくお願いしますね。いい子なんですこの子は」

「はい」壱晴さんが母さんに頭を下げる。

「僕、よく知ってます」頭を下げたままの二人にどうしたらよいのかわからず、私も母さんと壱晴さんに頭を下げた。三人それぞれが頭を下げている状況がおかしかった。ふ、と私が思わず声を漏らすと、さっき聞こえた廃品回収のアナウンスがまた聞こえてきた。その声にははっ、と壱晴さんが乾いた声で笑った。つられて私と母さんも笑ってしまった。父さんが散らかしたままの部屋で三人で声をあげて笑った。


壱晴さんの個展は、壱晴さんが哲先生の作品を初めて見たギャラリーで行われた。私は個展が終わったら壱晴さんのマンションで暮らすことになっていた。オープニングパーティーには建築事務所やハウスメーカーの人はもちろん、壱晴さんの大学の同級生であるおなかの大きい妙子さんや、聡美、美恵子もやってきた。めぼしい男の人を見つけるたびに、二人が私に「ねえねえ、あの人、どこの人？　紹介して」と聞いてくるのが煩わしかった。壱晴さんが作った新しい家具はどれも好評で、なかでも「sakurako」と名付けられた椅子はとりわけ評判が高かった。正式に紹介されたわけではないが声の大きい妙子さんが来場者に伝えたせいで、私が壱晴さんの婚約者であるということは瞬く間にパーティー会場に広まった。私の顔をにらむようにじっと見つめる女の人もいた。

少し居心地が悪かったが、いつか哲先生が言った「壱晴の女……のひとり？」という言葉を思い出した。そうだ、壱晴さんという人間にはそういう側面もあるんだ。いつかはそういうことで私は泣かされるかもしれない。それでも、と私は思う。不安になることは今は考えない。なにか問題が起きたらそのときに考える。

「桜子さん……」

大きなおなかを抱えた妙子さんがそばに立っていた。おなかの膨らみをふわっと隠すワンピースにショールを羽織った妙子さんに会うのは今日が初めてだったが、壱晴さんから何度も妙子さんの話を聞いていたので初めて会ったような気がしなかった。立ちっぱなしでつらそうなので、私は妙子さんを会場の隅の椅子に誘った。二人で横並びに座り、妙子さんにオレンジジュースの入ったグラスを渡す。

「私より壱晴のことはもうなんでも知ってるよね」

「いえ、そんな、なにも」

「あいつ、しょーもないとこもたくさんあるけど、桜子さんのことときっと大切にすると思う。壱晴のこと、どうぞよろしくお願いします」

母さんが壱晴さんに言ったことと同じようなことを妙子さんが口にした。結婚ってこういうものかとふと思う。誰かにとって大事な誰かを、誰かに大事にしてほしいと思う気持ち。それを伝えて始まる。あの日父さんが言った「桜子を宝物みたいに育ててきたんだ」という言葉を思い出した。自分が愛されてきたということ。大事にされてきたということ。手を上げられたことを忘れることはできないし、許すことはできないが、確かに自分には愛された時間があった。

「ちょっとちょっと桜子さん大丈夫？　壱晴になんか言われた？　なんかあったら私が壱晴を張り倒しに行くからね」

違うんです。そうじゃないんです。と言いながら、目の端をハンカチで拭った。考えていたのは真織さんのことだった。

壱晴さんが仕事があって来られない日、私に残業がない日は個展会場の受付をした。仕事関係の人だけでなく、通りかかった人がふらりと足を運んでくれることも多かった。展示されている家具のほとんどは壱晴さんの希望で、触れたり、戸棚を開けたり、座ってもらってもいいことになっていた。

その女の子がやってきたのは、そろそろギャラリーが閉まる午後八時近くのことだった。重そうなデイパックを肩にかけ、セーラー服の上に白いカーディガンを着た髪の長い女の子だった。近くには大手予備校もある。その帰りの子かな、と思った。私は片付けの手を止め、女の子が家具をひとつひとつ見ていくのを見守った。足を止めたのは「sakurako」の前だ。前から見たり、後ろに回って見たり、特に興味をひかれたようだった。私は女の子に近づいて言った。

「座ってくださってもいいんですよ」

女の子が驚いたような顔で私を見る。

「ほんとにいいんですか?」

「もちろん」

女の子はゆっくり椅子に腰かけた。最初は浅く、そして次に深く腰かけて、肘掛けに腕を載せた。長いまっすぐな黒い髪の毛が肩に落ちる。むき出しの膝小僧の輝きが、彼女の肉体の若さを物語っていた。何かを感じ取るように、女の子はそっと目を閉じる。天井の照明に長い睫毛が影を作る。私はそばを離れた。女の子に気が済むまで座っていてほしかった。しばらくすると女の子がそばに来て言った。

「あの椅子、すっごい好きです。絶対に買います。だけど今、値段見てびっくりしちゃって。今はお金がなくて買えないけど貯金して絶対に買います」

「気にいってくれたんですか?」

「すっごくすっごく。今まで椅子が欲しいなんて思ったことなかったのに」

「ありがとうございます。……あ、そうだ、あの良かったらここに連絡先、書いてください。新しい家具のお知らせとか送ります……」

はい、と言いながら、私が差し出した芳名帳代わりのスケッチブックに女の子が住所を書いていく。小さな丸い字で女の子は住所を書き、最後に名前を記した。

「真織、ちゃん……？」私は顔を上げて女の子を見る。

「はい。真織です」それが何か？　という顔で女の子が私を見る。

「すごくいい名前」私が言うと、

「お父さんがつけてくれたの」真織ちゃんは照れ、カーディガンの袖で口元を隠した。

「椅子が早く手に入るといいね」

「大学受かったらバイト頑張ります。だけど、それまであるんですか？　この椅子。売れてなくなったりしないですか？」

「ううん。全部、注文受けてから作るから、慌てなくて大丈夫。真織ちゃんのために一生懸命作るから」

「え、お姉さんが作るんですか？」

「違うの、結婚する人が作るの」

「お姉さんと？」

頷くと、なぜだか真織ちゃんのほうが照れて顔を赤らめた。

「絶対絶対買います」

「うん、待ってるね」

真織ちゃんを見送ろうとギャラリーの外に出る。真織ちゃんはガードレールにくくりつけていた自転車のロックを外し、ひらりと跨《また》がった。

「気をつけてね」走り出した真織ちゃんの背中に声をかけると、真織ちゃんは振り返らず、左手だけを上げて、その手をひらひらと振った。自転車に乗った真織ちゃんは春の闇にまぎれて、あっという間に見えなくなった。


また十二月がやってきた。

僕のマンションに桜子と春から暮らし始め、もう半年以上が経っていた。

桜子が使っていたトチノキの勉強机に手を加え、ダイニングテーブルとして使っていた。そのテーブルに「sakurako」はよく似合った。椅子は二脚。僕と桜子がテーブルを挟んで向かいあうように置いた。

入籍も式もまだしていない。まずは一年間一緒に暮らしてからという桜子の希望だった。男の人と暮らすのは初めてだから試運転のような期間を長くとりたい。桜子はそう言い、僕もそれに納得した。桜子は仕事もそのまま続けていた。相変わらず残業も多い。平日は二人で夕食をとれない日のほうが多かった。僕の仕事は個展の後からさらに忙しくなっていた。梅雨に入る前から時々柳葉君に手伝いを頼むようになった。スナックの仕事はいずれすべて友人に任せ家具の仕事に戻りたい、と柳葉君は言った。いつかは二人で工房をやっていく、それが僕と柳葉君の目標になった。

マンションのダイニング、チェストの上の小さな写真立てには、哲先生と真織の写真があった。昨日からその写真立ての前には小さな白いブーケが飾られていた。今日が真織の命日だった。

今朝、僕と桜子は普段と変わらず会話をし、朝食を食べ、お互いの仕事場に急いだ。

僕はいつものように工房で仕事を続け、近所のパン屋で買った卵サンドを昼食に食べた。午前十時と午後三時には哲先生の言うことを守って休憩をとった。今日は柳葉君が来ない。僕は一人で仕事を続けた。時折仕事の手を休め、咳をし、声を出した。大丈夫。自分の声を自分の耳で聞くたびに僕は胸をなで下ろした。夕方近くに桜子から「今日は早く帰れそうだから、夕食作るね」とメールで連絡が来た。今日の作業はもう終わりにしよう。そう思って時計を見ると午後七時を過ぎていた。僕は道具類を片付け始めた。明日は柳葉君もやってくる。任せられるところはお願いしてしまおう。最近になってそんなふうに考えられるようになってきた。僕は一階を片付け二階に上がった。石油ストーブの火がついていないことを確かめ、戸締まりをする。窓の鍵を確かめながら僕は並べられた椅子を見た。哲先生と僕の椅子が並んでいる。哲先生の家具の注文も相変わらず多かった。僕の椅子に興味を持ってこのギャラリーに来てくれる人でも、最終的に哲先生のほうを選ぶ人も少なくはなかった。正直に言えばくやしい。でも哲先生の作品を作り続けることも僕の大事な仕事のひとつなのだ。

一階に下り、照明を消して、工房の戸を閉めた。ダウンジャケットのジッパーをいちばん上まで上げ、マウンテンバイクに跨がる。土手を上がりサイクリングロードを走った。ほんの数メートル先しかライトは照らしてくれない。街灯も少ないこの道は日が暮れると真っ暗だ。僕の右側には河原があり、その先に川があるはずなのに、ただ黒いだけで、そこにあるのかどうかもわからない。僕はふとペダルを漕ぐ足を止める。漕ぐのをやめれば途端にあたりは真っ暗闇になる。ひゅいっ、と一瞬、かまいたちのように鋭い風が正面から吹き付けた。今、あの町の、あの湖は、ここと同じように暗闇に包まれているだろうか。変わらない静けさに。夜の穏やかさに。

「真織」僕は声に出して小さくその名前を呼ぶ。

「ありがとう。さようなら」ゆっくりと唱えるように僕は言う。

もう一度僕は自転車を漕ぎ始める。桜子のいる場所に向かって。サイクリングロードを下り住宅街を走った。どこかの家の夕食のにおい。風呂場から香るシャンプーのにおい。テレビのニュース、笑い声、泣き声、怒鳴り声。生きている人たちがたてる生活のにおいと音。それぞれに違う形の部屋の中で繰り返される生活のさまざま。どうしてこんなにもせつなく感じられるのだろう。それがいつか必ず終わることを知っているからだろうか。

マンションの下で、しばらくの間、自分の部屋の灯りを見つめていた。僕を待っている人があそこにいる。窓辺に動く影が映る。その影をなぜだかなつかしく思う。
「ただいま。桜子」そうつぶやく自分の声を僕ははっきりと聞いた。

主な参考文献

『木の教え』　塩野米松　ちくま文庫
『木のいのち木のこころ〈天・地・人〉』西岡常一・小川三夫・塩野米松　新潮文庫
『椅子　人間工学・製図・意匠登録まで』井上昇　建築資料研究社
『家具のデザイン　椅子から学ぶ家具の設計』森谷延周　オーム社
『美しい椅子がわかる本』成美堂出版編集部編　成美堂出版
『手作り週末木工２０１５―２０１６』ドゥーパ！編集部編　学研マーケティング

解　説

山本文緒

窪美澄さんはタイトルのセンスが抜群だ。

毎回熟考されているのか、それともすぱっと出てくるのかは存じ上げないが、とにかく惚《ほ》れ惚《ぼ》れするようなタイトルがどの作品にもついている。長編だけではなく、短編集のそれぞれのタイトルも目次を眺めてうっとりしてしまうくらい素晴らしい。

それらはどれも大変に意味深である。平易であるのに、思いもよらない単語の組み合わせで、読み手の想像力を強く刺激する。

さて、本作のタイトルは『やめるときも、すこやかなるときも』である。

窪さんの作品をずっと読んできた私は、あれ、いつもと少し違うなと感じた。

この文言は誰もが知っている結婚の誓約の言葉である。とても素敵ではあるが、窪さんがこれほどストレートなタイトルを長編につけたことが今まであっただろうかとやや驚いた。

単行本の装丁は青空をバックに桜が咲いている写真で、優しく柔らかいイメージだった。もしこれが未知の作家の作品であったなら、うんうん、これは光あふれるハッピーエンドな作品なのだろうなと想像しただろう。しかし本書は窪美澄作品である。デビュー以来、人間の感情のダークサイドを容赦なく描き出してきた方なので油断できないと、私は少し緊張する感じでページをめくり始めた。

この物語の主人公は、壱晴と桜子という共に三十二歳の男女である。ふたりが交互に語り、物語を進めてゆく。

まず壱晴の語りから始まる。ある朝目を覚ますと、自分のベッドに女が寝ていて彼は驚く。どうやら深酒をして酒場から女をお持ち帰りしたようだ。その女が桜子である。しかし彼女も自分も下着をつけたままで、事に至った様子はない。

彼は女を起こすこともなく静かに身支度をして家を出る。彼は家具職人であり、自分の工房へ行き何事もなかったかのように仕事をし、帰宅するとその女が置いていったメモを躊躇《ちゆうちよ》なく捨てた。

後日、彼の個展用パンフレットの打ち合わせに来た女性が桜子だったわけだが、彼は彼女のことをまったく覚えておらず、初対面の女性として彼女に接する。そして、桜子のきちんとした仕事ぶりを見て、彼女に好印象を持つ。

一方桜子は、生真面目で恋愛下手な性格で、未《いま》だ処女である。そのことを自分でも重たく感じている。知り合ったばかりの男性と同衾《どうきん》してしまったことは彼女にとって大事件であったのに、彼が桜子のことをまったく覚えていないことにショックを受ける。だが見た目も仕事も良さげな壱晴と縁ができたことが嬉《うれ》しくもある。この勢いで彼とセックスしたい、いや、セックスというよりは結婚したい、と前のめりの気持ちを持つ。

桜子は実家に住んでいるが、昔は裕福だった家も父の事業の失敗で傾き、今は彼女が家の経済を支えている。なのに感謝されるどころか、父は酒を飲んでは暴力を振るい、母はただ黙って耐えているだけだ。妹は先に結婚して家を出た。自分も結婚して家から解放されたいと桜子は思っている。

そんな状況の中、打ち合わせ中に、突然壱晴の声が出なくなってしまう。それは毎年十二月になると彼に起こる変調で、医者は「記念日反応」であると告げた。桜子は壱晴が何かトラウマを抱えていることを察する。それを知りたいし、自分のことも知ってほしいと強く願う。これが物語の序盤である。

いったい壱晴はどんな秘密を持っているのだろう。タイトルからしてふたりは無事に結ばれる予感もするが、何しろ書いたのが窪さんなのでどこに奈落が潜んでいるかわからないとびくびくしながら読み進めた。だが、巧みな構成と場面展開、リアリティ溢《あふ》れるディテールの描写に、私はいつしか警戒心も忘れて物語世界にどっぷり浸り、本書を一気に読み終えた。

なんということ、本書は純愛物語だった！

そう思ってしまってから、はたと考えた。純愛物語とはそもそもなんであろう。無垢《むく》な心を持ったふたりが不治の病や汚れた大人の事情で引き裂かれたり、見返りを求めず好きな相手を助けたり、愛し合うふたりがプラトニックなまま永遠に結ばれなかったりするのが、巷《ちまた》でよく見かける純愛の物語だ。

（少々ネタバレになるので、先入観なく物語を楽しみたい方はこの先は読了後にどうぞ）

そういう意味では、この小説は純愛というカテゴリーに当てはまらないかもしれない。というのは、純愛というには主人公ふたりの打算が際立っているからだ。

彼は過去のトラウマから立ち直るために、彼女は膠着《こうちやく》した日常を脱するために、お互いを必要とした。彼らの思惑はきれいごとだけではない。でも、だからこそ、彼と彼女のことを私はピュアに感じたのだ。

大抵の純愛ものは、正しさや純真さは主人公にあり、その逆の邪悪さは他者に詰め込まれる。しかしこの物語では、善悪共に主人公ふたりの中にある。もちろん、酒乱の父というわかりやすい悪者も配置されているが、その父でさえ百パーセントの悪でなく、愛情の種を隠し持っている（だからたちが悪いとも言える）。

とても心に響いたくだりがある。それは、桜子が人の生身の部分を「貝のむき身」に例えたところだ。社会生活を送る上で、無用に傷つかないように、普段人は固い殻で柔らかい中身を覆って生活しているという表現にはっとした。

どんな人にもこの「貝のむき身」の部分があり、そこが人間の純真さの核なのではないかと私は思った。純真というとまるで穢《けが》れなきもののような響きだが、その部分は大変傷つきやすいし、腐りやすい。他人に危害を及ぼす人は、その部分が何らかの形でとても痛んでしまった人だとも言えるのではないか。そこまでいかなくても、無傷のむき身を持ったまま生きている人などいないだろう。

桜子の二度の土下座も印象に残った。

以前の恋人に向かってのプライドを打ち捨てるようなそれと、壱晴に対して考えるより先に体が動いてしまったようなそれ。両方ともぎょっとしたのだが、ふたつの土下座には違いがある。前者は相手に何とかしてもらいたいという卑屈さ故のものであり、後者は相手の人生をまるごと背負う覚悟からくるものだ。でもどちらも少しだけ笑ってしまうようなストレートさがあった。

恋愛とは、むき身の心を見せ合いぶつけ合うことで、つまり痛みの伴わない恋愛というのはあり得ない。それでもむき身のまま人と関わろうとする桜子の健気《けなげ》さに私は感銘を受けた。

本作を純愛の物語だと感じた要因に、やはり性描写がないということも正直ある。窪美澄作品なのに、ふたりが体を交わすシーンがないことは驚きのひとつだった。

読了してから、刊行時の書評やインタビュー記事を読んだのだが、複数のメディアから、「作者の新境地」と表現されていた。性の描写を控えたとたんに新境地と言われる窪さんよ！

人間の交わりとは体の交わりと切っても切れない、そのどうしようもなさを描く、それが窪作品だった。しかし本作はその描写を注意深く割愛して、心を交わすことに焦点を当てた。

物語の最後にふたりの恋は成就するが、「やめるときも、すこやかなるときも」と誓いの言葉を口にして手を取り合った男女がその後どんな道を辿《たど》るのか、窪さんは既に手加減なく描いている。

窪さんは本書の単行本刊行時のインタビューで、「自分の身を削《そ》がれるような小説を書き、その反動で光が差す小説を書きたかった」と語っていた。

身を削がれる思いをして書き上げた作品とは、たぶん『さよなら、ニルヴァーナ』のことだと想像する。ご自分のテーマを突き詰めて突き詰めて、深い闇の底へ降りていくようにして書いた作品なのだろうと思う。

世界の一点を深く掘る作業を終えたあと、今度は世界を広げる時期にきたのではないか。窪美澄といえばこれ、という固定観念を軽やかに覆す本作を、私はとても愛《いと》おしく思った。

木を削るいい匂い、松江の町の穏やかさ、川辺に座って食べる卵サンド。心地よい場面がちりばめられ、全編にしっとりした空気感が漂っている。最初に思った通り、この物語は光あふれるハッピーエンドを迎える。

しかし、使い古された言葉だが、結婚はゴールではなくスタートだ。光に包まれているのはエンドではなくスタートである。その先の道にどんな落とし穴が待ち構えていようと、出発の時は祝福に彩られていてほしいという作者の大きな愛情を感じた。

（やまもと・ふみお　小説家）

執筆にあたり、家具デザイン研究所主宰・朝山隆氏、ＫＡＤＯＫＡＷＡ・小川和久氏、AS.CRAFT・伊藤敦氏、伊藤里子氏に大変お世話になりました。

この場を借りて御礼を申し上げます。

本書は、二〇一七年三月、集英社より刊行されました。
初出「小説すばる」二〇一六年一月号〜二〇一六年十一月号
本書はフィクションであり、実在の個人・団体等とは無関係であることをお断りいたします。

集英社文庫

やめるときも、すこやかなるときも

2019年11月25日　第1刷
2023年6月6日　第7刷

定価はカバーに表示してあります。

著　者　窪《くぼ》　美澄《みすみ》

発行者　樋口尚也

発行所　株式会社　集英社
東京都千代田区一ツ橋2-5-10　〒101-8050
電話　【編集部】03-3230-6095
　　　【読者係】03-3230-6080
　　　【販売部】03-3230-6393（書店専用）

印　刷　凸版印刷株式会社

製　本　凸版印刷株式会社

フォーマットデザイン　アリヤマデザインストア　　マークデザイン　居山浩二

ISBN978-4-08-744044-7 C0193